KB241902

누가 미국을 움직이는가

누가 미국을 움직이는가

ⓒ 들녘 2001

초판 1쇄 발행일 | 2001년 7월 20일
초판 4쇄 발행일 | 2003년 11월 7일

지은이 | 소에지마 다카히코
옮긴이 | 신동기
펴낸이 | 이정원
펴낸곳 | 도서출판 들녘

등록일자 | 1987년 12월 12일
등록번호 | 10-156
주소 | 서울시 마포구 합정동 366-2 삼주빌딩 3층
전화 | 영업 (02)323-7849 편집 (02)323-7366 팩시밀리 · (02)338-9640
들녘 홈페이지 | ddd21.co.kr

값은 뒤표지에 있습니다. 잘못된 책은 구입하신 곳에서 바꿔드립니다.
ISBN · 89-7527-247-8(03830)

누가 미국을 움직이는가

| 소에지마 다카히코 지음 | 신동기 옮김 |

Modern American Political Intellectuals

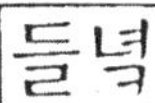

들어가는 말

이 책은 독자들로 하여금, 미국을 움직이고 있는 4백여 주요 인물들의 활동과 사상을 통해 미국의 정치 내부 깊숙이 들어가볼 수 있도록 하기 위해 기획되었다.

우리는 미국의 정치가와 지식인들에 대해 흥미 위주의 언론보도기사를 보고 단편적으로 알고 있을 뿐이다.

소련이 1991년 12월 붕괴한 이후 세계의 신문과 TV 등 언론들은 이제 세계의 유일 초강대국이 된 미국의 정치평론가와 학자들의 발언을 끊임없이 중점 보도하고 있다. 그러나 이런 기사에는 그들의 간단한 약력 정도만 나와 있어서, 과연 이 인물이 어느 정파에 속하고 정권이나 재계에 대해 어느 정도의 영향력을 가지고 있는지 전혀 알 수가 없다. 일반인들을 대상으로 미국 정계의 전체구도를 보다 쉽게 설명해놓은 책이 한 권도 없다는 사실에 나는 오래 전부터 항상 아쉬움을 가지고 있었다.

나는 정치학자가 아닌 일개 정치연구가에 불과하지만, 학생 때부터 미국의 정치언론계에 관심이 있어서 미국의 주요 잡지들을 계속 탐독해왔고 TV의 정치토론 프로그램 등을 주의 깊게 시청해왔다. 내가 알 수 없는 의문점에 대해서는 미국의 친구들에게 수시로 물어보곤 했다. 이런 오랫동안의 관심의 결과로 미국의 정치관련 유명 인사들 한 명, 한 명이 미국 사회에서 차지하는 위치를 내 나름대로 체계적으로 정리할 수 있게 되었다.

　미국 정치 지식인들의 사상적 전체 구조에 대한 이해가 전제되지 않고서는 미국의 정치에 대한 보도는 그때그때의 단편적인 사건 보도로 끝나고 만다. 미국에서는 '정치사상'이라는 것이 확립되어 있어서 최고의 지성이라고 자타가 인정하는 사람들이 권력의 핵심에서 일하고 있는 경우가 많다. 그들은 현실적으로 미국 사회를 바꾸어갈 수 있는 영향력을 가지고 있다.

　일본에서는 '정치사상'이 언제나 단편적이고 제각각이며 앞뒤도 잘 맞지 않다. 적당하게 외부(미국과 유럽)의 것들을 베껴와서 그럴듯하게 포장하여 통용하고 있는 실정이다. 또한 세계의 지식인들이 대체적으로 이해하고 있는 큰 구조와는 아무런 관련성이나 상관관계도 가지지 못하는 내용을 제멋대로 이해하고 아무렇게나 발언하고 다니고 있다. 그리고 얼마쯤 시간이 지나면 그러한 것들을 내동댕이치고 뭐 새로운 것이 없을까 하고 외부를 기웃거리고 있는 형국이다.

　이 책이 제공하고자 하는 전체적인 내용은 다음과 같다.

　미국의 일부 좌익 지식인들이 80년대에 민주당을 박차고 나와서 공화당에 들어갔다. 그들은 공화당 레이건 정권의 각료가 되어 대 소련 강경노선을 취하고, '레이건 데모크라트'(Reagan Democrat)라는 새로운 정치 흐름을 만들어냈으며, 실제로 소련의 붕괴를 촉진시키는 데 큰 역할을 했다. 그들은 '신보수주의'(Neo-Conservative)라는 새로운 파를 형성했으며, 지금은 공화당 내부에서 보수본류와 연합해 있는 상황이다.

미국의 보수세력 내에는 지금은 온건 세력으로 바뀐 '자유의지론자'(Libertarian : 강경한 개인주의를 주창하는 자유주의자)들이 있다. 그들은 '아이설레이셔니스트'(Isolationist. 고립주의자, 국내문제 우선주의자)들과 똑같이 "전쟁은 끝났다. 미국은 국내 문제로 돌아가야 한다. 해외에 있는 군대를 철수시켜라. 세계를 지배하는 것에 반대한다. 미국은 세계의 경찰관(Global Cop)이 되기를 포기해야 한다"고 주장한다.

그들은 현재 미국의 자국 문제에만 관심을 두자는, 즉 '아이설레이셔니즘'(Isolationism. 고립주의, 국내문제 우선주의)'의 큰 흐름을 형성하여 '글로벌리스트'(Globalist : 미국의 힘을 통한 세계관리 주창주의자)들과 대립하고 있다.

자유의지론자들은 "이제 더 이상 관료적인 복지국가 정책은 그만둬야 한다"는 '반과잉복지, 반휴머니즘, 반세금, 반국가' 사상을 강력하게 내세우고 있다. 종전의 급진자유파였던 인사들이 지금은 자유의지론자에 합류하고 있다.

　미국은 사실상 세계의 유일한 초강대국이고 많은 나라들의 생사여탈권을 쥐고 있다고 해도 과언이 아니다. 우리는 미국의 정치권력자들이 무엇을 생각하고 어떤 사상을 가지고 움직이는지를 늘 주의 깊게 살펴보지 않으면 안 된다. 바로 이것이 내가 이 책을 쓰게 된 동기다.

소에지마 다카히코(副島隆彦)

■ 영어 인명은 다음과 같이 되어 있다.

John Fitzgerald〔F.〕 Kennedy

first name인 존John은 개인의 이름이고, 피츠제럴드Fitzgerald〔F.〕는 middle name으로 사람에 따라서는 세례명이나 결혼 전의 옛날 성을 가끔 대문자로 표시하는데 어떨 때는 두 개 이상 있는 경우도 있다. last name인 케네디Kennedy는 성을 표시한다.

개인에게 붙여진 first name은 가끔 약칭(애칭nickname)으로 불린다. 예를 들어 우리나라에서는 존 F. 케네디John F. Kennedy로 통하고 있지만 미국에서는 잭 케네디Jack Kennedy라고 부른다. 마찬가지로 로버트 케네디Robert Kennedy는 바비 케네디Bobby Kennedy, 에드워드 케네드Edward Kennedy 상원의원은 테드 케네디Ted Kennedy로 통한다. 리처드 닉슨Richard Nickson 전 대통령은 딕 닉슨Dick Nixon이라 부르기도 한다. 아래의 몇 가지 예는 first name의 약칭을 보여준다. 〔 〕안이 약칭이다.

Edward〔Ted, Eddy〕, Elizabeth〔Beth, Liz〕, James〔Jim, Jimmy〕, John 〔Jack〕, Patrick, Patricia〔Pat〕, Richard〔Dick〕, Robert〔Bob, Bobby〕, Thomas〔Tom, Tommy〕, William〔Bill〕

예를 들어, 빌 클린턴Bill Clinton 대통령의 본래 이름은 윌리엄 클린턴William Clinton이지만 서명할 때는 본인이 빌Bill이라고 하기 때문에 빌 클린턴Bill Clinton으로 그대로 통용되고 있다. 거꾸로 로널드Ronald 의 약칭은 론Ron이지만 레이건Reagon 대통령은 본인이 공식석상에서 자기 이름을 원래대로 로널드Ronald로 하기 때문에 표기도 로널드 레이건Ronald Reagon으로 하고 있다.

■ 저자가 특히 정치적·사상적으로 중요하다고 생각하는 인물은 굵은 글씨로 표시했다.

미국 정계의 사상 파벌 도표

공화당	민주당
⑦ 자유의지론파 ⑥ 종교우파 ⑤ 차이나 로비파 (반공·대만독립지지파) ④ 국내문제 우선주의파 ③ 보수본류파 (버크주의) ② 공급자중시파 ① 신보수주의파 (박쥐집단)	❹ 새로운 민주주의파 ❸ 신자유주의파 ❷ 급진자유파 (학자·지식인·문화인) ❶ 거대노조 (자유온건파)

반 글로벌리스트 연합 ◀—⊗—▶ 글로벌리스트 연합

*이 책에서 공화당의 ④⑤⑥⑦은 공화당 '근본보수파'로 분류한다.

현대 미국의 정치사상 각 파의 연결표

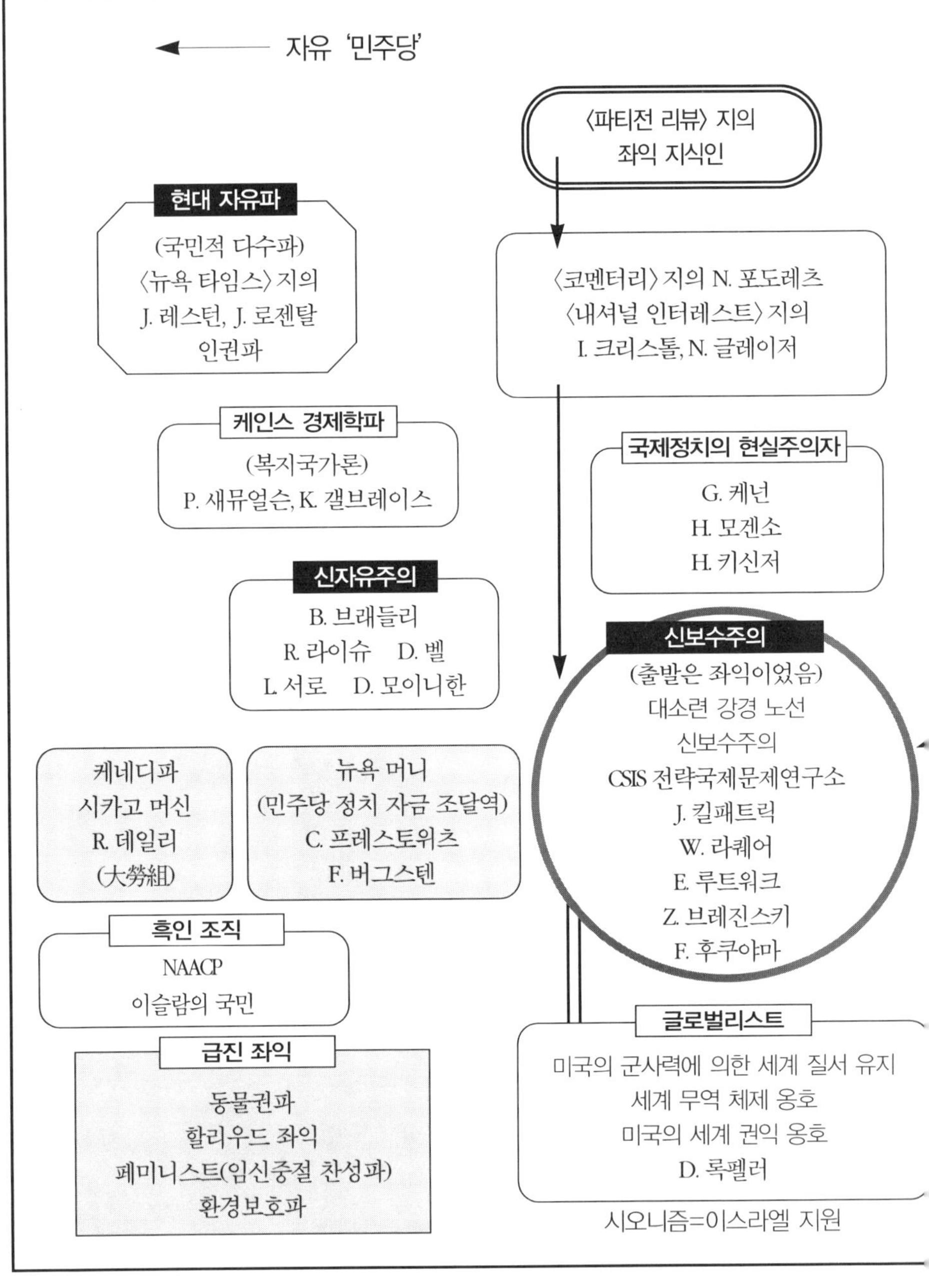

자유 '민주당'

〈파티전 리뷰〉지의
좌익 지식인

현대 자유파
(국민적 다수파)
〈뉴욕 타임스〉지의
J. 레스턴, J. 로젠탈
인권파

〈코멘터리〉지의 N. 포도레츠
〈내셔널 인터레스트〉지의
I. 크리스톨, N. 글레이저

케인스 경제학파
(복지국가론)
P. 새뮤얼슨, K. 갤브레이스

국제정치의 현실주의자
G. 케넌
H. 모겐소
H. 키신저

신자유주의
B. 브래들리
R. 라이슈   D. 벨
L. 서로   D. 모이니한

신보수주의
(출발은 좌익이었음)
대소련 강경 노선
신보수주의
CSIS 전략국제문제연구소
J. 킬패트릭
W. 라퀘어
E. 루트워크
Z. 브레진스키
F. 후쿠야마

케네디파
시카고 머신
R. 데일리
(大勞組)

뉴욕 머니
(민주당 정치 자금 조달역)
C. 프레스토위츠
F. 버그스텐

흑인 조직
NAACP
이슬람의 국민

글로벌리스트
미국의 군사력에 의한 세계 질서 유지
세계 무역 체제 옹호
미국의 세계 권익 옹호
D. 록펠러

급진 좌익
동물권파
할리우드 좌익
페미니스트(임신중절 찬성파)
환경보호파

시오니즘=이스라엘 지원

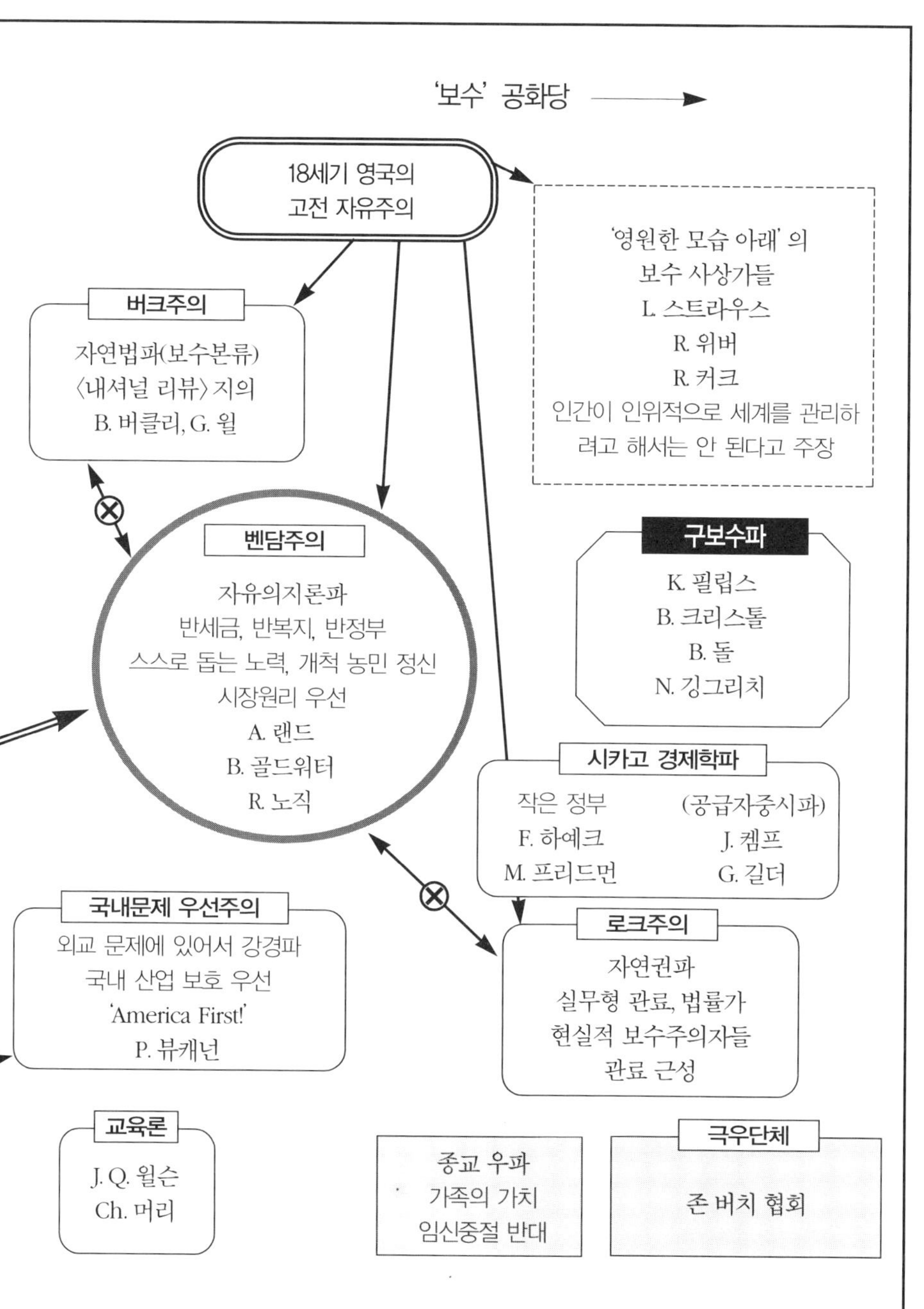
'보수' 공화당
18세기 영국의 고전 자유주의
버크주의
자연법파(보수본류)
〈내셔널 리뷰〉지의
B. 버클리, G. 윌
'영원한 모습 아래' 의 보수 사상가들
L. 스트라우스
R. 위버
R. 커크
인간이 인위적으로 세계를 관리하려고 해서는 안 된다고 주장
벤담주의
자유의지론파
반세금, 반복지, 반정부
스스로 돕는 노력, 개척 농민 정신
시장원리 우선
A. 랜드
B. 골드워터
R. 노직
구보수파
K. 필립스
B. 크리스톨
B. 돌
N. 깅그리치
시카고 경제학파
작은 정부
F. 하예크
M. 프리드먼
(공급자중시파)
J. 켐프
G. 길더
국내문제 우선주의
외교 문제에 있어서 강경파
국내 산업 보호 우선
'America First!'
P. 뷰캐넌
로크주의
자연권파
실무형 관료, 법률가
현실적 보수주의자들
관료 근성
교육론
J. Q. 윌슨
Ch. 머리
종교 우파
가족의 가치
임신중절 반대
극우단체
존 버치 협회

차 례

1 신보수주의파의 정체

2 공화당 보수본류는 어떤 존재인가

1

신보수주의파의 정체

1980년대, 미국에서 어떤 일이 일어났는가?

먼저, 공급자중시파(Supply-Sider. 공급측의 경제학을 주장하는 미국 경제학계의 한 파)이자 공화당의 전 하원의원이었던 **잭 켐프**(Jack Kemp)의 이야기부터 시작해보자.

잭 켐프

미국 대통령선거 출마자로 거론되는 잭 켐프는 스포츠맨이자 지식인 타입의 독특한 정치가다. 그는 왕년에 뉴욕주 북부에 본거지를 둔 프로 미식축구팀 버팔로 빌즈의 주전선수였다. 선수생활을 은퇴한 후 1971년 뉴욕주 제31지구 하원의원 선거에서 공화당으로 입후보하여 당선되었다. 출신대학은 옥시덴탈 대학인데, 캘리포니아주에 있는 이 대학은 동부의 명문인 프린스턴 대학의 캘리포니아(서해안)판 대학이라고도 할 수 있으며, 젠틀맨십이나 학구열보다는 스포츠로 유명한 대학이다. 그러니까 잭 켐프는 1960년대 야구와 함께 미국 남성들의 열광적 대상이었던 미식축구 선수로서, 국민적인 영웅이 되어 유명인사들과의 교류 폭을 넓힐 수 있었다.

하원의원에 당선된 뒤 얼마 지나지 않은 1974년, 워싱턴에서 경제학자인 주드 워니스키(Jude Wanniski)와 아서 래퍼(Arthur Laffer)를 만난 그는 식사를 하면서 잡담하던 중이었다.

이때 아서 래퍼가 갑자기 테이블 위의 냅킨에다가 '세율이 떨어지면 생산이 늘고 세금 수입이 증대한다'는 그림을 그렸는데, 이것이 훗날 '래퍼 곡선(Laffer Curve)'으로 불리게 된 감세우선 경제학의 관계식이다.

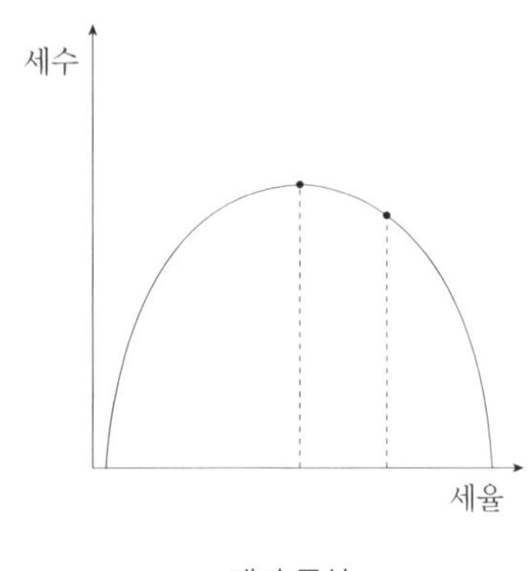

래퍼 곡선

한편, 래퍼가 처음으로 그린 이 단순 소박한 '감세＝경기상승'이라는 모델은 젊은 정치가 잭 켐프에 의해 즉각 수용되었고, 그들이 이런 발상하게 된 바탕에는 "국민경제는 억누르기보다 가급적 자유롭게 하는 것이 결과적으로 더 큰 성장을 가져온다"는 생각이 자리잡고 있었다. 이는 레이건 정권이 들어서기 6년 전의 일이다.

1976년 로널드 레이건(Ronald Reagan)은 공화당 대통령후보 지명 경쟁에 뛰어들었다. 하지만 이 선거에서는 결국 제럴드 포드(Gerald Ford)가 승리했고, 포드는 대통령선거에서 민주당의 지미 카터(Jimmy Carter)

에게 패했다. 그러므로 이때는 레이건이 아직 '레퍼 곡선'에 의한 감세 정책을 수용한 상태가 아니었다고 할 수 있다.

캘리포니아주 출신으로 레이건과 동향인 잭 켐프는 하원의원이 되자 이곳저곳으로 자신을 팔기 위해 돌아다녔다. 당시 미국에서 자신의 아이디어를 팔러 돌아다니는 것은 통상적으로 업계의 사람들이나 하는 일이었다. 그럼에도 켐프는 1981년, 신임 대통령 레이건에게 자신의 정책안을 제시했고, 레이건은 "검토해본 결과 타당성이 있다"면서 감세이론을 채택했다.

이른바 '공급자중시'라는 이 경제학 이론은, 사실 JFK(존 F. 케네디)가 1960년대 초에 자유주의적 경제 운영을 통해 세금을 줄인 결과 시의적절하게 경기가 회복되었다는 과거의 실적에서 비롯된 것이었다. 경제학의 이런저런 이론적 설명을 빼고 간단히 말하자면 그렇다는 얘기다. 이때만 해도 미국의 이론경제학은 그래도 제 기능을 발휘하고 있었는데, 이는 미국이 세계에 자랑했던 순수과학(science=학문) 때문이었다.

잭 켐프는 존 F. 케네디와 마찬가지로 정치 당파적으로는 온건파이지만, 나중에는 공화당 내부에서 근본보수파와 대립하기도 했다. 다시 말해 공화당 정치가이면서도 사회복지문제에 열성을 보였던 그는, 이민과 소수민족을 적극 지원하자는 복지추진파였고, 이런 태도를 '전통적 보수주의자'(old conservative)들은 달가워하지 않았다. 특히 공화당 근본보수파 내의 한 파벌인 '국내문제 우선파'(isolationist)의 팻 뷰캐넌 및 그 주변 인물들과는 극단적으로 생각이 달라 두 파가 서로 대립하고 있었다. 결국 공화당 내 온건파를 대표하는 잭 켐프는 거물급 민주당 상원의원인 윌리엄(빌) 브래들리와 협력하여 이 감세법안을 통과시킨다.

잭 켐프는 그후 1989년 부시 정권에서 주택도시개발부(HUD : Housing and Urban Development) 장관에 임명되는데, 그때서야 비로소 공화당 정권의 각료(cabinet member)로 입각하게 된다. 그러한 잭 켐프는 뉴욕의 가난한 노동자 공공주택가에까지 찾아가 그들과 직접 대화를 나누며 의견을 청취하여 정책을 입안했는데, 그가 공화당원이면서도 서민층과 흑인들로부터 사랑과 지지를 받은 것은 이러한 성품 때문이었다. 당시 그의 선거구도 미식축구팀인 버팔로 빌즈의 본거지였지만, 각료로 입각하여 1988년 대통령선거 출마를 표명한 뒤로는 의원직을 사퇴하고 자신의 출마구역을 빌 팩슨에게 넘겨주었다. 참고로 켐프는 현재 공화당 내의 세제개혁 문제를 담당하는 책임자로 활동하고 있다.

그는 공급자중시 경제정책파이기는 하지만 흔히 구(舊)파로 분류되는데, 이후 공급자중시 이론의 제창 동료였던 워니스키 및 래퍼와 논쟁을 벌였고, 지금은 그들과 입장을 달리하고 있기 때문이다. 아서 래퍼는 현재 샌디에이고에서 컨설팅업을 운영하고 있다.

밀턴 프리드먼

한편, 레이건 정권이 들어설 당시 대통령 수석경제고문(Chief Economic Advisor)은 유명한 시카고 학파의 거두 **밀턴 프리드먼**(Milton Friedman)이었다. 따라서 레이건은 당초에 통화주의자인 밀턴 프리드먼의 '통화만능정책'(Monetarist Policy)을 채택했지만, 도중에 공급자중시정책으로 변경했다. 그러자 밀턴 프리드먼은 곧바로 수석경제고문 자리를 떠났고, 공급자중시파인 마틴 펠드스타인(Martin Feldstein) 박사가 그 뒤를 이었다.

이렇듯 레이건 정권은 공급자중시정책과 통화만능정책 등 상반된 경제정책을 동시에 채택하게 되는데, 한편으로는 공급자중시정책인 '감세와 정부의 경제에 대한 불간섭'을 유지하면서, 다른 한편으로는 통화정책 수법에 따라 '정부가 적극적으로 개입하여 통화량을 통제하려'고 했던 것이다.

현재 연방준비제도이사회(FRB 또는 Fed : Federal Reserve Board)의 이사장(한국은행 총재에 해당—옮긴이)인 앨런 그린스펀(Alan Greenspan)

도 젊은 시절에는 보수적 자유의지론자(Libertarain)였지만, 나중에는 '어떤 정책도 필요에 따라서 받아들이는' 실용주의자로 바뀐 인물이다. 즉, 한편으로는 완전한 자유방임 경제정책을 취하면서도, 다른 한편으로는 어느 정도 정책적 통제가 필요하다는 입장을 취하는, 한마디로 정세 변화에 따라 방침을 바꾸는 인물이었다.

1980년대의 레이건 시대는 그 자체로 큰 모순을 안고 있었다. 그래서 1984년 레이건 정권이 제2기에 접어들자 마틴 펠드스타인 박사도 수석경제고문 자리를 내던지고 말았다. 그는 전에 재직하던 하버드 대학의 경제학 교수로 복귀했는데, 하버드 대학 출신이라고는 하지만, 이론경제학자로서 뛰어난 저서를 남겨 유명해진 것은 아니었다. 그는 순수이론을 연구하기보다는 국가정책에 직접 관여하는 실무형 경제학자였기 때문이다.

그는 정치적으로는 제임스 베이커(James Baker. 부시 정권의 국무장관) 그룹에 속하는데, 이들 정치관료들은 확고한 신념과 원칙을 토대로 하기보다는 실용주의자(pragmatist)에 가깝다고 볼 수 있다. 그러니까 그들은 풍향, 즉 상황 변화에 따라 유연하게 대처하는 현실주의자들이었던 것이다.

여기서 **제임스(짐) 베이커**에 대해서 잠깐 언급해 보기로 하자. 그는 오랫동안 텍사스의 재계(business circle)에서 활동해온 인물로, 지금도 텍사스를 근거로 미국의 세계 석유전략을 좌지우지하고 있다. 그는 휴스턴의 명문가(old family) 출신으로서, 당연히 '블루 블러드'(blue blood : 푸른 피. 미국의 주류사회)에 속하며, 정식 이름도 제임스 베이커 3세(james baker Ⅲ)이다.

제임스 베이커

사실 그는 의회의 정치가가 될 생각은 애초부터 없었으며, 1990년경에 많은 사람들이 그의 정치적 수완을 높이 평가하여 대통령후보에 나설

것을 권유했을 때도 일언지하에 거절했다. 하지만 기업가로 성공하여 재력을 갖춘 뒤 정치 세계에 뛰어드는 것은 흔히 있는 일이다. 그 역시 결국 대통령의 지명을 받았고, 의회의 승인(political appointee)을 얻은 뒤 관료의 최고봉인 국무장관(Secretary of State) 자리에 올랐다. 세계의 많은 사람들은 1990년 걸프전쟁 때 이라크와 긴박하게 협상을 진행하면서 결의에 찬 표정으로 결단력 있게 행동하던 그를 기억하고 있을 것이다.

그런데 언젠가 밥 돌은 제임스 베이커를 이렇게 평가한 적이 있다.

"부시가 낙선했을 때 함께 버스에 타고 있던 사람들은 모두 벼랑으로 떨어지고 말았다. 그런데 그때 두 명의 자리가 비어 있었다."

그러니까 이때 잽싸게 버스를 탈출하여 도망간 인물이 그린스펀과 베이커였다는 것이다. 미국 정계에서는 지금도 이 말이 유명한 야유로 남아 있다.

신보수주의는 '반소 강경노선'으로부터 시작되었다

지금부터 공화당의 신보수주의에 대해서 설명하기로 하자.

먼저 **진 커크패트릭**(Jeane Kirkpatrick) 여사를 살펴보자. 그녀는 많은 지면을 할애해야 할 만큼 중요한 정치지식인이다. 원래 워싱턴의 명문 조지타운 대학의 교수였는데, 레이건 정권 때 미국의 UN대사(1981~85년까지 재임)를 지냈고, 현재는 다시 같은 대학에 적을 두고 있다. 진 커크패트릭 여사는 젊었을 때 좌익계열의 학생이었으며, 민주당의 급진자유파에 속했다. 그러다가 1970년대에 민주당의 불분명한 자유주의(Liberalism)와 결별하고 신보수주의(Neo Conservatism)로 돌아섰으며, 레이건 공화당 정권의 각료인 유엔대사가 되었다. 이때가 1981년의 일인데, 그녀의 변신은 미국의 지식층에 충격을 안겨주었다.

이 대목에서 독자들의 이해를 돕기 위해 간단하게 부연 설명을 하자면, 민주당은 예전부터 노동자, 이민, 빈민층, 흑인들을 대변하는 '좌, 즉 자유파'였고, 공화당은 예로부터 부유층을 대변하는 '우, 즉 보수파'였다. 먼저 이 점을 염두에 두어야 한다.

그런 점에서 민주당원이었던 진 커크패트릭 여사가 레이건 공화당 정권의 유엔대사(장관 대우)가 되었다는 것은 민주당 측에서 볼 때 배신자로 여겨질 수밖에 없었다. 실제로 당시 미국의 신문과 잡지는 그러한 논조의 기사를 실었으며, 결국 그녀는 공화당으로 이적했다.

그녀는 원래 민주당에서도 매파(hawk)에 속했다. 매파란 정치문제를 외교·국제문제로 한정했을 때의 구분인데, 간단히 말해서 '전쟁도 불사한다'는 부류들이다. 1991년 소련 붕괴 이전을 예로 들면, '무엇보다도 소련 공산주의를 증오의 대상으로 하며, 소련 타도 또는 소련에 대한 군사적 우위를 주장하는 사람들'이었던 것이다. 따라서 그녀와 주변 인사들은 민주당원이면서, 결과적으로 미국의 국방·군수산업과 제복군인 조직을 지원하는 입장에 섰다. 즉, 오랫동안 인권을 억압해온 '악의 제국'(evil empire) 소련 공산주의 진영에 대해 미국이 군사적 우의를 확보해야 한다는 주장을 펼치며 냉전(the Cold War) 시대를 이끌어나갔던 사람들인 것이다.

신보수주의의 근간을 이루는 것도 바로 이 소련을 증오하는 강경한 반공정신이다. 하긴 이러한 심정과 결의에 대해서는 충분히 이해가 가는 부분이 있다. 나 자신도 1970년대 학생시절 때부터 계속 위와 같은 입장을 취해왔고, 1970년대 신좌익 학생운동에 영향을 받은 세대이기 때문이다. 당연히 고루한 구식의 좌익 일본공산당이나 사회당을 혐오했는데, 그들은 오랜 기간동안 소련 스탈린주의를 지지해온 정당들이다.

그러니까 나와 같은 사람들은 인류의 이상인 사회주의의 대의(cause)를 저버린 소련과 중국 공산당에 대해서 격렬한 증오심을 품은 채 1970년대와 80년대를 살아왔다. 때문에 단순한 자유파인 미국·영국의 친구들과 격론을 벌일 때마다 날카롭게 대립하곤 했다. 그 점에 대하여 나 자신은 지식인으로서 역사적 판단을 잘못하지는 않았다고 자부하고 있다. 물론 내 입장이 상당히 복잡했음은 부인할 수 없다.

그리고 자본주의의 나쁜 부분과 소련 공산주의의 나쁜 부분을 비교해봐도, 소련 공산주의의 존재방식이 더 나쁘다는 것이 1970년경부터 품어왔던 나의 정치적 확신이었다. 즉, 소비에트 러시아는 1930년대부터 국내에 공포정치체제를 조성하여 지식인 수백만 명을 살해하고 수천만 명을 수용소로 보냈으며, 나아가 세계를 자신들의 공산주의 이데올로기의 지배 아래 놓고자 했다. 그런 만큼 '무엇보다 먼저 소련을 쳐부숴야 한다'는 것이 나의 정치적 기본 입장이었다.

그런 나는 미국의 언론을 통해 1980년대 미국 신보수주의적 사상의 흐름을 계속 추적해왔다. 그 결과 미국의 지식인층은 소련 붕괴 드라마를 '민주국가 아테네 대 군사국가 스파르타'의 싸움에 비유하면서, 민주국가 아테네가 마침내 승리했다고 생각한다는 것을 알았다. 한때는 나도 분명히 그런 생각에 동조했다.

그후 나 자신의 정치사상을 연마해 나갈수록 이 신보수주의에 대한 의구심은 깊어만 갔고, 뒤에서 설명하는 자유의지론(Benthamite, positive law : 벤담주의, 인정법) 쪽으로 기울었음을 고백하지 않을 수 없다.

이 신보수주의파가 나중에 레이건 민주주의자들(Reagan Democrats)이라 불리는, 미국의 정치적 대변동의 파도를 만드는 원인이 되었으며, 이들이야말로 미국 좌익 지식인들의 사상변화(전향)의 산물이다. 다시 말해 원래 무조건 민주당을 지지하고 부유층을 혐오하는 서민들이었는데, 레이건 대통령의 대 소련 강경노선을 열렬히 지지하여 1980년대에 공화당에 표를 던진 약 2천만 명의 미국 유권자들을 말한다.

이러한 거대한 흐름은 언론을 통해서 이루어졌으며, 이 언론인들의 사상변화를 가져온 신보수주의파의 중심인물이 바로 진 커크패트릭 여사와 나중에 설명하게 될 에드워드 루트워크, 월터 라퀘어이다. 물론 이들은 국제적인 문제에 대해 신보수주의 입장이며, 국내 정책에 관해서는 역시 복지를 중시하여 자유파다운 입장을 취하고 있었다. 그러다보니 이 점에서는 거꾸로 공화당 내 '근본보수파' 들로부터 신랄한 공격을 받기도 했다.

신보수주의파의 지식인들

진 커크패트릭 여사의 동료들은 모두 신보수주의 집단에 속한다고 할 수 있다. 현재 뉴욕주 출신 상원의원이자 원로정치인인 **대니얼 패트릭(팻) 모이니한**(Daniel Patrick Moynihan)도 여기에 속한다. 아니, 이 대니얼 팻 모이니한이야말로 예전에 이 파를 대표했던 가장 거물 정치가였다.

대니얼 패트릭 모이니한

그는 하버드 대학 정치학 교수를 지내다 정계로 진출한 인물로, 미국에서는 이처럼 거물 지식인이 정치가로 나서는 경우가 흔하다. 하지만 이 점이 일본인에게는 잘 납득이 되지 않는다. 일본에서는 참지식인은 정치가로 나서지 않으며, 또 될 수도 없기 때문이다. 독자로서는 잘 이해가 되지 않겠지만, 아무튼 모이니한은 매우 흥미로운 인물로, 제3장에서 설명하는 신자유파(Neo-Liberal)에 속한다.

또한 오랫동안 신보수주의파가 할거하고 있는 언론지 〈코멘터리 *Commentary*〉의 기고자들과 깊은 교류를 하기도 했다.

월터 라퀘어

그런데 이러한 신보수주의파 인물들이 모여 있는 곳이 진 커크패트릭 여사가 재직했던 조지타운 대학이며, 1980년 레이건이 국무장관에 지명했던 **월터 라퀘어**(Walter Laqueur)도 이 대학의 교수였다. 그러니까 원래 학자 출신이었던 그도 순수 신보수주의파, 즉 조지타운 대학파에 속한다.

또한 이 대학에는 유명한 국제전략문제연구소(CSIS : Center for Strategic and International Studies)가 있는데, 이곳은 군사정책학(military policy)을 연구하는 기관으로도 대단히 유명하다. 그리고 여기에 모여 있는 학자들은 원래 민주당계로, 젊을 때는 급진자유파 학생들이었는데, 정치학자(political scientist)로 입지를 굳힌 후에는 '소련을 증오하는' 반스탈린주의 입장으로 단결하게 된다.

한편, 미국에서는 연방최고법원의 판사나 정부각료가 되기 위한 절차로 대통령의 지명을 받은 뒤 상원의 인준을 받아야 되는데, 월터 라퀘어는 1980년에 국무장관으로 지명을 받았으나 상원에서 부결되어 결국 장관 취임에 실패하고 만다.

의회의 민주당 의원들이 원래 민주당 급진파였던 월터 라퀘어가 공화당 정권으로 말을 바꿔 타려 하자 이를 불쾌하게 생각하여 승인에 반대표를 던진 것이었다.

아무튼 월터 라퀘어는 국무장관이라는, 관료의 최정점이자 정치가로서도 차기 대통령을 노려볼 수 있는 자리에 단번에 오를 정도의 정치적 지식인이었던 것이다. 그후 라퀘어는 인권담당 장관으로 지명되는데, 이 직책은 원래 자유파였다가 신보수주의자로 돌아선 자에게는 적합한 자리가 아니었다. 왜냐하면 1970년대에 국내외적으로 인권 옹호를 최우선 정책으로 삼았던 지미 카터 민주당 약체 정권 아래의 민주당계 관료들이 실패했던 이 '인권 외교'로 큰 곤경에 처한 적이 있었기 때문이다. 그런 상황이었던 만큼 이 자리에 지명을 받았다는 사실이 그에게는 별로 달갑지 않은 이야기였다. 그래서 지명을 받았을 때 다음과 같이 자신의 솔직한 심경을 밝혔다.

"외교문제에서 미국의 중대한 국익문제와 관련되는 경우, 해당 국가가 미국의 국익에 부합되는 정책을 실행한다면 그 국가 정부에 인권탄압 문제가 있더라도 문제삼지 않고 그냥 넘어가는 것이 더 바람직하다."

그러나 이 발언이 빌미가 되어 의회와 언론으로부터 빗발치는 공격을 받았고, 결국 월터 라퀘어는 정부각료가 되지 못했다. 현재 그는 조지타운 대학에서 대학관련 싱크탱크 중 하나인 '윤리공공정책연구소'(Ethics & Public Policy Center)의 소장으로 있으며, 〈코멘터리〉 등에 평론을 기고하고 있다. 그런데 뭐니뭐니해도 신보주의파 언론의 아성은 노먼 포도레츠가 주필로 있는 이 〈코멘터리〉라 할 수 있다.

1960년대 후반부터 시작한 신보수주의의 논진은 30년 동안 이 고급 언론지를 중심으로 확장되어왔는데, 창간호부터 현재에 이르기까지 이 월간지의 발행인 겸 편집장을 맡아온 인물은 고령의 정치평론가 **노먼 포도레츠**(Norman Podhoretz)다. 그리고 그의 부인이자 편집을 맡으면서 직접 글도 쓰고 있는 **밋지 덱터**(Midge Decter), 이 두 사람이 잡지의 중심을 이루고 있다.

노먼 포도레츠

밋지 덱터

하지만 1950년대까지 그들이 관계했던 잡지는 〈파티전 리뷰 *Partisan Review*〉다. 〈파티전 리뷰〉는 1930년대 미국의 공산당 기관지였다. 실제로 이 잡지를 주관했던 메리 매카시(Mary McCarthy)와 다이애나 트릴링 · 라이오넬 트릴링(Diana & Lionel Trilling) 부부 같은 인물들은 미국 좌익 지식인의 선구자적 역할을 한 인물이며, 미국 좌익 지식

어빙 크리스톨

네이던 글레이저

인 세계의 모든 것은 바로 이 잡지로부터 시작된다. 그래서 노먼 포도레츠와 마찬가지로 이 잡지에 글을 쓰다가 나중에 평론가로 독립한 인물들도 많다. 단, 그들에 대해서는 제9장에서 자세하게 다루도록 한다.

또한 신보수주의자로서 이 파를 이끌었던 **어빙 크리스톨**(Irving Kristol)과 **네이던 글레이저**(Nathan Glazer)는 잡지 〈퍼블릭 인터레스트 *The public Interest*(공공의 이익)〉와 계간지인 〈내셔널 인터레스트 *The National Interest*(국익)〉를 1960년대에 잇달아 창간했으며, 지금도 두 잡지의 편집장을 맡고 있는데, 이 두 잡지는 신보수주의에서 빠뜨릴 수 없는 중요한 언론지다.

즉, 〈퍼블릭 인터레스트〉는 어빙 크리스톨이 주필, 〈내셔널 인터레스트〉는 어빙 크리스톨과 네이던 글레이저가 공동 편집을 맡고 있으며, 네이던 글레이저는 이와는 별도로 스미소니언협회(Smithsonian Institution : 미국국립박물관)가 발행하고 있는 〈윌슨 쿼털리 *The Wilson Quarterly*〉의 편집장도 겸하고 있다. 이들은 오랜 기간 동안 좋은 콤비를 이루어왔다는 평가를 받고 있지만, 나이는 글레이저가 훨씬 어려 크리스톨에 대하여 주니어 파트너(젊은 공동경영자)라는 이미지를 풍긴다.

이렇듯 미국 신보수주의 지식인의 간판격은 노먼 포도레츠와 어빙 크리스톨 두 사람이며, 이 두 사람을 중심으로 수십, 수백 명의 미국 일류 지식인 · 학자들이 결집해 있다. 그러나 크리스톨의 아들인 **윌리엄(빌) 크리스톨**(William〔Bill〕Kristol)은 아버지와는 달리 처음부터 공화당에 소속되었으며, 지금은 **케빈 필립스**의 뒤를 이어 공화당 전략가(Republican Strategist)로서의 입지를 다지고 있다.

케빈 필립스(Kevin Phillips)는 공화당 전략가로, 공화당의 정치전략 입안을 담당해온 지식인이다. 그는 1960년대에 "지금이야말로 남부의 대중을 민주당의 뉴딜연합(New Deal Coalition)에서 빼내 공화당으로 끌어들여야 한다!"는 전략을 세워 닉슨 대통령을 설득했으며, 1980년대에는 레이건 대통령에게도 전

케빈 필립스

략가로서 조언했다. 케빈 필립스는 이처럼 완고한 보수주의자인 한편, 온화하고 양식적인 입장에 서서 빈부차가 점점 커져가고 있는 미국 사회의 흐름을 우려하며 빈곤문제 개선에 힘을 쏟고 있다.

한편, 어빙 크리스톨은 아들 빌의 활약 덕분에 지금도 많은 사람들에게서 상당한 관심을 모으고 있는데, 지지 정당이 다르다고 해서 부자간의 사이가 나쁜 것은 아니다. 빌 크리스톨은 공화당 미래정책위원회(The Project for Republican Future)의 의장을 맡고 있으며, 당내에서도 상당한 발언력을 갖고 있다. 또한 그는 아리스토텔레스 연구의 대가이자 미국의 '고전보수사상'(Classical Conservatism)의 본산인 레오 스트라우스(Leo Strauss : 1899~1973, 시카고 대학 명예교수)의 스트라우스파(Straussian)를 자칭하기도 한다(스트라우스파 보수주의에 대해서는 나중에 설명하기로 한다). 그래서인지 1994년 7 · 8월호 〈아메리칸 엔터프라이즈 *American Enterprise*〉에 "보수본류와 자유주의 보수파는 내부 대립을 종식하고 단결해야 한다"는 주목할 만한 논문을 기고했다.

사실 어빙 크리스톨도 인권억압 체제 비판을 축으로 하여 대소(對蘇) 강경노선으로 움직인 '원조 레이건 데모크라트' 중 한 명이기 때문에 종국적으로는 민주당을 버리고 공화당에 합류해야 할 운명이다. 하지만 현재 소속된 민주당 내부의 복잡한 사정 때문에 민주당에 그대로 머물러 있다. 따라서 아들이 마치 그의 대리인인 것처럼 공화당에 들어가 적극적으로 활동하고 있는 모습이 모순으로 보이지는 않는다. 다만 최근, 빌

크리스톨의 정치적 행보에는 아무래도 수상쩍은 부분이 있다고 생각하고 있다.

이와 함께 신보수주의의 젊은 세대를 대표하는 인물은 **에드워드 루트워크**(Edward Luttwak)다. 그는 1987년에 『전략 : 전쟁과 평화의 논리 *Strategy : The Logic of War and Peace*』라는 책을 저술하여 전략학자로 각광을 받았다.

그런 가운데 1991년 러시아에서 '8월 쿠데타'가 일어나면서 소련이 붕괴하고, 정치사상으로서의 소비에트 공산주의(Soviet Communism)는 지상에서 소멸했다. 그렇다면 그뒤 신보수주의파인 조지타운 대학파와, 이와 대립하고 있던 자유주의 보수파 및 근본보수파를 포괄하는 시카고 대학파는 어떻게 되었을까. 소비에트 공산주의라는 국민 공통의 적을 잃어버린 결과, 미국의 지식인과 정치가 그리고 관료들 사이에는 실제로 여러 가지 문제가 일어났다.

그 중 조지타운 대학파는 소비에트 붕괴 이전부터 세계 각지의 분쟁지역에 대 소비에트 전략과 흡사한 적극적 군사개입이론인 '세계 경찰관'(World police 또는 Global Cop)론을 일찍이 제기하고 있었기에, 오늘날에 와서도 신보수주의파 내부의 연대는 무너지지 않았다. 그들의 입장은 한마디로 글로벌리즘(Globalism)인데, "미국은 앞으로도 힘으로써 세계를 관리 · 지도 · 통제해 나가야 한다"는 입장이다. 때문에 그들 신보수주의파는 민주당뿐만 아니라 공화당까지도 점령하고 있는 글로벌리스트의 첨병인 셈이다. 이에 대항하여 반(反)글로벌리즘을 주창하는 시카고 학파는 근본보수파 내부의 사상대립으로 균열 조짐을 보이고 있다.

한편, 빌 클린턴 대통령의 불륜 문제를 치열하게 공격했던 '근본보수파'이자 교육사상가인 **윌리엄(빌) 베넷**(William〔Bill〕Bennett)은 1984년부터 레이건 정권의 교육부 장관(Secretary of Education)을 지냈다. 또한 황폐화된 미국의 초등국민교육을 개혁해야 한다면서, 날카롭고도 구체적인 제언을 행한 학자이기도 하다. 즉, 윤리 도덕의 중시를 강조했던 그는, '거짓말을 하지 않는' 사람에 의한 정치를 주장한다.

그리고 그는 하버드 대학 교수 재직시절, 베스트셀러인 『미덕의 책 *The Book of Virtues*』(1993)을 썼는데, 그의 영향을 받아서인지 미국 국민은 점점 더 보수화되어, 현재 가족 · 종교 · 지역사회(공동체)를 소중히 여기는 분위기로 회귀하고 있다. 요컨대 그는 교육문제와 청소년 범죄 · 비행문제를 전문으로 다루는 교육철학자로, 민주당 자유파 교육단체와 오랫동안 투쟁해온 인물이며, 1984년 레이건 정권 2기 때는 교육부 장관을 맡아 미국 초등교육의 개혁을 열렬히 부르짖었던 보수파 지식인이다.

여기서 몇 개의 정치파로 나뉘어 그 성격을 한마디로 규정지을 수 없는 하버드 대학을 잠시 언급해보자. 먼저 하버드 대학 전체적으로는 '전통적 민주당원'(Classical Democrat)이 많기 때문에 예로부터 민주당의 아성으로 여겨지고 있다. 나는 오래 전에 친구의 초청으로 하버드 대학의 졸업식에 참석한 적이 있는데, 그때 이사 교수(board professor)들이 차례로 연단에 올라가서 격렬하게 공화당 공격 연설을 하는 것을 본 적이 있다. 이렇듯 미국에서는 졸업식 기념 연설마저도 정치적이다. 자유파가 지배하는 하버드 대학은 일본에 비유하자면 도쿄 대학에 해당되겠지만, 사실은 보수사상파의 시카고 대학이 가장 우수한 대학이며 미국 국내에서는 이러한 평가가 실제로 통용되고 있다.

또한 하버드 대학에는 케네디 행정대학원(Kennedy School of Government. 보통 K School이라고 함)'이 있는데, 여기에 케네디파라고 불리는 한 세력이 있다. 물론 현 대학원장 조지프 나이(Joseph Nye)는, 열성적인 신보수주의파다. 그런가 하면 보스턴 교외의 하버드 대학 근처에 터프츠 대학(Tufts Univ.)이 있다. 여기에도 신보수주의파가 모여 있는 플레처 법률외교연구소(Fletcher School of Law and Diplomacy)가 있다.

단, 하버드 대학에 대학 전체의 고등연구기관 기능을 겸하고 있는 하버드 대학 법률대학원(Harvard Law School)이 있기는 해도 대외적으로 정치문제를 연구하는 기관이 없다. 그래서 하버드의 인재들은 터프츠 대학의 플레처 연구소로 흘러들어가고 있고, 이 플레처 연구소도 신보수주의파로 분류된다. 그러나 이곳 사람들은 하버드 대학 공동체 내에서는 일단 민주당계 자유파에 속하지만, 내부 상황을 속속들이 아는 지식인 세계에서는 이와는 상당히 다른 모습으로 인식되어 있다. 왜냐하면 그들이 한 무리의 박쥐처럼 '신보수주의'의 이중적 태도를 취하고 있기 때문이다.

한편, 하버드 대학과 터프츠 대학이 있는 매사추세츠주 보스턴 시에는 그 외에도 보스턴 대학(Boston University : 이 대학은 Boston College와는 다른 학교다. Boston College는 가톨릭계 학교다)이 있다. 이 대학의 존 실버(John Silber)라는 유명한 학자는 오랫동안 보스턴 대학의 학장을 지냈는데, 1980년에 그가 매사추세츠주 민주당의 지지를 받아 상원의원 선거에 출마한다는 이야기가 있었다. 하지만 존 실버도 레이건 데모크라트다. 즉, 오랫동안 민주당원이었다가 사상을 바꿔 레이건 지지로 돌아선 인물 중 하나이다. 결국 그는 선거자금과 지지 모체 및 그 밖의 문제로 인해 선거 출마가 무산되고 말았다.

신보수주의파와 레이건 데모크라트의 출현으로 선거에서 손해를 본 인물이 또 있는데, 1984년 대통령선거 때 민주당 대통령후보였던 월터 먼데일(Walter Mondale)도 이에 해당된다. 그는 호각의 경쟁 상대는 되지 못했지만 한때 레이건의 공화당과 대통령전에서 분투를 했던 의회정치가였다. 1984년 선거에서 처음에는 레이건과 호각을 이룰 것으로 예상되었지만 막상 뚜껑을 열고 보니 레이건의 압승으로 끝났다. 이때 레이건에 대한 국민 지지율은 80% 정도에 이를 정도로 대단했다. 즉, 정치관료나 의회정치가들로부터는 별로 환영을 받지 못했던 레이건은 대신 국민 대중에게서 압도적인 인기를 모았다. 먼데일은 그후 정계에서 은퇴하다시피 했고, 그의 외모에서 풍기는 분위기 탓에 '멀레이즈(malaise : 우울한) 먼데일'이라고 불렸는데, 이처럼 정치가의 승패에 대한 미국 국민의 태도는 지극히 엄격하다.

그런가 하면 JFK의 측근 학자였던 아서 슐레징거(Arthur Schlesinger Jr.)와 〈뉴욕 타임스〉의 칼럼니스트 톰 위커(Tom Wicker)도 넓은 의미에서는 신보수주의파로 전향한 사람들이다. 그 밖에 케네디 3형제 중에서 아직 생존해 있는 **에드워드(테드) 케네디**(Edward[Ted] Kennedy) 상원의원파로 흘러간 사람

에드워드(테드) 케네디

들도 있다. 그러나 테드 케네디는 동승한 젊은 여성을 자동차 사고로 죽게 한 채퍼퀴딕 사건 이후 대통령이 될 싹이 아예 잘리고 말았다. 그러나 여기에는 또 다른 내막이 있다. 즉, 오늘날에 이르기까지 백인 상류층을 이루는 와스프(WASP) 계급에 의한, 아일랜드계인 '케네디 가(家) 괴롭히기'라는 길고 긴 역사가 있는 것이다. 케네디파에 대해서는 뒤에서 다시 언급하기로 한다.

부시를 흔들어 낙선시킨 태풍의 눈

여기서 특이한 보수언론인 **패트릭(팻) 뷰캐넌**(Patrick[Pat] Buchanan)을 또다시 소개하지 않을 수 없다.

1992년 대통령선거에서 공화당 내 후보로 나선 뷰

패트릭 뷰캐넌

캐넌은 태풍의 눈이 되어 공화당 내부를 크게 요동시켰고, 그 결과 조지 부시(George Bush)가 대통령

자리에서 물러나는 데 원인을 제공한 인물이다. 그는 강고한 의지를 가진 우익 체질의 인물인데, 그의 저서 『태어날 때부터 우익 *Right from the Beginning*』(1988)이라는 책을 읽어보면 잘 알 수 있다. 실제로도 1996년에 다시 대통령선거에 출마한 그는 미국 공화당 보수파의 입장에서 미국 국민을 국내문제 우선주의(Isolationism : 말뜻 자체는 고립주의지만, 국내문제 우선주의로 번역하는 것이 옳다)로 회귀시키려고 했다.

그가 정치평론계에 발을 들이게 된 것은 보수본류인 〈내셔널 리뷰〉의 편집을 담당했던 인연에서 비롯되었다. 즉, 〈내셔널 리뷰〉의 워싱턴 에디터(Washington Editor : 정치문제 편집자)를 지냈고, 한때는 뉴욕 본사에서도 근무했던 그는, 1960년대 말 리처드 닉슨(Richard Nixon) 대통령의 연설원고 작성자(speech writer)로 발탁된다. 그런 만큼 닉슨 정권의 주요 측근 중 한 명이었다고 할 수 있는데, 대통령 보좌관(Presidential aides)이나 각료를 지낸 적은 없지만, 백악관의 언론담당부장(Director of Communications)으로서 정권의 중추를 지탱했던 것은 사실이다. 워터게이트 사건 때 녹음 테이프를 어떻게 하는 것이 좋겠는가, 하고 닉슨이 물어보았을 때 "태워버리라"고 조언했던 사람도 바로 그라고 하는데, 이 사실은 헌터 톰슨(Hunter S. Thompson)이라는 과격한 좌익평론가의 저서 『불운한 자의 노래 *Songs of the Doomed*』(1991)에서 밝혀졌다.

그러한 뷰캐넌은 오래 전부터 〈내셔널 리뷰〉와 그 밖의 신문사에서 근무하면서 칼럼을 써왔다. 그리고 이 칼럼들은 신문기사 배급 시스템을 통해 세계에 배급되는 '신디케이티드 칼럼'(syndicated column)으로서, 미국 국내뿐 아니라 세계의 약 5백 개 영자신문에 지금까지 죽 실려왔다.

미국 일급 칼럼니스트(사회 · 정치평론가)의 힘을 가볍게 보아서는 안 된다. 그것은 일본 국내 잡지나 신문 칼럼에서만 통하는 일본 언론인의 '국내 언론'과는 차원이 다르다. 다시 말해 그들의 대상은 전세계인 반면, 일본의 칼럼은 일본이라는 섬나라에 국한된다. 즉, 그들의 칼럼은 영어로 일상생활과 지식생활을 영유하는 유럽인을 비롯, 구(舊) 대영제국 (The Commonwealth of Nations)의 나라들로 퍼져간다. 이러한 중대한 사실을 일본의 모든 언론인들도 이제 분명히 직시해야 한다. 일본은 기껏해야 5백만 명 정도의 지식층 독자가 있지만, 미국을 포함한 영어권은 10억 명에 달하고, 게다가 독자 대부분이 나름대로 정치적 견해를 가지고 있으며 어느 정도 교육을 받은 계층들이다.

이런 상황에서 팻 뷰캐넌은 1992년 봄, 재선을 노리는 조지 부시에 대항하여 공화당 대통령후보자 경선에 갑자기 등장했다. 더욱이 중반전까지만 해도 태풍의 눈으로서 공화당 내부의 매파·우파의 지지를 얻어냈는데, 도중에 힘이 떨어지는 바람에 당 지명선거에서는 패했다. 일개 언론지식인으로서는 자금력이나 지지세력, 그 밖의 여러 가지 면에서 기성 정치인과는 상대가 되지 않았던 것이다. 그는 그후 TV 매체세계에서 살아남은 케이블 텔레비전 CNN(테드 터너 회장)의 정치토론 프로그램의 정규 코멘테이터(Regular Commentator)로 활동하고 있다.

그런가 하면 1996년 대통령선거에도 출마하여 보수적인 백인 중산층의 지지를 받으면서 다시 한 번 '파퓰리즘(populism : 국민주의)의 태풍'을 만들려고 건투했다. 그러나 자유파의 주류 미디어인 〈뉴욕 타임스〉, 〈워싱턴 포스트〉가 그를 '우파의 위험한 인물'로 몰아세웠고, 바로 여기에 '미국의 알려지지 않은 비밀'이 감추어져 있다.

즉, 현재 〈내셔널 리뷰〉의 워싱턴 에디터를 맡고 있는 사람은 존 매클로린(John McClaughlin)으로, 그는 '매클로린 그룹'(The McClaughlin Group)이라는, 자신의 이름을 붙인 TV 토론 프로그램을 가지고 있다. 그런데 이 '매클로린 그룹'의 패널리스트 중 한 명이 팻 뷰캐넌이고, 언젠가 이 프로그램에 나온 그가 공화당 대통령후보로 출마하겠다고 밝힘으로써 프로그램 자체가 주목을 받았다. 참고로, 존 매클로린은 평론은 별로 쓰지 않지만, 〈내셔널 리뷰〉계의 보수본류 그룹 중 일원이다.

한편, 팻 뷰캐넌은 국제무역문제에 대해서도 보호무역주의자(Protectionist)다. 그래서 "자유무역체제(free trade system)는 이제 더 이상 미국의 현실과 맞지 않기 때문에 포기하고 우리들은 보호무역주의로 돌아가야 한다"고 주장하고 있다. 그러니까 그는 여전히 우세한 자유무역주의자들을 반대하며, '미국 국익우선', 즉 국내산업 보호를 중시하는 보호주의자로서, "American First!"(미국의 국내문제 최우선) 또는 "Stay here!"(여기에 있자)를 역설한다.

요컨대, "우리 미국인들은 이제 외국을 도우러가지 말고 이곳(국내)에 있어야 한다"는 슬로건을 공공연하게 내걸고 있는 인물이 바로 뷰캐넌이다. 1990년 걸프전쟁을 목전에 두고서도 "왜 미국의 젊은이들이 국제 석유자본과 글로벌리스트들을 위해서 중동의 사막으로 죽으러 가야 하는가"라는 주장을 폈던 인물도 바로 그다. 실제로 이 무렵 미국 내에서는 파퓰리즘과 반글로벌리즘("다른 나라 일에 간섭 말라", "미국은 미국 내에서 평화롭게 살면 된다") 논조가 갑자기 끓어오르기 시작했는데, 이는 현재의 미국 정치를 통찰할 때 빠뜨릴 수 없는 아주 중요한 흐름이다.

미국의 언론지는 정치투쟁의 전장이다

존 매클로린은 언젠가 자신이 기획한 TV 프로그램에서 민주당 자유파 계통의 잡지인 〈뉴 리퍼블릭 *The New Republic*〉의 평론가들과 격렬한 논쟁을 벌였다. 이 〈뉴 리퍼블릭〉은 모티머 주커만(Mortimer Zuckerman)이라는 상당한 재력의 부동산업자가 1980년대에 주식을 사들여 경영권을 인수, 재출발한 고급 언론지로서, 모티머 주커만은 현재 〈애틀랜틱 먼슬리 리뷰 *The Atlantic Monthly Review*〉, 〈유에스 뉴스 앤드 월드 리포트 *US News & World Report*〉, 〈뉴 리퍼블릭〉의 사주 또는 대주주다.

<애틀랜틱 먼슬리 리뷰>는 150년 전에 창간된 유서 깊은 잡지다. 주커만은 1980년 이 잡지를 3백만 달러에 사들였고 <뉴요커 *The New Yorker*>의 유능한 편집자였던 윌리엄 휘오스(William Whiworth)를 데려와 편집장에 앉혔다. 이후 1981년 말, 레이건 정권 초기의 재무부 예산국장이었던 젊은 신예 이론경제학자 데이비드 스톡맨(David Stockman)이 레이건 정권의 경제정책 허실을 폭로하는 기사를 발표했는데, 이 논문을 <애틀랜틱 먼슬리 리뷰>가 게재하여 잡지의 명성을 회복했다. 당시 스톡맨은 "레이건 정권은 서플라이 사이더(Supply-Sider : 공급자중시와 대감세)파와 경기관리정책(적자재정 용인)파라는 상반되는 두 가지 경제정책을 동시에 시행하고 있다"는, 앞서 설명한 레이거노믹스(Reaganomics)의 근본적인 모순을 지적했다. 하지만 한 사람, 한 사람씩 이름까지 거론하면서 문제점들을 폭로했던 데이비드 스톡맨은 그후 '서플라이 사이더의 로베스피에르(사형 집행인)'라고 불렸으며 친구나 선배 지식인들로부터 공포와 기피 대상이 되었다. 또 스톡맨의 하버드 대학 교수 시절 스승이 바로 패트릭 모이니한 상원의원이다.

한편, <애틀랜틱 먼슬리 리뷰>의 편집자 중 한 명인 **제임스 팰로우즈**(James Fallows)는 일본에 1년 반 동안 체재하면서 『일본을 봉쇄하라 *Containing Japan*』(1991)는 책을 쓴 인물이다. 그래서 '일본 두들겨패기(Japan Basher) 사천왕' 중 한 명으로 불리는데, 나중에 <애틀랜틱 먼슬리 리뷰>의 워싱턴 담당 편집장이 되었다. 원래 그는 민주당계 자유파 지식

제임스 팰로우즈

인이었지만, 그가 내뱉는 주장들이 점차 반글로벌리스트 성향을 띠었으므로 글로벌리스트 그룹에서 추방된 듯하다.

어쨌든 주커만이 <유에스 뉴스>를 약 2억 달러에 사들인 것은 1984년의 일이다. 그리고 <뉴 리퍼블릭> 경영에 참가하여 자금을 원조함으로써

적자경영을 벗어나게 한 것도 1984년의 일이다. 실업가치고는 다소 젊은 그는 유대인 이민자로서 1977년에 미국 시민권을 획득했다. 그런데 아무리 부동산업자로 대성공을 거두었다고 해도, 도대체 어떻게 미국의 주요 미디어를 사들일 수 있었을까.

그렇다고 나는 '유대인 음모이론'(Conspiracy theory)에는 동의하지 않는다. 특히 유대계 사람들끼리도 내부적으로는 입장이 서로 분열·대립하고 있다는 사실을 잘 알고 있기 때문에 그 한마디로 설명하기는 어렵다고 생각한다. 그렇지만 이런저런 사실에 대하여 설명할 필요는 있을 것이다. 게다가 나는 정치문제에 진지한 관심을 기울이고 있는 미국의 지식인층들이 신중하게 의견을 내놓을 때 말했던 내용들을 기억하고 있다. 따라서 주커만이 미국의 주요 미디어를 사들이게 된 배경에도 역시 '무엇인가 있을 것'이라는 생각이 든다. 물론 공공연한 사실 이상의 것은 알지 못한다. 그러나 미국의 현대정치를 이해하는 데 필요한 사실에 대해서는 조심스러움이나 편견, 불필요한 자기 억제의 태도를 버리고 반드시 쓸 생각이다.

80년의 전통을 지닌 〈유에스 뉴스 *US News*〉의 창간자인 데이비드 로렌스(David Lawrence)는 별도로 〈월드 리포트 *World Report*〉라는 잡지를 발행했는데, 제2차 세계대전 후 두 잡지가 합병되면서 현재의 〈유에스 뉴스 앤 월드 리포트〉로 바뀌었다. 데이비드 로렌스는 학창시절부터, 나중에 대통령이 된 우드로 윌슨(Woodrow Wilson)과 가까운 사이였다. 대부분의 사람들은 윌슨 대통령 하면 제1차 세계대전 후 국제연맹(The League of Nations)을 창설하고 '민족자결'을 내용으로 하는 '윌슨 독트린'을 주창한 인물로 기억하지만, 그는 프린스턴 대학 학장을 역임한 학자였다. 동시에 민주당의 추천을 받아 1913년 대통령이 된 지식인 정치가였다.

앞서 이야기했듯이 미국에서는(유럽도 마찬가지로) 훌륭한 자질을 갖춘 지식인은 돈이 없어도 국민정치가(국가지도자)가 되는 경우가 많다. 그러나 일본에서의 지식인 하면, 에도(江戶) 시대의 유학자들이 스스로를 '밥이나 축내는 존재'라고 비하했듯이 현실에 전혀 도움이 안 되면서 말만 번드레한 존재로 치부되어온 것이 사실이다. 즉, 그저 정치가에게 빌붙어서 기생하는 존재쯤으로 여겨진 것이다. 이것은 일본만의 비애로서, 실제로 일본에서는 정치적 지식인과 현실정치는 무관하다.

이러한 윌슨 대통령은 독점금지법(Anti-Trust), 여성참정권법, 금주법, 조합보호법, 8시간 노동제, 연방준비금제 등 뛰어난 사회정책을 도입한 지식인 대통령으로서, 현재도 자유파 지식인층뿐 아니라 일반 국민들에게도 존경받는 인물이다. 반면 멕시코와의 전쟁(1913년 이후의 전쟁, 예를 들면 1916년의 대 판초빌라 전쟁) 등 대외분쟁에 임해서는 미국의 국익을 우선시하는 강경 입장을 취하기도 했다.

사실 민주당이 집권당으로 처음 등장하게 된 것도 바로 윌슨 대통령 때의 일이며, 이 흐름은 1930년대 프랭클린 루스벨트 정권의 뉴딜정책의 원류를 형성하게 된다.

어쨌든 뉴욕 중심부에서 30킬로미터 남서쪽에 있는 명문 프린스턴 대학의 우드로 윌슨 연구소는 그를 기리는 민주당계의 전통 있는 연구소(Think-Tank)이며, 미국의 글로벌리스트 전략(세계관리·지배전략)도 그의 대통령 시절부터 시작되었다고 할 수 있다.

레이건 데모크라트의 파도가 소련을 붕괴시켰다

이렇듯 〈유에스 뉴스〉, 〈애틀랜틱〉, 〈뉴 리퍼블릭〉과 같은 미디어들은 모두 민주당과 가까운 자유파 계통의 잡지가 되었다. 그러나 〈뉴 리퍼블릭〉만은 자유파적인 성격을 띠면서도, 1984년에 레이건 정권이 단행한 중미 니카라과, 엘살바도르 등에서의 강경 군사개입 방침을 지지하는 등 점차 변덕스럽고 도발적인 언론지로 탈바꿈했다. 심지어 1983년 대통령 선거 당시에도 처음에는 민주당의 먼데일 후보를 응원했다가 나중에는 공화당의 레이건을 지원하는 논조로 바뀌었는데, 바로 이러한 움직임들이 레이건 데모크라트의 파도를 낳았다.

그러니까 잡지 그 자체는 자유파적 성향을 지녔지만 전체적인 집필자와 편집자들은 신보수주의로 기울었던 것이다. 그러자 이 매체의 독자층은 반대투표(cross-voting) 행동에 나섰고, 결국 레이건 공화당에게 표를 던짐으로써 레이건 데모크라트가 탄생하게 되었다. 이것이 1980년대 미국 최대의 정치적 지각변동이었는데, 미국 내에서는 이러한 크로스 보팅 현상을, 유권자들이 자신의 정치적 입장과 신념의 변경에 대해서 심사숙고 끝에 내린 정직한 결과라고 받아들이고 있다.

그러나 여기서 우리가 주목해야 할 사실은 이때 미국 국민의 결단이 레이건 대통령에 대한 지지율 80%의 형태로 나타났다는 것이다. 뿐만 아니라 그것은 곧 레이건 정권의 단호한 결의로 이어졌고, 이것이 소비에트 제국을 붕괴로 이끌게 된다.

물론 역사의 판단에 맡겨야 할 부분이겠지만, 현재 나는 "소비에트를 용서할 수 없다, 그냥 두어서는 안 된다"는 레이건 데모크라트를 형성한 미국 국민의 의사가 소비에트 러시아(러시아 마르크스주의)를 무너뜨렸다고 판정한다. 또 이 커다란 시점(視點)을 배제하고 현대 세계사를 말하는 것은 불가능하다. 다시 말해 "스타워즈 계획(SDI)의 하이테크 기술경쟁에 대응하지 못하여 소련이 붕괴했다"는 식으로 하찮은 기술문제 차원으로 한정시키는 것은 극히 보통의 정치분석이며, 정치사상의 의의를 무시한 편협된 시각이다.

"나는 서민이기 때문에 민주당을 지지해왔다. 때문에 가진 자들의 정당인 공화당은 싫다. 하지만 그렇다고 해서 소비에트 공산주의의 횡포를 이대로 용서할 수만은 없다. 설사 군사예산이 늘어 재정적자가 커진다 하더라도 레이건의 소련에 대한 대결노선 강화를 지지한다."

요컨대 이렇게 결단한, 본래 자유적 성향이었던 국민의 태도 변화야말로 그 어느 때보다 중요했다.

그와 함께 레이건 데모크라트는 국내문제에서 '사회복지를 위한 증세'에 반대하는 의사를 표명했다. 이는 '사회복지중시＝중세＝관료국가의 비대화'로 이어지기 때문인데, 이제는 더 이상 종래의 자유파 민주당 정치가들을 지지할 수 없다는 말이기도 했다.

사실 복지문제에서 중요한 것은 "그러면 그 복지에 사용되는 돈은 도대체 누가 지불하는가" 하는 문제로 귀착된다. 그러자 레이건 보수혁명 지지로 돌아선 미국 민중의 의식 변화의 파도가 이윽고 반복지와 감세를 강경하게 주장하는 자유보수주의(후에 기술할 프리드먼의 '작은 정부론'도 여기에 속함)를 낳았고, 이것이 현재의 미국 정치를 설명하는 데서 중요한 세력이 되고 있음을 알 수 있다.

그러니까 이것이 1980년대 미국에서 실제로 일어난 사태다. 즉, 소비에트 러시아에 승리하고 공산 중국을 막다른 곳으로 몰아넣었으며 걸프 전쟁(1991년)을 통한 '외부지향' 글로벌리즘 시대를 밀고 왔지만, 미국 내에서는 이제 커다란 역류가 소용돌이치고 있다.

한마디로 그것은 국내문제 우선의 반글로벌리즘 움직임인데, 초조해진 뉴욕의 금융 재계인들은 이 움직임을 봉쇄하기 위해 젊은 서민파 빌 클린턴(Bill Clinton)을 대통령으로 세움으로써 민중의 불만을 가라앉히려 했다. 이처럼 미국 정치의 역동성은 참으로 예상하기 힘들 정도로 격렬하고, 그런 미국의 국민은 현재 조금씩 '내부지향'이 되어가고 있다.

전쟁을 싫어하는 쪽은 공화당이다

제2차 세계대전 전에 고립주의(Isolationist : 외국 일에 관여하지 않는 파)의 입장을 취했던 쪽은 공화당이었다.

특히 **로버트 태프트**(Robert Taft) 상원의원은 전후의 고립주의를 대표하는 인물이다. 그는 유명한 노동조합 활동규제법률 '태프트 하트레이법'을 만드는 등 국내문제에 대해서는 극단적인 반공적·근본보수적인 사람이었지만, 외교·국제문제에서는 온건(dove)파였다.

그는 대통령후보인 드와이트 아이젠하워(Dwight David Eisenhower)와 공화당 내에서 경쟁했을 때부터, 고립주의 입장을 강하게 주장했다. 한편, 아이젠하워는 순수한 군인으로서 제2차 세계대전의 영웅(유럽연합군 최고사령관)이었다. 그러나 더글러스 맥아더가 '반역의 의심이 있는 장군'(The Rebel General)이라는 낙인이 찍혀 워싱턴 정가에서 실각한 후, 1953년에 대통령으로 당선되었고, 대통령에 당선되자마자 미국의 대기업 간부들을 대거 각료로 영입하는 등, 노골적으로 미국의 세계적 권익을 보호하는 데 앞장섰다.

나중에 설명하겠지만, 이는 뉴욕 재계의 총수격인 데이비드 록펠러 등 글로벌리스트의 입장에 따른 것이었고, 따라서 공화당 내의 전통적인 고립주의와 정면으로 부딪쳤다.

여기서 '글로벌리스트'(세계주의자)란 "미국은 세계의 질서유지를 위해 책임을 진다"는 뜻이며, 필요에 따라서는 군사적 진출도 당연한 일이다. 더욱이 드와이트 아이젠하워는 군인출신 대통령(1953~1961년 재임)이었으므로, 국방·군수산업계와 세계 각지에 나가 있는 미국 대기업의 이익을 위하여 당연히 글로벌리스트의 입장을 취했다. 그러나 이 아이젠하워도 퇴임하는 자리에서는 "미국을 군산복합체(The Military-Industry Complex)가 지배하고 있다"는, 분노에 찬 고백 연설을 하고는 국민으로 복귀했다.

로버트 태프트의 아버지 윌리엄 태프트(William Taft)는 전임 대통령인 테어도어 루스벨트(Theodore Roosevelt)의 추천을 받아 공화당 후보로 대통령이 된 사람(1909~13년 재임)이다. 그러나 태프트는 대통령이 된 뒤 루스벨트가 시행했던 혁신적 정책을 멀리하고 재산가를 우대하는 공화당 본래의 보수적 정책으로 돌아갔다. 이를 못마땅하게 생각한 루스벨트는 탈당하여 혁신당(Progress Party)을 조직하고 1913년 선거에서 제3당 후보로 출마했으나, 태프트와의 분열 결과 둘 다 민주당의 우드로 윌슨에게 패했다.

요컨대, 테어도어(테디) 루스벨트와 우드로 윌슨은 강력한 지도력을 발휘, 국내에서는 민주적인 정책을 추진하여 국민에게 압도적인 인기를 모은 대통령이었다. 그러나 대외적으로는 포함외교(砲艦外交, Gunboat Diplomacy), 즉 군사력을 동원하여 약소국을 억압했던 대통령이기도 하다.

그러니까 미국은 이때부터 세계 패권을 목표로 움직이기 시작했다. 참고로, 민주적(Democratic)이라는 수식어가 붙으면 평화주의자인 만큼 전쟁을 하지 않는다고 생각하는 것은 큰 착각이다. 오히려 '민주주의'라는 이름 아래 국민 다수의 지지를 얻을 수만 있다면 전쟁이든, 해외파병이든 무엇이나 할 수 있는 것이 미국의 정치다.

이처럼 공화당 내의 고립주의와 세계주의의 대립은 뿌리가 깊다. 즉, 전쟁 전까지는 고립주의가 공화당의 성격을 규정하고 계속 주류를 형성해왔으나, 전후에는 소비에트 공산주의와의 대결 필요성 때문에 세계주의(소비에트 봉쇄전략)의 시대가 이어졌다.

그러다가 소비에트의 위협이 사라진 1990년에 걸프전쟁을 해야 하는가 맡아야 하는가에 대한 논의를 계기로 갑자기 공화당 내에서 다시 '전쟁반대'를 외치는 '국내 우선주의'의 불꽃이 피어올랐다. 그런데 국제적 강제 집행으로서의 걸프전쟁(1991년 1월)은 사실 이라크를 교묘하게 함정에 빠뜨리는 한편, 동맹국들을 달래기 위한 것이었다.

이런 상황에서 이듬해인 1992년 대통령선거 때 국내 우선주의라는 기치를 내걸고 등장한 인물이 앞에서 말한 팻 뷰캐넌이다. 한편, 1991년에는 보수와 자유를 불문하고 실로 많은 신문과 언론잡지에서 뷰캐넌의 이러한 주장에 동조하여, "이제 미국은 집으로 돌아가야 한다", "집으로 돌아가자"(It's Time for Americans to Turn Inward)는 칼럼과 평론이 게재되었다. 그런가 하면 공화당 내에서도 미시시피주 출신 태드 코크란(Thad Cochran) 상원의원 등이 팻 뷰캐넌 지지 의사를 밝혔다. 한편, 뷰캐넌은 선거연설 중, 유럽의 NATO 파견군은 물론이고 "한국과 일본의 주둔 미군도 철수시켜라. 소비에트 러시아가 붕괴된 지금, 이들 지역에 미군을 주둔시킨다고 해서 미국의 안전보장(national security)에 도대체 무슨 도움이 된다는 말인가"라는, 실로 주목할 만한 발언을 했다.

이런 움직임은 결과적으로 공화당 내를 혼란시켰고, 걸프전쟁 승리 직후에 90%라는 경이적인 국민지지율을 기록했던 부시 대통령은 그로부터 불과 1년 만에 지지율이 떨어져, 예상을 뒤엎고 대통령선거에서 패했다. 미국 국민이 드디어 외국 전쟁의 관여에 의문을 품은 것이다.

부시 전 대통령은 레이건의 뒤를 이어 대통령이 되자, 1989년에 일찍이 '냉전 종식 선언'을 발표하고, "우리는 소비에트를 타도하고 마침내 냉전에서 승리했다", "공산주의를 지상에서 평화적으로 소멸시켰다"고 소리 높여 외쳤다. 그후 '세계 신질서'(New World Order)라는 신보수주의파적인 신표어를 내걸고 대통령 연임에 도전했으나 뭔가 알 수 없는 큰 힘에 의해 끌려내려오고 말았다. 그런데 바로 이 움직임의 배후에 공화당 내의 국내 우선주의자와 종교우파(Religious Right), 자유주의파의 사상이 크게 가로놓여 있었다.

'미국 제일주의'(America First!)의 조류가 흐르기 시작했다

팻 뷰캐넌이 신고립주의(Neo-Isolationism)를 주장하기 시작한 것은 1988년경부터다. TV 토론회 등에서의 그의 발언을 살펴보면, 그 이전에는 극히 보통의 보수본류파(버크주의)적인 코멘트를 했다. 다만 닉슨 대통령의 연설문 작성자로 일했던 이유 때문인지, 경제문제에 대해서만은 정부에 의한 규제와 개입을 용인하는 입장이었다. 이런 면에서 그는 규제반대파나 자유주의파와 대립한다. 하지만 정부에 의한 통제를 인정한다는 점에서 거꾸로 민주당 내 온건파 사람들과 가깝다.

따라서 뷰캐넌이 만일 차기 대통령선거에 출마한다면 의외로 민주당 내 온건파(거대 노동조합의 간부들)의 지지를 얻을 수도 있을 것이다. 미국의 국내 산업을 보호하고 고용을 유지해야 한다는 입장은 "외국에서 들어온 기업의 활동을 규제하는 것은 당연하다"는, '선별 대응'(selective application)을 긍정하는 입장이니 말이다. 동시에 이는 명백히 자유무역체제(Free-Tradism)의 부정이다.

이렇듯 "경우에 따라서 달리 대응을 한다"는 자세는 인간이 어떤 원리(principle)에 입각해서 자신의 사상을 끝까지 고수한다는 생각과 대립되며, 그때그때 따라서 법률해석을 달리해도 좋다는 사고방식이다. 그런데 이러한 사고방식은 예전부터 당연하게 받아들였던 일본의 경우 '사고가 유연한 사람'으로서 바람직스럽게 보일 수도 있다. 하지만 미국에서는 분명히 문제가 되는 부분이다.

구미사회에서는 "이 사람은 어떤 원리에 따라 행동하는가" 하는 것이 주변에 분명히 인식되고, 그 사람의 삶의 방식으로서 존중된다. 물론 그러한 원리가 시대의 풍향에 따라 순풍일 때도 역풍일 때도 있지만, 자신의 원리에 따른 삶의 방식을 바꾸지는 않는다. 따라서 자신의 원리를 쉽게 바꾸는 사람은 주변으로부터 존경받을 수가 없다. 이 점은 지식인이나 정치가의 경우에는 더 심해 원리를 갖지 않은 인물은 결코 존경받지 못한다. 그러나 문명의 주변속국인 일본인의 경우는 대부분의 사람들이 원리를 갖고 있지 않고 그때그때의 풍향에 맞추어 살고 있기 때문에 이 '원리에 따라 산다'는 것이 잘 납득이 가지 않을 것이다.

그런 점에서 팻 뷰캐넌은 무역문제에서는 분명한 보호무역론자이지, 자유무역론자가 아니다. 보호무역론을 주장했던 가장 유명한 인물은 오히려 **헨리 S. 잭슨**(Henry Scoop Jackson)이었다. 그는 태평양 연안의 워싱턴주 출신 민주당 상원의원으로, 주도(州都)인 시애틀에 본부를 둔 보잉사를 두둔하기 위해서인지 몰라도 민주당 매파로서 "미국이 해외에서 군사적으로 움직일 필요가 있다면 언제든지 즉각 나서야 한다"고 주장하는 인물이다. 그런 그는 1960년대 JFK파의 흐름을 타고 케네디파의 자유주의자였지만 그후 신보수주의자가 되었다. 그러니까 이 헨리 잭슨과 대니얼 패트릭 모이니한이 민주당 내의 신보수주의자다.

그러나 정치가로서 같은 신보수주의자일지라도 1980년대에 민주당을 박차고 나와 공화당으로 바꿔 탄 진 커크패트릭, 에드워드 루트워크 등 조지타운 대학 국제전략문제연구소 일파(현재는 AEI : American Enterprise Institute 쪽으로 중심을 옮겼다)나 노먼 포도레츠, 어빙 크리스톨 등의 거물 언론인들과는 성분이 다르다. 외교면에서 그는 여전히 보잉사의 전략폭격기의 끊임없는 제조를 위하여 힘쓰고 있기 때문이다.

원래 내부지향적이었던 공화당이 1950년대에 아이젠하워 그룹이 대두하자 군사 · 국방산업계의 인물들을 중심으로 "미국은 해외에서 장사와 기타 여러 가지 일을 하자"는 정책을 추진했다는 사실은 앞서 설명했다. 따라서 이 인물들은 FDR(프랭클린 델러노 루스벨트 Franklin Delano Roosevelt의 약칭)의 민주당 '뉴딜파'와 외교면에서 비슷한 사고를 가지고 있다. 이 FDR은 국내에서는 복지 우선과 약자 구제의 자유적 정치를 강력하게 추진하여 국민 대중에게 인기가 있었으나, 해외에서는 미국의 권익을 지키기 위해 강경한 외교 수단과 군사 진출을 서슴지 않았다.

특히 아이젠하워 대통령의 동생 밀턴 아이젠하워(Milton Eisenhower)는 1930년대 민주당 프랭클린 루스벨트 대통령이 실천한 뉴딜파 경제학을 전후 공화당에 도입한 경제학자로 알려져 있다.

여기서 뉴딜파란 한마디로 말하면 '미국형 은둔 사회주의자들'인데, 이 붉은 뉴딜파의 영향을 받은 일류대학 출신의 엘리트 법무장교들이 패전 직후 일본의 GHQ(연합군총사령부. 정확히 말하면 SCAP, 즉 Supreme Commander for the Allied Powers)에 부임했다. 그 중에서도 GHQ 내의 민정국(民政局)은 그들의 거점이었다. 요컨대 일본국 헌법을 9일 만에 만들어 일본인들에게 강제적으로 선물한 것이 바로 그들이다.

그러나 그들은 훗날 한국전쟁이 시작된 1950년대 매카시즘(McCarthyism : 빨갱이 사냥)이라는 한바탕 태풍 속에서 군인 신분으로 본국에 송환당하게 된다. 그런 뒤 국방부 내 여러 자유파 관료들과 함께 리스트에 올랐는데, 결국 공산주의자라는 혐의로 조사를 받고 재판에 회부되어 공직에서 추방당했다.

그러니까 매카시즘 문제는 미국 정치가나 의회 차원에서는 이렇게 1950년대에 이미 결론이 나 있었다. 다시 말해 정계 차원에서 최종적으로 공화당 내의 아이젠하워파와 조지프 매카시(빨갱이 사냥의 추진자)파가 충돌하고, 이때 매카시파가 패해 정치적 영향력을 잃어가는 것으로써 지극히 간단한, 그러나 사실을 꿰뚫는 이해라 할 수 있다.

하지만 미국의 일반 국민 사이에서는 그후에도 오랫동안 소비에트 공산주의에 대한 공포감과 증오의 감정이 확산되는 등 매카시즘의 영향은 1960년대 중반까지 계속되었다.

공화당의 보수주의를 지지하는 중소기업 경영자들

자유의지론자의 원조 가운데 한 사람인 배리 골드워터(Barry Goldwater)는 1960년대의 정치가다. 그의 경쟁자 케네디 대통령은 2기째에도 민주당의 후보자가 될 예정이었으나 1963년 11월 유세지인 댈러스에서 암살당하고 만다. 그 결과 근본보수주의자 골드워터는 자신의 경쟁상대가 케네디에서 민주당 내 온건파인 린든 존슨으로 바뀌었고, 이때 자유파와 보수파의 균형이 무너져 대통령선거에서 지고 말았다.

린든 존슨(Lyndon B. Johnson)은 민주당원이긴 하지만 결코 자유파 정치가가 아닌 상당히 보수적인 측면을 지니고 있는 사람이었다. 존슨은 군이나 국방·군수산업계에 의해 지지된 '군산복합체'(Military-Industry Complex)를 체현한 인물이다. 존슨은 대통령이 되자 베트남전쟁에 적극적으로 미군을 투입하여, 1968년에는 파견 병력이 50만에 달했다.

다시 말하지만 제2차 세계대전 전의 미국 공화당원은 거의가 고립주의자였다. 즉, 그들이야말로 'America First!'를 주장하는, 국내문제 우선주의자였다. 이는 대서양 단독 비행기 횡단을 해냄으로써 일약 유명해진 찰스 린드버그 2세(Charles Lindbergh Jr.)가 미국의 제2차 세계대전 참전을 반대할 당시에 최초로 사용했던 말인데, 그가 벌였던 캠페인이나 단체에서 항상 사용되었다.

그리고 1990년 팻 뷰캐넌은 걸프전쟁을 앞두고 "글로벌리스트들이 장악하고 있는 아랍의 석유를 위해 미국의 젊은 병사들의 피를 흘릴 필요가 있는가", "미국은 이제 바깥일은 내버려두고 국내문제에 관심을 쏟아야 한다"고 주장하면서 팻 뷰캐넌이 'America First!'를 내세움으로써 공화당의 전통인 고립주의의 부활을 선언했다.

그런데 이런 공화당을 지지하는 사람들은 국제적 거대기업의 소유자들이 아니라, 각 지방 중견 제조기업의 경영자층과 부유한 농민층이었다. 그들은 자기들 장사가 미국 내에서 잘되면 그만이지, 군이 해외로까지 진출할 필요를 느끼지 않기 때문이다. 그러나 소련 공산주의가 점점 팽창하면서 핵 위협이 증대되자 공화당도 어쩔 수 없이 소비에트와의 대결노선을 취하고 군비증강도 인정할 수밖에 없었다. 하지만 이런 상황 속에서도 공화당은 군이 소련과의 대립을 심화시킬 생각은 없었다. 그들의 기본적인 입장은 어디까지나 미국 국내문제 우선이었던 것이다.

공화당 지지기반의 중심인 부유층과 중소기업(자영업) 경영자들도 자신의 생활을 중심으로 매사를 판단하기 때문에 자신들에게 직접적인 위협으로 다가오지 않는 한, 외국 일에 대해서는 그다지 관심을 갖지 않는다. 그것이 본래의 보수적 태도다. 예컨대, 전쟁을 치르기 위해서는 많은 돈이 필요하다. 그때 재정지출을 그 누구보다 염려하는 측이 바로 이 공화당원들이다.

따라서 군인 출신이었던 1950년대의 아이젠하워파와 달리, 공화당 내 근본보수파는 반공산주의이긴 하지만 국내문제를 최우선시하면서 고립주의를 지키고자 했다. 그러니까 골드워터는 이러한 태도를 계승하고 체현한 인물이다. 그런 까닭에 기묘하게도 공화당이 온건파가 되고, 민주당의 존슨 대통령 쪽이 강경 대결노선을 취하게 된 것이다. 덧붙여 말하면, 민주당의 뉴딜파 사람들은 1930년대 이래로 국제 비즈니스를 계속 추진해왔다.

여기에서 좀 혼란스럽기는 하지만, 순수 공화당원 내부에도 국제 비즈니스 추진파가 있다는 사실을 짚고 넘어가자.

〈타임〉의 창간자인 헨리 루스(Henry Luce)가 바로 그런 사람인데, 부인 클레어 부스 루스(Clare Booth Luce) 나중에 공화당 하원의원이 된다. 그들은 1930년대에 중국에서 국민당 지원 활동을 했는데, 그때 반공주의자가 된 사람들이다.

헨리 루스

훗날 '차이나 로비스트'(China Lobbist)로 불리게 된 이들 부부는 민주당의 체질인 국제 비즈니스 추진주의와는 다른 방향의 국제주의(Globalism)에 입각하여, 후진국을 지원하고 그 나라를 민주주의 국가로 만들기 위해 미국이 해외에서 적극적으로 활동할 것을 제안했다. 그와 동시에 전세계적으로 소비에트 공산주의와 맞서는 '반공 방파제'를 구축해갈 것도 제안했다. 우연의 일치인지 모르지만 이 시기에 공화당에서 민주당으로 전향한 사람들이 많이 나왔다. 그러니까 이런 시대를 거쳐 오늘날 민주당이 취해왔던 글로벌리즘이 공화당 내에까지 쳐들어갔다고 생각하면 될 것이다.

영원한 보수사상가들

보수사상가 **프리드리히 하예크**(Friedrich August von Hayek, 1899~1992)는 1944년에 한 권의 책을 펴낸다. 이 책이 바로 나중에 '반공 바이블'이 되어 1950년대 서방세계에서 널리 읽힌 『노예로 가는 길 *The Road to Serfdom*』이다. 이후 그는 미국으로 망명한 뒤 자유주의 정치적 계몽서인 『자유를 위한 체

프리드리히 하예크

제 *Constitution for Liberty*』(1960)라는 책을 써서 다시 한 번 미국 지식인층의 큰 호응을 얻는다. 미국의 지식인들은 대 소비에트 냉전구조 아

래에서 크게 두 가지 모습을 보여왔다. 즉, 한 그룹은
소비에트와의 긴장완화(데탕트)를 역설하는 왼편의
자유파였고, 또 다른 그룹은 대결노선을 주장하는 오
른편의 반공보수파였다. 이렇게 끊임없는 대결 속에
서 보수파로부터 새로운 하나의 흐름이 탄생하는데,
바로 하예크주의자(Hayekian)라는 그룹이다.

존 메이너드 케인스

이 하예크에 대해서는, 현대 경제학의 거인인 존
메이너드 케인스(John Maynard Keynes, 1883~1946)
와 그의 현대적 계승자인 **폴 J. 새뮤얼슨**(Paul J.
Samuelson) MIT(매사추세츠 공과대학) 교수를 위시한
민주당 자유파 경제학자들이 경제사상 및 정치사상
을 둘러싸고 대립했으나 이 부분에 대해서는 나중에
자세히 설명하기로 한다.

폴 새뮤얼슨

그 보다 루트비히 폰 미제스(Ludwig Elder von Mises, 1881~1973)라
는 하예크의 선배(혹은 스승) 경제학자가 있었다. 그 역시 1938년에 나치
독일의 박해를 피해 빈을 탈출, 멕시코를 경유하여 하예크보다 먼저 미
국으로 건너온 사람으로, 이른바 '미제스=하예크'라고 일컫는 경제학
자다. 그는 뛰어난 이론경제학 교과서를 씀으로써 빈 학파의 고전파 이
론경제학을 미국으로 이식하는 등, 수많은 미국 수재들을 길러냈으며 오
랫동안 뉴욕 주립대학 교수로 재직했다.

그와 마찬가지로, 빈에서 하버드 대학으로 건너와 미국에 오늘날의 경
제학 제국을 쌓은 인물은 바로 조지프 슘페터(Joseph Alois Schumpeter,
1883~1950)다.

그런데 슘페터가 키워낸 하버드 대학파는 미제스와 하예크가 키워낸
보수파의 시카고 대학파와 대립하게 된다. 예를 들어 수재인 폴 새뮤얼
슨은 슘페터의 제자였다. 그 밖에도 당시 슘페터가 가르쳤던 제자들 중

조지프 A. 슘페터

에는 존 케네스 갤브레이스(John Kenneth Gal-braith), 존 힉스(John R. Hicks, 1904~89), 앨빈 한센(Alvin Hansen, 1887~1975. 경제성장론으로 유명), 케인스 좌파인 존 로빈슨(Joan Robinson, 1903~83), 그리고 일본의 쓰루 시게토(都留重人. 전 히도쓰바시〔一橋〕 대학 학장) 등 기라성 같은 인물들이 있다. 특히 쓰루 시게토와 같은 인물은 고등학교 시절에 좌익학생운동에 연루되어 경찰에 체포된 적이 있었는데, 이때 그의 장래를 염려한 부친이 집을 팔아 유학자금을 마련하여 미국으로 유학 보냈다고 한다. 그러나 유감스럽게도 그는 경제학자로서 이렇다 할 만한 업적을 남기지 못했다.

한편, 하예크와 미제스는 이름에 폰(von)이라는 미들 네임(middle name)이 들어가 있는 것으로 보아 합스부르크 가(家)로 이어지는 오스트리아 귀족 가문이며, 오스트리아 왕당파(Royalist)임을 알 수 있다. 그러나 하예크와 미제스는 미국으로 건너온 이후 국왕제를 결코 인정하지 않는 미국의 민주정(Democracy) 아래에서 살아왔으며, 그렇기 때문에 정치사상적으로 시대의 흐름에 부응하는 주장을 펼 수 있었다. 당시 미국은 공화제 민주정(Republic democracy), 즉 국왕이 없는 대통령 대의제 민주정으로, 대통령을 국민의 직접투표로 선출하는 나라다. 다시 말해, '공화정(귀족제)과 민주정의 혼합체'임을 스스로 인정하는 나라인 것이다.

그런데 아리스토텔레스가 2,500년 전 『정치학 *Politica*』에서 분명히 밝히고 있듯이, 인류 최고의 통치형태는 민주정(민중대의정치)도 아니고 공화정(귀족과두정치 : 올리가르키)도 아닌 양자의 혼합체다. 그런 만큼 이러한 사실을 알고 있던 미국인들은 건국 이래 공화제 민주정치체제를 계속 유지해왔다.

따라서 하예크와 미제스는 장 자크 루소를 시조로 하는 과격한 직접민주정치(direct democracy)나 인민독재 정치체제에 반대한다. 특히 하예크는 인프라스트럭처(Infrastructure), 즉 사회의 기존토대로서 '질서'를 중요시했다. 그러니까 '올바른 질서 아래에서의 개인의 자유' 혹은 '입법체제 하에서의 자유'(Constitutional Liberty), 이것이 하예크주의적 보수주의의 중요한 요소이며, 신자유주의(New Liberalism)라는 개념 역시 하예크가 가장 먼저 사용한 말이다.

그런데 이 신자유주의와, 1980년대의 공화당 내 온건파인 잭 켐프 등의 공급자중시론에 대항하여 민주당 내 혁신파인 리처드 A. 게파트(Richard A. Gephardt) 하원의원 등이 주장한 신자유주의(Neo-Liberalism)가 다르다는 사실에 유의해야 한다. 즉, 뉴 리버럴리즘과 네오 리버럴리즘이 다르다는 사실과 하예크 역시 오늘날의 자유파가 아니라 그것과 대립하는 고전적 보수파(Classical Conservative)였다는 점을 재삼 염두에 두어야 한다.

요컨대 하예크는 자생적 질서(Spontaneous Order)를 거론했다. 즉, 인간의 사회질서란 사회 스스로가 갖춘 것으로서, 혼란을 피하고 평온한 질서를 유지하려는 힘이라는 뜻이다. 또한 혼란 뒤에도 자기 보존적으로 질서를 회복하고 끊임없이 질서를 창출하려고 한다는 것이 그의 주장이었다.

한편, 하예크와 미제스의 제자로 출발하여 시카고 학파 내의 일파를 이룬 밀턴 프리드먼의 '통화주의'(monetarist) 이론은 이 점에서 하예크의 자세를 견지하고 있다. 즉, 정부와 중앙은행의 역할을 중시하는 통화주의자는 결코 완전한(순수한) 자유시장주의자가 아니며, 경제활동 자체는 정치체제로서 최소한도의 필요한 질서를 전제로 하여 성립한다고 생각한다. 그러니까 바로 여기에서 프리드먼의 '작은 정부'(small government)라는 정치사상이 생겨났다.

그의 '작은 정부'란 글자 그대로, 정부행정기구는 작을수록 좋으며,

관료(공무원) 수를 가능한 한 삭감하는 등, 행정비용을 줄여서 그 몫만큼 국민의 세금 부담을 덜어주는 것이 현대국가에서 무엇보다도 중요한 역할이라는 주장이다. 따라서 이 입장은 각종 복지행정을 명목으로 점점 늘어나는 공공서비스가 사실은 전혀 불필요한 '반복지'임을 분명히 선언하는데, 프리드먼은 이 점에서도 하예크의 사상을 훌륭히 계승하고 있다. 하지만 바로 이 점이 전통과 정치권력을 중시하는 버크주의자(Burkean : 에드먼드 버크의 추종자)와의 대립요소였다.

요컨대 프리드먼의 사상은 경제분야에서 완전한 자유시장을 주장한다. 따라서 이것은 "정부에 의한 일체의 규제를 폐지하라"고 요구하는 순수시장주의(반국가통제주의)와 통한다. 하지만 통화주의자인 프리드먼은 어빙 피셔(Irving Fisher)의 화폐수량설 입장을 동시에 견지하고 있다. 이 화폐수량설이란 "통화발행량을 법률화하여 일정하게 해야 한다"는 주장이다. 중앙은행이 '통화발행 정수'(Marshall K)를 정책에 따라 자의적으로 조절하여 경기관리를 할 것이 아니라, 법률화된 영속적이고 공정한 힘을 통해 중립화해야 한다는 사고방식이다. 즉, 통화정책을 변수(variable)로 하여 정치가와 연방관료가 그것을 주무르지 말고, 반대로 그것을 고정하여 정수(constant)로 해야 한다는 사고방식이다. 그러나 하예크는 이 점에서 프리드먼에게 불만이었다. 그는 "한 나라에 필요한 통화량은 아무도 모른다"는 입장이었으며, 그런 까닭에 "아무래도 프리드먼이 케인스파에 이용당하고 있는 것이 아닌가" 하고 마지막까지 걱정했다.

루트비히 폰 미제스는 1973년 사망하기 전까지, 구(舊) 합스부르크 가를 중심으로 오스트리아를 다시 한 번 왕국으로 되돌리고자 하는 운동에 참가했다. 이른바 몽펠랑 소사이어티(Mont Pelerin Society)로서, 이 단체의 사람들은 지금도 유럽통합운동인 EU(유럽연합)의 중심에서 활동하고 있으며, 합스부르크 가의 계승자인 오토 대제(Archduke Otto)와 그 주변 인물들이 바로 이 단체에 속해 있다.

그 밖에 로마 클럽(Club of Rome)이라는 유럽 귀족 정치가들의 비밀결사 같은 조직도 있다. 이들은 현재 상층부에서 유럽을 실질적으로 움직이고 있는데, 미국과 유럽의 지배자들이 뒤에서 서로 협조하고 있는지 아니면 서로 대립하고 있는지는 알 수가

루트비히 폰 미제스

없다. 큰 문제에 대해서는 누구라도 쉽게 대답할 수 없는 것처럼 말이다.

그런가 하면 현재 미국 '몽펠랑 소사이어티'의 이사장을 맡고 있는 **게리 S. 베커**(Gary Stanley Becker) 시카고 대학 교수도 하예크주의자 또는 오스트리아(=빈) 학파·고전파 경제학에 속하는 보수주의자다. 그는 1931년 런던으로 정치망명을 했다가 미국에 초빙되어 시카고 대학 교수가 되었던 하예크 교수의 수제자 가운데 한 명으로, 최근까지 〈비즈니스 위크 *Business Week*〉지에 날카로운 평론을 다수 기고하고 있다. 그런 점에서 그는 시카고 대학파이긴 하지만 프리드먼과는 약간 스타일이 다르다. 즉, 보다 고전적이고 정통적인 동시에 오스트리아 학파를 충실하게 계승한 정통고전파 경제학자로서, 1992년에 노벨경제학상을 수상했다.

그 밖에 1991년 노벨경제학상을 수상한 '법경제학'의 로널드 코스(Ronarld Coase)와 1986년에 수상한 제임스 뷰캐넌(James Buchanan)도 시카고 학파다. 하지만 그 중 '행정개혁 사상'이라고도 할 수 있는 '공공선택(Public Choice)이론'을 만든 제임스 뷰캐넌은 자유주의파에 속한다.

보수사상으로 향하는 거대한 지각 변동

하예크 사상에서 출발한 프리드먼의 '작은 정부' 사상을 자세히 살펴보면, 무정부주의(Anarchism)로 향할 위험성이 있음을 알 수 있다. 그도

그럴 것이 국가의 역할을 최소한으로만 인정한다고 할 때 종국에는 무정부주의적인 과격한 사상에 이를 수도 있기 때문이다. 그리고 이 사상은 실제로도 이른바 신벤담주의(Neo-Benthamism)라고 부를 수 있는 사상, 즉 '반국가·반세금·반복지'의 기치를 내걸고 오늘날 미국을 휩쓸면서 거대한 지각 변동을 일으키고 있는 자유의지론(Libertarianism) 보수파로 연결되어가고 있다.

그리고 자유의지론 보수파야말로 민주당 자유파 세력과 공화당 내의 보수본류와 경쟁하면서, 21세기 미국에서 우세를 점할 것으로 예상되는 정치사상이다.

참고로 자유의지론은 '자신의 일은 자신이 알아서 한다'는, 개인생활을 중시하는 사상으로서, 때로는 '정부에 의존하지 않는다', '복지행정에 반대한다'는 것으로 나타난다. 그렇다고 자유의지론을 지나치게 단순화해서는 안 되겠지만, 이것을 좀 거칠게 표현하자면 서부극의 영웅, 즉 악당의 침략에 맞서 스스로 총을 들고 용감하게 싸우는 배우 존 웨인의 모습으로 귀결시킬 수 있다.

한나 아런트

한편, 나치의 박해를 피해 1941년 독일에서 미국으로 망명해온 한나 아런트(Hannah Arendt, 1906~75)라는 유대계 여성 사상가가 있다. 그녀의 저서 『전체주의의 기원 *The Origins of Totalitarianism*』(1951)은 '전체주의'(Totalitarianism)라는 개념을 이용해 나치독일의 사상과 정치체제를 철저하게 폭로한 세계적인 정치학 연구서다. 아런트는 이 책에서 "소련의 정치체제가 사회주의라고 하지만 실제로는 나치독일과 마찬가지로 전체주의이며, 독재와 강제수용소가 횡행하는 공포정치다"고 말했다.

당초 그녀는 미국 내에서 프리드리히 하예크나 루트비히 폰 미제스와 마찬가지로 독일계 외국인으로 취급당했으나, 이 명저를 통해 미국 지식인 세계에서 명성을 올렸다. 그러자 아런트는 신보수파인 어빙 크리스톨과 노먼 포도레츠 등 당시 유대계 좌익 지식인들을 차츰 매료, 설득시켜 나갔다.

그녀는 이렇게 주장했다.

"미국독립혁명(1776년)은 인류에게 축복을 내려준 승리의 혁명이었으나 프랑스혁명(1789년)과 러시아혁명(1917년)은 인류에게 재앙을 초래한 대학살의 실패한 혁명이었다.

따라서 당신들 미국의 지식인들은 소비에트 러시아와의 싸움을 두려워해서는 안 된다. 소련 러시아의 존재는 인류에게 악이며, 그들은 멸망되어야 한다."

요컨대 어빙 크리스톨과 노먼 포도레츠 등 훗날 신보수주의파(Neo-Conservative)로 불리게 되는 새로운 정치세력이 1960년대에 미국에서 탄생한 것은 이러한 그녀의 설득과 고무에 힘입은 바라 할 수 있다. 어쨌든 이 한나 아런트는 시카고 대학을 비롯한 몇몇 대학에서 교수로 재직하다 1975년에 사망했는데, 스승이었던 독일의 대철학자 마르틴 하이데거(Martin Heidegger)와 오랫동안 연인관계였음이 최근에 알려졌다.

그런 한편, 하이데거와 대정치학자인 카를 슈미트(Carl Schmitt)는 독일이 패전한 후에도 "미국인들에게 굴복해서야 되겠는가"라면서 굳세게 비전향을 관철한 진정한 사상가들이었다.

2

공화당 보수본류는
어떤 존재인가

'미국 보수주의의 수호신' 빌 버클리

윌리엄 F. 버클리 2세(William Frank Buckley Jr.)
는 미국 보수주의의 대표자이자 '미국 보수주의의
수호신'(God Saint of American Conservatism)으로
불리는 인물이다. 그는 정치사상적으로는 버크주의
자(제4장에서 상세히 설명한다)로서, 전통적인 질서와
사회윤리를 중시하며, 정부의 적절한 통제 아래 실

윌리엄 F. 버클리 2세

현되는 정치 · 경제질서의 안정을 주장한다. 그런데 이 윌리엄(빌) 버클
리가 발행인 겸 편집장으로 발간하고 있는 잡지가 유명한 〈내셔널 리뷰
National Review〉지다.

그는 예일 대학 재학시절에 『예일 대학의 신과 인간 *God and Man at
Yale*』(1951)이라는 책을 써서 유명해졌으며, 그해는 한국전쟁의 발발로
인해 미소 세계냉전이 시작되던 해였다. 당시 예일 대학의 교훈(校訓)은

'For God and Men', 즉 '신과 인간을 위하여'인데, 버클리는 이 교훈을 따와 자신의 책 제목을 『예일 대학의 신과 인간』으로 했다. 이는 '자신들이 마치 신이라도 되는 양 으스대면서 예일 대학에 둥지를 틀고 있는 자유파 사람들'이라는 뜻도 내포하는데, 사실 내용에서도 그러한 뉘앙스를 풍기는 책이었다.

즉, 당시 예일 대학에는 연합국(동맹국)에 속해 있던 소비에트에 내심 공감하고 있는 자유파 학자들이 많았다. 그러나 소비에트와의 냉전(the Cold War)이 시작되고 언제 핵공격을 해올지 모르는 시대에 접어든 상황에서 '신과 인간들'에 대한 충성은 있을 수 없었다. 그래서 그는 "실제로 학내를 돌아다니다 보면 이것저것 할 것 없이 모두가 소비에트 병에 감염된 은둔 사회주의자들뿐이고, 그들은 결국 자유파 민주당 정치가들에게 봉사하고 있을 따름이었다"며 보수적인 입장에서 반격의 글을 썼다. 사실 당시, 예일 대학과 같은 미국 동부의 명문대학에서조차 제2차 세계대전이 터진 후에도 줄곧 뉴딜정책을 지지하는 자유파 교수들과 학생조직들이 학부와 연구기관을 점령하고 있었다. 그러면서 자신들의 주장만 고집하며 그 외의 의견은 조금도 허용하지 않고 내몰아버렸는데, 빌 버클리 2세는 바로 그러한 대학 지식인 세계의 위기적 상황을 신랄하게 비판했던 것이다.

이후 빌 버클리는 예일 대학을 마친 후 1년 동안 CIA에서 일했다. 예일 대학은 예전부터 CIA의 인재공급원 역할을 하던 대학으로, CIA는 우수한 인재들을 모으기 위해 그들을 연구원 대우로 채용했다. 오늘날 CIA(Central Intelligence Agency : 미국중앙정보부)는 미국의 국제 스파이 활동의 본거지처럼 여겨지고 있고, 또 사실이 그렇다. 하지만 실제로 하는 일의 대부분은 전세계 각국에 대한 학문적·객관적인 분석과 연구를 기반으로 보고서를 작성해 대통령과 의회에 제출하는 것이며, 이것이 CIA 업무의 대부분이다. 예를 들면 일본에 관한 분석연구를 하고, 아울

러 일본 정부와 지도자층의 덜미를 잡을 만한 전략적 제언을 대통령에게
하는 고급 인재를 양성하는 것도 CIA와 국무성의 일이다.

한편, 보수적인 예일 대학과는 반대로 미국 급진자유파의 서쪽 거점이
라 할 수 있는 곳이 캘리포니아 주립대학 버클리(University of California,
Berkeley) 캠퍼스다. 이곳 역시 국방성(펜타곤)에서 자금 지원을 받아 정
부에서 위탁받은 연구를 하고 있지만, 관계가 이처럼 긴밀하다 보니, 내
부를 폭로하는 사건이 발생한 적도 있었다. 이는 언행일치를 중요시하는
미국의 지식인들 사이에서 엄청난 스캔들로 받아들여졌는데, 그것은 자
신들의 학문연구를 향한 기본 원칙과 관계된 문제였기 때문이다.

아무튼 예일 대학은 일찍부터 CIA를 위한 인재공급의 리쿠르트 스테
이션 역할을 해왔다. 물론 CIA 자체는 이 사실을 좀처럼 인정하려 하지
않겠지만, 미국인이라면 대개가 알고 있는 사실이다. 좀더 솔직히 말하
면, 동부 아이비 리그(Ivy League)의 명문대학(establishment school)은
모두 국가를 위한 인재양성소와 같은 성격을 띠고 있다. 즉, 그곳 학교들
에서 관료와 중앙 · 지방의 정치지도자층이 만들어진다. 우리는 피상적
으로 하버드 대학 로스쿨의 졸업생 가운데 지방의회를 포함하여 정치가
(연방의회 의원)가 많이 나온다고 생각하겠지만, 실제로는 그렇지 않다.
하버드보다 더 고색창연한, 어찌 보면 수수하고 보수적이기까지 한 예일
대학이 정치가를 더 많이 배출하고 있다. 예컨대 조지 부시와 빌 클린턴
도 대학원은 예일 대학을 다녔다.

'보수파 본류의 황태자' 조지 월

현재 젊은 보수파 언론인의 필두는 **조지 F. 윌**(George F. Will)이다.
사실 1941년생이므로 젊은이라기보다는 현재 미국 정치평론가의 황태

자라고 표현하는 것이 더 적절하겠다. 그는 동부의 명문교 트리니티 칼리지(Trinity College)를 졸업했으며, 학창시절에 JFK 캠퍼스 캠페인 매니저(Campus Campaign Manager : 대학 내 선거운동책임자)를 지냈다. 그러나 이 일은 현재 그에게 스캔들로 작용하고 있다. 학교를 마친 조지 윌은 캐나다 토론토 대학의 강사를 지냈는데, 그 시절에 오스트리아에서 망명온 사상가 프리드리히 하예크의 영향을 받아 고전보수사상(Classical Conservatism)으로 전향했다고 알려져 있다. 그러나 정작 조지 윌은 하예크주의에 불만이었다. 그래서 시카고 대학 정치철학 교수이며 아리스토텔레스 고전철학의 대가인 레오 스트라우스와, 18세기 영국의 보수사상가 에드먼드 버크의 흐름을 이어받은 전통중시주의자(Traditionalist)의 주류파 보수사상으로 자신을 다듬어간다.

그후 캐나다에서의 대학 강사직을 그만두고 콜로라도주 공화당 상원의원 해로드 로이 의원의 연설원고작성자(speech writer) 직을 지냈다. 참고로 해로드 의원은 1기 6년의 임기를 끝으로 재선에 패하여 은퇴한 인물이다. 아무튼 조지 윌은 윌리엄 F. 버클리 2세가 운영하는 〈내셔널 리뷰〉지의 정치문제 담당편집자(Washington editor)가 되었다. 그런 다음 〈워싱턴 포스트〉지의 칼럼니스트가 되고, 마침내는 신디케이티드 칼럼니스트로서 자신의 평론기사를 전세계 수백 개의 영자신문에 실어보내는 일류 정치평론가로 발돋움한다.

현재는 ABC TV의 정치 해설가로 활동하고 있는데, 한때 PBS의 정치 토론 프로그램 '파이어링 라인'(Firing Line)에 출연했으며, 그 전에는 PBS의 '워싱턴 위크 인 리뷰'(Washington Week in Review)라는 정치토론 프로그램에 출연하기도 했다. 이 프로그램에서 **제임스 킬패트릭**(James Kilpatrick)과 보수진영 콤비를 이루었는데, 두 사람의 주장이 좀 다르기는 하지만, 모두 보

제임스 킬패트릭

수주의의 입장에서 의견을 내놓았다. 한편, 처음부터 자유파적 입장을 분명히 하고 있는 〈볼티모어 선〉지의 칼럼니스트들은 이에 대항하여 대립되는 의견을 제시했다. 한 예로 이 토론 프로그램의 진행자인 CBS의 폴 듀크(Paul Duke)는 쌍방의 의견을 교대로 맞서게 했다.

그런 가운데 PBS(Public Broadcasting Service : 미국 공공방송망)의 '워싱턴 위크 인 리뷰'에서 힌트를 얻은 존 매클로린(John McClaughlin)은 정규 프로그램으로서 '매클로린 그룹'이라는 정치토론 프로그램을 시작했다. 이 프로그램에는 팻 뷰캐넌이나, 〈뉴 리퍼블릭〉지와 〈유에스 뉴스〉지를 사들인 모티머 주커만, 그리고 프로그램 장식용이라는 비난과 함께 여성 평론가들도 여러 명 출연했다. 그 중 **모나 챌런**(Mona Chalen)이 유명한데, 그녀는 신문 칼럼에서 "미국 정부는 흑인 지역의 생활 개선을 위해 과거 30년 동안 거액의 공공예산을 투입해왔으나 현상은 조금도 나아지지 않았다. 흑인들이여, 현실을 직시하라"는 엄중한 의견을 내놓았던 인물이다.

조지 월은 정치평론집을 10권 가량 출간했다. 그는 일관된 버크주의자인데, 그에 관해서는 다음과 같은 에피소드가 있다. 즉, 자신에게 사인을 부탁하는 한 학생이 에드먼드 버크의 책을 들고 있는 것을 보고는 이렇게 말했다.

"사인을 해주기는 하겠네만, 내 책보다는 자네가 가지고 있는 버크의 책에 해주지."

이렇듯 그는 자신이 쓴 책보다도 에드먼드 버크의 책을 더 중요시했는데, 자신의 책은 여러 신문에 기고한 정치 칼럼집이므로 오히려 버크 책에 자신의 이름을 쓰고 싶었기 때문일 것이다.

'자유주의자'와 '보수주의자'의 본래 의미

여기에서 설명하지 않으면 안 될 중요한 사실이 있다. 그것은 에드먼드 버크와 같은 18세기 영국의 고전적 자유주의자(Classical Liberal)의 사상이 현대의 미국으로 건너오면 전통적 보수(Traditional Conservative), 빌 버클리 등의 주류파 보수가 된다는 사실이다. 그리고 바로 이 과정에서 '자유주의'와 '보수주의'의 의미는 정반대로 바뀌고 만다.

19세기까지의 영국 자유주의자(자유사상가)들은 노동자계급이나 빈민에 대해서는 아무런 관심도 없었다. 즉, 그들의 생활이 비참하든 사회적으로 혜택을 입지 못하든 그런 것들에 관해 전혀 고민할 필요가 없는 사람들이었으며, 오직 귀족계급과 교회와 국가에 대립하고 있었다. 그런 그들이 말하는 자유주의는 낡은 인습과 속박에 얽매이지 않고 '자유롭고' '편하게' 사는 것을 의미했는데, 사실 그들은 그런 삶을 살았고, 비록 귀족은 아니었지만 귀족에게 빌린 토지에 공장을 지어 경영하거나 대농장을 운영해 사업에 성공한 신흥계급이었다.

영국 사회를 실제로 본 사람들은 알겠지만, 영국에는 귀족은 아니지만 귀족 바로 밑에 신사족이라는 계급을 가진 사람들이 있는데, 이들을 젠틀맨(Gentleman)이나 리스 홀더(Lease Holder)라고 부른다.

한편, 독일어에 '리베라리스트'라는 어휘가 있는데 영어에는 여기에 해당되는 어휘가 없으며, 자유주의자는 모두 리버럴(Liberals)이다. 그러니까 이 리버럴이라는 단어가 미국으로 건너오자 변화하고 변질되어, 미국에서 "나는 고전적인 자유주의자"라고 생각하는 사람들을 잘 살펴보면 아주 충실한 보수주의자다. 그에 반해 빈민과 노동자, 이민, 유색 인종의 편을 들면서 "나야말로 자유주의자"라고 스스로 믿어 의심치 않는 사람들이 20세기에 들어 크게 증가했고, 이 사람들이 민주당(the Democratic Party)으로 모여들었다.

다시 말하면, 건국 초부터 왕의 존재를 인정하지 않은 미국에서는 영국의 토리(Tory : 왕당파=귀족적 보수당)가 애초부터 존재하지 않았고, 대신 휘그(Whig : 자유당. 현재 영국의 자유민주당)의 전통이 미국으로 건너와 보수파인 공화당(the Republican Party, GOP : Grand Old Party라고도 한다)이 되었다 한다. 실제로도 '원조 자유주의자'인 에드먼드 버크는 휘그당 좌파의 지도자였고, 노예해방을 이룩한 링컨 대통령도 민주당이었을 것으로 생각되겠지만 실은 공화당이었으며, 이 시대에는 흑인들도 공화당을 지지하고 있었다. 요컨대 민주당은 20세기에 들어오기 전까지 오히려 과격파 취급을 받았고, 공화당은 정계에서 연방주의자(Federalist, 중앙집권주의자)와 대립하고 있었다.

나는 이 책에서 보수파 인물을 정치적으로 구분할 때 '구보수파'(Old Conservative), '전통보수파'(Traditional Conservative), '고전보수파'(Classical Conservative)라는 세 개의 어휘를 쓰고 있는데, 이는 각각 다른 의미를 가지고 있다.

먼저 '고전보수파'는 시카고 대학에서 고대 그리스 철학·아리스토텔레스를 연구하는 레오 스트라우스파 사람들을 가리키는 말이며, 공화당 보수본류 사람들을 가리키는 경우에는 사용하지 않는다. 여기서 보수본류 사람들은 '전통보수파'라 한다.

한편, 시카고 학파 창설자의 한 사람인 프리드리히 하예크는 '고전보수파'로 분류되지만, 1950년대에 그는 "나는 신자유주의"(New Liberalism)라고 주장했다. 그러니까 그는 스스로를 19세기 유럽의 고전적 자유주의자들의 계보를 이어받은 현대의 자유주의자라고 생각했는데, 큰 무리는 없다.

나는, 현재 민주당을 지지하고 있는 많은 '자유(리버럴)파' 사람들이 '자유'이라는 이름을 버리고 '이름이 실제에 부합'하도록 스스로를 '민중주의자·대중영합주의자' 또는 '약자구제주의자'로 바꿔 불러야 한다

고 생각한다. 그렇게 되면 지금의 '자유파'들은 '현대(Modern) 자유파'
라고 불려질 것이다.

〈내셔널 리뷰〉지에 모이는 사람들

빌 버클리를 중심으로 〈내셔널 리뷰〉지에 모여 있는 사람들에 대해
알아보자. 먼저 빌 버클리 주변을 살펴보면, 그의 친형은 예전에 뉴욕주
공화당 상원의원을 지냈던 제임스 버클리(James Buckley)로, 1960년 민
주당의 로버트 케네디(Robert Kennedy)와 같은 시기에 뉴욕주에서 선출
된 상원의원이었다. 참고로, 상원의원은 보통 한 주에 두 명씩 뽑는데,
미국에 총 50개의 주가 있으므로 전부 합해서 1백 명이며, 당시 변호사
(법률가)였던, 제임스 버클리는 그 전에는 뉴욕주의 최고재판소 판사를
역임했다.

한편, 윌리엄 러셔(William Rusher)는 빌 버클리 밑에서 오랫동안 편집
을 도우면서 직접 글을 쓰기도 했다. 그러니까 이 두 사람이 중심이 되
고, 그 아래에 주니어 파트너인 M. 스탠턴 에번스(M. Stanton Evans)라
는 젊은 평론가가 있었다. 고령(1999년 현재 74세)의 빌 버클리는 머지않
아 은퇴할 테지만, 불과 몇 년 전까지만 해도 TV 정치 토론회에 자주 나
와, 늘 손가락에 연필을 끼고 쉴새없이 돌리는 등, 희끗한 머리에 선이
가느다란 노신사다. 그런가 하면 연설하기를 좋아하는 윌리엄 러셔는 정
부의 심의회에 참여하거나 여러 곳에 나가 보수 언론의 입장에서 강연하
는 것이 주된 역할이었다.

바로 이 세 사람이 중심이 되어 50년대부터 〈내셔널 리뷰〉지를 발행
해왔고, 이후 그들 주변에 구보수파 무리들이 서서히 모여들어 그들을
지원하게 되었다. 그러니까 〈내셔널 리뷰〉지는 이 과정을 통해 정통파

보수주의(보수본류)의 지위를 확립하게 되었다.

그런데 이 보수파 내에서도 중대한 내부 대립이 있었다. 그것은 60년대 중반에 있었던 아인 랜드(Ayn Rand) 그룹과의 격렬한 언론전이다. 이 그룹의 대표인 아인 랜드 여사는 많은 설명이 필요한 보수사상가다. 그녀는 보수사상가로서는 빌 버클리보다 선배격인데 그녀야말로 미국 보수사상가 중에서도 특별하게 '원조 자유의지론자'(the Founder of Libertarianism)라고 불릴 만한 인물이다. 그녀의 사상은 이른바 객관주의(Objectivism)로서, 전체주의적 집산주의(Totalitarian Collectivism)에 반대하는 강고한 개인주의 사상이다. 다시 말해 그녀는 진보주의나 좌익주의와는 전혀 관계없는 미국의 철저한 근본보수주의자다. 그러나 아인 랜드 그룹과 비교해볼 때, 버클리의 〈내셔널 리뷰〉 그룹은 경제문제에 대해 정부 주도의 은밀한 통제를 표방하고 있으며, 정치적으로는 "끝까지 소련과 대결한다"는 정책을 중시한다. 자유의지론자에 대해서는 제6장에서 보다 상세히 설명하기로 한다.

버클리파에는 그 밖에도 〈포춘 *Fortune*〉 지의 편집장을 맡았던 존 체임벌린(John Chamberlain)이 있다. 버클리계는 종교가 모두 가톨릭이다. 따라서 이 지식인 집단은 로마 가톨릭계 보수지식인들이다. 이 종교적 결속 덕분에 토머스 몰나(Thomas Molnar)도 이 잡지에 참여했다. 몰나는 오랫동안 가톨릭계 대학의 교수를 지내고 있어, 가톨릭 사상의 색채가 상당히 강하고 종교윤리에 기반한 문장을 쓰는 인물이다. 토머스 몰나 외에도 **마이클 노박**(Michael Novak)과 같은 인물은 가톨릭적 윤리를 전면에 강하게 내세우면서, 현대의 가톨릭 연구에서 출발하여 "자본주의는 충분히 민주적이다", "자본주의 체제하에서의 정치제도는 결코 악이 아니며 인간의 본질에 비추어볼 때 선이

마이클 노박

다"라는 주장을 펼쳤다. 노박은 클린턴 민주당 정권이 실행하고 있는 정책사상인 산업정책론(Industrial Policy)을 비판하면서, 이 정책은 미국 사회에 맞지 않는 정책이라고 주장했다.

고전보수 사상가인 레오 스트라우스의 제자이자 시카고 대학 철학교수인 앨런 블룸(Allan Bloom)은 『아메리칸 마인드의 종언 *The Closing of the American Mind*』(1987)이라는 책을 펴냈다. 같은 해에 노박은 『자본주의의 정신 *The Spirit of Capitalism*』이라는 책을 냈다. 이 책은 정치문제를 정면에서 다루기보다도 갖가지 사회문제와 범죄문제를 종교 윤리적인 관점에서 비판했다.

로버트 노박

정치토론 프로그램인 '매클로린 그룹'에 팻 뷰캐넌 외에 **로버트 노박**(Robert Novak)이 출연했다. 그는 〈워싱턴 포스트〉지에 **롤런드 에번스**(Rowland Evans)와 콤비를 이루어 칼럼을 써오고 있다. 두 사람 모두 공화당 내 보수본류의 입장에서 정치문제를 다루고 있다. 롤런드 에번스는 로버트 노박보다 훨씬 나이가 많아서 곧 은퇴할 것으로 보인다. 최근에 그는 정치칼럼을 쓰는 것 외에는 별로 표면에 나서지 않고 있다.

로버트 펜 워런

로버트 펜 워런(Robert Penn Warren, 1905~89)도 버클리파에 속한다. 그는 문학가로서 1960년대부터 미국의 국민시인(The Poet Laureate : 계관시인)이라는 칭호를 달고 다녔는데, 이는 영국의 콜리지 S. 테일러나 윌리엄 워즈워스(그는 계관은 아니지만)와 같은 계관시인의 미국식 표현이다. 국민시인은 정작 영어권보다 러시아어나 독일어권에서 많이 탄생되었다. 특히 Y. 예프투셴코(Y. Evtushenko) 등 러시아의 반정부 · 저항시인의 전통은 상당히 깊다.

그러나 오늘날 전세계의 젊은이들은 록(Rock) 가사에 공감 현상을 일으킨다. 그러므로 현대의 국민시인은 짐 모리슨이나 믹 재거 등의 로큰롤 가수들이라 할 수 있다. 물론 흑인들은 소울 재즈와 현대의 첨단문화라고 할 수 있는 랩 음악을 만들었고, 이 흑인의 랩(힙합)을 무시하고서는 오늘날 음악을 이야기할 수 없다는 것, 이는 그 누구도 멈추게 할 수 없는 세계적인 추세다. 그럼에도 아직 미국에는 이런 공식적인 국민시인이 존재하고 있으며, 다만 워런 전에는 로버트 프로스트(Robert Frost)가 국민시인이었다.

테네시주 번더빌트 대학의 교수였던 로버트 펜 워런은 이렇듯 시인이자 보수파 문학가로서 〈내셔널 리뷰〉에 계속해서 시를 실어왔다.

공화당 내 차이나 로비파

〈타임 *Time*〉지의 창설자 헨리 루스는 1930년대 중국으로 건너가 국민당 정권의 편을 듦으로써 중국문제에 깊이 관여해온 인물들 중 한 사람이다. 즉, 중국에 관한 보도 사업을 시작한 그는 제2차 세계대전 때 생생한 현장 보도로 '타임 라이프' 사를 부흥시키고, 그 결과 〈라이프 *Life*〉지의 창간호를 태평양전쟁에 참가한 병사들의 참담한 시체사진으로 장식했다. 이렇듯 〈타임〉과 〈라이프〉는 전쟁기의 격동 상황을 사진과 기사 형태로 미국의 각 가정에 보냄으로써 유명해졌고, 얼마 지나지 않아 국민적 잡지가 되었다. 그런 가운데 헨리 루스는 1930년대 일본 군대가 만주와 중국을 침략하자 이에 대항하기 위해 중국 국민당을 열렬히 지원했다. 이로써 그는 미국의 '차이나 로비파' (현재 반공 · 타이완 독립지지파)의 주요 인물이 되는데, 차이나 로비파는 매파 상원의원들 가운데도 다

수가 포진해 있다. 나중에 아이젠하워 대통령의 추천으로 하원의원이 된
헨리의 부인 클레어 부스 루스도 그러한데, 그녀 역시 보수파의 여걸로
서 미국인들의 존경을 받았던 유명한 인물이다. 그리고 현재 타임 워
너 · CNN계 역시 공화당 내 강경보수 세력의 하나인 차이나 로비파다.
그러나 이들은 최근에 이르러 글로벌리스트들에게 밀리고 있다.

아농 드 보르슈그라브

한편, 〈내셔널 리뷰〉에 소설을 썼던 작가 가운데
아농 드 보르슈그라브(Arnaud de Borchgraves)라는
인물이 있다. 그는 소련의 내막을 다룬 스파이 소설
『모닝보』, 『스파이크』 등으로 호평을 받았는데, 이와
더불어 카스트로 정권의 쿠바가 난민으로 가장한 테
러리스트를 전세계로 수출하고 있다고 폭로하기도
했다.

이브 몽탕

그러한 보르슈그라브는 정치사상적으로 같은 프랑
스인인 이브 몽탕(Yves Montand)과 비슷하다. 프랑
스의 국민가수 이브 몽탕은 '고엽'이라는 상송으로
우리에게도 잘 알려져 있는데, 그는 1960년대까지 급
진파 자유주의자로서, 1968년 '5월 혁명'에서는 과
격파 좌익학생운동을 적극적으로 지지 · 옹호하기도
했다. 그는 훗날 프랑스 대통령후보로도 추대되지만, 1970년대 이후 소
련 · 중국의 강제수용소 실상과 프랑스를 비롯한 세계 각국의 공산당 · 사
회당의 비열한 행동에 환멸을 느끼고는 보수파로 전향한다. 그와 마찬가
지 이유로 아농 드 보르슈그라브 역시 버클리 그룹에 합류했다.

그런가 하면 자유주의자임을 자처하는 데이비드 브러드노이(David
Brudnoy)가 보수본류인 〈내셔널 리뷰〉지에서 글을 쓰고 있고, 그 밖에
역사학자인 포레스트 맥도널드(Forrest McDonald)와 찰스 케슬러
(Charles R. Kessler)도 여기에 기고하고 있다. 참고로 포레스트 맥도널드

는 브라운 대학 교수를 역임한 뒤 현재는 앨라배마 주립대학의 역사학 교수로 재직하고 있으며, 찰스 케슬러는 캘리포니아주 클레어먼트 대학의 정치학 교수로 있다.

클레어먼트 대학은 캘리포니아주에서 스탠퍼드 대학과 쌍벽을 이루는 명문대학이다. 주의 북쪽에 스탠퍼드 대학이 있고 남쪽에 클레어먼트 대학이 있다. 전반적인 인상으로 볼 때, 캘리포니아는 서부의 큰 주로서 인구 3천만 명을 배경으로 독립왕국과 같은 느낌을 주며, 동부의 전통적 체제보수파에 반발하는 분위기가 강하다. 경제학 분야에서는 UCLA (University of California at Los Angeles. 캘리포니아 주립대학 로스앤젤레스 캠퍼스)가 유명하다. 같은 캘리포니아 주립대학이면서도 급진파의 거점인 샌프란시스코시 교외의 캘리포니아 주립대학 버클리 캠퍼스와는 대조적으로, 클레어먼트 대학에는 정부의 통제를 싫어하고 통제경제에 반대하며 시장경제를 중시하는 고전자유주의자들이 모여 있다.

이에 반해 버클리 캠퍼스는 히피 철학을 낳은 급진적 자유주의자파의 거점답게 빈곤층과 약자, 이민자의 편을 든다. 따라서 이 대학에는 '빈부격차를 줄이기 위해 부유층에 대한 대폭 증세와 정부의 개입·통제를 적극적으로 인정'하는 철저한 사회복지 중시파들이 모여 있다. 그들은 복지를 실현하기 위해 감세보다는 부유층에 대한 대폭적인 증세를 강고하게 주장한다. 이런 점에서 감세를 주장하는 공화당계 보수본류, 공급자중시파, 자유의지론자들과 대립한다. 그 밖에 USC(University of Southern California. 남캘리포니아 대학)가 있다. 이곳도 경제학 연구로 유명한 대학이지만, 이 대학은 부유한 공화당 지지파들의 컨트리 클럽과 같은 곳으로, 부자 아이들의 학교로 여겨지고 있다.

반공국수주의의 흐름

미국의 국수주의·반공우익단체 가운데 존 버치 협회(John Birch Society)가 있다. 현재의 지도자는 존 맥매너스(John F. McManus)인데, 이 단체의 초기 지도자였던 래리 맥도널드(Larry McDonald)는 순수반공주의자로서 조지아주 출신 민주당 하원의원을 지내기도 했다. 1960년대 보수파 지식인 내부에서 빌 버클리파와 아인 랜드파가 내전을 벌였다는 사실은 앞에서 언급한 바 있다. 그런데 래리 맥도널드는 이들 두 파와는 다른, 또 하나의 보수파를 형성했다.

이쯤에서 존 버치를 소개하자면, 그는 미군 정보장교로서 1930년대에 중국으로 건너가 장개석의 국민당과 함께 활동하던 중에 중국 공산당에게 암살당한 인물이다. 그러니까 존 버치 협회는 그를 기념하여 만들어진 단체다.

1950년 6월 한국전쟁 발발을 계기로 세계가 동서냉전시대에 접어들었을 때 미국에는 매카시즘(McCarthyism)이라는 광풍이 휘몰아쳤다. 그런데 당시 이 운동의 주도자였던 조지프 매카시(Joseph McCarthy) 상원의원도 존 버치 협회의 회원이며 공감자였다. 따라서 그는 언론인과 문화인뿐 아니라, 소련과 중국에 대해 은밀하게 공감을 품고 있던 국무성 및 국방성 내의 진보파와 자유파, 뉴딜주의자인 공무원 및 군인들을 상원 국가안전보장위원회(The Senate Internal Security Committee) 내 소위원회의 공청회에 출두시켜 심문을 가했다.

또한 하원 비(非)미활동조사위원회(The House Committee on Un-American Activities, HUAC)의 조사를 통해 자유파 공무원들을 '공산주의자 숙청'(red purge)이라는 명목 아래 공직에서 추방했다. 이 과정에서 존 서비스(John Service)와 앨저 히스(Alger Hiss) 등 국무성 관료들이 재판에 회부되어 줄줄이 투옥되었다.

사실 당시는 소비에트의 핵공격 위협이 미국 국민들을 히스테릭 상태로 몰아넣었던 시대였다. 이 상태가 계속되어 앨프레드 히치콕 감독은 명작 「새 *The Birds*」(1963)에서 새들의 무표정함과 음산함은 미래의 조짐에 떨고 있는 대중들이 지식인에게 덤벼드는 모습을 암시적으로 묘사하기도 했다. 아무튼 '빨갱이 사냥'의 광경이 전미국에 보급되어 있던 TV로 속속 방영되어 미국 국민의 관심을 모았는데, 이 '빨갱이 사냥'은 TV 방송에 의한 미국 최초의 국민적 정치극이었다.

심지어 일본 헌법의 조문을 만드는 데 참여한 맥아더 GHQ사령부의 민정국 소속 장교들 중에서도 이 시기에 공산주의자 혐의로 본국으로 소환당해 군사법정에서 '레드 퍼지'된 사람들이 있다. 물론 그들 가운데 몇 명이 지금까지도 NHK TV 전쟁 다큐멘터리 프로그램에 잠깐씩 등장하지만, 모두 80대의 고령으로 변호사나 기업의 임원을 지냈다.

이러한 존 버치 협회의 초대 회장은 로버트 웰치(Robert Welch)라는 사람인데, 그는 매사추세츠주 보스턴 교외의 겔몬트라는 초보수적인 마을에서 오랫동안 살았다. 그러다가 1958년에 사망했고, 조지프 매카시는 그에 앞서 1957년에 죽었다. 덧붙여 초대회장 웰치는 유명한 과일주스 회사인 웰치사의 회장을 역임하기도 했다.

한편, 존 버치 협회의 또 하나의 거물 회원인 래리 맥도널드는 조지아 출신으로, 지미 카터 전 대통령과 마찬가지로 남부민주당(Southern Democrat)적 체질을 가진 인물이다. 남부민주당은 민주당임에도 상당히 보수적이고 반공 색채가 강한데, 종교면에서도 밥티스트(Baptist : 침례파)다. 참고로 밥티스트, 특히 남부 밥티스트는 프로테스탄트 중에서도 종교우파(religious right)의 중심을 이루는 근본보수파의 종파다.

그래서인지 존 버치 협회의 애국우익들은 '음모이론'(conspiracy theory)의 신봉자들이다. 즉, "유대인들이 세계 지배의 음모를 꾸미고 있다"고 생각한다. 따라서 존 버치 협회 회원은 종교우파 세력과는 또 다른 측면에서 고립주의자들이다. 이들은 원래 공화당 내 근본보수파를 형성하고 있던 강경한 보수세력이었으나, 한층 더 강경해져서 "공화당마저도 유대인 세력에 의해 장악되고 있다"고 주장하여 결국에는 공화당을 탈당한다.

이런 상황에서 1983년 대한항공 KAL 007편이 사할린 상공에서 소련 전투기에 격추된 사건이 일어났다. 바로 이 비행기에 래리 맥도널드가 탑승하고 있었고, 그 때문에 "글로벌리스트들이 우리를 노리고 있다"고 생각한 회원들이 꽤 많았다.

또한 영국의 걸출한 스파이 소설 작가인 존 르 카레(John Le Carré)의 『동토에서 온 스파이 *The Spy Who Came in from the Cold*』나 프레드릭 포사이스(Frederic Forsyth)의 『자칼의 날 *The Day of the Jackal*』 그리고 미국 권력층의 내막을 그린 로버트 러들럼(Robert Ludlum)의 『매틀록 페이퍼 *The Matlock Paper*』와 빌 스티븐슨(Bill Stevenson)의 『용맹자라 불린 사나이 *A Man Called Intrepid*』 등등의 작품을 가볍게 보아서는 안 된다. 작가 자신이 과거에 진짜 CIA나 MI6(영국 정보부)의 스파이였으니 말이다.

종교는 미국 정치의 중요한 요소

미국은 신앙심이 강한 나라로, 건국 이전부터 유대교와 기독교계의 각 파가 그 토대를 확고히 하고 있었다. 따라서 미국의 지식인과 미국의 정치사상을 논할 때 종교와 그 종파적인 특징 및 배경을 정확하게 이해할 필요가 있다.

즉, 미국의 정치사상을 이야기할 때는 단순히 우(보수)인지 좌(자유)인지를 구분하는 기준과는 별개로, 어떤 종파의 이념을 바탕으로 성립되었는가를 또 하나의 기준으로 삼지 않으면 안 된다. 이런 점을 간과하면 미국의 정치사상을 전체적으로 이해하기가 힘들기 때문이다.

먼저, 앞서 말한 밥티스트파는 '지극히 완고한 사고의 소유자로서 융통성이 없는 사람들'로 통하고 있다. 그들은 '진화론'을 받아들이지 않는다. 그보다 성서의 내용을 있는 그대로 믿으면서 '신이 인간을 창조했다'고 확신하는 사람들인데, 그들이 바로 미국의 원리주의자(Fundamentalist)다. 하지만 우리는 오늘날에도 미국 국민의 반수 이상(아니 70% 이상)이 실제로 원리주의자라는 점을 알아야 한다.

이 원리주의자란 간단히 말해, 신약성서에서 예수가 바다 위를 걸어서 건넜다든가 병자를 손으로 만져 낫게 했다는 기적을 마음속 깊이 믿고 있는 사람들이다. 그러니까 기적에 의심을 품는 사람은 이미 신앙을 지킬 수 없는 사람인데, 미국 국민의 이러한 종교적 신념(신앙심)은 미국 사상을 이해하는 데 빠뜨릴 수 없는 중요한 요소다.

그런데 여기서 말하는 기적과 주술은 전혀 다르다. 주술은 기독교 신자의 입장에서 보면 오히려 경멸의 대상, 즉 문명적으로 미개한 부족들의 풍습이다.

신학자 라인홀드 니부어(Reinhold Niebuhr, 1892~1971)는 1970년대에 닉슨 대통령의 연설원고 작성을 담당했던 인물이다. 그는 닉슨의 측근으로서 정책 결정에도 관여했던 현실 중시의 보수파 지식인이다. 라인홀드 니부어는 종교적으로는 프로테스탄트이고, 닉슨은 퀘이커 교도다. 퀘이커는 프로테스탄트의 옛 일파인데, 밥티스트계의 원리주의자들과는 또 다른 의미에서 상당히 편향된 성격을 띤 종교다. 닉슨 정권은 전체적으로 프로테스탄트적인 색채가 강한 정권이었는데, 신학자 라인홀드 니부어는 지식인층의 좌익에서 우익으로의 전향 문제를 프로테스탄트의 종교적 입장에서 적극 추진했던 지식인이었다.

그런데 니부어와 마찬가지로 닉슨의 연설문 작성자였던 팻 뷰캐넌은 아일랜드계 가톨릭이다. 부모가 북아일랜드 출신이었으므로 유아기 때는 당연히 프로테스탄트였겠으나, 지금은 순수 로마 가톨릭임을 강조하고 있다. 아마 그의 부모가 북아일랜드에서 미국으로 이주한 뒤 가톨릭으로 개종했던 모양이다.

당시 미국의 아일랜드계 사회는 WASP(White, Anglo-Saxson, Protestant : 백인, 앵글로색슨, 프로테스탄트)로부터 차별을 받아왔으므로 그 내부에 여러 가지 문제를 안고 있다. 즉, 아일랜드의 IRA(Irish Republican Army : 아일랜드 공화군) 과격파(1998년 10월에 평화협정을 맺었음)는 얼스터 의용군(IRA에 대항하는 프로테스탄트 과격파)과 영국군·사상경찰에게 폭탄 테러를 가하는 등 영국으로부터의 폭력적 독립운동을 30년 동안 지속해왔다. 그런 만큼 그들과 조상이 같은 아일랜드계 미국인은 모두 IRA 편이다. 사실 같은 백인이면서도 앵글로색슨계로부터 차별대우를 받아온 미국 내 아일랜드계 사람들이 IRA를 펀드는 것도 무리는 아니다.

지금도 IRA 과격파의 군사활동 자금원의 상당 부분은 북아일랜드의 분리독립을 지지하는 미국 시카고의 아일랜드계로부터 나오고 있다. 그러니까 송금과 무기 밀수 등이 미국에서 이루어지고 있다는 뜻인데, 이는 영미 세계에서는 대개가 알고 있는 공공연한 비밀이다. 물론 가톨릭의 총본산인 이탈리아 조직에서 흘러나온다는 소문도 있긴 하다. 그런 점에서 미국과 유럽의 백인 사회를 지배하는 상층 백인(프로테스탄트)과 아일랜드계, 이탈리아계, 폴란드계 등의 가톨릭계 하층 백인과의 대립에 관해서는 나의 졸저 『미국의 비밀 : 할리우드 정치영화를 읽다』를 참조하기 바란다.

앞서 말했듯이 교육철학자 빌 베넷은 레이건 정권 시절인 1980년대 교육부 장관으로 일본을 시찰한 뒤 '일본의 초등교육에서 본받을 점이 있다' 는 취지의 조사보고서를 미국 교육부에 제출했다.

이 보고서는 "초등교육에서는 반복해서 가르치는 제도도 바람직하다", "무엇이든지 스스로 생각하는 아이를 기르고 어린이의 인격을 존중하자는 존 듀이 이래의 자유방임주의 교육사상은 이상에 불과하다", "미국은 읽고 쓰고 계산도 하지 못하는 어린아이들을 교육현장에서 방치하고 있다"는 주장을 펴면서 황폐한 미국의 국민 공교육 (classroom education)을 개혁해야 한다고 주장했다. 동시에 베넷은 일본의 대학교육이 형편없다는 것도 지적하고 있다. 물론 이것은 이미 구미사회에서 잘 알려져 있는 사실이다.

즉, 일본의 대학이라는 곳에 과연 참된 학자, 지식인이 있는가인데, 실제로도 일본에 국제기준의 고등교육이 과연 존재하는지 의심스럽다. 일본에는 영어문장을 제대로 읽지도 못하면서 학자랍시고 앉아 있는 사람이 너무 많으니 말이다. 아무튼 교육문제에관해서는 이 빌 베넷과 **제임스 Q. 윌슨**(James Q. Wilson) 그리고 이 책 앞에서 나온 전 보스턴 대학 학장 존 실버(John Silber), 이 세 사람이 개혁을 강력하게 주장하고 있다.

제임스 Q. 윌슨

한편, 그들은 당연히 자유파로부터 공격을 받는다. 자유파는 교사조합(Teachers Union)을 배경으로 한 세력이기 때문에 일본의 일교조(일본교원노동조합)와 마찬가지로 자신들의 무능과 위선을 듣는 것을 참을 수 없어한다. 한 예로 일본에서도 예전에 백만 명이나 되는 일교조의 조직력은 대단했다. 그들은 〈아사히(朝日)신문〉과 이와나미(岩波)문고가 형성시킨 문화의 오랜 고객으로서, 하층 지식인의 가장 중심적인 부분을 형성하고 있기 때문이었다.

현재는 여러 가지 원인과 맞물린데다 소련 붕괴라는 세계사적인 변화의 영향으로 급격히 약화되었으나, 이와 달리 미국의 교원노동조합은 아직까지도 상당한 영향력을 가지고 있다. 참고로 이 조합의 전국적인 조직은 NEA(National Education Association : 전미교육협회)다. 그런데 일본과 달리 미국 국민들은 교육이 제 기능을 발휘하지 못하는 원인이 교원노동조합 때문이라고 생각하지 않는 것 같다. 물론 교사로서 자격이 없는 사람을 감싸려는 미국 교원노조의 추한 집단 이기주의나 교사들 내부에서 발생하고 있는 고발 등에 대해서는 일반 시민들도 잘 알고 있지만 말이다. 그렇게 볼 때 일본에도 무능하고, 또 인격상 문제가 있는 교사들이 많이 존재한다는 사실은 그리 어렵지 않게 유추해볼 수 있다.

미국의 보수파를 분류해보면

지금까지 내용을 정리해볼 때 미국의 보수파는 크게 다섯 부류로 나누어진다. 개괄적인 형태는 이 책 앞부분에 나오는 도표를 참조하기 바란다.

먼저, 빌 버클리가 창간하고 오랫동안 주필을 맡았던 〈내셔널 리뷰〉지가 공화당 정치인들에게 큰 영향을 미쳤고, 표 ③의 보수본류(Traditional Conservative)를 형성해왔다. 그런 점에서 이들이 품위 있고 온건한 보수언론의 중심이라고 한다면, 이와는 달리 아인 랜드 여사나 골드워터 상원의원 등을 중심으로 한 ⑦의 자유의지론 보수파가 큰 세력을 형성하고 있다. 하지만 이 그룹 가운데는 공화당과 도저히 정치적 성향이 맞지 않아 이미 공화당을 탈당해버린 사람도 있다.

그 밖에 존 버치 협회의 인물들도 한 그룹을 형성한다. 그들은 애국민족주의자로서, 미국의 특수한 정·재계 인사들이 미국 국민을 지배하고 있다고 생각한다. 예를 들면, 1995년 5월에 오클라호마시티에서 연방정부 건물을 폭파한 극우무장민병(Militia)에 공감을 보낸 사람들도 민족파다. 그런가 하면 ⑦의 자유의지론파에 속하는 NRA(National Rifle Associaton : 전미총기협회)라는 총기 규제 반대 전국조직도 큰 힘을 갖고 있다.

나아가 이 보수파에는 나중에 서술할 밥 돌 상원의원 등의 구보수파(Old Conservative)와 학문사상적인 보수파(고전적 보수)로서 '작은 정부' 론을 주장하는 시카고 학파의 밀턴 프리드먼과 하예크주의자가 있다. 그들 역시 자유의지론자이며, 그 밖에 그리스 고전철학자인 보수사상가 레오 스트라우스 그룹의 지식인들이 있다.

후쿠야마의 『역사의 종말』의 충격

프랜시스 후쿠야마(Francis Fukuyama)에 대해서 알아보자. 그는 1989년에 「역사는 끝났는가? The End of History?」라는 평론을 신보수파인 〈내셔널 인터레스트〉 지에 기고해 일약 유명해진 일본계 지식인이다. 현재는 캘리포니아주 산타모니카에 있는 랜드 연구소(RAND Corporation)의 주임연구원으로

프랜시스 후쿠야마

재직하고 있는데, 그 전에는 국무성 정책기획부 차장을 지냈다.

참고로, 랜드 연구소는 정부의 위탁을 받아 군사전략을 제안하는, 역사가 오래된 싱크탱크로서 더글러스 글러먼사(社)가 미공군의 위탁으로 제2차 세계대전 후의 군사연구를 위해 설립한 기관이다. 그러니까 바로 이 연구소가 전략적 두뇌집단(brain trust)의 시초라고 할 수 있다. 우리에게 록히드 마틴, 맥도넬더글러스사, 보잉사 등 전투기와 폭격기를 제조하는 기업은 잘 알려져 있지만, 크라이슬러사가 전차를 만들고 있다는 사실은 잘 알려져 있지 않다. 그러나 1980년대 파산 위기에 처한 크라이

슬러를 미국 정부가 정부자금을 투입하면서까지 구제한 것은 바로 이런 국방상의 이유가 있었기 때문이다.

미국의 지배계급들은, 자동차 메이커를 필두로 1980년대에 미국 시장을 무섭게 잠식했던 일본의 기업들에 질려버렸는데, 일본인은 이들의 기분을 진작에 고려했어야 했다. 왜냐하면 자유무역, 자유경쟁인데 그런 걱정은 할 필요가 없다고 생각하여 일본제 양질의 물건을 미국 시장에 계속해서 싸게 팔아왔고, 그 결과 세계제국인 미국의 자존심을 건드린 꼴이 되고 말았기 때문이다. 다시 말해 일본은 훗날 미국의 금융봉쇄정책(Financial Containment Policy)에 꼼짝없이 걸려들고 만다. 예를 들면 1990년대 초 일본의 거품경제를 갑자기 붕괴시킨 진짜 힘은 음과 양으로 미국 금융계의 대일 전략에 있었다. 그런 만큼 뉴욕 금융재계인(Globalist)의 일본 관리전략이라는 큰 구도에 대해, 다음에 소개할 일본의 학자나 정치평론가들은 좀더 진지하게 귀를 기울여야 한다.

먼저 프랜시스 후쿠야마는 소비에트 연구를 전공으로 하여 하버드 대학에서 박사 학위를 땄으며, 플라톤과 아리스토텔레스를 연구하는 정치철학자(political phylosophy) **앨런 블룸**(Allan Bloom)의 제자다. 그리고 앨런 블룸의 스승은 지금까지 이 책에서 여러 차례 언급했던 정치철학계의 거장 레오 스트라우스다. 그런데 그는 아리스토텔레스 연구라는 고전 학문의 배경을 가진 강고한 보수주의자다. 따라서 이들은 마르크스주의의 좌익사상 등에 전혀 기울인 적이 없었다. 예를 들면 앨런 블룸이 쓴 『아메리칸 마인드의 종언 *The Closing of American Mind*』(1986)은 1980년대 미국의 학문연구의 황폐화와 위기적 상황을 잘 나타냈다는 평을 받았고, 당연한 일이겠지만 이런 종류의 책은 자유파에게 그리 달가울 리 없었다. 더욱이 앨런 블룸의 이 책은 실제로 미국 고등교육이 좌익적·진보적인 학자들의 무책임한 학생선동으로 인해 황폐해졌음을 날카롭게 지적하고 있다.

그런가 하면 프랜시스 후쿠야마의 저서 『역사의 종말 *The End of History and the Last Man*』(1992)은 헤겔식 모델을 통해본 인류사 전체의 정신사적인 스케치다. 그는 이 훌륭한 책에서 레오 스트라우스 그룹으로서의 신념을 피력한 후, "이 지구상의 모든 국가는 결국 미국형 자유민주주의에 도달할 것이며 그로써 인류의 역사는 일단락된다"는 도전적인 세계 모델을 제시했는데, 이는 미국 지식인 사이에서 큰 화제가 되었다. 『역사의 종말』 외에도 세계의 장래에 대한 중요한 문제 제기가 몇 가지 더 있는데, 여기서는 더 이상 언급하지 않기로 한다. 그러나 이 논문이 앞 표 ①의 신보수파의 중진인 어빙 크리스톨의 〈내셔널 인터레스트〉 지에 게재되었다는 것은 아주 중요한 의미를 갖는다.

이 책은 1992년에 일본어로 번역·출판되어 일본 사회에 큰 충격을 던져주었는데, 이 책을 읽은 사람들은 유럽 정치사상과 미국 현대사상의 공통된 토양을 새삼 인식했을 것이다. 또 넓고 큰 세계와 일본 국내 지식인들의 열등함을 자각하는 한편, 자신들이 세계의 사상 수준에서 어느 만큼 뒤처졌는가도 깨달을 수 있다. 특히 뉴 저널리즘계의 거장인 문예평론가

톰 울프

톰 울프(Tom Wolfe)는 이 책에 대한 서평에서 극찬을 아끼지 않았다.

실제로 미국 지식인들은, 후쿠야마가 칸트·헤겔·니체·마르크스 등의 독일계 철학을 연속적이면서도 정확하게 서술한 것을 놀라움으로 받아들였다. 미국에서 독일의 관념론 철학에 대한 인상은, 독일계 가문의 편협하고 늙은 대학교수들이나 한다는 것이 일반적이었으니 말이다. 그러나 후쿠야마는 홉스, 로크, 스피노자에 대해서도 논하고 있고, 그런 만큼 이 책을 독일·프랑스계와 영미·앵글로색슨계라는 양대 근대정치사상의 교류·융합의 장으로서 읽는다면 더욱 재미있을 것이다.

참고로, 레오 스트라우스의 프랑스인 친구 가운데 알렉상드르 코제브

알렉상드르 코제브의
저서

(Alexandre Kojève)가 있다. 그는 1930~50년대 유럽 최고의 헤겔 해설자로서 파리실업고등연구원(École Pratique des Hautes Études de Paris)에서 철학교수를 지냈으며, 나중에는 EU(유럽통합) 운동을 추진하는 관리가 되었다. 그러나 나는 코제브야말로 전후 유럽 최고의 지식인이라고 생각한다. 사실 레이몽 크노(Raymond Queneau), 자크 라캉(Jacques Lacan), 조르주 바타유(Georges Bataille), 레이몽 아롱(Raymond Aron), 에릭 베유(Eric Weil), 모리스 메를로-퐁티(Maurice Merleau-Ponty), 미셸 푸코(Michel Foucault) 등도 코제브의 강의에서 영향을 받았으며, 그들은 나중에 '프랑스 구조주의' 철학을 만들게 된다.

국제정치의 '현실주의자' 들

후쿠야마는 신보수주의파에 가담해 있는 터라, 국제정치에서 이른바 현실주의자(Realist)들과 자신의 대립점을 명확히 하고 있다. 그런 가운데 **한스 요아힘 모겐소**(Hans Joachim Morgenthau, 1904~80)야말로 미국의 현실주의 국제정치학을 구축한 인물이다.

그는 독일계 유대인으로 나치의 박해를 피해 미국으로 망명해왔으며, 키신저와 학문 계통을 같이하는 인물이다. 여기서 그가 말하는 국제정치에서의 '리얼리즘'(현실주의)을 간단히 정의해보면 "어느 특정 국가가 국내적으로 어떤 문제를 안고 있든 그것은 국제정치와 무관하다. 그들의 국내문제와 무관하게 그 국가의 국가적 운명은 주변국들, 특히 강대국과의 관계에 의해 결정된다"는 이론이다. 요컨대, "약소국이나 보통 국가의 운명은 미국과 소비에트 등 강대국간의 국제적 패권 다툼 속에서 결정된다"는 냉혹한 이론인 것이다.

즉, 국가라는 것은 당구공과 같아서 다른 공이 와서 치면 퉁겨나가 또 다른 공과 부딪친다는 원리로, 해당 국가의 국내사정이야 어떻든 그들 내부 관계와 무관하게 외부적 이유만으로 결정된다는 이론이다. 그렇게 볼 때 일본이 전후 반세기 동안 서방세계(자유진영)에 편입되어 미국의 핵우산 아래 지켜지고 있는 냉엄한 사실도 이 현실주의에 의해 실천되고 또한 이 이론만으로 설명될 수 있다. 하지만 일본 국제정치학자들 대부분은 이러한 진실을 그냥 얼버무려왔거나 고의로 무시하는 등, 일본 국민들에게 제대로 전달하지 않았다. 그런 점에서 일본은 결국 정보통제국가인 것이다.

한편, 닉슨 정권의 국무장관을 지낸 **헨리 A. 키신저**(Henry A. Kissinger)는 전술한 모겐소의 제자로, 냉혹한 세계정치역학을 구사하여 소비에트와의 역관계를 항상 균형 있게 유지해간다는 정치철학을 실천에 옮긴 인물이다. 이 과정에서 그는 별로 중요치 않은 선악논리나 감정적 선호 판단에 기초한 행동을 철

헨리 A. 키신저

저하게 배제한다는 것을 정치의 원리로 삼았다. 이와 같이 모겐소의 제자들은 브렌트 스코우크로프트(Brent Scowcroft) 전 대통령 보좌관처럼 국무성과 국방성의 관료 중에 지금도 많이 포진해 있다.

그런 가운데 최근 키신저를 '미국의 메테르니히(Metternich)'라고 일컫는 전기와 키신저가 자신의 관료시절에 대해 쓴 자전적인 책이 출판되었다. 즉, 1991년 소련의 붕괴로 세계냉전이 종결되자, 키신저의 현실주의도 유효성을 잃는다는 내용인데, 그와 함께 키신저도 과거의 흘러간 인물로 취급받고 있다. 사실 키신저나 Z. 브레진스키는 유년기에 미국으로 건너온 사람으로, 예전부터 외국인으로 취급되어 미국 정계에서 외면을 받아왔다.

따라서 키신저는 1970년대의 실무 정치가였을 뿐, 이제는 고령으로 미국 정치의 일선에서 은퇴했다. 다만 현재는 '키신저 어소시에이트'(Kissinger Associate)라는 컨설팅회사를 만들어, 세계적인 거대기업의 자문, 약소국 정부의 고문과 같은 일로 고액의 소득을 얻고 있다.

사실 관료가 민간기업의 임원으로 가는 일은 우리에게도 흔한 일이므로 특별히 문제가 되지 않지만, 이처럼 고급관료의 '낙하산 인사'를 영어로는 '리볼빙 도어'(revolving door)라고 한다. 그러니까 호텔 현관의 '회전문'이라는 의미인데, '방금 나갔던 사람이 이번에는 반대방향에서 이해 관계인이 되어 들어온다'는 뜻을 가지고 있다. 즉, 관료를 그만둔 후 지금까지 교섭상대였던 국내 대기업이나 외국 대기업의 고문 또는 임원이 되어 정보를 제공하거나 자문해주는 경우를 말한다. 이는 미국에서도 꽤 시끄러운 문제가 되고 있지만, 관료제 국가가 계속되는 한 없어지기 힘든 것으로, 국가제도와 관련된 근본적이고 구조적인 문제가 아닐 수 없다. 수만 명의 관료(고급공무원)가 로비스트로서 자신의 소속 직장을 위해 이권청탁을 한다고 생각해보자. 그 정치적 영향력은 결코 만만치 않다.

한 예로 팻 초트(Pat Choate)가 쓴, 미국판 '낙하산 인사' 스캔들을 폭로한 책 『영향력의 대리인 *The Agents of Influence*』(1990)이 크게 문제되었던 적이 있다. 이 책에는 수백 명의 미국 고급관료들의 경력이 실명으로 나와 있는데, 예전에 통상대표로서 우리나라와 교섭을 담당했던 여성 엘리트 관료인 칼라 힐스(Carla Hills)의 이름도 이 책 리스트에 끼어 있다.

그런데 이 리볼빙 도어는 공화당보다 오히려 민주당쪽 인사들이 많다. 이에 따라 공화당은 1992년 대통령선거 종반 직전 관료들의 낙하산 인사 문제를 끄집어내면서 뉴욕 재계와 민주당 관료들의 유착 스캔들을 폭로했다. 그러나 이 문제는 공화당 역시 내부적으로 안고 있는 약점이었기 때문에 적당한 선에서 멈출 수밖에 없었다.

한편, 현실주의 국제정치학을 집대성한 인물은 영국의 아놀드 토인비
(Arnold Toynbee, 1899~1975)다. 그가 영국 외무성의 정보부장이라는
요직에 있으면서 구축한 '그레이트 게임'(the Great Game) 이론은 나중
에『소비에트 봉쇄전략 Containing USSR』의 근간으로서 냉전(동서대결)
시대의 시나리오가 되었고, 그의 대작『역사 연구 A Study of History』
(1934~61) 역시 일본의 반공보수파 사람들에게 계속 읽혀져왔다.

대니얼 부어스틴

그것의 미국판을 쓴 인물은 역사학자 대니얼 부어
스틴(Daniel Boorstin)인데, 그 역시 체제파 엘리트의
정점을 달리다가 유대계 좌익에서 전향한 학자로,
그의 방대한 연작(連作)『미국인들 The American』
(1958~74)은 미국이 세계적으로 어떤 상황에 처해
있는가를 서술하고 있다. 그런가 하면 미국 국무성
의 사절로서 그는 속국(또는 우방국) 가운데 중요한 몇몇 나라에 파견되
어 그 나라의 고급관료들에게 미국의 세계 정치전략을 강의해왔다. 일
본, 이탈리아, 터키, 파키스탄 등을 방문했으며, 1957년 이후에는 정책
입안에 대한 지도적 조언을 하기 위해 다시 일본을 방문했다. 그러나 일
본에는 그가 말하는 것을 이해할 만큼의 지능이 없었던 듯하다. 1970년
대 일본에서 학생운동이 한창일 때, 부어스틴은『어리석은 자들의 사회
학 The Socialogy of the Absurd』(1970)이라는 제목으로 자유파 사회과
학자 전체를 통렬하게 비꼬는 책을 썼다.

한편, 조지 케넌(George Kennan)은 그 이름이 모겐소와 나란히 거론
되던 냉전시대의 외교 전략가로서, 그가 익명으로 발표한『소비에트 봉
쇄』는 아주 유명하다. 다만 모겐소가 초강대국간의 균형이론을 주장했

조지 케넌

던 반면에, 케넌은 약소국도 각기 고유한 역사적 배경을 가지기 때문에 강고하다는 논지의 '약소국 다국간 균형이론'을 주장했다. 그렇지만 이 두 사람은 미국의 베트남전쟁 참여를 비판하다가 실무파 관료들로부터 기피당한 거물 물리학자라는 공통점을 가지고 있다.

이와 함께 냉전 돌입기에 존 포스터 덜레스(John Foster Dulles) 국무장관(트루먼 정권)이 맡았던 중요한 역할도 잊어서는 안 된다. 당초 소비에트에 대항하는 그의 전략에 일본도 편입되어 있었다. 그러자 요시다 시게루(吉田茂) 수상은 맥아더 원수와 짝을 이루어 덜레스에게 반항하여 그 결과 '미일안보조약'이라는 가혹한 벌이 떨어졌는데, 이후 일본은 오랫동안 꼼짝도 할 수 없었다. 이 사실은 훗날 후버 연구소의 상급연구원인 가타오카 데쓰야(片岡鐵哉)에 의해 밝혀졌는데, 그럼에도 덜레스는 워싱턴 국제공항에 그 이름을 남기고 있다.

여기서 **임마뉴엘 월러스타인**(Immanuel Wallerstein)이라는 특이한 인물을 잠시 언급하기로 하자. 이 사람은 이른바 '세계 시스템론'을 내세웠는데, 간단히 말해 "세계는 상호관계를 맺고 있는 하나의 시스템"이라는 이론이다. 이 이론은 '다극이론'(multi-polar)이라는 것만 확실할 뿐 그 이상은 잘 알려져 있지 않지만, 이에 따르면 지금까지의 소련과 미국의 냉전이 붕괴된 것도 세계 각 시스템간의 상호관련에 의해 일어났다는 식으로 해석한다. 왠지 좀 엉뚱해 보이는 이론이지만, 그럼에도 현실주의의 보수파 국제정치학자들에게 영향을 미쳤다.

참고로, 현실주의와 대립하는 이상주의(idealism)파 평화주의(pacifist) 국제정치학자들은 일일이 거론하기 힘들 만큼 많다. 현실주의자들이 내셔널 인터레스트(national interest : 세계정치는 국익과 국익이 서로 첨예하게 대립된다)라는 사고방식에 젖어 있는 데 반해, 최근의 이상주의파 평화주의자들은 휴먼 인터레스트(human interest : 국가에 대한 인권의 우선)라는 개념을 들고 나왔다. 세계 평화주의에 기초한 그들은 국제정치학 속에 '평화학'(Peace Studies)을 끌어들이려는 것이다.

이런 상황에서 월러스타인은 실제적인 정치 이데올로기면을 언급하며, 남미의 미국에 대한 종속 상태의 불가피성과 그것으로부터 탈피하는 수단으로 순정치주의적 대응(무력투쟁)을 주장하는 좌익학자다. 그는 과거에 모택동주의적인 극좌주의에 관련되었던 인물로, 오랫동안 뉴욕 주립대학 빙엄턴 캠퍼스 교수를 지냈는데, 현재는 이 대학에 있는 페르낭 브로델 센터(Fernand Braudel Center)의 소장이다.

덧붙여 페르낭 브로델은 프랑스 아날 학파의 거물 역사학자로서 대작 『필리프 2세 시대의 지중해와 지중해 세계 *La Méditerranée et le monde méditerranéen à l'époque de Philippe Ⅱ*』(1949)를 썼다. 그가 소속된 아날 학파는 순수 프랑스 좌익 역사학으로서, 창시자 마르크 블로흐(Marc Block)와 뤼시앵 페브르(Lucian Febre)의 뒤를 이은 그가 뉴욕으로 건너온 1950년대에 이를 미국에 이식했다. 월러스타인은 『근대세계시스템 : 농업자본주의와 유럽세계 경제의 성립』, 『포스트 아메리카』, 『탈 사회과학』 등의 저서를 발표하기도 했다.

공화당의 견인차였던 밥 돌과 깅그리치

공화당 상원의원의 원내총무(Majority Leader)를 역임한 **밥 돌**(Bob Dole)은 1980년 선거 때 대통령후보의 자격으로 레이건과 대결하여 이미 공화당 내에서 이름을 날렸다. 또 1988년에는 부시와 지명전을 벌였으나, 당내 지지를 모으는 데 실패했다. 그런가 하면 전쟁 부상병의 경력으로 의회 내에서도 존경을 받는

밥 돌

그는, 가난한 역 구내매점 업자의 아들로 태어나 불굴의 정신력으로 다져진 인물이다. 그래서 연설할 때도 불편한 오른팔을 감싼 채 강한 어투로 발언한다.

그러한 밥 돌은 구보수파(Old Conservative)이지만 제2차 세계대전 전부터 공화당 근본보수파였던, 같은 캔자스주 출신 앨프레드 랜던과 관련이 있다. 밥 돌 등 구보수파는 1980년대 레이건 정권 시대에는 공화당 내 반대파였고, 동시에 그들은 공급자중시 이론을 달갑게 생각하지 않는 반공급자중시파라, 공화당 내에서 레이건 정권과 정책적으로 대립했다. 그래서인지 "레이건이라는 사람은 원래가 뉴딜 민주당원이며, 진정한 보수파가 아니다"라는 유명한 말이 있는데, 이 말은 로버트 세이모어 니스벳(Robert Seimore Nisbet)이 쓴 『보수주의, 그 꿈과 현실 *Conservatism : Dream and Reality*』(1989)이라는 책에 나온다. 사실 레이건은 할리우드 영화배우 노동조합의 위원장을 지낸 인물이다. 하지만 1950년대 매카시즘의 '빨갱이 사냥' 때 재빠르게 보수파로 전향했고, 이어 은둔 사회주의자였던 배우와 감독들의 명단을 작성해 FBI 후버 장관에게 보냄으로써 할리우드의 '빨갱이 사냥'에 적극적으로 협력했다.

한편, 밥 돌의 출신지인 캔자스주는 보수 기반이 압도적으로 강한 곳이며, 보수적인 농민층에 의해 견실한 정치 풍토가 다져지고 있다. 그래서 앨프레드 랜던은 이러한 캔자스주의 분위기를 업고, 한때 FDR(프랭클린 루스벨트)과 맞섰던 것이다. 즉, '대공황'에 직면한 후버 공화당 대통령이 1932년 선거에서 FDR에게 패하자 이른바 뉴딜 시대가 도래했고, 그 다음의 1936년 선거에 공화당 후보로 나온 인물이 앨프레드 랜던이다. 그는 보수적 민중주의자(Populist)라고까지 말할 수는 없지만 '미들 아메리칸'(Middle American : 보수적인 백인 중산계급)의 의사를 대변하는 근본보수파 공화당원이다. 또한 "미국은 유럽의 전쟁에 참가하지 말아야 한다"고 주장한 원조 고립주의자 가운데 한 사람이기도 하다. 요컨대, 밥 돌은 캔자스주에서 이 앨프레드 랜던의 바통을 이어받았다. 그런 한편, 캔자스주의 또 한 명의 상원의원은 랜던의 딸인 낸시 랜던 카스바움(Nancy Landon Kassebaum)인데, 그녀는 공화당이긴 하지만 아버지와 달리 온건파에 속한다.

그런데 밥 돌 등의 구보수파는 배리 골드워터 등의 자유의지론 보수파와 다르다. 사실 자유의지론의 사고방식은 "국가 같은 것은 없어도 상관없다. 세금의 강제징수에 반대한다. 대기업을 반대한다. 고립주의를 주창한다. 우리 일은 우리가 한다. 국가와 사회에 의지하지 않는다"이다. 또한 "대기업이 영향력을 행사하여 여러 규제를 법률 형태로 만들어 경제를 독점하는 것은 용납할 수 없다"는 것이 기본적인 사고방식이다. 그런 만큼 밥 돌 등의 구보수파는 이런 자유의지론파와도 대립한다.

그러나 공화당 구보수파든 공화당 내 자유의지론파든 어느 쪽이나 '재정적자 반대'를 내세우고 있는 점에서는 다르지 않다. 다만 밥 돌 등의 구보수파 쪽이 "재정적자는 증세로 해결할 수밖에 없다"고 주장하고 있는 반면에, 자유의지론파는 "증세는 말도 안 된다. 정부가 해야 할 일은 감세와 복지삭감 그리고 공무원 숫자를 대폭 줄이는 것이다"라는 정반대의 대책을 주장하고 있다.

이런 상황에서 1994년 11월의 중간선거가 끝나자 공화당 하원의원 중에서 한 난폭자가 두각을 나타내기 시작했다. 공화당이 다수를 차지한 연방의회 하원에서 하원의장(Speaker of the House)에 취임한 **뉴트 깅그리치**(Newt Gingrich)인데, 그는 클린턴의 민주당 정권에 대한 공격의 선봉장이었으나 1998년

뉴트 깅그리치

11월 선거에서 패한 후 책임을 지고 사임했다. 그러니까 그의 풍모와 독설은 공화당 근본보수파의 노선을 충실하게 따른 셈이었다.

그 주장은 다음과 같다. ① 미국은 엄청나게 누적된 국가재정 적자를

안고 있는데, 현재 9조 달러(1천조 엔. 참고로 일본의 재정적자, 즉 국가 및 지방자치단체의 적자 공채 잔고는 현재 600조 엔)에 이르고 있다. ② 더 이상 미국 정부는 국민에게 사회복지를 베풀 수 없다. 지금 있는 어린아이도 제대로 돌보지 못하고, 아버지는 없는 것이나 다름없는 가정에서 여성이 세 번째 아이를 낳는다면 그 아이에 대한 생활보호비와 푸드 스탬프(식량권)는 지원되기 힘들 것이다. 아니, 지원할 수가 없다. ③ 그러므로 연방정부와 지방자치단체는 공무원 수를 삭감하여 '작은 정부'를 지향해야만 한다. 지금처럼 민주당의 선심성 복지를 계속하다가는 나라가 파산하고 만다. 따라서 의회는 재정지출을 줄여 균형재정을 이루겠다는 결의를 다지고 이를 국민에게 약속해야 한다. ④ 그러고 나서 범죄 단속을 좀더 강화해야 한다. 지금과 같이 지나친 관용을 베풀어 범죄자를 곧바로 사회에 되돌려 보내는 일은 용납할 수 없다. 그런 점에서 이른바 '원 스트라이크 아웃'(One Strike Out : 예를 들어 초범이라도 강간죄 유죄 판결이 나오면 집행유예를 하지 않고 실형을 가한다)을 전주(全州)에서 실행해야 한다. ⑤ 공립학교에서도 성서 교육을 실시하고, 기독교도로서 기도시간을 다시 부활시킨다. 그런데 이 ⑤는 "기독교를 특별히 보호하면 다른 종교인들의 신앙의 자유를 침범하게 된다"는 최고재판부의 판례를 연방의회 국민다수파의 의사로서 뒤집는 결과를 낳았다.

이처럼 '복지삭감'의 주장을 연설 때마다 공언함으로써 민주당과 자유파로부터 상당한 비난을 받지만, 그는 전혀 개의치 않았다. 이렇듯 '정론'을 당당하게 주장하면서 국정의 큰 문제를 둘러싼 싸움에 앞장서는 것이 공화당 정치가들의 진면목이다. 특히 깅그리치는 누구도 하기 싫어하는 악역을 자청하고 나선 인물로서, 자신에 대한 개인적인 공격에도 기죽지 않았다. 사실 우리나라 정계에서의 다툼과 마찬가지로, 스캔들 정보를 통한 개인 공격과 뒤로부터의 협박 따위는 어느 나라에나 있는 일이다.

한편, 그 전에 오랫동안 하원의장을 역임한 사람은 민주당의 톰 폴리(Tom Foley)였다. 하지만 폴리가 불명예스런 낙선·은퇴를 하자 깅그리치가 그 자리에 뛰어올랐다. 이때 깅그리치와 밥 돌은 공화당 전략가 윌리엄(빌) 크리스톨이 만든 '미국민과의 계약=재정 바로잡기'(Contract with America)라는 시나리오에 따라 행동했는데, 빌 크리스톨이 신보수파 평론가인 어빙 크리스톨의 아들이라는 점은 꽤 흥미롭다.

미국의 전통 속에서 자라난 보수사상

예전에 구보수파의 사상을 실현한 두 명의 거물 사상가가 있었다. 바로 리처드 위버와 러셀 커크인데, 그 중 **리처드 위버**(Richard Weaver)는 『생각은 반드시 결과를 가져온다 *Ideas Have Consequences*』(1948)는 책을 썼고, 이 책은 미국의 보수사상을 언급할 때 빠뜨릴 수 없는 명저 가운데 하나가 되었다.

그런가 하면 **러셀 커크**(Russell Kirk)는 왕년의 베스트셀러인 『보수주의의 정신 *The Conservative Mind*』(1953)을 썼다. 한편, 미시간주 메코스타에서 조용한 생활을 한다 해서 '메코스타의 현인'으로 불렸던 그는 미국이 군사적·경제적으로 해외에 진출하는 것을 몹시 못마땅하게 생각했다. 그래서 미국

러셀 커크

인은 될 수 있으면 국내에서 평화롭게 살아야 한다고 역설했는데, 그런 만큼 글로벌리즘을 비판하는 전형적인 고립주의 구보수사상가이다. 걸프전쟁을 반대했던 뷰캐넌의 주장도 이 러셀 커크 사상과 연장선상에 있다.

요컨대, 리처드 위버와 러셀 커크의 구보수파 사상은 토착 미국 지식

인의 전통 속에서 자라난 보수사상이며, 이러한 점에서 하예크나 고전보수 사상가인 레오 스트라우스와 구분된다. 또한 이 두 사람은 현실적 보수주의자인 정치가나 관료들이 정치적 이권을 좇아 움직이는 것(뒤에서 서술하는 존 로크주의)을 철저하게 혐오했다.

따라서 이들은 미국의 사상가들 가운데 중농주의자(Physiocrat)로 분류된다. 참고로 중농주의자는 주로 버지니아주에 할거하고 있었는데, 독립전쟁 때부터 이 지방은 왕당파가 많았고, 그로 인해 보스턴을 중심으로 한 북부 주들의 캘빈파(청교도) 프로테스탄티즘과 대립했다.

이들 중농주의자는 캘빈파보다 더욱 경건하며, 상업활동보다 농업을 중시하는데, 토머스 제퍼슨(Thomas Jefferson, 1743~1826년)이 이 계보의 대표로 꼽힌다.

그런데 이후, 이 중농주의의 전통을 이어받은 보수사상가들이 1980년대에 사회과학 만능주의의 자유파 사상에 대항했고, 그로 인해 가족의 가치(Family Values)와 경건한 기도 그리고 근면한 생활을 소중히 여기는 진짜 보수사상으로 대두했다. 그러니까 과학(학문)의 힘으로 사회를 개조하려 했던 자유파 지식인에 대한 비판과 환멸이 미국 국민을 토착 보수사상으로 회귀시켰으며, 그 원류는 다름 아닌 중농주의 사상이었다.

그런가 하면 중농주의 보수사상가인 리처드 위버와 러셀 커크의 반대편에서 자유파의 사상적 근거를 세운 두 사람의 사상가가 있다.

바로 루이스 멈퍼드(Lewis Mumford)와 월터 리프만(Walter Lippmann, 1889~1974)인데, 먼저 루이스 멈퍼드는 도시, 문명, 기술, 인간이라는 큰 테마를 연구해온 문명비평가로서, 스탠퍼드 대학 교수였다. 동시에 그는 도시문명이 인간에게 어떤 의미인가를 살펴온 대단한 지식인이기도 하다.

그리고 저널리스트인 월터 리프만은 『여론 *Public Opinion*』(1922)을 발표한 이후 미국 대중의 신뢰를 한몸에 받은 양식있는 자유파의 대가로서, 그가 쓴 정부 비판문에 대해서는 프랭클린 루스벨트 대통령도 감복했다고 한다. 그런 점에서 오늘날 미국 저널리즘계의 품격을 쌓아올린 사람은 바로 리프만이라 해도 과언이 아니다.

두 명의 월러스

미국 현대사에는 두 명의 월러스가 있다. 한 사람은 자유파 월러스이고 또 한 사람은 초보수파 월러스인데, 초보수파 월러스는 남부 백인 보수층의 지지를 받았던, 인종차별적 정치가인 조지 코울리 월러스(George Corley Wallace)다.

그가 남부 지역인 앨라배마 주지사로 있었던 1960년대, 남부 전역에서는 흑인들의 '인간으로서의 권리'를 요구하는 공민권(civil rights) 요구 운동이 일어났다. 이때 그는 '백인의 우선적 권리'를 주장함으로써 흑인 운동에 적대하는 자들의 대표가 되었고, 이 때문에 마틴 루터 킹 목사(Rev. Martin Luther King Jr., 1929~68)와 NAACP(전미유색인 지위향상협의회) 운동과 대립했다. 원래 그는 민주당이었지만, 바로 이 시기에 민주당 전체가 갖고 있던 자유파적인 성격이 싫어서 민주당을 탈당했으며, 1968년에는 대통령선거에 출마했다. 그리고 이때 그가 만든 정당이 인종차별(apartheid. 분리발전정책)주의를 표방한 '미국독립당'(American Independent Party)이다.

미국에서는, 민중이 대의제·의회제를 기본으로 하는 민주정체에 대해 불만과 불신을 갖게 되었을 때 격렬하게 직접 행동으로 나서는 경우가 있는데, 이른바 '민중주의'(Populism) 전통이라고 부른다. 이들은 특권화된 의원들에 대한 불신감을 나타내면서 자신들의 대표를 직접 중앙정계에 보내려고 하며, 좌우로 여러 형태의 민중주의가 있지만 주로 보수적인 백인 중산층에 의한 반의회 민중운동인 경우가 많다.

그런데 의회정치가나 언론인들은 이러한 민중주의가 불어닥치는 것을 몹시 우려한다. 거기에는 일종의 아나키(anarchy), 즉 '무질서=질서 파괴'의 분위기가 짙게 흐르고, 민주정체(democracy) 자체의 위기가 감지되기 때문이다.

그런 점에서 당시 조지 월러스의 '미국독립당' 운동도 민중주의 운동이라 할 수 있다. 흑인 해방운동에 내심 반감을 갖고 있던 백인 보수층의 마음을 사로잡아 당시 대통령선거에서 선거인 40명을 획득하고 1천만 표에 가까운 지지표를 얻었기 때문인데, 월러스의 이 운동은 훗날 '남부 민주당'(Southern Democrat)으로도 불렸다.

이 월러스는 그후 다시 앨라배마 주지사가 되었지만 자신의 완고한 정책은 바꾸지 않았다. 오히려 그의 아들까지 같은 정책으로 앨라배마 주지사를 계승했다. 더욱이 1972년에는 대통령선거에도 출마했는데, 유세지인 메릴랜드에서 총격을 받아 결국 하반신 마비로 휠체어 신세를 지게 되었다. 자유파 국민을 조종하는 사람들이 JFK와 마찬가지로 월러스의 대두를 마땅치 않게 여겼기 때문이다. 그뒤 흑인 지도자들에게 사죄한 그는 흑인들로부터도 지지를 받아 주지사에 3선되었으며, 1998년에 사망했다. 따라서 조지 월러스야말로 촌스러운 미국인 정치가였다.

헨리 월러스

또 한 사람의 월러스인 헨리 월러스(Henry Agard Wallace, 1888~1965)는 조지 월러스와는 완전히 대조적인 인물로 지극히 자유주의적인 인물이다. 헨리 월러스는 1941년에 FDR(프랭클린 루스벨트) 대통령 정권에서 부통령을 지냈다. 그는 FDR의 뉴딜정책에 열성적인 주창자였고, 특히 사회주의적인 농업·농민구제책을 제시하여 루스벨트의 오른팔이 되었다.

그런가 하면, 미국 내에서 매우 찾아보기 힘든 사회사상가이자 '제도학파'의 창시자인 서스타인 베블런(Thorstein Veblen, 1857~1929)의 사상을 실천에 옮겼던 인물인데, 베블런과 월러스의 사상을 한마디로 말하면 "부유층의 위선적인 삶의 방식이 싫다"이다.

당시 대공황을 맞은 미국에서는 많은 노동자들이 대량실업 사태에 허덕이고 있었고, 뉴딜정책자들은 이 곤경에서 벗어나기 위해 연방최고재판소의 위헌 판결과 대결하면서 사회주의적 빈민구제책을 잇달아 시행해나갔다. 이때 월러스가 만든 당이 '미국진보당'(Progerssive Party)이며, 덧붙여 제2차 세계대전 후 〈뉴 리퍼블릭〉지의 편집장을 지내기도 했다. 그래서 전쟁 후에도 민주당 뉴딜파의 자유주의자로 계속 활동하는 등, 외교적으로는 소련과의 협조·융화를 주장했다. 그러나 1950년 한국전쟁을 계기로 동서냉전 시대가 시작되면서 미국 내에서 '빨갱이 사냥'의 폭풍이 몰아치자, 그는 돌연 반소비에트 입장으로 돌아섰고, 1965년에 사망했다.

건국 이래로 계속되어온 뿌리깊은 대립

미국에서는 옛날부터 강력한 중앙정부(연방정부)를 만들자고 주장하는 사람들과 각 주마다의 지방분권을 주장하는 사람들이 대립해왔다. 이는 2백 년 전 미국이 건국된 이래 계속되어온 대립으로 역사적으로도 뿌리가 깊다. 건국 직후에 시작된 '연방주의자'(Federalist)와 '잭소니언 데모크라트'(Jacksonian Democrat)라는 양대 그룹의 투쟁에서 기인한다.

당초 '연방주의자 선언'(Federalist Papers)이라는 정치 선언문을 1787년 뉴욕의 신문에 발표한 사람은 알렉산더 해밀턴(Alexander Hamilton), 제임스 매디슨(James Madison : 나중에 제4대 대통령이 된다), 존 제이

(John Jay) 세 사람인데, 이들이 주장한 중앙집권주의의 입장을 페더럴리즘(Federalism)이라고 한다.

먼저 알렉산더 해밀턴은 조지 워싱턴 식민지군 사령관의 부관으로서 독립혁명전쟁을 치른 군인이다. 그는 대륙회의 대표가 되고 나중에는 국립은행을 창설하여 국채를 발행하거나 주채(州債)의 연방정부 인수제도를 만들기도 하는 등 각종 세제를 정비함으로써 연방정부 재정의 기초를 튼튼히 다졌는데, 그의 이러한 실적은 해밀턴 재정학으로서 지금까지도 존경받고 있다. 또한 훗날 정적(政敵)과 결투를 벌이다 사망할 정도로 혈기왕성한 인물이었다.

한편, 제7대 대통령이 된 앤드류 잭슨은 지방분권주의인 잭소니언 데모크라시를 주장했다.

서부(테네시) 출신인 잭슨은 의회 의원과 재판관을 역임한 후, 재발된 영국과의 영미전쟁(1812~14)에 사령관으로 임명되는데, 이 전쟁을 승리로 이끌면서 국민적 영웅이 되었다. 그후 스페인군과의 싸움은 무승부로 끝났으나 이로 인해 잭슨은 서부 사람들로부터 한층 더 인기를 얻게 되었다. 마침내 1828년에 대통령이 된 잭슨은 국립은행만이 통화발행권을 갖는 것에 대해 반대의견을 내고 통화발행권을 각 주로 넘겨주었다. 그러자 각 주는 각각 통화를 발행하게 되었고 이로 인해 금융정책에 대혼란이 일어나 공황이 발생하게 되었다. 또한 잭슨은 동부의 귀족적인 분위기에 혐오감을 갖고 마지막까지 그들과 대립했는데, 그러면서도 자기편이라고 생각되는 많은 인물들은 자신의 정권에 불러들여 일을 하도록 했다. 미국 특유의 정치 시스템으로서 선거에 이긴 쪽이 고급관료 3천 명을 모두 교체해 인사를 독점하는 엽관제도(獵官制度, the Spolis System)는 잭슨 시대에 확립된 것이다. 물론 보통 선거제도도 이때 시작되었다. 바로 이것이 서부 중심의 잭소니언 데모크라시다.

그런 점에서 연방주의와 잭소니언의 대립은 일본으로 말하자면 메이지(明治)유신 이후 신정부에서 오쿠보 도시미치(大久保利通)파와 사이고 다카모리(西鄕隆盛)파의 정쟁을 떠오르게 한다. 하지만 어느 나라에서든지 정치권력을 둘러싼 다툼은 있게 마련이고, 어제까지 동지였지만 상황이 바뀌면 오늘은 정적이 되어 다시 싸우게 된다. 따라서 정치가가 가는 길에는 개인적으로 좋고 싫은 감정과는 상관없이 권력을 둘러싼 치열한 승부가 기다리고 있다. 때문에 남을 이용한다든지 태연하게 배신하는 일이 성격에 맞지 않는 사람은 결코 정치가가 될 수 없다. 즉, 이상주의자가 단순히 자신의 이상만 가지고 정치세계에 발을 들여놓을 경우 결국 큰 후회를 하게 된다.

미국은 세계 패권국이다

일본인은 세계의 제국(패권국, Hegemonic State)이라는 개념을 별로 대단하게 생각하지 않는다. 그런 가운데 현재 미국은 세계의 초강대국이고 일본은 다른 나라들과 마찬가지로 미국의 속국이다. 그러므로 초강대국인 미국의 문화, 정치, 지식, 사회의 움직임을 결코 가볍게 보아서는 안 된다.

특히 정치사상과 정치철학은 언제까지나 프랑스와 독일이 최고라고 생각하는 그 자체가 커다란 착각이다. 실제로 프랑스, 독일, 영국도 최근 수십 년 동안 미국의 경쟁상대가 되지 못하고 있으며, 어떤 의미에서는 이들 나라 역시 미국의 지배 아래 있는 나라다. 물론 예전에는 그들도 미국이 자신들보다 열등한 나라라고 생각했을 것이다. 그러나 유럽 각국들은 최근 30년 동안 정치적으로 미국에 패하자 EU(유럽연합)을 만들어서 필사적으로 반격에 나서고 있다. 그런데 왜 일본의 지식인들은 이런 상황들을 정확히 직시하지 못하고 있을까. 혹시 정치사상이라면 그래도 프랑스, 독일이 최고라는 낡은 생각을 그대로 가지고 있으면서 미국의 우위에 대해서는 인정하고 싶지 않은 건 아닐까.

그러나 메이지유신 이후 계속되어온 관념, 그러니까 독일과 프랑스의 것이라면 무조건 수준 높은 사상이라는 생각들은 여지없이 깨지고 있다. 사실 1960년대에는 사르트르의 실존주의가 일본을 석권했고, 80년대 들어서는 미셀 푸코의 '프랑스 구조주의 철학'이 맹위를 떨쳤다. 그런가 하면 독일로부터는 독일 최고학자인 위르겐 하버마스(Jürgen Habermas)를 필두로 하여 '독일문화 마르크스주의 철학'인 프랑크푸르트 학파의 사상이 유입되기 시작했다. 그런데 난해함이 자랑거리인 독일과 프랑스의 사상만이 유독 일본의 지식인들에게 존중받아온 이유를 지금 이 시점에서 되새겨보지 않을 수 없다. 그와 함께 현대의 미국 사상을 지금까지 별로 중요하게 여기지 않은 이유가 도대체 무엇인지를 한번 생각해보아야 한다.

한편, 미국의 정치사상은 유럽의 난해하기만 한 사상과는 달리, 일반인들도 충분히 이해할 수 있다. 그들은 알기 쉬운 용어를 사용하는데, 예를 들면 "정의란 무엇인가" "사회적인 공정성은 어떠한 유용성이 있는가" "무엇이 선인가" "권력은 어디에 존재하는가" 등이다. 그런 만큼 이 같은 큰 주제를 놓고 열린 마당을 통해 공공연하게 토론해볼 수도 있다. 바로 이런 점에서 유럽의 전문 학문주의와는 실로 커다란 차이가 있다.

이 가운데 어느 쪽이 더 보편성을 갖고 있는지는 사람들을 통해 저절로 명확해질 것이다. 내가 이 책을 쓰고자 마음먹은 동기도 바로 그 점이다. 참고로 나는 독일계도 프랑스계도 국내사상계도 아니다. 다만 스스로를 미국 정치사상계로 분류하고 있을 따름이다.

3

시련에 직면한 민주당 내 자유주의와 행동과학

신자유주의(Neo-Liberal)의 반격

1960년대 민주당 내의 정치가, 평론가 및 학자들 사이에서 이 책 서문의 도표에 있는 '신자유주의'를 정책사상으로 주장하는 사람들이 출현하기 시작했다.

이 신자유주의를 주창하는 그룹으로는 리처드 게파트(Richard Gephardt) 상원의원, 빌 브래들리(Bill Bradley) 상원의원, 여자문제로 대통령후보 경쟁에서 도중하차한 게리 하트(Gary Hart) 전 민주당 대통령후보, 대니얼 패트릭 모이니한(Daniel Patrick Moynihan) 상원의원(이 사람들은 앞에서도 기술했듯이 신보수주의자이기도 하다) 등 유력한 정치가들이 있고, 학자들로는 레스터 서로(Leaster C. Thurow), 로버트 라이슈(Robert Reich) 등이 있다.

이들은 공화당 내 온건파 혁신정책사상인 잭 켐프(Jack Kemp) 등의 공급자중시파에 대항하는 사상을 가졌는데, 공화당 내 젊은 정치가들이

'감세와 규제완화에 의한 자유경제 활성화'를 외치면서 공급자중시 경제학을 주장하자 민주당 내에서 뭔가 대항할 만한 것을 내세워야 한다는 생각에서 출현하게 되었다.

레스터 서로

MIT(매사추세츠 공과대학) 교수 **레스터 서로**(Leaster Thurow)의 『제로 섬 사회 *Zero Sum Society*』(1980)는 85년에 일본에서도 번역되어 화제를 불러일으켰다. 이 책에서 그는 '정부의 기업에 대한 보조금 삭감' 문제를 다음과 같이 대담하게 제기했다. 즉, "대기업의 경영이 위기에 직면해 있더라도 정부가 종래와 같이 보조금을 물 쓰듯 사용해서는 안 된다(일본의 경우에 비춰보면 불황 카르텔이나 조세 특별조치법에 의한 세액 감면의 기업 지원책 등이 바로 여기에 해당한다). 정부보조금이 꼭 필요한 경우에는 노사협의를 거쳐 경영계획서를 제출하도록 해야 한다"는 내용이었다.

로버트 라이슈

그런가 하면 뛰어난 이론가 **로버트 라이슈**는 『국가의 역할 *The Work of Nations*』(1991)이라는 책을 썼는데, 여기서 그는 정도를 넘어선 복지정책으로 정부가 골병 든 상태임을 지적했다. 그러니까 "더 이상 정부에 의존해서는 안 된다"는 점에서 밀턴 프리드먼(Milton Friedman)과 같은 생각을 보였다.

그러면서도 "공짜식사(free lunch)를 하지 마라"는 프리드먼의 주장과는 다르게 "무임승차(free loader)를 하지 마라"고 쓰고 있다.

이를테면 80년대 불황에 허덕이고 있던 미국 경제를 회복시키는 방법으로 공화당이 제시한 주장은 "복지정책에 반대하고 평등주의에 반대하며, 특히 선심성 복지정책에 반대한다. 다시 말해 이런 정책의 방향 전환 없이 거액의 재정적자는 해결될 수 없다"였고, 이에 대한 고육책으로 민주당 내부에서 제시한 것이 바로 라이슈와 서로의 신자유주의다.

클린턴 정권을 지지하는 신자유주의 그룹

신자유주의 그룹의 다수는 클린턴 정권의 핵심부에 포진해 있다. 그 중 카터 정권에서 각료를 지내기도 했던 라이슈는 클린턴의 첫 번째 임기 때 노동성 장관(Labor Secretary)을 역임했다. 그런 만큼 클린턴 정권은 공화당으로부터 많은 정책을 참고했다. 예를 들면 '건강보험 제도', '경비삭감과 적자감소', '감세 정책', '각종 규제 강화를 통한 범죄 줄이기' 등이며, 이로 인해 이른바 중도노선(초당파 정치)을 걷게 되었다.

여기에서 뉴저지 출신의 상원의원 **윌리엄(빌) 브래들리**라는 인물을 잠시 주목하도록 하자. 그야말로 민주당 내에서 뉴욕의 금융전문가들의 주장에 끌려가지 않는 거물 정치인이라고 할 수 있는데, 그런 그가 어느날 갑자기 의원직을 사퇴하고는 일반 국민들 속으로 뛰어들어가 자신의 주장을 알리기 시작했다. 그는 1970년대

윌리엄(빌) 브래들리

프로 농구에서 뉴욕 닉스 포워드로 활약했을 만큼 뛰어난 운동선수 출신인데, 79년 뉴저지 주에서 상원의원에 출마하여 당선되면서 정계에 입문했다. 덧붙여 훌륭한 인품과 함께 매우 명석한 두뇌의 소유자였다.

또 클린턴 정권에 참여한 신자유주의 그룹의 관료 가운데 통상문제 담당이었던 미키 캔터(Mickey Kantor)가 있다. 그는 '일본 두들겨패기'를 주도했던 인물인데, "일본은 오랫동안 미국에 무임승차해왔다", "지금까지 아무 대가없이 일본의 안전을 보장해준 데 대해 대가를 청구하는 것은 당연한 일이 아닌가"라고 주장했다.

그러니까 미국의 일본(또는 동아시아 국가들)에 대한 무역적자를 외교교섭을 통한 정치적 압력으로 줄여보겠다는 외교전략이었다. 이는 일종의 '산업정책론'이라고 할 수 있는데, 이런 생각을 제도화한 것이 클린턴 정권의 핵심인 '경제안전보장회의'(ESC ＝ Economic Security Council)

였고, 이는 실제로 추진해 나가는 과정에서 NEC(국가경제회의, National Economic Council)로 바뀌게 되었다. 훗날 클린턴은 이 NEC의 규모를 확대하여 지금까지 있었던 '국가안전보장회의'(NSC = National Security Council), 즉 '최고국방회의'와 같은 수준으로 격상시키는 등 NSC와 마찬가지로 대통령 직속기관으로 삼았다.

하지만 무역은 살아 있는 경제행위이기 때문에 국제경제학의 대상이지, 국제정치의 대상이 될 수 없다. 뿐만 아니라 세계 경제의 흐름에 의해 결정되는 것이므로 그 흐름을 국제정치학적으로 바꾸려고 해도 쉽게 바뀌지 않는다. 이러한 NEC 전략에 대해 공화당은 처음부터 무리한 발상이라고 공격했다. 그러나 그들 역시 미국이 안고 있는 거액의 무역적자(trade deficit)를 해결할 묘안을 갖고 있지 못했다.

미키 캔터

한편, NEC의 구성원으로 대일교섭 책임자이자 강인한 인상의 **미키 캔터**는 언론에서 보통 '미국통상부대표'(USTR : U. S. Trade Representative)라고 보도되는데, 이 USTR이란 정부관료로서의 직책을 말한다. 즉, 행정부 장관급인데, 좀더 정확히 말하자면 장관이라기보다 '정부대사'(Special Envoy)이다. 정부대사란 국왕이나 국가원수가 임명하는 '전권대사'라는 의미로, 러일전쟁의 포츠머드 강화조약 당시 '고무라(小村) 전권대사'라 할 때와 같은 의미다.

로버트 루빈

그러한 위치에서 미키 캔터는 **로버트 루빈**(Robert Rubin) 재무장관(Treasury Secretary), 라우라 타이슨(Laura Tyson) 여사 등과 함께 클린턴 대통령이 참석하는 회의에서, "일본이 말을 잘 듣지 않을 때는 어떻게 할 것인가"라는 이야기를 나눈다. 참고로 루빈 재무장관은 뉴욕의 유대계 금융회사인 골드만 삭스의 CEO(최고경영책임자. 쉽게 말하자면 고용사장)를 거쳐 클린턴 정권에 참여한 인물이다.

그런가 하면 경제자문위원회(CEA) 위원장(대통령경제자문)을 지냈던 경제학자 라우라 타이슨 여사나 로버트 라이슈 교수는 "일본을 너무 정면으로 밀어붙이기 때문에 오히려 일이 순조롭게 진척되지 않는다"라는 의견을 제시했다. 또한 워런 크리스토퍼 전 국무장관도 "일본은 뭘 얘기해도 잘 듣지 않는다"라며 일본을 완전히 무시하는 입장이다. 나아가 전 국무장관 제임스 베이커는 "그 나라는 누구와 교섭을 해야 할지 모르겠다. 그 자리에 나온 인물과 교섭하여 합의에 이르러도 그 사람이 진짜 교섭력을 가지고 있는가를 알 수가 없다. 또 어차피 약속을 지키지 않으니까 그 나라와 힘들여 이야기해봤자 별 소용없는 일이다"라며 아예 일본을 무시하고 있다. 실제로 일본에 와서 세 번이나 교섭을 했던 크리스토퍼 국무장관도 아무런 성과를 거두지 못하고 돌아간 전력이 있으며, 이후 이 같은 일본과의 교섭 실패와 다른 몇 가지 일이 계기가 되어 결국 국무장관직을 사임했다.

이처럼 USTR에 맡겨도 별 방법이 없자 이번에는 미국 재무성이 전면에 나서서 일본과 동아시아 여러 국가의 금융 부문에 직접공격을 가하는 전략으로 전환되었다. 그러자 일본은 미국의 '금융봉쇄전략'으로 금융위기에 처하게 되었는데, 미국에게 이 정도 취급을 받는 나라가 일본이다. 다시 말해 미국에서 일본은 한국, 타이완과 함께 동남아시아의 한 '지역' 정도로만 인식되고 있으며, "일본이 미국과 대등하다"고 생각하는 미국인은 단 한 명도 없다.

'산업정책론'이란 무엇인가?

클린턴의 국가경제회의 방식은 USTR이나 상무성과 같이 예전부터 무역교섭을 담당하던 채널과, 이와는 별도로 새롭게 만들어진 명령계통이 있는데, 이들이 서로 경쟁하면서 완전히 뒤죽박죽이 되었다. 즉, 루빈 재무장관이 총지휘를 맡기 전까지 일본과의 교섭을 배후에서 담당했던 사람은 같은 신자유주의 그룹의 경제학자이자 민주당계 브레인인 IIE(Institute for International Economics : 국제경제연구소) 소장 **프레드 버그스텐**(Fred Bergsten)이었다. 그는 93년 2월에 "1달러가 곧 100엔을 밑돌게 될 것이다"라고 예언했는데, 이는 나중에 정말로 실현되었다. 이와 함께 96년 4월의 1달러 80엔 전략도 바로 그가 시행한 것이었다.

이상으로 라이슈, 서로, 버그스텐 등 신자유주의 그룹의 주장들이 앞서 설명한 산업정책론(Industrial Policy)이다.

그러나 이 주장은 외교면에서 보면 미국의 이익을 적극적으로 추구하는 경제패권주의일 뿐이다. 때문에 이러한 입장은 미국 내 대기업 노조 간부들의 대단한 지지를 받았다. 그런 주장들을 펴면서 미국 노동자들의 생활 유지, 즉 외국기업에 중과세를 부과하여 미국 산업을 보호하고 미국 내 기업을 도산 위기로부터 지켜주기를 바라기 때문이다. 그러나 이런 주장들의 귀착점은 결국 보호무역주의(Protectionism)가 될 수밖에 없다. 다시 말해 미국은 자유무역주의(Free trade)를 유지할 수 없게 될지도 모른다.

그런 가운데 고립주의자(Isolationist)인 뷰캐넌은 "미국은 보호무역(국내산업보호정책)으로 전환해야 한다", "미국은 세계를 제패하겠다는 패권(세계제국)의식을 버려야 한다"고 분명하게 주장했다. 심지어 뷰캐넌과는 앙숙관계이자 신자유주의 그룹인 에드워드 루트워크(Edward Luttwak) 역시 『미국의 쇠퇴론』에서 "미국이 계속 이대로 가면 제3세계의 도시와 같은 황폐한 나라가 될 것이다"라고 쓰고 있다.

뿐만 아니라 민주당의 신자유주의 그룹 내에서도 로버트 커트너(Robert Kuttner) 같은 인물은 『자유방임경제의 종말 *The End of Laissez-Faire*』(1991)에서 "미국은 더 이상 자유무역을 논할 여유가 없다. 그러니까 관리무역체제로 돌아가서 수입품에 높은 관세를 물려야 한다. 사실 유럽이나 일본은 원래부터 자유무역 국가가 아니며 중상주의(Mercantilism) 국가들이다. 그런 만큼 그들은 자기 자신밖에는 생각하지 않으며 미국이 아무 생각 없이 시장을 개방하면 한없이 밀고 들어와 마음대로 장사를 하는 등, 미국의 부를 빼앗아갈 것이다"라고 적고 있다. 이는 분명한 보호무역론인데, 커트너는 라이슈, 서로, 버그스텐 등과 같이 EPI(Economic Policy Institute : 경제정책연구소)라는 민주당계 싱크탱크의 상급 연구원이었다.

한편, **리처드 A. 게파트**(Richard A. Gephardt) 민주당 하원의원의 이름은 일본에서도 잘 알려져 있으며, 1988년 무역문제에 대한 「게파트 수정법안」(Gephardt Amendment)의 제출자로 미국 내에서도 유명하다. 덧붙여 대통령을 꿈꾸고 있는 인물 중의 한 명이기도 하며, 그가 만든 「게파트 수정법안」은

리처드 A. 게파트

정확하게 '벤첸, 로스텐코프스키, 게파트 수정법안' 으로, 세 사람이 공동제안(의원입법)하는 형태를 취했다. 그런데 이 법안의 내용을 한마디로 말하면, 미국 국내산업보호를 위한 보호무역주의다.

즉, "미국과의 무역에서 수출이 수입을 55% 이상 초과하는 나라에 대해서는 수출시 25%의 과징금을 부과한다"라는 내용으로, 이후의 「포괄무역법안 슈퍼301조(Super301)」는 이 법률이 구체화된 것이다.

미국의 이 같은 보호무역법으로 일본은 1년 내내 치열한 경제교섭을 벌여왔지만, "요구사항을 듣지 않으면 수출을 금지하거나, 제재조치

(Retaliation)를 발동하겠다"는 미국의 협박에는 어쩔 도리가 없었다. 요컨대, 일본 관료들이 아무리 대등한 교섭을 하려고 해도 결국 미국의 말을 들을 수밖에 없는 것이다. 여기서 우리는 파는 사람과 사는 사람이 다투면 대개의 경우 사는 쪽이 결국 이긴다는 사실을 알아야 한다. 그런 점에서 자유무역체제는 일본의 생명줄이다.

한편, 게파트의 동료의원인 대니얼 로스텐코프스키(Daniel Rosten-kowski)는 1993년 탈세혐의로 조사를 받은 뒤 돌연 사임한다. 그는 상원의 세입위원장을 오랫동안 역임하는 등 재정문제를 담당했지만, 부정에 연루되어 결국 실각하고 말았다. 그러나 나로서는 미국 의회 내부의 정쟁이 어떻게 벌어지고 있는가에 대해선 파악할 수 없다.

중진 정치가 모이니한은 신보수주의자면서 신자유주의 그룹

대니얼 패트릭 모이니한 상원의원은 1927년생으로 지금까지 여러 번 언급했듯이 민주당 중진이다. 원래 그는 하버드 대학 케네디 행정대 대학원 교수였는데(1966~73년), 77년부터 뉴욕주 상원의원을 지내고 있다. 민주당 내 상원의원들의 조정역으로 클린턴 정권을 의회측에서 지지하는 원로라고 할 수 있는 그는, 공화당 상원 원내총무였던 밥 돌(Bob Dole)과 의회에서 예산과 법안의 가결을 둘러싸고 치열하게 부딪쳐왔다.

또한 앞서 설명한 대로 70년대부터 대소련 강경노선을 지지해왔으며 군사·외교문제에 있어서 강경파이자 민주당 내부에 아직 잔류해 있는 신보수주의자다. 이런 이유 때문에 그는 민주당에서 레이건 공화당 정권으로 잠시 소속을 바꾸어 입각한 인물이며, 유엔대사를 지냈던 진 커크패트릭 여사나 평론가인 어빙 크리스톨과도 오랜 기간 친분을 유지할 수 있었다. 그리고 민주당 내 현실감이 좀 뒤지는 젊은 급진 신자유주의 그룹의 주장도 잘 달래고 설득하는 등, 그들을 지금까지 별탈 없이 잘 이끌어왔다.

요컨대, 그는 민주당 내에 남아 있는 신보수주의자 중에서도 가장 융통성이 있기 때문에 여러 어려운 상황 속에서도 적절하게 처신하면서 잘 대처해 나간다. 그러나 지식인 정치가이다 보니 상당히 솔직하다. 즉, 당내에서도 마음에 들지 않은 일이 있으면 확실하게 마음에 들지 않는다고 말하며, 다른 사람들에게도 "자신이 소속되어 있는 당이라 할지라도 잘못된 부분이 있으면 주저하지 말고 지적하라"고 입버릇처럼 충고한다.

심지어 흑인 사회의 상승 욕구 결여, 마약이나 총기 범죄의 심각성에 대해서도 솔직하게 비판한다. 이런 점 때문에 그는 누구에게나 사랑받고 존경받았다. 이런 그가 대통령이 될 수 없는 이유 중의 하나는 연설에 서툴고 말투가 분명하지 않기 때문에 무슨 말을 하는지 청중들이 잘 알아들을 수 없다는 점이다. 이것은 일본이라면 그런 대로 정치가로서 통용될 수 있지만 서양에서는 큰 약점이라고 할 수 있다. 민주주의 정치체제란 공개된 의회에서 자신이 가진 뛰어난 지성을 뒷받침해주는 변론의 힘으로 정직하고 당당하게 주장을 겨루는 것이기 때문이다. 따라서 박력있는 연설로 청중을 설득시킬 수 없다면 미국에서는 정치가가 될 수 없다. 그런 점에서 일본 역시 과거의 연설정치로 돌아가야 하며, 관료들이 써준 작문이나 읽는 정치는 이제 없어져야 한다.

한편, 모이니한의 동료로 오랫동안 함께 일해온 사람은 앞에서 기술한 헨리 잭슨(Henry Jackson)이다. 그는 민주당 내 강경파로 1976년 대통령 후보전에 출마를 표명한 뒤 카터와 대통령후보자 지명선거를 치렀으나 실패했다. 그의 연설은 그다지 큰 문제가 없는데, 다른 부분에서 좀 문제가 있었다. 정치인으로서는 치명적인 약점이었는데, 흥분하면 얼굴에 경련이 일어나는 것이다. 따라서 모이니한은 그때 동료인 잭슨이 그런 이유로 패한 사실을 알았고, 분명 자신도 그럴 것이라는 생각에 일찌감치

대권의 꿈을 포기했다고 한다.

민주당의 기둥 '두 명의 대니얼'

대니얼 벨(Daniel Bell)은 일본에서도 잘 알려진 문명비평가이자 사회학자다. 그의 『이데올로기의 종말 *The End of Ideology*』(1960), 『탈공업화사회의 도래 *The Coming of Post-Industrial Society*』(1976), 『자본주의의 문화적 모순 *The Cultural Contradictions of Capitalism*』(1976)은 여러 국가에서 번역

대니얼 벨

되어 읽혀졌는데, 이 저자가 정작 어떤 계보와 연관이 있으며, 어떤 스타일의 학자인가를 알고 있는 사람은 그리 많지 않을 것이다.

대니얼 벨은 컬럼비아 대학을 거쳐 현재는 하버드 대학 교수로 재직하고 있는 사회학자다. 사회학이라 하면 일반인들은 "아, 사회에 관한 학문인가"라고 단순하게 생각할 수 있겠지만, 사회학(Sociology)이야말로 사회과학(Social science)의 중심학문으로서 그 중요성이나 사회적 영향력은 실로 대단하다. '사회학이란 무엇인가'에 대해서는 나중에 알아보기로 하고, 벨이라는 인물을 먼저 살펴보기로 하자. 그러기 위해서는 지금까지 이 책에서 여러 번 언급했던 학자 정치가인 모이니한과 비교해보는 것이 좋다. 대니얼 패트릭 모이니한과 대니얼 벨을 미국 언론계에서는 '두 명의 대니얼'(Two Daniels)이라고 한다. 왜냐하면 모이니한은 보통 패트릭 모이니한으로 부르지만 대니얼 모이니한으로도 부르기 때문이다.

모이니한 상원의원이 신보수주의 그룹인 동시에 신자유주의 그룹으로 양쪽의 사상을 다 지니고 있는 정치 지식인이라는 것은 앞에서 설명했는데, 이와 마찬가지로 대니얼 벨 역시 신보수주의 그룹, 즉 "소련을 붕괴시켜야 한다"는 신념을 가지고 좌익학자에서 보수파로 전향한 인물이며, 70년대에는 민주당 신자유주의파의 중요인물로 '민주당을 지지하는 개혁파 운동'에 가담했다.

여기에서 독자들이 알아두었으면 하는 부분이 있다. 그것은 존 F. 케네디가 암살된 64년, 그의 잔여 임기동안 대통령에 재임했던 존슨 대통령이 '위대한 사회'(Great Society)라는 슬로건을 내걸었는데, 이 해를 분기점으로 제2차 세계대전 후의 미국 정치학은 크게 구분된다는 사실이다. 그 점을 이해하기 위해서 지금부터 '사회과학'에 대해 설명하기로 한다.

미국 '행동과학'의 탄생과 전개

일반적으로는 미국에서는 심리학자나 이론경제학자 그리고 정치학자를 사회과학자(Social Scientist)라고 총칭한다. 왜냐하면 물리학, 화학, 생물학 등 자연과학(Natural Science)이 우주, 물질, 생명이 무엇인가라는 수수께끼를 밝히기 위하여 고민하듯이, '사회과학'은 인간사회에 일관되는 법칙을 발견하고 이로써 '인간사회'의 구조를 밝히는 학문(과학)이기 때문이다.

일본에서는 이를 '문과계'라는 용어로 표현하는데 이 용어에 문학작품 연구나 역사학 등의 인문(Humanities)이 포함된다. 이에 대해 간혹 '인문과학'이라는 좀 이상한 용어를 사용하기도 하지만, '인문'(Humanities)과 '과학'(Science : 학문)이란 용어는 원래 대립되는 개념이다. 그런데 미국의 대학에서는 4년 동안 전자인 인문학을 중심으로, '논문 및 문장 쓰는 법'과 유럽 중세에 발달한 '자유교육'(Liberal Arts : 7과목으로 된 교양으로서의 지식 및 지혜)이라는 일반 교양학(Liberal Education)을 배운다.

요컨대, 학문(과학)이란 그런 바탕 위에 성립되는 것으로, 대학원 과정에서부터 공부하는 아주 엄격한 과정이다. 그런 만큼 이 정도의 학문 분류상의 기준을 잘 알지 못하면 유럽이나 미국에 가더라도 자신이 도대체 무엇을 하고 있는지 알 수가 없다. 따라서 미국의 '사회과학'이라는 것은 일본에서 말하는 '문과계'에서 문학과 역사학을 제외한 '수리적, 과학적인 느낌이 드는, 인간사회에 관한 냉철한 학문'이라고 보면 된다.

한편, 19세기 독일이야말로 근대 유럽의 학문(과학)이 완성된 나라였다. 당시 타의 추종을 불허할 정도로 우수함을 자랑했던 독일의 학문제도는 19세기 말부터 20세기 초에 점차 미국으로 건너가게 되었는데, 이에 따라 미국에서도 '사회과학'이 뿌리를 내리게 되었다. 그러다가 나치 독일의 시대인 1930년대 유대계 독일인이나 오스트리아인 학자들이 박해를 피해 미국으로 망명해옴으로써 미국 학문이 본격적으로 자리를 잡게 된다.

미국 지식인들은 당시의 '후진국'인 미국으로 건너온 독일인 학자들을 '화이트 갓즈'(White Gods)라고 부르면서 유럽에 대한 열등감을 나타내기도 했는데, 하예크나 슘페터, 미제스, 르 코르뷔지에, 아인슈타인 등이 바로 그들이다. 또한 이주민 2세인 프리드먼, 키신저, 브레진스키 같은 인물들이 있었으며, 한나 아렌트와 같은 전후 세대도 있었다. 따라서 이것이 바로 미국에서 유럽의 학문이 본격적으로 자리잡게 된 배경이다.

그후 1950년대로 접어들자 미국의 학문은 독자적인 위치 확보를 위해 독립운동을 시작한다. 이른바 '행동과학'(Behavioral Science)으로서, 비로소 미국에서도 하나의 큰 학문이 시작된 것이다. '행동과학'은 우선 여러 학문의 토대가 되는 '방법의 체계'(methodology) 그 자체로 정의할 수 있으며, 이로 인해 미국의 학자들은 "우리는 드디어 유럽의 오래

된 여러 학문의 전통을 넘어서서 독립할 수 있게 되었다"며 흥분을 감추지 못했다.

이러한 '행동과학'의 출발점은 **버러스 F. 스키너**(Burrhus Frederic Skinner, 1904~90)라는 심리학자였다. 일본에서는 사이콜로지(Psychology)를 '심리학'이라 번역하는데 이는 처음부터 결정적으로 잘못된 것이다.

버러스 F. 스키너

'사이키(Psyche : 인간의 기, 혼령, 정신 또는 사고를 가리키는 말임)의 학문'이란 일본인이 생각하는 소위 '인간 심리상태의 이것저것'을 연구대상으로 하는 것이 아니기 때문이다. 그 보다는 생물(동물)로서의 인간의 사회적 행동을 엄밀하게 정리하고 거기에서 객관적 법칙성을 발견하는 것이다. 예컨대, 미국의 사이콜로지는 생쥐의 행동을 철저하고 엄밀하게 관찰, 기록 및 분석한 결과에서 여러 법칙을 발견하고 정리한 스키너로부터 시작되었다. 다시 말해 그것은 연구대상을 ① 측정하고 ② 실험 및 조사분석해서 ③ 데이터 처리한다'는 방법으로 완성되었고, 이 방법학(Methodology)이 확대되어 점차 '사회학', '경제학' 또는 '정치학'에도 적용하게 되었다. 이것이 바로 미국의 '행동과학'이라는 위대한 학문(과학)혁명의 시작이다.

아무튼 1960년대 미국은 이 '행동과학'으로 전세계의 학자들을 매료시켰고 그 업적 앞에 무릎꿇게 했다. 이 새로운 학문의 영향력은 그만큼 강력한 것이었다. 한편, 이 '행동과학'이라는 방법학(그 자체가 학문이라는 것은 대단히 혁명적인 일이었다)이 가장 효과적으로 이용된 분야는 미국의 '이론경제학'이다. 다시 말해 이론경제학만큼은 정치학, 사회학과 비교해볼 때 진짜 과학(학문)으로서 자기 자리를 차지하며 완성되었다. 경제학을 공부한 이들은 잘 알고 있는 사실이지만 케인스(Keynes)의 거시경제학을 힉스(Hicks)와 새뮤얼슨(Samuelson)이 잘 갈고 다듬은 결과,

과학(즉, 인간의 자의성을 배제한 하나의 객관적인 체계)이 될 수 있었다.

그러나 이론경제학의 이러한 놀라운 성과에 비해 생쥐연구로 출발했던 행동과학의 원조 사이콜로지는 그후 30년 동안 정체되어 별다른 성과를 거두지 못했다. 이쪽 연구에 매진하려는 학자가 없었기 때문에 시간이 지나도 별 진전이 없었던 것이다.

물론 일본에도 미국 심리학 계통을 잇는 학자들이 많다. 그런데도 무슨 이유에서인지 심리학은 '문학부 심리학과'라는 엉뚱한 학문으로 분류되어 있다. 그러다 보니 문학부에 진학한 여학생들 가운데 우수한 일부 학생들은 "나는 인간의 심리를 연구하고 싶다"는 착각 속에서 무슨 의미인지도 모르는 '각종 심리학' 교과서들을 탐독한다. 그러고는 '인간의 심리는 아무것도 알지도 못한 채' 졸업하여 회사에 들어가거나 학교 선생님이 된다.

이처럼 학문(과학)에는 인간의 평생을 혼란스럽게 만드는 사기꾼과 같은 일면이 있다. 또 종교나 정치에 미치는 것과 같은 비슷한 속성도 지니고 있다. 지그문트 프로이트(Sigmund Freud)의 제자인 구스타프 융(Gustav Jung)이 발전시킨 임상심리학의 일본 내의 실태는 한마디로 엉터리다. 이러다 보니 일본의 정신치료의학자(Psychiatrist)들이 이룬 성과 등에 대해서 전혀 신뢰감을 가질 수 없다.

톨콧 파슨스

그런 가운데 이론경제학의 성과들은 사회학에도 그 영향을 미쳤다. 예를 들어 미국 사회학을 대성시킨 **톨콧 파슨스**(Talcott Parsons, 1902~79)에 대해 알아보자. 우선 그는 학자이며, 그의 일본인 제자는 사상가인 고무로 나오키(小室直樹)다. 하지만 미국 내에서는 독일사회학(역사경제학)의 대사상가인 막스 베버의 저서를 영어로 번역한 사람으로 더 유명하다. 그러니까 이러한 경력의 파슨스는 '행동과학'에 기초해서 '사회학' 역시 경제학처럼 "인간사회의 구조를 완전히 설명하기 위한 학문으로서 참된 과학의 형태로 만들어보겠다"는 의욕을 가지게 되었던 것이다. 그래서 1950년대 이와 관련한 많은 논문을 발표하여 주목을 받았고, 그로 인해 오늘에 이르기까지 미국 사회학의 정통으로 인정받고 있다.

하지만 정작 파슨스가 쓴 '구조기능분석'이라는 연구내용은 그후 30년 동안 별로 현실성이 없었던 것으로 판명되었다. 다시 말해 이 이론으로는 인간사회를 해부해서 그 중증을 치료할 수가 없었고, 여기에 바로 미국 사회과학계 전체가 안고 있는 비극이 있다.

그러나 이 '행동과학'이 효과적으로 응용되어 뜻하지 않게 큰 성과를 이룬 분야가 있다. 바로 컴퓨터 과학분야인데, 이 분야에서만큼은 누구나 인정하듯이 놀랄 만한 발전을 가져왔고, 현재도 우리 일상생활을 빠른 속도로 변화시키고 있다. 즉, 은행의 현금자동지급기, TV 게임, NTT(일본전신전화)의 전화시스템, PC, 인터넷 등이 컴퓨터과학(인공지능공학Cybernetics 또는 인지과학Cognitive Science이라고도 한다)의 성과이다.

초기의 컴퓨터과학연구 학자는 요한 루트비히 폰 노이만(Johann Ludwig von Neumann)으로, 컴퓨터를 비롯한 기계의 연구 개발은 그가 쓴 『게임의 이론 *Theory of Games and Economic Behavior*』(1948)에서 시작되었다. 그리고 현재 IBM이나 NEC, 혹은 후지쓰(富士通)사 등에서 만들어내는 컴퓨터는 초대

루트비히 폰 노이만

형(범용기)에서부터 초소형까지도 모두 '노이만형 컴퓨터'에 속하는 것들을 만들어내고 있다.

그러나 컴퓨터(자동계산기) 연구가 처음으로 시작된 때는 제2차 세계대전 중이었다. 당시 영국 수도 런던은 독일군의 공습으로 폐허가 되었는데, 그때 독일에서 런던 시내로 날아드는 V-1로켓을 어떻게 하면 미리

예측하여 상공에서 폭파시킬 수 있을까(걸프전쟁 때 이라크의 스커드 미사일을 미국의 패트리어트 요격 미사일로 격침시킨 기술과 같은 것이다)를 연구한 것이 그 시발점이었다.

즉, 이 과정에서 '자동제어 이론'이나 '자동적으로 미래를 예측해서 자기 판단 아래 움직이는 전기장치 반응 계산기'가 만들어졌다. 그러니까 60년대까지는 수천 개의 진공관을 늘어놓은 거대한 상자였던 것이 트랜지스터와 반도체의 발명으로 30여년이 지난 오늘날에는 놀랄 만큼 초소형화된 것이다.

다소 주제에서 벗어난 이야기였지만, 이는 모두 미국의 큰 흐름에 대해서 이해하는 데 필요한 내용들이다. 60년대 대니얼 벨과 대니얼 모이니한 등 미국의 학자 지식인들은 커다란 희망에 불타 사회개혁에 임했던 것도 이런 연유에서다. 즉, "우리 학자들이 직접 미국 정치에 참여하여 정책을 입안하고 실행에 옮겨서 현실적으로 미국 사회를 개혁해보자. 인간과 사회에 관한 여러 학문(사회과학)은 그만한 힘을 가지고 있다. 만일 우리들이 해온 이 사회에 관한 학문(사회과학)이 현실사회를 바꾸지 못한다면 우리들이 연구해온 학문은 도대체 무슨 의미로 존재하는가. 우리들은 서재에 파묻혀 현실에 대한 불만이나 토로하며 고상한 척 살아가는 과거의 학자들과는 근본적으로 다르다. 반드시 현실을 바꾸어보자"고 단단히 마음을 먹었다.

이러한 배경에서 민주당의 신자유주의 그룹이라는 이름으로 현실정치에 관여하는 진보파 학자 지식인들이 등장하게 되었다. 이들은 64년 JFK 암살 사건 후 존슨 대통령 시절에 등장했고, 이 시기를 기점으로 제2차 세계대전 후의 미국 정치사상이 크게 전후로 나누어진다. 그러나 그들은 결국 실패하고 만다.

자유파가 가진 사회과학 신앙의 쇠퇴

오늘날 미국 사회에서 자유파는 어떤 의미일까. 여기서 다시 한 번 정의해보도록 하자. 지금까지 이 책에서 설명해온 대로 자유파는 한마디로 사회주의적 복지우선주의자, 약자구제를 지상최대의 가치로 삼는 사람들이다. 일본에도 〈아사히신문〉 독자들이 그런 경향을 지니고 있는데, 미국에서의 자유파는 미국 언론의 주류파 또는 다수파라고 해도 무방하다. 이를 사상이나 학문 또는 지식적인 측면에서 자리매김한다면 "엄밀한 과학(science)인 학문의 힘으로 현실사회의 병리 현상을 낮게 할 수 있다"고 생각하는 '과학신봉자'들을 가리킨다. 다시 말해 자유주의 사상이란 사회과학의 힘을 낙천적으로 믿는 사람들의 '과학신앙'에 대한 믿음이다.

그러나 나는 이 신념이 최근 30년 동안 참담하게 무너져 왔다고 분명히 지적하고 싶다. 어느 나라든지 자유파 사람들은 현실세계에 대한 대처 능력이 없으며, 자기 편한 대로 약자구제에 대한 정의감이나 윤리감에 집착하는 등, 결국은 '현실을 직시하지 못한 채 이상주의만을 내세우느라 세상살이가 서툰 인간들'의 대명사가 되었다.

미국은 실제로 뛰어난 과학(학문)의 힘을 가지고도 미국 사회의 병을 치유하지 못했다. 복지를 필요로 하는 사람들은 점점 늘어나고 있고, 그 수요를 충당하기 위한 국가재정도 바닥이 드러나 국가 자체가 파산에 직면해 있다. 뿐만 아니라 이민문제나 인종간 대립문제도 전혀 해결하지 못한 채 공허한 이론만 앞세우고 있다. 이것이 바로 오늘날 자유파가 처한 현실이다.

이러한 흐름에 이의를 제기하면서 70, 80년대 보수파의 브레인들과 지식인들이 서서히 등장하기 시작한다. 사실 70년대까지는 군사학을 연구하는 **랜드 연구소**(RAND Corporation)와 민주당계 연구자들의 아성인

브루킹스 연구소(Brookings Institution)가 대부분의 정부위탁연구를 독점해왔다. 그러나 70년대에 들어서면서 공화당과 재계의 후원으로 보수파 AEI(American Enterprise Institute for Public Policy Reaserch : 아메리칸 엔터프라이즈 공공정책연구소)와 **헤리티지 재단**(Heritage Foun-dation), **스탠퍼드 대학 후버 전쟁 · 혁명 · 평화연구소**(Hoover Institution on War, Revolution and Peace) 등이 확충되면서 정부 각 기관의 위탁연구를 이들 연구소와 민주당계 연구소가 서로 나누게 되었다. 이러한 미국의 싱크탱크에 대해서는 이 책 말미에 별도로 일람표를 첨부했으니 참고하길 바란다.

한편, 모이니한을 필두로 64년에 '미국의 개조'를 표방하고 나섰던 신자유주의파 학자 · 정치가들은 그로부터 20년 후인 85년에 〈코멘터리 *Commentary*(논평)〉지에서 「우리들의 꿈과 이상이 무너져버린 사실에 대한 반성」이라는 고백 특집을 실었다. 즉, "미국의 행동과학에 기초한 사회과학의 여러 이론을 정책으로서 현실사회에 적용해보았지만 결국 생각했던 것처럼 성과를 거두지 못했다"는 내용이었다.

이때부터 미국의 자유파 지식인 세계의 자기 환멸과 쇠퇴가 시작되었다. 즉, 자유파 자체가 서서히 약화되어가면서 정치세력으로서도 쇠퇴해가는 시대흐름이 조성되었는데, 이 시기가 80, 90년대였다. 그런데 자유파의 이러한 퇴조와 함께 미국의 보수사상과 보수파 지식인 세력이 점차 대두되기 시작한다. 그러나 60년대까지는 사회과학을 하는 자유파 학자들의 독무대로, '가족간의 유대중시' 등을 주장하는 보수학자들은 끼어들 여지가 없었다.

그런 한편, 일본에서도 70년대부터 '사회주의 사상의 퇴조'의 커다란 흐름이 있었다. 그런데 이러한 일본의 사상 흐름에도 미국의 영향이 은밀하게 있었다는 사실은 현명한 독자라면 금방 이해할 것이다. 다시 말해 일본의 70, 80년대 역시 친사회주의 자유파 세력이 쇠퇴하고 내부로

부터 붕괴되면서 보수계 평론가, 학자들이 서서히 대
두하기 시작하는 시기였다.

미국의 자유주의는 '행동과학' 이라는 과학주의 외
에도 그 이전의 윌리엄 제임스(William James,
1842~1910), 존 듀이(Jhon Dewey, 1859~1952)의
실용주의 철학에 그 기초를 두고 있다. 프래그머티즘
(Pragmatism : 미국의 실용주의 사상)은 유럽학문의

존 듀이

전통의 중심을 이루는 아리스토텔레스의 형이상학(Metaphisica)에 반대
하여 바로 눈앞의 현실에서부터 출발하자는 입장을 취한다. 그것은 '자
유방임교육' 이나 '어린이의 자유의사 존중' 등 실험주의적 사고훈련 사
상이다. 일본에서는 쓰루미(鶴見俊輔), 히사노(久野收. 이 사람은 나의 스
승이다)가 서양으로부터 국내에 도입하여 주장했던 사상이다. 그러나 듀
이의 교육론에는 자유파 특유의 이상주의가 너무 강하게 내재되어 있었
다. "인간은 누구라도 교육의 힘으로 개선할 수 있다"라는 것은 존 로크
주의(Rockean)의 성선설(이것을 'Behaviorism' 이라고도 한다)이다. 이에
반해서 개인의 능력과 성격은 태어나면서부터 결정된다는 사고를 생래
설(Nativism)이라고 한다. 현대 유전자학(Genetics)은 이 바로 생래설의
연장선상에 있으며, 오늘날 미국과 일본의 교육현장이 황폐하게 된 책임
의 일부는 분명히 듀이를 비롯한 실용주의 학자들의 자유주의 교육학에
있다고 할 수 있다.

지금 정책사상은 진퇴양난의 상태

이처럼 자유파 지식인 세력이 약해졌다고 해서 사회복지의 증대를 요
구하는 국민 다수파의 압도적인 목소리도 약해졌는가 하면 그것은 아

니다.

세계 사상의 추세와 시대의 흐름은 압도적으로 보수파 쪽으로 기울고 있다. 물론 그렇다고 해서 역사가 보수파의 압승으로 끝나지도 않는다. 바로 이 부분 때문에 대단한 기세의 90년대 보수파 정치가나 지식인들이 골머리를 앓고 있다.

즉, "더 이상 복지를 위해 사용할 공적 자금이 없다. 자신의 일은 자신들 스스로 해결해야지, 이런 식으로 국가나 사회에 의존해서는 안 된다"고 말하고 싶지만 그들은 그렇게 할 수가 없다. 국민 다수는 "정치가나 관료로서 정권을 담당하고 있는 이상 일반 국민의 먹고사는 문제를 만족스럽게 해결하고 또 아플 때는 치료받을 수 있게 하는 것이 당신들의 의무가 아닌가"하고 무언의 요구를 하고 있기 때문이다. 보수적 사고의 소유자인 중소기업의 경영자나 부유층 사람들의 최대약점 역시 여기에 있는데, "가난한 사람들의 문제는 생각할 필요가 없다"고 생각하는 그들이지만 절대 소리내어 말하지 못한다. 그런 말을 내뱉는 순간 정치가로서 곧바로 실각하게 된다는 사실을 잘 알고 있기 때문이다.

이 때문에 미국에서는 "선심성 복지정책을 너무 남발한다. 범죄자에게 지나치게 관대하다"는 식으로 공화당 보수파가 민주당 자유파를 비난하지만, 정작 이 민주당을 완전히 궁지에 몰아넣고 압승하는 일은 벌어지기 힘들다. 물론 차기 2000년 대통령선거에서 공화당이 승리한다면 '균형재정', '적자재정의 만회', '공무원수 감원' 및 '선심성 복지에 대한 검토' 등은 반드시 실시할 것이다. 그러나 그러한 정책에는 엄연한 한계가 있다. 복지를 요구하는 국민 대다수를 적으로 만들면서까지 '복지삭감'을 실행하는 일이 현실적으로 매우 불가능하기 때문이다.

다시 말해 정부는 정부대로, 사회는 사회대로 국가의 안전을 보장하고 치안을 유지하면서 법률을 집행하는 것 외에 대다수 가난한 국민을 먹여살릴 의무가 있다는 의미인데, 이것은 기업의 경영자가 내심 아무리 싫어도 종업원과 그 가족들의 생활을 걱정하지 않으면 안 되는 것과 같은 원리이며, 현재 민주당 자유파가 지금은 비록 정치사상면에서 주류가 아니라 할지라도 금방 쇠퇴하지 않는 이유이기도 하다.

바로 이 점이 세계의 초강대국인 미국의 자유와 보수가 치열하게 정권 경쟁을 하면서도 계속 나아갈 수 있는 바탕이다. 사실 세계 초강대국인 미국에는 매일같이 전세계로부터 난민이 몰려들고 각 민족마다 자신들의 영역을 형성한다. 따라서 미국의 지배자들은 다른 나라에서 돈을 빼앗아 오는 한이 있더라도 그들을 먹여살려야 하며, 역사를 살펴볼 때 세계를 지배하는 제국들은 항상 그런 식으로 존재했다.

이쯤에서 클린턴 정권이 채용한 신자유주의파 지식인들이 만든 산업 정책(Industrial Policy)을 잠깐 살펴보자. 이는 한마디로 미국 대기업들에게 "당신네 기업들도 너무 돈 벌어들이는 데만 골몰해서 경영을 할 것이 아니라 국민 전체가 행복해질 수 있도록 경영을 해서 국가가 목적하는 방향과 일치하도록 노력해달라"고, 정부가 약간의 통제 또는 규제를 가하는 일이다.

이것의 출현 계기는 70년대 일본 전문가인 차마스 존슨(Charmars Johnson)이 일본 통산성의 정책방식을 연구·분석하여 내놓은 결과인데, 이에 따르면 서양은 60, 70년대에 일본이 고도의 경제성장을 이룬 비결을 통산성(약칭 MITI)의 관료들이 실행한 최소한의 통제경제, 즉 기업활동을 국가 목적에 부합되도록 유도했기 때문으로 보고 있다.

한편, 이 이론을 『통산성에 대한 연구 *MITI and the Japanese Miracle*』(1982)라는 제목으로 발표한 차마스 존슨은 '미일 안보조약 파기와 미군철수'를 주장하는 근본보수파 학자이며 반글로벌리스트다. 그러니까 동부의 자유파 주류학자들은 그의 이론으로 '산업정책론'을 만들었고, 이것은 후에 민주당의 정책사상이 된다.

미국의 사회과학은 사실 60년대에 이미 실패했지만, 지금까지 일본에서 이를 분명하게 말하는 학자는 없었다. 이것을 밝히게 되면 그들 역시 실패한 인생이라는 것을 인정하지 않으면 안 되기 때문이었다. 그러나 실제로 미국에서 공부를 마치고 막 돌아온 이론경제학자(계량경제학자), 사회학자, 정치학자, 법(철)학자, 심리학자들은 이런 사실을 너무도 잘 알고 있다. 다만 말을 할 수가 없었을 뿐이다.

예를 들어 정치학자(서양에서는 '정치과학자' 라고 한다)들은 원래 수준 높은 학문 연구를 하기 때문에 당연히 TV 정치평론가들보다 훨씬 우수하다. 그런 만큼 평론가들이 되지도 않는 의견을 내놓을 때는 한마디로 일축하면서 분위기를 압도할 수 있어야 한다. 그러나 현실은 어떤가. 놀랍게도 정치(과)학자 스스로가 정치평론가가 되어 TV에서 거의 반(半) 예언자가 되거나 만담꾼처럼 떠벌리고 있다. 다시 말해 도저히 과학적(학문적)이라고 할 수가 없는데, 아마 본인들도 자기 멋대로의 생각을 어쩔 수 없이 지껄이고 있다는 생각이 들 것이다. 그러니까 이것이 현재 일본 그리고 미국을 포함한 세계 학문의 현실이 아닌가 싶다.

그러므로 제대로의 모습이라면 일본이라는 동아시아의 섬나라는 유럽이나 미국에서 형성된 이 학문(과학) 앞에 완전히 압도되어야 맞다. 그러나 그들은 이 공학(과학을 생산에 응용한 것이라는 의미로 응용과학이라고도 부르며, 과학보다 훨씬 아래 수준인 '응용학문' 이라고 미국 사회에서는 생각하고 있다. 이 공학을 담당하는 공학계통 사람들을 엔지니어 또는 기술자라 부른다)으로 70, 80년대 단숨에 경제대국(Economic Superpower)으로 성장하였으며 '묘한 부자 나라' 가 되었다. 그래서 미국인들은 이 '묘한 동아시아의 부자나라' 에 쌓여 있는 금융자산을 빼앗기 위해 현재 '일본 두들겨패기' 라는 교묘한 전략을 실행에 옮기고 있다.

즉, 일본의 금융기관과 기업들에서 엔고로 인한 미국 국채의 가치 감소, 국제 원조금 지출, 주일 미군에 대한 비용 부담 등 '일본 국민의 부'

가 매년 엄청난 규모로 미국에 몰수당하고 있다. 특히 85년 플라자 합의 이후에는 800조엔 정도가 날아갔다고 한다.

그럼에도 이런 사실을 피부로 느끼는 사람은 일본에서 소수의 정치가나 재계인사 정도이고, 대부분의 일본 국민들은 "왜 경기회복이 빨리 안 되는 것일까"라고만 생각하고 있다. 이처럼 일본이라는 나라는 국민에게 있는 사실 그대로를 알리지 않는 나라다. 사실 나의 이러한 견해는 나만의 생각이 아니다. 이는 일본에 대해서 관심이 있고 교양을 갖춘 서양인이라면 누구나 알고 있으며, 그들과 이야기하다 보면 이런 견해들은 언제나 들을 수 있다. 그 밖에 일본에 관한 영자신문이나 잡지의 칼럼(평론)만 읽어보더라도 그 밑바탕에는 항상 이런 견해가 깔려 있다. 그러면 이런 사실이 왜 일본 국내에서는 전혀 공개되지 않을까. 다시 말하지만 일본은 수준 낮은 지식인들이 판치는 정보통제 국가이기 때문이다.

이상은 일찍이 '이데올로기의 종언론'으로 인기를 모았던 학자 출신 평론가 대니얼 벨과 관련지어, 민주당의 신자유주의파는 어떤 성향의 인물들인가를 설명했다. 여기서 그는 "과학(학문)적 사회개혁 방식이 실패로 돌아간 후 스스로 자유계 지식인의 삶의 방식과 사회정책이 어떤 모습이어야 하는가"를 모색하고 있는데, 그가 사유를 통해 밝히고자 하는 내용은 '문명론'적으로 큰 의미를 가지고 있다. 따라서 그는 진정 위대한 평론가였다. 그런 점에서 벨이나 헝가리에서 이민온 문명비평가이자 경영학자 피터 드러커(Peter Drucker. 드러커는 경제인류학자인 카를 폴라냐의 제자다), 그리고 『제3의 물결』을 쓴 앨빈 토플러와 같은 인물을 떠올리면 '문명비평가'라는 존재야말로 컴퓨터 시대의 예언자라는 느낌을 지울 수 없다.

시카고 머신의 실력

지금부터는 민주당의 케네디 그룹에 대해서 설명하기로 한다.

리처드 데일리(Richard Daley)라는 인물은 제2차 세계대전 후 대도시인 시카고의 시장을 오랫동안 역임했다. 현재는 같은 이름을 가진 그의 아들이 아버지의 뒤를 이어서 이 도시의 시장을 맡고 있는데, 이민과 노동자의 도시인 이곳은 전통적으로 민주당 세력이 강하며 노동조합의 지원을 받고 있는 '아일랜드계 민주' 의 기반이 되는 도시다. 그런가 하면 머신(정당조직)으로도 유명한 도시다. 여기서 머신이란 선거 때 표를 모으기 위한 조직으로, 일본의 후원회 조직보다 좀더 큰 규모인데, 시카고는 옛날부터 민주당을 지지해왔다.

이러한 시카고의 민주당은 정치조직 측면에서 일본의 자민당과 비슷하다. 자민당의 지구당이 지역공공사업의 예산 분배권을 실질적으로 장악하고 유력 지지자나 도의회 또는 시의회와 관련된 건설회사로 분배하고 있는 일을 똑같이 시카고의 머신이 하고 있기 때문이다. 이것을 '포크 배럴' (pork barrel)이라고도 하며, 일본의 정치적 이권 개입에 해당된다. 사실 공공공사나 사회복지 관련의 공공사업 모두가 정치적 이권 개입의 대상인데, 예를 들면 공립학교에 학교급식 업자를 지정하는 것도 이권이다. 그러니까 시카고 시장 리처드 데일리는 바로 이 시카고 머신을 장악했던 인물로 노동조합운동가 출신이다. 또한 시카고 다수파인 아일랜드계 미국인의 리더로서 민주당 케네디 그룹을 지지해왔다.

이처럼 시카고는 머신으로 유명한 곳이며, 굳이 비교하자면 일본 정치가의 '지연 · 혈연 · 학연' 에 해당된다고 할 수 있다. 다만 일본처럼 각종 이권을 둘러싸고 노골적으로 지지자와 표가 움직일 정도는 아니다.

그런가 하면 시카고는 북아메리카 대륙의 한가운데 자리잡은 거대한 시장으로 농업지대의 중심이다. 그래서 일본으로 치면 오사카와 같은 이

미지다. 즉, 비교적 중앙으로부터 독립되어 있는 분위기이며, 중서부 지역의 중심지로 자리잡고 있다. 또 곡물시장이 전부 시카고에 의존하고 있어, 뉴욕이 금융의 중심지라면 시카고는 바로 농산물의 중심지다. 이렇게 물류의 중심지이자 곡물의 집산지로 유통관계나 운수관계기업이 집결되어 있다 보니 도시의 구조적 성격상 대단위 노동조합들이 힘을 가지고 있을 수밖에 없다. 이들 거대 노동조합이 민주당의 머신을 만들어서 조직적으로 민주당 내 우파 및 온건파 의원들을 지지하고 있다.

바로 여기에서 민주당 내부가 크게 둘로 나누어지는 것을 알 수 있다. 즉, 시카고 민주당과 같은 민주당 우파에 대항하는 민주당 좌파(급진자유파)는 할리우드 좌익 인사들(진보적인 성향의 배우들), 지식인, 학생, 인텔리 시민들의 지지를 받고 있다. 따라서 민주당 내 좌파에는 대단위 노동조합 표를 지지 배경으로 하는 민주당 우파 정치인들을 달갑게 생각하지 않는 분위기가 옛날부터 있어왔다.

한편, 일본에도 잘 알려진 대단위 노동조합으로는 UAW(United Auto Workers : 전미자동차노조)가 있다. 이는 문자 그대로 각종 자동차업체 노동자들의 횡적인 연대노조인데, 80년대 일본 자동차업체로부터 연간 170만대라는 수출 자율 규제를 정치적 압력을 통해 얻어낸 대규모의 노동조합이다. 이 UAW 외에도 '철강노동자조합', '전미트럭노조'(Teamsters)가 있는데, 트럭운전수 및 운송업관계 노동자로 이루어진 대단위 노동조합이다. 그 밖에 미국의 대단위 노동조합의 실상을 알려면 지미 호퍼를 소재로 한 영화를 보는 것이 좋다. 영화 제목 역시 「호퍼」이다.

이 **지미 호퍼**(Jimmy Hoffa)라는 인물은 시카고 노동조합운동의 거물로, 전미트럭노조의 리더였던 사람이다. 그러나 1975년 행방불명되었고, 일설에는 조합 내부의 갈등으로 마피아에게 살해되었다고 한

지미 호퍼

다. 실제로 그의 시체는 지금까지 발견되지 않고 있으며, 트럭노조는 과거부터 마피아와 관련된 노동조합이었다.

참고로 미국은 일본같이 기업별로 작은 조합이 있는 것이 아니라 동일 직종의 노동자들이 기업횡적으로 연결하여 직종별 조합을 만든다. 이는 바로 장인조합(Trade union)이라는 전통에서 출발한 것인데, 일본에서는 이를 '총동맹운동'이라고 한다. 어쨌든 이러한 서양의 노동조합은 '동일 직종에 대한 동일 임금의 규칙'을 지키려고 하며, 철도노동조합이나 트럭노동조합은 옛날부터 거칠었다. 한편, 호퍼가 살해되고, 한때 노동조합에서 마피아의 영향력이 커지자 사회적인 문제로 관심을 불러일으키기도 했는데, 현재는 어떤 상황인지 잘 알 수가 없다.

그 외에도 새뮤얼 곰퍼스(Samuel Gompers)라는 미국의 노동조합운동의 지도자가 있다. 그는 미국 노동조합의 상위단체인 미국총동맹 AFL-CIO(American Federation of Labor-Congress of Industrial Organizations)를 만든 인물인데, 이 AFL-CIO는 반공산주의 노동운동으로 1910년대에 시작되었다. 또 새뮤얼 곰퍼스와 대립해서 좌익 노동운동을 이끈 **유진 뎁스**(Eugene Debs)도 유명하다. 그는 일본의 야마모토 센지와 스즈키 분지에 견줄 만한 인물인데, 곰퍼스와 반대로 미국의 제1차 세계대전 참전을 반대한다고 투옥되었다가 워런 하딩 대통령에 의해 석방되었다. 뎁스는 미국 사회당(American Socialist Party)의 당수이기도 했다.

그러므로 미국 노동조합의 역사는 크게, 유진 뎁스처럼 소련 공산주의와 협력하려 한 노동조합 그룹과, 새뮤얼 곰퍼스처럼 반공의 깃발을 높이 들고 공산주의자들을 철저하게 노동운동으로부터 추방하고 조합원의 처우개선에 힘쓴 그룹으로 나누어진다.

JFK 암살의 정치적 의미

케네디 가는 미국의 현대정치에서 참으로 비극적인 가문이다. 1963년 11월 22일 장남 JFK가 대통령 재임 중에 암살당하고 5년 후인 1968년에는 차남 로버트 케네디 상원의원이 대통령선거 유세지인 로스앤젤레스에서 살해되었다. 로버트 케네디는 법무장관 시절 대규모 노조간부들과 마피아의 관계를 폭로하고 그에 대한 철저한 단속을 벌였는데, 결국 이것이 그의 목숨을 앗아갔다고 한다. 또 3남인 에드워드(테드) 케네디 상원의원은 1969년 '채퍼퀴딕 사건'(자동차에 동승했던 여성이 사고로 사망)을 일으켜 대통령의 꿈을 접어야만 했다.

케네디 가는 비록 대부호이긴 했지만 '아이리시 가톨릭'(아일랜드 이민자는 원래 가톨릭 신자다)이라는 이유로 '푸른 피'(진정으로 미국을 지배하는 '귀족들'이라는 의미임) 안에는 들어갈 수가 없었다. 그렇지만 민주당 내에서는 여전히 '케네디 그룹'이라 불리는 일파를 형성하고 있어서, 지금도 무슨 일이 있을 때면 미국 국민 앞에 억지로 끌려나와 마치 재판사건의 피의자 같은 모습으로 등장하곤 한다. 최근에도, 작고한 로버트 케네디의 장남이 고약한 여자에게 걸려들어 강간죄로 기소당했던 적이 있었는데, 재판정에서 사실 그대로를 증언하는 모습으로 국민들에게 좋은 인상을 보여줌으로써 위기를 모면하기도 했다. 이처럼 케네디 가는 지금까지도 미국의 하층 서민계급과 이민자들에게 상당한 인기를 유지하고 있다.

한편, 케네디 가의 기반을 쌓은 사람은 부친인 조지프 케네디다. 그가 재산을 모은 때는 1920년대로, 여전히 '금주법'(Prohibition)이 시행되던 시대였다. 당시 그는 어떤 연유로 하여 주류 판매업에서 성공을 거두게 되었는데, 이를 바탕으로 다시 금융업으로 대성공을 거두면서 케네디 가를 지탱할 수 있는 부의 기반을 마련했다. 바로 스콧 피츠제럴드의 소설 『화려한 갱』의 세계에서 나옴직한 이야기다. 사실 밀주 제조나 주류 위법판매 등은 옛날부터 갱이나 마피아들과 깊은 관계가 있었고, 미국에서도 주류 판매 제조업은 역사적으로 항상 폭력조직과 관계를 맺고 있었다 한다. 그러나 미국의 프로테스탄트 윤리에는 술에 취하는 것 자체를 금지하고 있기 때문에 정의롭고 바른 시민은 주류 제조판매업 같은 것에는 관여하지 않는다는 사회 통념이 있다. 이런 이유로 케네디 가에 대한 이야기가 나오면 늘 마피아와의 관계가 꼬리표처럼 따라다닌다.

어쨌든 조지프 케네디는 미국 정계의 내밀한 사실을 잘 알고 있는 인물이었다고 한다. 또 SEC(증권거래위원회) 위원과 주영대사를 역임하기도 했으나 아일랜드계이기 때문에 영국에 대한 적의로 미국의 참전을 마지막까지 반대했고 처칠 수상과도 사이가 좋지 않았다. 그렇게 볼 때 미국의 WASP 지배층들이 그가 미국 지배계급의 한 세력으로 등장하는 일을 용납하지 않으려 한 것은 분명하다.

올리버 스톤

이러한 내용들은 **올리버 스톤**(Oliver Stone) 감독이 1991년에 제작한 「JFK」에는 JFK 암살을 둘러싸고 벌어지는 모든 내용들이 적나라하게 묘사되고 있다. 실제로도 JFK 암살설은 누구도 부인할 수 없는 사실로서 민주당, 공화당을 불문하고 당시 실질적으로 미국을 움직인 지배층들이 일치단결한 '시저 암살'이었다. 그러나 이러한 케네디 암살의 진상은 2029년 「워런 위원회 보고서」(얼 워런Earl Warren은 전임 연방대법원 대법원장이자 이 위원회 위원장임)가 공개될 때까지 앞으로도 봉인된 채로 오랫동안 침묵을 지키고 있을 것이다.

한편, 얼 워런 연방대법원장은 1960년대 흑인 해방운동에 이해를 표명하면서 진보적인 입장에 서서 수많은 판결을 했던 인물인데 '워런 법정'으로 유명하며, 당시 미국 연방대법원도 인권과 인종문제에 매우 개방된 분위기였다. 그런데도 영화 「JFK」에서는 판사 워런이 아주 부정적

인 인물로 그려지고 있다. 워런 판사에 대해서
는 나중에 다시 설명하기로 한다.

아일랜드계 이민자의 아들이었던 조지프
케네디는 그의 아들을 어떻게 해서든지 대통
령으로 만들려고 노력했다. 그 결과 1950년대
풍요의 절정을 구가하던 미국 사회의 분위기

케네디 가의 형제들.
왼쪽부터 존, 로버트, 에드워드

속에서 그에 걸맞은 부유한 집안 출신의 잘생긴 JFK는 풍부한 정치자금
을 사용하여 단숨에 상원의원이 되었다. 더욱이 60년 대통령선거에서는
공화당의 리처드 닉슨을 근소한 차로 누르고 마침내 대망의 대통령에 취
임하게 되었다.

당시 미국은 소련 공산주의의 대공세로 국제사회에서 열세에 몰려 있
었다. 즉, 소련의 핵공격에 어떻게 대처할 수 있을까 고심한 시기였는데,
이는 '국가 존망의 문제'(National Security)였다. 이때 National Security
를 '국가의 안전'이라고 직역을 하면 특별한 의미가 없다. '국가의 존망
에 관련된 중대문제'라고 해야 현실을 반영하는 특별한 의미를 가질 수
있기 때문이다. 실제로도 당시 대 소련 군사대결 문제는 미국의 국가 존
망과 관련된 중대한 일이었다. "이것저것 따져봐도 재정적으로 자금이
충분하지 않다"는 단순한 경제적 문제의 차원을 넘어서 소련과의 대결
은 국가 존립 그 자체와 관련된 군사·국방의 문제다.

그러나 민주당의 케네디 정권은 당시 풍요를 구가하던 미국의 자유로
운 국민의식에 의해서 들어선 정권이다. 그런 만큼 미국의 지배계층은
"케네디 같은 애송이에게 이대로 국가운영을 맡겼다가는 정말로 소련에
게 당하고 말 것이다"고 의견을 모았다. 즉, 미국 국민들 중 중산계급, 노
동자, 이민자들로부터 압도적인 인기를 얻고 있는 존 케네디를 1964년
에 재선시킬 수는 없다고 결정했다.

여기서 제2차 세계대전 이후 줄곧 FBI(연방수사국) 장관을 역임했던

J. 에드거 후버(J. Edgar Hoover)를 잠깐 살펴보자. 그는 미국의 반공 우익적 인사들의 총 리더로 미국 내 친소련 공산주의자, 좌익 지식인 및 할리우드의 좌익 성향 배우들을 50년대에 '적색분자 색출' 때부터 계속해서 조사하고 잡아들인 인물이다. 우연인지는 모르겠지만 JFK가 텍사스주에서 암살되었을 때 현지 텍사스주 댈러스시 시장의 형이 FBI에 근무하고 있었는데, 그는 후버의 오른팔이었던 인물이다. 한편, 후버는 JFK가 암살된 후에도 여러 대통령 밑에서 오랫동안 FBI장관을 역임했고, 대통령들도 후버에게는 함부로 손을 대지 못했다(나중에 전기를 통해서 후버가 동성연애자였다는 사실이 밝혀지기도 했다). 아무튼 JFK의 암살을 둘러싸고 90년대 들어서도 『마피아 범인설』 등 수십 권의 책이 출판되고 있다. 그러나 나는 이런 책들 자체가 진실을 호도하기 위해, 의도된 출판물들이라고 본다.

이렇듯 진실과 사실을 사랑하고 합리적 정신을 추구한다는 미국 국민들이 정작 자기 나라의 국내 정치 이면의 권력투쟁 문제에 대해서는 아주 애매모호한 입장을 취하고, 언론인들마저도 침묵으로 일관해 그 진상을 밝히려 들지 않는다. 그런 점에서 미국은 '민주주의의 원조'로서 주변국의 정치체제나 경제구조를 비판하고 정치제도의 결함을 지적할 자격이 없다. 자신들의 현직 최고지도자(대통령)를 '국가 위기 구제를 위해서'라는 이유로 공모(conspiracy)하여 살해하면서 다른 나라에 대해서는 민주주의(Democracy)를 설교한다는 것은 실로 언어도단이라 하지 않을 수 없다.

묘하게도 미국인들은 올리버 스톤 감독 등 몇몇 인사들을 제외하고, 급진자유파로 분류되는 정치평론가나 지식인들까지 이 문제에 대한 언급을 꺼려한다. 미국의 주류파 언론매체인 자유파의 〈뉴욕 타임스〉까지도 영화 공개 이전부터 스톤의 「JFK」를 '역사의 날조'라고 비난하면서 증오에 가득 찬 내용의 칼럼을 이상하리만큼 줄기차게 써댔다.

이러한 JFK 문제에 대해서는 『JFK-케네디 암살의 진상을 좇아서』(1993년, 올리버 스톤 외, 템플턴 사에서 간행)라는 책에 가장 잘 설명되어 있으며, 이는 모두 최근 자료들이다.

아서 슐레징거

여기서 민주당 케네디 그룹의 지식인으로, **아서 슐레징거**(Arther Schlesinger : 뉴욕 대학 명예교수)를 빼놓을 수가 없다. 그는 1960년 케네디 정권이 들어섰을 때 대통령의 정치고문을 역임했던 인물이다. 그런가 하면 최근 40년 동안 민주당 자유파를 대표하는 지식인으로 신문과 TV에 자주 등장했고, 일본 정부에 조언자 역할을 해온 지식인이기도 하다. 그

에드윈 라이샤워

런 만큼 자유파로서 그의 일관된 주장과 행동은 40년 동안 전혀 흔들림이 없었으나, 나는 개인적으로 그를 그다지 좋아하지 않는다. 다시 말해 나에게는 1960년대 일본 대사를 역임한 일본 연구가의 선두주자 **에드윈 라이샤워**(Edwin O. Reischauer)와 함께 도저히 좋아할 수 없는 민주당계 학자다.

JFK가 암살되었을 때 권력중심에 있었던 그는 그 실상을 가장 잘 알고 있었다. 더욱이 케네디와도 개인적으로 아주 신뢰가 두터웠으며, 지금도 민주당 케네디 그룹으로 남아 있다. 요컨대 슐레징거는 케네디 죽음의 배후를 누구보다도 잘 알고 있으면서도 정작 그의 죽음에 대해 별로 마음 아파하고 괴로워하지도 않았다.

결국 슐레징거 교수는 "소련 공산주의는 60년대 아시아·아프리카 지역의 여러 국가에 많은 사회주의 괴뢰정권을 수립함으로써 미국을 압박해 들어왔다. 소련 공산주의의 세계 제패 전략을 눈앞에 두고 미국을 사회주의적 민중주의자인 젊은 애송이한테 맡길 수는 없다"고 생각하는 미국의 지배층들과 같은 생각을 했던 학자라 생각된다. 즉, "케네디는

미국의 일반 국민들로부터 압도적인 사랑을 받았던 대통령이다. 그러나 그것은 독재자의 또 다른 모습일 뿐이며, 미국 건국의 원칙에 맞지 않는 독재자(시저)는 제거해야 한다. 바꿔 말해 국가를 구하기 위해서는 대통령을 없앨 수밖에 없다"고 생각한 사람들 중의 한 사람일 것이다.

따라서 그가 오랫동안 전형적인 자유파로서 활동해온 것에 대해서는 긍정적으로 평가하더라도, 나 개인적으로는 호감을 가질 수 없는 인물이다. 또한 그는 "미국은 일본을 어떻게 관리하고 지배해나갈 것인가"에 대해서도 많은 발언을 해온 지일계(知日界)이며, 어디까지나 당당한 케네디 그룹이다. 아무튼 미국 국민의 각별한 사랑을 받고 있는 케네디 가의 영광과 비참함은 이 부분에서도 엿볼 수 있다.

한편, 에드윈 라이샤워라는 인물은 "일본은 서양 국가들과 마찬가지의 근대국가이다"(일본 근대국가론)고 정의하고, 일본에 관심을 가져왔다. 하지만 이에 대해 차마스 존슨 등은 "일본은 근대국가가 아니다"고 수정이론을 제기했다. 그래서 일본에 대한 견해에 있어서 그들을 수정주의자(Revisionist)라고 부른다. 나는, 차마스 존슨을 비롯한 수정주의자의 영향을 받아서 『일본 권력구조의 수수께끼 *The Enigma of Japanese Power*』(1989)를 쓴 일본학 수정주의자들이 일본 근대국가론을 주장한 사람들보다 훨씬 우수하다고 생각한다.

촘스키와 급진자유파

노엄 촘스키(Noam Chomsky)라는 학자에 대해서 알아보자.

그는 오늘날 미국에서 가장 유명한 언어학자다. 현재는 고령으로 은퇴한 상태이지만 원래는 하버드 대학에서 재직했으며, 도중에 MIT로 옮겼다. 그후 오랫동안 '생성변형 문법학'(Generative Transformational

Grammar)이라는 현대 영어 문법학에 있어서 빠뜨릴 수 없는 중요한 계통을 형성했다. 그의 생성변형 문법학은 현대 영문법학을 공부하는 사람이라면 반드시 이수해야 할 문법학으로, 해당 학과에서는 필수과목이 되었다.

노엄 촘스키

이 문법학의 성격을 개괄적으로 살펴보면, "모든 언어에는 그 언어를 성립시키는 심층구조(deep structure)가 있고, 그것은 어떤 말이든 간에 지구상의 모든 인간들이 사용하는 언어에 공통된다. 따라서 그것을 발견하고 설명할 수만 있다면 언어라는 수수께끼가 풀리는 동시에 인류의 보편언어(universal language)도 발견할 수 있다"는 발상이다. 그러나 그의 발상으로부터 40년이 지난 현재에도 '보편언어'는 전혀 발견될 기미가 보이지 않는다.

그럼에도 그는 10권 정도의 난해하고 두툼한 문법서를 써냈고 여전히 미국 영어 문법학계를 석권하고 있으며, 지금도 그의 난해한 이론서를 많은 학생들이 읽고 있다. 다만 책이 새로 나올 때마다 이론 자체가 조금씩 바뀌므로 그것을 쫓아가는 것만으로도 상당히 힘들 정도다. 즉, 영어학 전공자로 일본에서 유학간 수많은 인재들이 이 이론에 몰두해보지만 '보편언어'가 도대체 무엇을 말하는지에 대해서는 알기조차 힘들다.

그렇다면 촘스키가 주장하는 이론은 도대체 무엇인가. 간단하게 말하자면 일본인이 영어 시험을 대비하여 공부할 때 예문으로 "이 영문을 동일한 의미를 지니는 다른 문장으로 바꾸어보시오"라고 하는 경우가 있다. 이때 어떤 한 영어 문장을 다른 '구성'을 취하는 영문으로 바꾸라는 것은 촘스키가 정한 '변형규칙'에 따라서 단순히 고쳐 쓰는 것일 뿐이다. 단순히 이 정도만으로 그 이상의 내용은 없다.

따라서 영어를 모국어로 사용하는 나라에서 좀 센스가 있는 사람이라면 이런 변형규칙은 금방 알 수 있고, 간단히 고쳐 쓸 수 있다. 하지만 영어가 모국어가 아닌 외국인 학생들에게는 결코 만만치 않은 일이다. 요컨대 영문학이라는 것은 비영어권 사람들에게는 이렇듯 힘든 학문이다.

아무튼 생성변형 문법학을 만든 이 촘스키는 1960년대부터 현재까지 미국 반전운동 단체에서 열성적으로 활동해온 인물로도 널리 알려져 있다. 베트남에 대한 반전학생운동세대를 중심으로 한 반전운동에서 막강한 영향력을 지닌 인물이다. 따라서 그는 민주당의 좌익 성향을 지닌 급진자유파의 대표적인 인물 중 한 사람으로 구분된다. 그렇다고 해서 정치가는 아니며 어디까지나 언어학자일 뿐이다. 즉, 대학 캠퍼스 안에서 전미국의 학생들에게 반전운동을 호소해온 인물이다. 정치적인 활동으로 1972년 선거에서 민주당 급진자유파인 조지 맥거번(George Stanley McGovern) 후보를 지원했는데, 참고로 그는 유대계다. 그래서 미국 내의 출판사가 받아주지 않아 결국 런던에서 출판된 그의 정치 인쇄물은 전세계 자유파 청년들 사이에서 널리 읽혀지고 있다. 어쨌든 촘스키도 미국의 전통적인 지배층의 동향을 잘 알고 있는 인물인데, 나의 판단으로는 교묘하게 위장한 지배층의 별동대다.

같은 언어학계에서 촘스키와 정치적 견해가 대립되는 인물로 보수파 언어학자인 일본계 **샘 하야카와**(S. I. 'Sam' Hayakawa)를 들 수 있다. 그가 쓴 사회언어학(Sociolinguistics) 책은 지금도 미국의 모든 대학에서 교과서로 사용되고 있을 정도이며, 일본에서도 대학 강단의 교수들이 그 의미도 잘 모르는 채 그가 쓴 『사고와 행동의 언어 *Language in Thought and Action*』(1949)를 영어강독 수업에 많이 사용하고 있다. 그는 캘리포니아 주립대학 학장을 지내기도 했는데, 학생운동을 억제하면서 사회생활에 필요한 기본적 질서를 지킬 것을 강조했다. 그런 만큼 그는 순수 보수파 학자였다. 그뒤 캘리포니아주에서 상원의원으로 선출되어 오랫동안 정치가로서 활동했다.

그런 한편, 하야카와나 로버트 마쓰이(Robert Matsui) 하원의원 그리고 대니얼 이노우에(Daniel Inouye) 상원의원(하와이주)과 같은 일본계 미국인은 일본이나 일본인에 대한 입장이 그렇게 호의적이지 않다. 오히려 일본에 대해서는 상당히 냉정한 입장을 가졌다. 다시 말해 그들은 미국에 충성을 맹세한 미국인 이상의 미국 국민이다.

미국 학생들이 정치운동을 하는 곳은 캠퍼스 안이다. 즉, 여러 학생 단체 네트워크를 통하여 정보들을 다른 대학에 전달하기가 쉽기 때문이다. 그러나 1960년대 미국에서 활발한 활동을 보였던 SDS(Student for a Democratic Society : 민주사회를 위한 학생동맹)가 베트남 반전운동이 한창이던 1970년대에 갑자기 해체된다. 해체 뒤 남은 활동가들은 여러 과격파 학생단체로 나누어지고, 그 중 일부는 '웨더맨'(Weatherman)이라는 단체를 결성해서 일본의 적군파와 같이 무력에 의한 투쟁을 벌인다. 하지만 그들 역시 곧 구속되어 결국 괴멸되고 말았다.

한편, '블랙 팬더'(Black Penther)라는 과격 흑인 단체를 결성한 흑인 학생들은 흑인해방운동을 시도한다. 그러나 이 단체의 간부들이 FBI와의 총격전에서 대부분 사망하게 되고, 조직 역시 붕괴되었다. 이들 단체의 잔당으로 지금까지 반체제 주장을 펼치는 과격파 정치단체는 열 곳 정도 있는 것으로 알려지고 있다. 그 부분에 대해서는 나는 자세히 파악하지 못하고 있다.

그런 가운데 현재 미국의 대학 캠퍼스에는 민주당의 학생조직과 공화당의 학생조직이 있으며, 그 밖에도 여러 정치그룹들이 존재한다. 민주당의 학생조직은 대학 내에서 다시 여러 파로 갈라지는데, 이 중에서도 민주좌파와 급진자유파가 가장 막강한 결집력을 보이고 있다고 한다. 여러 파벌들은 자유로운 분위기 속에서 형성되지만, 단체들은 전국 규모의 횡적 구조로 연결되어 있다. 그래서인지 이 모임에 대해 민주당 중앙당으로부터의 관리나 통제 등은 없다.

참고로, 일반 국민들에게는 공화당보다 민주당이 항상 다수파로 강하다고 인식되고 있는 것이 미국 정치의 특징이라고 할 수 있다. 공화당의 경우는 부유층을 위한 당이라는 기본성격 때문에 사람들이 잘 모여들지 않으며, 학생들의 정치조직 역시 중앙본부로부터 자금을 받지 않으면 꼼짝할 수가 없다. 따라서 민주당과 공화당 지지자의 숫자 비율은 7 : 3 정도로 큰 차이가 있는데, 당연하겠지만 사람이 많이 모이는 쪽이 조직적으로 운동하기가 수월하다. 그러다 보니 미국의 대학 캠퍼스에도 정치단체 포스터가 여기저기 붙어 있다.

그 중에는 전국 규모로 대학간에 횡적인 연결이 가능한 조직도 상당히 많은데, 미국의 우익민족주의 정치단체인 존 버치 협회와 같은 경우는 각 대학에 지부까지 두고 있다. 대학생에게 선거권이 있으니 정치에 참여하는 것은 당연하다는 생각이다. 사실 과거에는 20세에서 21세에 투표권이 주어졌으나 지금은 대부분의 주에서 18세이면 선거에 참가하게 된다. 그런 가운데 공화당을 지지하는 사람들 중에는 공화당 주류파 외에도 아직 탈당하지 않고 공화당에 머물러 있는 자유주의자와 공화당 온건파(Democrat Republic)도 있다. 물론 '신우파'라는 이름을 내건 공화당 내 강경보수파 학생조직도 있다.

그런 한편, 요즈음은 민주당 내부에도 학자, 지식인, 학생 지지자들 중에 적극적으로 국제문제 관여를 주장하는 세력이 상당히 존재한다. 한 예로 외교나 국제문제에 있어서 보수파들도 깜짝 놀랄 정도의 군사적 강경노선을 취하는 그룹도 있다.

마들린 쿠닌

그 밖에 과거 학생운동에서 반전운동의 리더였던 인물들이 정치가로 성장한 경우가 미국에도 많이 있다. 예를 들어 버몬트주의 전임 주지사를 지냈던 마들린 쿠닌(Madeleine Kunin) 여사가 바로 그런 인물이다. 그러나 그녀 역시 과격파(Extremist)라 불릴 정도는 아니었고, 과거 일본의 사회당 좌파 정도였다. 아무튼 급진자유파의 경우에는 '사회복지의 충실'을 슬로건으로 내걸기 때문에 빈곤층이나 흑인 사회로부터 지지를 받아 선거에 당선되며, 빈곤층과 흑인 사회는 이들의 중요한 지지 기반이 된다. 그러나 당선된 뒤 사회복지에 너무 과다하게 재정을 지출하는 바람에 적정선을 넘어선 '선심성 복지'가 되어, 지방정부(Local Government)의 재정을 악화되게 만드는 주요 원인이 되기도 했다. 그러니까 바로 이런 이유 때문에 자유파는 보수파로부터 "현실을 무시하고 있다"라는 반격을 받는다.

싱크탱크도 또 하나의 정치집단이다

미국에는 많은 싱크탱크(Think-Tank : 정책연구소)가 있다. 브루킹스 연구소를 예로 들면, 이곳은 1930년대 프랭클린 루스벨트 대통령이 뉴딜정책을 추진한 이래 자유파 학자들이 모여드는 연구소다.

그런데 이 연구소가 1970년 닉슨 정권에 공격을 가했다. 이른바 '펜타곤 비밀문서'(Pentagon Papers) 폭로사건이었는데, 문서를 유출한 사람은 이곳 수석연구원이었던 대니얼 엘스버그 박사였다. 이에 대응해 닉슨 대통령측이 반격에 나선 것이 바로 그 유명한 '워터게이트 사건'(1972)이다. 이 일로 닉슨은 궁지에 몰리게 되고 결국 중도 하차하게 된다.

이 사건에서 볼 수 있는 것처럼 미국은 연구기관도 공화당계와 민주당계로 갈라져서 서로 대립하고 있다. 먼저 공화당 보수파 연구소로서는 이 책 앞에서 언급했던 헤리티지 재단을 비롯해 후버 연구소와 **카토 연구소**(Cato Institute)가 유명하다. 참고로 이 세 연구소 가운데 카토 연구소는 보수파 중에서도 자유의지론파에 속한다.

한편, 과거에는 민주당의 급진자유파였으나 공화당으로 자리를 옮겨대 소련 강경파로 전향한 학자들의 집단인, 신보수주의파들이 집결해 있는 곳이 워싱턴 조지타운 대학의 CSIS(국제전략문제연구소)라는 사실은 앞에서 설명했다. 이곳은 국제정치문제와 미국의 외교문제만을 전문적으로 다루는 곳이며, 이 연구소의 연구원들 중에는 유대계 지식인이 많다.

그런가 하면 외교문제연구로 유명한 곳이 캘리포니아주 스탠퍼드 대학 내에 있는 보수파 거점인 후버 연구소다. 후버 연구소의 이름은 루스벨트 대통령의 바로 전 공화당 대통령인 허버트 클라크 후버(1874~1964)를 기념해 그의 이름에서 따온 것이다. 이곳은 헤리티지 재단과 쌍벽을 이루는 전통보수파 싱크탱크로 자유파인 브루킹스 연구소와 대립하고 있다.

그 밖에 **록펠러 재단**(Rockefeller Foundation)이나 **카네기 국제평화 재단**(Carnegie Endowment for International Peace), **포드 재단**(Ford Foundation) 등은 처음엔 자선활동단체로 출발했다. 물론 실제로는 대부호들의 재산을 보전하기 위한 세금 대책이라는 면도 있다. 미국에서는 각종 기부금의 세금이 전액 공제되니 말이다. 그러나 이 싱크탱크에 계속 자금을 지원하는 재벌계 재단은 어느새 스스로 싱크탱크로 변하고 있다.

또 **존스 홉킨스 대학 고등국제문제연구대학원**(통칭 SAIS : The Paul H. Nitze School of Advanced International Studies)은 자유파로 성격상 브루킹스 연구소에 가깝지만 원래 중립적이면서 온건노선을 채택하고 있어 정치적인 활동은 그다지 하지 않고, 문화진흥과 문화활동을 주로 하고 있다.

그러나 사실 민주당계 온건노선을 취하고 있는 재단이나 연구소가 '글로벌리스트 유대계인에 의한 세계 지배 네트워크'의 활동거점이라는 오싹한 소문이 미국 내에 나돌고 있다는 사실을 여기서 밝히지 않을 수 없다. 물론 확실한 진위 여부는 알 수가 없다. 그러므로 나 역시, 피해망상

증이라고 생각하고 싶은 일본의 일부 이상한 평론가들의 유대인 음모설
을 순진하게 받아들여, 품위를 의심받을지도 모를 글을 쓸 생각은 없다.
그러나 오늘날 미국의 정치·언론세계는 파고들면 파고들수록 이런 사실
들을 짚고 넘어가지 않을 수 없는 실정이다.

신보수주의파(Neo-Conservative) 지식인의 대부분은 유대계 지식인들
이다. 그런 점에서 종교우파(Religious Right)나 국내문제 우선주의자
(Isolationist) 그리고 자유의지론자(Libertarian)가 공화당을 뒤흔들면서
까지 신보수주의파와 행동을 같이하려는 보수파 본류 인사들을 못마땅
하게 여기는 것이다.

마지막으로 **스미소니언 협회**(Smithsonian Institution)를 언급하기로
한다. 이곳은 대규모 역사박물관을 소유하고 있는 것으로 유명한 연구
조직으로, 19세기에 제임스 스미슨이라는 영국인이 자신의 유산으로 미
국에 설립했다. 그 만큼 유서 깊은 조직으로, 연방정부가 운영하는 국립
박물관도 있으며 아울러 연구재단도 소유하고 있다. 또한 항공우주박물
관도 있으며 자연과학에 관한 연구도 하고 있다. 뿐만 아니라 〈윌슨 쿼
털리 *The Wilson Quarterly*〉라는 정치 평론지를 내고 있는 문화 부문도
소유하고 있다.

이 〈윌슨 쿼털리〉 지의 이름은, 20세기 초 학자 출신으로 민주당 출신
의 제28대 대통령이 된 우드로 윌슨을 기념하여 지은 것이다. 따라서
〈윌슨 쿼털리〉 지는 구자유파에 속하는 민주당계 언론지다. 그렇다고 해
서 신보수주의파로 전면 전향한 것은 아니고, 집필에 전통자유파 지식인
들이 참여하고 있을 뿐이다. 그 예로, 자유파 경제학자의 대표이자 거장
인 폴 새뮤얼슨도 과거에 이 잡지의 편집 일을 했다.

4

법을 둘러싼 사상투쟁과
정치대립의 구도

자연법과 자연권의 대립

미국 법학계에서 가장 강경하며, 보수적인 정치 발언을 하는 인물로 **로버트 벅**(Robert Bork)이라는 법학자가 있다. 현재 그는 예일 대학 법학부(좀더 정확히 말해서 법률학 대학원) 교수로 있는데, 그 전에는 연방고등재판소의 판사(정확하게 컬럼비아 특별구 연방공소재판소 재판관)를 지냈다. 그러다가 1987년에

로버트 벅

레이건 정권의 지명으로 연방최고재판소 재판관(Federal Supreme Court Judge : 전원 9인, 일본의 최고재판관에 해당)에 임명될 예정이었으나 민주당의 반대로 상원의원의 승인을 받지 못해 다시 예일 대학 교수직으로 돌아간 인물이다.

본론으로 돌아가 미국의 법학자·법사상가들을 크게 나누면 보수파와 자유파로, 이들은 서로 격렬하게 대립하고 있는데 현실적으로 그럴 수밖

에 없다. 그러다 보니 이 구도가 아주 복잡하게 얽혀 있어서 간단히 설명하기가 쉽지 않다. 실제로 보수파 법학자들만 해도 내부적으로 다시 두 파로 나누어져 있다. 또한 개혁파 법학자들에 대해서도 ‘인권파’ 라든가 ‘빈민, 흑인 및 이민자들의 편을 드는 사람들’ 이라고 정의를 내리는 등 일괄적으로 정리가 안 되어 있다.

위에서 언급했듯이 보수파 내부는 크게 ① 자연법(Natural Law) 학파와 ② 자연권(Natural Right) 학파로 나누어진다. 참고로 나는 이런 사실에 대해 일본 지식인이 쓴 글을 읽은 적이 없다. 그러므로 만일 아직까지도 그런 상황이라면, 내가 ①과 ②의 구분 및 상대되는 구조를 일본에 처음 소개하는 업적을 이루게 되는 셈이 아닐까.

먼저, ① 자연법은 그리스 고전철학의 원조인 아리스토텔레스(B.C.384~B.C.322)까지 거슬러올라가는 대사상이다. 그 내용은 “인간사회에서의 사회는 사회로, 인간은 인간으로 성립시키는 자연의 규칙 또는 법이 있다”는 데서 출발하는데, 사실 자연법 그 자체가 무엇인지는 아무도 본 사람이 없기 때문에, 2,500년이 지난 지금도 명확하지는 않다. 그러나 서양의 정치사상에는 이 ‘자연법(자연의 법률)’ 이 반드시 존재한다고 여겨왔다.

더욱이 중세에 들어와서 이 자연법 사상이 유럽 사상의 중심이 된다. 즉, 13세기 이탈리아의 수도사이자 대신학자인 토마스 아퀴나스(Thomas Aquinas, 1225?~74)가 이때 “자연법(Natural Law)을 결정하는 존재는 역시 신(God)이다”, “자연법은 신의 뜻이다”고 고쳐 설명했다. 그가 쓴 책이 바로 『신학대전 *Summa Theoligica*』(1267)인데, 그는 중세의 이슬람 신학에서 커다란 영향을 받았다.

그후 ‘자연법’ 이란 도대체 무엇인가라는 문제를 둘러싸고 근대의 여러 철학자들이 자신의 견해를 피력했다. 예들 들어 ‘근대법의 아버지’ 라고 일컫는 휴고 그로티우스(Hugo Grotius, 1583~1645)는 자연법의 근거를 '인간의 본성', 즉 '이성'(reason)이라고 말했다. 그 밖에 현대 자연법 주의자 중 대표적인 인물로는 루돌프 슈타믈러(Rudolf Stammler, 1856~1923)가 있다.

그런가 하면 미국의 정치사상가로 '자연법'을 가장 강력하게 주장하고 있는 사람은 시카고 학파의 **해리 재퍼**(Harry Jaffa) 교수다. 그는 현재 캘리포니아주에 있는 클레어먼트 대학의 법철학연구소 소장을 지내고 있는데, 그의 스승이 바로 **레오 스트라우스**(Leo Strauss)다.

레오 스트라우스

이 레오 스트라우스(시카고 대학 명예교수)야말로 시카고 학파의 창시자로서 미국 철학계의 거장이라 할 만한데, 그는 아리스토텔레스 철학을 철저히 연구한 학자로, 근대 이후의 데카르트, 칸트, 헤겔의 철학을 공부하는 사람들을 한 단계 낮게 평가하고 있다. 다만 여기서 사회주의(마르크스주의)는 논외로 한다.

또한 그는 본질적 보수사상가로, 인간의 지혜에 관한 모든 연구는 2,500년 전 아리스토텔레스와 중세의 토마스 아퀴나스(Thomism)로부터 나온다는 강경한 학문적 입장을 견지하고 있다. 그러한 레오 스트라우스에게는 우수한 제자가 있었는데, 바로 시카고 대학의 철학교수인 앨런 블룸(Allan Bloom)이다. 그러니까 블룸 역시 아리스토텔레스나 플라톤 그리고 소크라테스에 대한 그리스 고전철학의 연구가로, 그의 저서 『아메리칸 마인드의 종언』은 이미 앞에서 설명했다.

다음 ② '자연권'을 인류 역사상 최초로 주장한 사람은 영국의 근대 정치철학자이자 대사상가인 존 로크(John Rock, 1631~1704)다. 그는 '자연법' 자체를 인정하면서도 그것보다는 '자연권'을 더 강조했다. 즉, "인간은 모두 태어나면서부터 천부적인 고유의 권리로서 하늘(Heaven) 또는 신의 섭리(Divine Providence)로부터 자연권(Natural Right)을 부여

존 로크

받았다. 그러므로 이것은 아무도 빼앗을 수 없는 생래적(Natural) 권리(Rights)다"고 하면서 '자연권'을 '자연법'보다 중요하게 여겼다.

한편, 이 사상은 1880년대에 일본에 들어와서 '천부인권론'으로 불렸다. 즉, 존 로크가 그의 저서인 『정치 2론』('시민정부론', 보다 정확하게 말하면 '정치〔통합·정치체제〕에 관한 두 개의 논문'. *Two Treatises of Government*. 1690년)에서 "인간은 태어나면서부터 자유와 평등의 권리를 갖는다"고 선언한 것이 일본에서의 천부인권론의 계기가 되었다. 이 『정치 2론』에 대해 일본의 지식인층이라면 책 제목 정도는 누구나 알고 있겠지만, 이와나미 문고에서 나온 번역판이 아직 번역이 완료되지 않은 까닭에 후반의 제2 논문만 있고, 전반부가 빠져 있다는 사실을 아는 사람은 그리 많지 않을 것이다.

다시 말해, 현재 일본의 '자연권' 사상은 제대로 상륙하지 못한 실정이며, 이에 따라 일본인들은 이 사상을 거의 이해도 못하고 있다. 그런가 하면 로크의 '자연권' 사상은 그후 근대 정치 혁명가들에 의해 '헌법상(Constitutional)의 권리(Right)' 즉, '헌법전에서 보장된 여러 가지 권리'로 바뀌었다. 그러니까 이러한 사상에서 미국 독립전쟁 후 「아메리카 독립선언」(1776)이 만들어졌고, 프랑스 혁명의 소용돌이 속에서 「프랑스 인권선언」(1789)이 탄생했으며, 이는 미국 건국의 아버지와 프랑스의 혁명가들이 로크의 사상을 자신들 사상의 토대로 삼은 결과였다.

한편, 존 로크가 주창한 '자연권' 사상에 정면으로 대결한 사상가는 에드먼드 버크(Edmund Burke, 1729~97)다. 버크는 자신이 소속되어 있는 휘그당(Whig Party : 과거 영국의 자유당Liberal Party. 현재는 자유민주당Liberal Democratic Party으로 이름이 바뀌었고 의원수가 30명인 소수당으로 전락했다)의 입장을 좇아 미국 독립운동에는 지지를 보냈지만 프랑스

대혁명에는 필사적으로 반대했다. 이는 프랑스 혁명을 단행했던 프랑스의 과격파 정치인들이 로크나 루소의 '자연권'을 그대로 받아들여서 자신들의 행동원리로 삼고 "인간은 태어날 때부터 자유 평등하다"고 소리 높여 선언한 그 자체를 상당히 마음에 들어하지 않았기 때문이다.

그는 지금까지 이 지구상에는 인간과 사회가 자유롭고 평등한 적이 없었으며, 앞으로도 그런 일은 있을 수 없다고 생각했다. 실제로도 인간세계에서는 정치선언으로서 '그렇다'고 주장하는 경우 이외에 그런 일이 존재하지 않으며, 또 그런 일을 누구에게도 증명해보일 수 없다. 그렇기 때문에 "인간은 자유롭고 평등해지기 위해 스스로 노력해야 한다"고밖에 말할 수가 없다.

그런데도 근대에 들어와 인류가 저지른 전쟁, 종족 말살, 정치적 대학살 등 무수한 비극과 큰 잘못들이 자연권 사상의 입장에서 현실세계를 무시한 채, 간단히 "인간은 자유롭고 평등하다"고 선언해버린 행위, 그리고 그로부터 비롯되었다고 하는 보수주의 사상이 바로 이 버크에서부터 시작되었다.

버크과 같은 시대의 스코틀랜드 철학자 데이비드 흄(David Hume, 1711~76) 역시 회의주의(Skepticism) 입장에서 종국에는 자연권(Natural Rights)을 부정했다. 즉, 현실의 인간세계는 어설픈 이데올로기의 색안경을 벗고 냉정하게 보면 부자유스럽고도 불평등하며, 여간해서는 달라지지 않을 뿐 아니라, 달라질 리도 없다고 말했다.

데이비드 흄

그런데도 정치권력을 쥔 자들이 이상주의에 불타올라 이 인간세계의 현실을 급격히 변화시키려고 혁명(대개혁)을 단행했고, 그러다 보니 오히려 문제만 더 초래하여 결국에는 강제수용소나 정치적 대학살이라는 달갑지 않은 결과만 낳았다는 것이다. 그러니까 '사회주의'(Socialism)를

로크의 사상

'……자연은 인간의 노동과 생활의 필요에 따라 인간이 소유할 수 있는 한도를 결정한다. 때문에 어떤 사람이 아무리 노동을 많이 하더라도 생산된 모든 것을 독점할 수는 없다. 또 그것으로부터 이익을 많이 얻었을 경우에도 다만 그 일부를 소비할 수 있을 뿐이다. 다시 말해 누구도 타인의 권리를 침해하거나 혹은 주변사람을 희생해서 자신의 재산을 획득하는 일 따위는 있을 수 없는 일이다. 왜냐하면 어떤 한 사람이 자신에게 필요한 정도를 가져간 후에도 다른 사람에게 돌아갈 재물이 충분히 남아 있기 때문이다. 이 원리에 따라서 인간의 세계가 시작된 시대에는 각자의 재물이 아주 타당한 범위, 즉 자신이 재물을 점유하더라도 남을 침해하지 않는 한도로 자연히 한계가 지워졌던 것이다.'

『정치에 관한 두 개의 논문 *Two Treatises of Government*』(1690)에서

로크는 자유주의의 창립자(The Founder of Liberalism)로 불린다. 그런 로크의 '자연권' 사상이 1776년 미국 「독립선언문」에 대부분 그대로 수용되었는데, 특히 중요한 부분은 위 인용문에 있듯이 그가 '재산 소유권'을 자연권으로 해석하여, 이것이야말로 인간의 사회적 자유를 보장하는 것이라고 주장한 점이다. 요컨대, "재산이 있기 때문에 인간은 자유롭게 발언할 수 있고 국가와 싸울 수도 있다"라는 그의 사상은, 사회주의는 인민평등주의라고 간단하게 생각해버린 많은 사람들이 지금이라도 배워야 할 중요한 사상이다.

■ 이와나미 문고의 『시민정부론』은 위 『*Two Treatises*』 중 제2편임

버크의 사상

'……자연성은 성찰을 필요로 하지 않는 지혜이며 성찰보다 더 뛰어나다. 그런가 하면 혁신의 정신은 일반적으로 이기적인 기질과 좁은 시야에서 생겨나는 것이다. 따라서 이들처럼 자신들의 선조를 돌아보지 않는 사람들은 후손에게도 희망을 주지 못한다. 하지만 지혜를 대대로 계승하는 사상은 개선의 원리를 배제하지 않고, 확고한 보수의 원리와 인간상호 간에 의사를 주고받는 원리를 가져온다는 것을 영국 국민들은 잘 알고 있다. ……우리들이 자연성을 토대로 만들어진 국가의 기본 정책(Constitutional Policy)에 의해 자신의 재산과 생명을 지켰다가 다음 세대로 전해주는 것과 같이, 현재 우리들의 정치체제(Government)와 특권을 계승하고 유지해서 후세에 물려주어야 한다…….

　『프랑스혁명의 성찰 *Reflections on the Revolutionin in France*』(1790)에서

이러한 버크의 사상은 1756년 그가 27세 때 명성을 떨친 첫 번째 논문 「자연사회의 옹호 A Vindication of Natural Societ」의 부제에서 다음과 같이 단적으로 나타나 있다.

'보통 사람들의 상식으로 유지되는 자연스러운 사회를 옹호한다. 다시 말해 인위적으로 만들어진 모든 사회제도가 인류에 끼친 비참함과 해악에 대한 견해를 여기에서 밝히고자 한다. 지금은 이 세상에 없는 귀족출신의 저자가 ○○경(Sir) 앞으로 보낸 편지에서'

정치체제로 수용한 소련 공산주의가 얼마 전 전세계적인 규모로 와르르 붕괴해버린 것도 결국 이러한 맥락에서 살펴볼 수 있다.

인권파란 무엇인가

에드먼드 버크의 ① 자연법 사상은 현대로 이어지는 보수주의 사상으로, '근대 민주주의 헌법체제'와 대결하는 양상으로 등장했다. 이러한 사상을 펼치는, 즉 세상을 표면적인 아름다운 것으로가 아닌 좀더 깊게 생각해봐야 할 대상이라 생각하는 보수적 성향을 지닌 사상가들이 아직도 많이 있다. 이처럼 스스로를 버크주의자(Burkean)라 일컫는 그들은, 이익과 현실세계를 결부하는 현실적 보수주의자들이 아니라 '영원히 보수적 태도를 취하는 사람들'이라고 봐야 한다.

한편, 존 로크의 ② 자연권파 역시 세계 정치사상의 대결에서 간단히 패할 수만은 없었다. 그러다 보니 자연권은 20세기에 접어들면서 한층 더 확산되어 '헌법이 정하는 기본적 인권'의 형태로 되었다. 예를 들면 일본의 현행 「일본국 헌법」(1946년 제정)이나 국제연합의 「세계인권선언」(1946년 제정) 등을 만들게 된 것이다. 그리고 로크의 '자연권'에서 시작된 '헌법이 정하는 기본적 인권'을 마치 "자명하게 존재하는 권리로서 국가에 대해 청구할 수 있는 권리다"고 생각하기에 이르렀다.

나아가 "모든 인간은 국가에 대해서 자신의 생활을 보장하도록 청구할 수 있는 권리를 갖고 있다", "이 권리는 태어날 때부터 갖는 것으로 아무도 빼앗을 수 없는 권리다"고 생각하는 사람들이 점차 많이 생겨나게 되었다. 그리고 오늘날 세계의 많은 사람들이 바로 이와 같이 생각하고 있는데, 그것은 「세계인권선언(Universal Declaration of Human Rights)」하나만 보더라도 알 수 있다. 그들은 자신들을 ③ 인권파

(Human Rights), 자유주의자 혹은 민주주의자(Democrat)라고 생각하면서 스스로를 정의로운 사람이라고 믿게 되었다. 그러니까 이 세상에는 현재 이런 생각을 가진 사람들이 굉장히 많다.

한편, 「일본국 헌법」 제25조에 '생존권, 나라의 생존권보장 의무'로서 "모든 국민은 건강하고 문화적으로 최소한의 생활을 영위할 권리를 갖는다"라고 되어 있는데, 바로 여기에 인권사상이 잘 나타나 있다. 그러나 나는 이 권리를 단순히 인권파라고 하기보다는 좀더 정확하게 헌법체제적 인권파(Constitutional Human Rights)로 불러야 한다고 생각한다.

그러나 여기에서 주의할 점은 ③ 인권파와 ② 자연권파를 엄밀하게 구분해서 생각하지 않으면 안 된다는 것이다. 즉, 로크의 ② 자연권은, 헌법이 '생명, 신체 및 재산의 자유'만을 보장한다고 선언하고 있다. 게다가 자연권파는 '국가로부터 인간 개인의 생명, 신체, 재산소유의 자유·독립·불가침'만을 규정하고 있어서 "헌법은 모든 인간의 사회복지까지 보장하고 있다"는 ③ 인권파와 크게 차이가 난다.

그런가 하면 ②의 자연권파는 ①의 자연법파와 대립하면서 근대 서구 사회를 지배하는 2대 보수주의 사상의 하나로 자리잡고 있으며, 여기서 파생된 ③의 인권파는 ②와는 다르게 성장하여 인류의 자기오해의 산물로 남게 된다. 그리고 훗날 사회주의 사상과 결합하여 현대 자유주의파로 완성된다.

그러나 일본에서는 ①의 자연법 사상이 본격적으로 유입되지도 못한 채 오늘날에 이르렀고, ②와 ③은 뒤죽박죽되어 제대로 구분할 틈도 없이 '천부인권론'으로 19세기 말(메이지 시대 중기)에 들어왔다. 더욱이 ②의 자연권 사상은 유입 즉시 좌익적 인간주의 운동을 지향하는 ③에 흡수되어 오늘날 그 행방을 찾아볼 수가 없다.

이런 상황에서 1914년 일본 최초로 반천황제 민주주의(민본주의)를 〈중앙공론〉에 쓴 요시노(吉野作造)란 인물이 화려하게 등장했다. 그런데 그로부터 불과 10년 후, 일본의 정치사상은 소련 공산주의(사회주의)로 물들어가고 있었다. 그 결과 ② 자연권파였던 요시노의 민본주의와 ③의 좌익·사회주의를 제대로 분별할 능력도 갖추지 못한 채 일본의 정치사상은 ③의 인권파로 전락하여 제2차 세계대전 후에 그 전성기를 맞으면서 현재에 이르고 있다.

이 중 ②의 자연권은 1870년대 후쿠자와 유키치(福澤諭吉)가 로크의 사상을 '천부인권론'으로 이해하여 미국으로부터 일본 국내에 보급시켰다. 이것이 그 유명한 후쿠자와 유키치의 『학문의 장려(學文のすすめ)』 중 "하늘은 인간 위에 인간을 만들지 않고 인간 아래에 인간을 만들지 않는다"이다. 그뿐 아니라 자유민권운동에 있어서도 나카에(中江兆民)에 의해 루소의 『사회계약론』 등이 보다 과격한 사상으로 일본에 전해졌다. 간단하게 설명하자면, 이러한 루소의 사상은 로크와 비교할 때 과격인민주의로 ②의 자연파에서 ③의 인권파의 분리를 예견하는 것이었다. 이는 루소의 '일반의지론'(Volonté Générale)에 잘 나타나 있으며, 그 사상은 후에 나치와 스탈린의 ③ 인권파로 연결이 된 것 같다.

이에 반해 ①의 자연법을 강조한 근대 자유사상가 버크의 사상이 영국 고전 자유사상으로서 일본에 들어온 시기는 거의 제2차 세계대전 후였다. 이것은 유럽의 정치사상을 공부하는 극소수의 일본 정치학자들만이 잘 알고 있는 사상으로, 정치학자들의 연구논문에 많이 등장했으나 일반 독자들에게는 제대로 보급되지 않은 채 현재에 이르고 있다.

세계의 흐름에 뒤떨어져 있는 일본 지식인들

버크는 사회계약설(Social Contract)의 입장에 서 있는 ②의 자연권을 부정했다. 이 사회계약설은 국가(권력자)와 국민(인민)이 사회를 이루기 위해 계약을 맺는다는 것을 의미하는데, 버크를 포함한 ①의 자연법파 사람들은, 그것은 만들어낸 이야기밖에 안 된다고 생각한다.

요컨대 버크의 자연법을 한마디로 말하면, "이 세상에 존재하는 것, 있는 그대로 존재하는 것, 이 모든 것을 인정한다"고 할 수 있다. 다시 말해 "현실에 있는 것을 모두 그대로 인정한다"는 개념이며, 이 세상의 질서를 이루는 것을 '영원한 모습 아래에' '자연의 질서 그 자체'로 인정하는 자세다. 여기에서 '영원한 모습 아래에'(sub specie aeternitatis)라는 말이 특히 중요하다. 그것은 결코 눈으로 볼 수 없는 것으로, 인간이라는 어리석은 생물의 지혜를 뛰어넘는 영원하고도 이해하기 어려운 실체이기 때문이다.

그러나 이런 '사회의 규칙'은 분명 인간세계에 '존재하고' 있다. 이러한 버크의 사상은 『프랑스 혁명의 성찰 *Reflections on the Revolution in France*』(1790)에 잘 나타나 있는데, 거기서 그는 1789년 프랑스에서 일어난 대혁명을 맹렬하게 비난하면서 인간자유의 해방도 그 무엇도 아닌 단순한 민중폭동이라고 했다. 그뿐 아니라 그들은 국왕과 귀족을 수천 명이나 단두대로 보내고 3만 명이나 되는 사람을 살해했으며, 나중에는 당통, 마라, 로베스피에르 등 혁명가인 체하는 야심가들끼리 서로 죽고 죽이면서 결국 피비린내 나는 사건으로 막을 내렸다고 말했다. 그러고는 마지막으로, 프랑스 혁명은 거대한 질서파괴이자 문명파괴에 불과하다고 단정지었다.

그런 가운데 나는 우연히 TV에서 한 장면을 목격했다. 즉, 1989년 파리 정상회담(Summit)이 한창일 때 프랑스 미테랑 대통령(사회당)이 '프랑스 인권선언 200주년' 기념식을 치르면서 중국 천안문 사건을 항의하는 중국인 유학생들의 자전거 데모대와 함께 시가행진을 하고 있었다. 이때 영국의 대처 수상(보수당 소속임)은 죽 늘어앉아 있는 각국 수상들의 귀빈석에서 연신 초조한 표정을 짓다가 다음날 회의를 중단하고 귀국

해버렸다.

경박한 프랑스인들의 '인권선언 브랜드주의'라는 독선적인 행동에 오늘날 영국의 보수주의를 구현한 '철의 여인' 대처는 머리끝까지 화가 치밀었던 것이다.

그런데 1789년 이후 프랑스 혁명을 지도한 인물들이 즐겨 사용하면서 자신들의 사상적 토대로 삼은 것도 바로 존 로크의 자연권 사상이며, 이 사상을 더욱 보강한 것이 장 자크 루소의 과격한 인민공화주의(Civic Republicanism) 또는 직접민주주의(Direct Democracy)로, 나 역시 루소의 전체주의(일반의지론)를 아주 혐오한다. 사실 카를 마르크스의 『유대인 문제와 관련하여』라는 저서에도 루소의 사상을 비난하는 곳이 몇 군데 등장한다.

아무튼 로크가 만들어낸 ②의 자연권 사상은 그가 직접 참가했던 피비린내 나는 1688년 '영국 명예혁명'의 격동 속에서 탄생한 것이다.

그로부터 100년 후 그의 사상을 반영한 미국의 「독립선언문」과 「미합중국 헌법」은, 미국 독립운동의 사상적 지도자였던 토머스 제퍼슨, 라파예트, 벤저민 프랭클린 등에 의해 신생 미국 국가의 제도적 사상의 토대가 되었다. 이 때문에 ②의 자연권파가 미국의 주류파인 동시에 정통파인 국가사상이 된 것이다. 그후 유럽 각국의 근대혁명 속에서도 ①의 자연법파와 ②의 자연권파의 사상적 대립이 계속 이어졌고, 지금도 각국의 정치 지식인들은 크게 이 두 파로 나누어져 격렬히 대립하고 있다.

따라서 한마디로, 버크주의인 자연법파와 로크주의인 자연권파가 근대 이후의 서양 정치사상에서 근본적이면서도 가장 큰 두 갈래의 대립이다. 그러나 일본의 지식인들은 이 정도의 큰 흐름도 제대로 파악하지 못하고 있으며, 이는 정치사상계에서도 마찬가지다.

이상에서 서양, 특히 영국과 미국의 정치사상·법사상이 크게 대립하고 있는 양상을 아주 간단하게 설명했다. 즉, 일본에서는 ②의 로크계인 '자연권'이 ③의 인권파의 '인권'과 혼합된 채 '헌법이 정한 기본적 인권'의 '각종 인권의 카탈로그론'으로 현재에 이르고 있다고 말이다. 심지어 각 대학 법학부에서 일본 헌법을 강의하는 대부분의 법학자들조차도 이 ①, ②, ③의 차이를 모른 채 일본 국내에서만 통용되는 이론으로서 기본적 인권의 '인권 카탈로그'를 다음의 세 종류로 구분하고 있는 것이 보통이다.

즉, (A) '사상·표현·출판·양심·신앙·학문의 자유'를 '정신적 자유권', (B) '재산소유·영업·생산활동의 자유' 등을 '재산권적 자유권'이라고 하며, (C)는 각종 복지혜택을 받는 권리로 '사회권으로서의 인권'이라 구분하는 것이다. 그리고 이유는 알 수 없지만 (A)가 (B)보다, (B)보다는 (C)가 상위의 중요한 권리라고 가르친다.

그러나 이에 대해 '왜'냐고 물으면 대답할 수 있는 법학자는 없다. 고작해야 '(A)의 정신적 자유권이 (B)의 재산적 자유권보다 중요하다'고 되풀이할 뿐이다. 어쨌든 (B)가 ②의 '자연권'에, (C)는 ③의 인권에 대응되는 것 같다. 아무튼 일본의 법학자 중에 ①, ②, ③의 사상대립을 제대로 알고 있는 사람은 한 명도 없다. 내가 오쿠다이라 야스히로(奧平康弘) 교수에게서 받은 편지에도 이런 사실을 알 수 있었고, 나가오 류이치(長尾龍一) 교수와 나눈 대화에서도 확인할 수 있었다. 다만 오직 극소수의 정치학자들만이 ①, ②, ③의 대립을 조금이나마 알고 있을 뿐이다.

그러니까 일본은 ②의 자연권과 ③의 인권을 그 나름대로 수용해왔지만, 실은 아리스토텔레스에 기원을 두고 있는 버크의 ① 자연법을 전혀 이해하지 못한 상태로 현재에 이르고 있다. 현재 상태가 이러한데, 미국인과 서구 지식인들이 정치사상을 둘러싸고 어떤 생각을 하면서 어떻게 대립하고 논의하고 있는지를 일본의 지식인층은 전혀 알 수가 없다.

그런 가운데 일본에서는 최근 80년 동안 정치사상을 둘러싸고 좌익 (친소련 마르크스주의적 사회주의파. 반소련파도 있다)과 보수파(민족주의적인 천황존중파 내지는 자본주의 긍정파. 친아메리카 반공보수)가 계속해서 대립을 해왔다. 그런가 하면 최근까지도 급격히 증가하고 있는 자칭 '보수주의자' 들 중에도 학생시절 좌익 활동가로 활동했던 인물들이 꽤 있다.

일본은 1910년대에 가와카미 하지메(河上肇)가 처음 마르크스주의를 국내에 들여왔고, 당시에는 이 사상을 조금 아는 것만으로도 학문적·과학적인 교양을 갖추고 있는 듯한 우쭐한 기분을 느낄 수 있었다. 또한 처음으로 근대사회라는 것이 무엇인가를 알게 되었고 "우리들도 이제 서양인들과 대등하게 논의를 할 수 있게 되었다"고 자신하기에 이르렀다. 이런 배경에서 봤을 때, ②, ③의 구별도 하지 않은 채 지금까지 지내온 수많은 일본의 정치적 지식인의 지식수준이 서양에 비해 상당히 뒤떨어졌다고 단언하지 않을 수 없다. 심지어 아직도 부족사회에 머물러 있다 해도 과언이 아니다.

미국의 '자연법' 주창자와 '자연권' 주창자

지금까지 자연법파와 자연권파의 대립을 설명했다. 그러나 이제부터는 현대 미국 정치사상가들 내부의 대립을 알아봄으로써, 그 대립의 커다란 테두리가 어떻게 되는지를 설명하고자 한다.

먼저 자연법의 존재를 인정하는 시카고 학파의 레오 스트라우스와 그의 제자 해리 재퍼 교수가 바로 ①의 아리스토텔레스 버크계의 대표적인 자연법파다. 그리고 이에 대립하는 인물로 ②의 존 로크계의 자연권을 중요시하는 예일 대학 법학부 중심의 로버트 벅이 있다. 또한 프린스턴 대학교에서 종교학 교수로 있는 **마틴 다이아몬드**(Martin Diamond) 역시 '자연권' 파의 대표격으로, 해리 재퍼 교수와 이 문제를 놓고 대논쟁을 벌이기도 했다.

　여기에서 중요한 점은 예일 대학 등 미국 동부의 명문대학 법학부는 200년 전 미국 건국시 제정한 미국 법률의 '권리선언'을 법률해석의 기준으로서 중요시한다는 사실이다. 뿐만 아니라 그들은 "미국 시민의 생명과 신체, 그리고 재산소유의 자유와 생산활동의 자유를 보장하기 위해서 국가가 존재한다"고 생각한다. 즉, ②의 자연권파 그 자체인 것이다. 그런가 하면 그들은 현실의 헌법체제의 존재를 자명한 것으로 전제한 뒤, 현실의 질서를 위하여 존재 자체를 분명하게 인정하고 있다. 그리고 법률을 다루는 직업인으로서 미국 법에 기초하여 정치체제에 기여한 그룹은 다름 아닌 자신들이라 확신했다.

　따라서 ② 자연권파는 현재로선 철저한 전문적 법률가들이 가지고 있는 사상이라 할 만하다. 다시 한 번 되풀이하자면 '자연권'은 '인권'과 중복되는 부분이 있지만, '가난한 사람들이 살 권리'나 '사회복지 우선' 그리고 '정치적 소수측의 권리' 등 소위 '사회적 인권' 같은 것이 포함되어 있지 않다. 즉, '생명·신체·재산의 자유'만을 중시하기 때문에 '그 이상의 각종 인권보호'를 강조하는 ③ 인권파(자유파)와는 분명히 다르다. 요컨대, 존 로크 사상의 중요한 점은 "개인재산의 소유(Property)는 빼앗을 수 없는 고유 권리(Inalienable Rights)이다"라는 제도사상을 만들어 "소유권이 인간의 자유를 보장한다"고 정의한 것이다.

　한편, 미국 건국기에 성립된 ② 자연권파의 대표적인 인물은 로크의 사상을 토대로 하여 「독립선언」을 실제로 작성했던 토머스 제퍼슨(Thomas Jefferson)이다. 이에 대해 ① 자연법파의 법사상가로서는 미국의 16대 대통령을 지낸 에이브러햄 링컨(Abraham Lincoln, 1809～65)이 대표적인 인물이다. 링컨이야말로 미국의 진정한 자연법 사상가인데, 미국인들은 링컨 대통령을, 미합중국 헌법에 하나하나 정해진 내용들보다도 더 깊숙한 곳에 자리하고 있어 영원히 변치 않은 것이 있음을 주장했던 사람으로 기억하고 있다. 그런데 이 "영원히 그대로 존재한다"라는 말에 바로 자연법파의 주장이 함축되어 있다.

이와 비교하여 ② 자연권파는 자신들이 법학자·법률가로서 현실의 '모든 것을 법률에 따라서 재판할' 뿐 '법률 자체가 정의인지 선인지에 대해서'는 판단할 수 없고 자신들에게는 판단할 권한도 없다고 생각한다. 즉, 그런 것은 법률가가 왈가왈부할 일이 아니라 의회(입법부)가 결정할 사항이라고 말한다. 다시 말해 국민을 대표하는 의원(입법자 : Lawmaker)들이 법률을 만들고, 법률을 만들 때 헌법의 조문이나 여러 법률의 정의, 선, 공정함에 대해서도 의원들이 서로 논의하고 연구하면 될 일이지 법률가의 몫은 아니라는 것이다. 또한 자신들은 오로지 직업적 법률 실무가이므로 '각각의 법률을 기준·척도로 하여 분쟁을 해결하고', '법률을 합리적으로 해석해서 적용할 뿐'이라고 말한다.

이에 대해 ①의 자연법파 법학자들은 현실 법률의 결함을 보완하고 정의(justice), 선(goodness), 공평(fairness)을 실현하기 위해 법률가가 적극적으로 나서서 진지하게 '법을 발견'하거나 '법을 창조'해야 한다고 주장한다. 뿐만 아니라 과거의 명 재판관이었던 올리버 W. 홈스(Oliver Wendell Holmes, 1841~1935) 판사도 이와 같은 주장을 했다.

그러나 그 주장에 대해 ②의 자연권파는 "우리들은 현실에 바탕을 둔 보수주의자로서 현실적으로 실현 가능성이 없는 그런 주장은 하지 않는다"고 반론을 폈다. 그러자 ①의 자연법파는 "당신들 자연권파는 결국 법률이 국가의 강제적 명령이다(법명령설)고 주장하는 벤담주의와 똑같지 않은가"라며, "당신들은 법과 인간의 관계를 신중하게 생각하지 않는 사람들이다"라고 맞섰다. 이것이 ① 자연법파의 ② 자연권파에 대한 반론이다.

①의 자연법파와 ②의 자연권파의 2대 보수주의 사상의 격론 속에서 ③의 인권파는 총체적으로 ①의 자연법파를 인정하면서도 그다지 격론에 적극적으로 참여하지 않았다. 그들은 오로지 인권(Human Rights)의 측면에서 가난한 자나 흑인, 동성연애자, 정치적으로 탄압받는 자를 도와주자는 생각을 행동으로 옮기는 사람들이었기 때문이다. 이러한 인권의 영향을 받아 일본에도 '가난한 사람은 국가로부터 사회복지를 적극적으로 받을 수 있는 권리'를 가지고 있다고 주장하며, 일본 헌법에서 분명히 정하고 있는 '사회권·생존권으로서의 인권'을 그대로 인정하고 실천에 옮기라고 주장하는 학자나 법률가가 많이 있다. 이들 역시 이 인권파와 마찬가지라고 할 수 있다.

이에 대해 ①의 자연법파에 속하는 영원한 보수파 사람들은 "도대체 어디서 그 가난한 사람들의 인권을 지켜주기 위해 돈을 끌어모을 것인가. 그것은 말도 안 되는 이야기다"고 주장하는데, 인권을 실현시키기 위해서는 "누군가 돈을 지불해야 한다"는 것이 대전제가 되기 때문이다. 실제로 오늘날 어느 나라를 막론하고 국민복지를 위한 자금이 바닥난 상태이며, 국가는 점점 거대한 적자 기업이 되어가고 있다.

따라서 이대로 간다면 재정적자 규모가 너무 커져 국가 자체가 파산할 지경에 이를지도 모른다. 그러니까 이런 현실적인 이유 때문에 ①의 자연법파 보수사상이 다시 되살아나고 있는 것이다. 그런 점에서 이들의 사상을 다시 설명하면, "구제할 수 없는 부분은 그냥 내버려둘 수밖에 없다", "인간이 태어날 때부터 자유롭고 평등하다는 것은 공상에 불과하다"이다.

한편, 미국은 변호사가 판사가 되기도 하고 주민투표에 의해 검사(Prosecutor 또는 District Attorney)가 되기도 한다. 심지어 법학 교수가 판사가 되었다가 다시 대학으로 돌아오는 경우도 있다. 반면 일본에서는 사법시험에 합격하여 연수가 끝난 뒤 판사로 임명되면 정년까지 판사로 일해야 한다. 그러다 보니 영어의 'Lawyer' 나 'Attorney' 라는 용어가 일본어로 '변호사' 또는 '법률가' 로 번역되는 등, 용어 사용에 혼란이 있다. 그러나 여기서 정확히 말하면 일본의 변호사는 Attorney에 해당되고, Lawyer란 일본 행정기구 중의 하나인 법제국의 법률조문 담당 관료를 말한다.

사회문제를 둘러싼 치열한 대립

존 롤스

로널드 드워킨

미국의 법 철학자 가운데 ③의 인권파의 대표적인 인물로는 존 롤스(John Rawls) 교수와 **로널드 드워킨**(Ronald Dworkin : 현재 옥스퍼드 대학에 재직 중임) 교수가 있는데, 존 롤스는 『공정으로서의 정의 *Justice as Fairness*』(1958)를 썼고, 로널드 드워킨은 『권리라는 것에 대해서 신중하게 생각해보자 *Taking Rights Seriously*』(1977)를 썼다. 이 두 사람은 일본 법철학 전공자 사이에도 널리 알려졌다.

그런가 하면 드워킨이 자신의 저서에서 "레이건 공화당 정권의 앞잡이로 전락한 반동 보수파로서 우리 자유파의 적이다"고 맹렬하게 공격했던 인물은 이 장 서두에서 등장한 로버트 벅이다. 참고로 그는 연방고등법원의 판사를 지낼 당시 '드로넨벅 사건' 이라고 불리게 되는 형사사건의 판결로 유명해졌다.

이것은 드로넨벅이라는 병사가 군대 안에서 동성애를 하다가 체포되자 군대규칙에 따라 재판에 회부되어 형사처벌을 받은 사건이다. 이 사건에서 당시 드로넨벅 변호인측은 "동성애자의 권리는 미국 헌법이 정한 인권(Human Rights)에 의해 보호받고 있다. 따라서 동성애를 금지한 군대의 규칙은 헌법 위반이다"고 주장하면서 이 문제가 헌법판단과 관련된 중대사건이라고 주장했다.

그러나 로버트 벅 판사는 "동성애자를 보호하는 법률의 명문이 없기 때문에, 그 행위는 법률상 보호할 가치가 없다"고 드로넨벅에게 유죄 판결을 내렸다. 즉, 그는 "동성애자가 동성애를 하는 권리는 미합중국 헌법이 보장하는 헌법상의 제권리에 포함되지 않는다"고 판단한 것이다. 그의 판결에 따르면, 피고 드로넨벅이 주장하는 권리는 헌법상의 인권에 해당되지 않을 뿐만 아니라, 각 법률 내용에 기초한 실체법상의 명문화된 권리도 될 수 없다.

이때부터 로버트 벅은 게이(동성애), 에이즈, 각종 환경보호운동, 과잉 동물보호운동(Animal Rights), PC(Political Correctness : 미국판 '차별용어 금지운동')나 신앙과 종교를 둘러싼 대립 등 여러 가지 사회문제들에 대해서 강경한 보수파 입장을 취한다.

인권을 극단화한 동물권

③의 인권파의 연장선상에서 ③′의 동물권(Animal Rights) 운동에 대해서도 알아보자. 이것은 문자 그대로 '동물의 권리'를 주장하는 것이며, 인간에 가까운 고등동물(왜 하등동물은 이 권리보호 대상에 포함하지 않았을까)을 학대하고 동물실험을 하는 데 대해 단호하게 반대한다는, 다소 과격한 정치적 입장을 말한다. 이는 주로 개, 고양이, 고래, 돌고래 등을 보호하자는 것으로 일본에서도 친숙한 운동이다. 그런가 하면 소나 돼지의 경우는 '경제동물'(livestock)로서 처음부터 인간이 식용을 위해 사육한 것이므로 죽여도 무방하다고 한다. 그러나 이것은 일본인의 자연감각

으로 볼 때 쉽게 납득이 가지 않는 주장이다.

물론 고래잡이 문제에 대해서만큼은 국제사회가 이미 압도적인 다수로 포경금지에 합의한 상태이기 때문에, 모든 나라들이 특별히 이 문제에 대해서 이의를 주장할 일은 없다.

아무튼 이 동물권(Animal Rights) 중에는 선뜻 받아들이기 힘든 부분이 있다. 즉, "동물들이 불쌍하다"고 말만 할 경우에는 분명한 사실이므로 동물권이 별 문제가 되지 않는데, '대학 내 동물실험반대' 등으로 직접 행동에 나서서 경찰과 충돌을 일으킬 경우에는 문제가 그리 간단치가 않다. 이러한 동물권운동은 과거에 과격파 학생운동을 했던 사람들이 현재는 자연환경보호파로 전향하면서 진행하고 있는 운동을 말하는데, 구체적으로는 ③의 인권파가 과격화해지는 과정에서 인권을 동물 차원으로까지 극단화시킨 사상이라 할 수 있다.

지금까지의 여러 사상 흐름들을 이념화하여 단순하게 설명하자면 다음과 같이 정리해볼 수 있다. 즉, ①의 자연법파가 '제도'에 의해 미분화된 것이 ②의 자연권파이고, 이것이 '근대 헌법전'에 의해 훨씬 더 미분화된 형태가 ③의 인권파이다. 그런가 하면 이 인권파가 극단적인 형태, 즉 '생명·동물' 차원으로 더 미분화되어 나타난 것이 ③'의 동물권파다.

연방대법원 판사의 지명을 둘러싼 싸움

②의 자연권파인 로버트 벅이 레이건 정권 때 연방대법원 판사에 지명을 받았으나 민주당의 반대로 연방대법원 판사 자리에 앉지 못하게 되었다는 것은 앞에서 이미 설명했다. 그런 가운데 후임으로 들어선 부시 공화당 정권이 1991년 10월, 또 ②의 자연권파 중 보수파 흑인 법률가인

클레어런스 토머스(Clarence Thomas)를 지명하자 다시 소동이 일어났다. 이처럼 연방대법원 판사의 인사는 미국 국민에게 항상 큰 정치문제가 되어왔다. 참고로 클레어런스 토머스의 경우, 그가 사법부에서 관료를 지내고 있을 때 함께 근무했던 흑인 여성 애니타 힐(Anita Hill. 지금은 오클라호마 대학의 교수로 재직 중임)이 "그는 과거에 나에게 성적 희롱(sexual harassment)을 했다"고 폭로하면서 "연방판사가 되기에 자질이 너무 부족하다"라며 연방의회에서 주장했다.

심지어 애니타 힐은 91년 10월 의회 증언에서 자신이 당했던 성적 희롱의 내용을 아주 구체적으로 증언했다. 그러자 이 증언은 TV로 전국에 방영되었고, 그녀는 미국 국민의 심판을 받게 되었다. 그러나 사실 클레어런스 토머스는 특별히 그녀의 몸에 손을 대지 않았다. 그런데도 애니타 힐이 그렇게 말하는 이유는 "자신을 유혹했다든지 추잡한 말을 몇 번이나 했다"는 이유에서였다. 그것도 10년 전에 말이다. 당시 두 사람은 워싱턴에 있는 연방정부 사법부의 공무원으로서 상사와 부하 관계였는데, 이는 일본으로 치자면 법무성과 법제국을 합한 국가기관으로서, 두 사람은 주로 흑인 인권문제와 관련된 입법 관계의 실무에 종사하고 있었다.

애니타 힐의 증언 후 반론 증언에 나선 클레어런스 토머스는 몸을 부르르 떨며 "흑인들이 힘들게 어느 정도 높은 위치에 올라가려고 할 때면 항상 이런 꼴을 당한다. 심지어 백인들은 다른 흑인들을 부추겨 사회적으로 성공할 기미가 보이는 흑인의 명예를 손상시키고 깎아내리기까지 한다. 내 자신의 인격과 명예는 이것으로 평생의 상처를 입었다"고 격렬하게 항의했다. 그러자 대다수의 국민들은 그의 증언 내용을 인정하는 분위기로 돌아섰다.

결국 그는 민주당의 자유파로부터 흑인이면서 보수파로 전향한 변절자라고 비난을 받았지만, 다수결로 상원의회의 승인을 얻어 연방대법원의 판사가 될 수 있었다. 동시에 공화당은 이렇게 해서 9인인 연방대법원 판사 가운데 자신들의 세력인 보수파 재판관을 한 사람 더 늘리게 되었다. 참고로 대법원 판사는 종신직으로, 고령을 이유로 본인이 사임하지 않는 한 평생 그 자리에 있게 된다. 동시에 중요한 인권재판 등을 둘러싸고 보수파와 자유파가 정면으로 충돌했을 때, 정치적 영향력을 크게 발휘할 수도 있는 대단히 중요한 자리다. 따라서 앞으로는 아주 복잡한 문제, 즉 임신중절과 같은 사회문제 등에 대해 둘로 나뉜 여론이 이 법원에서 보수파와 자유파의 모습으로 치열한 싸움을 벌일 것이다. 그러니까 미국에서는, "판사는 중립적이므로 정치적인 영향을 받지 않는다"는 식으로 끝나는 일본과 달리, 쟁점이 된 정치적 재판을 둘러싸고 격렬하게 대립한다.

다시 본론으로 돌아가, 클레어런스 토머스의 대법원 판사 임명문제가 성적 희롱 문제로 일본에 보도되었지만, 사실 이 문제의 본질은 역시 흑인 문제다. 그는 로버트 벅 그룹의 명문 예일 대학 법학부 출신의 법학자(애니타 힐도 예일 대학 법학부를 졸업했다) 자연권파에 속한다. 그러나 그 역시 수많은 흑인 학생들과 마찬가지로 어릴 때부터 줄기차게 받아온 인종차별(Racism)에 대해 분노를 느끼며 자랐고, 그 때문에 가난한 환경 속에서 각고의 노력으로 법률가가 된 인물이다. 또한 학창시절에 자유파의 흑인 운동 활동가이기도 했는데, 그 시대는 베트남 반전운동이 한창이었던 1960년대 말로, 징병기피 대학투쟁이 가장 격렬했던 때였다. 이것을 들먹이며 각종 신문들은 그가 흑인 과격파 단체로 유명한 흑표범(Black Panther) 당원이었다고 폭로했다. 30년이 훨씬 지난 학생시절의 일이었는데도 말이다. 그러나 세월이 지나면서 서서히 생각이 바뀐 그는 실제로 보수파 성향의 법률가가 되었다.

아무튼 이 '전향'의 과거 때문에 그는 민주당 내 자유파, 특히 흑인 정치단체로부터 '배신자'라는 공격을 받았다. 결론적으로 성실하고 정직해 보이는 그에게 애니타 힐의 성희롱 고발은 억울한 일일 수도 있겠지만, 비정한 현실정치의 치열한 싸움 속에서 이런 개인에 대한 인신 공격이나 인격에 치명상을 입히는 스캔들 폭로전술은 어느 때나 있을 수 있는 일이고, 미국 사회에서는 이런 식의 개인 공격이 일본의 경우보다 훨씬 더 치명적인 상처를 남긴다.

그렇다고 해도 호소가와 모리히로(細川護熙) 전 수상의 '돈과 여자'에 대해 자민당이 폭로했던 스캔들 공격은 분명히 도가 좀 지나쳤다. 즉, 자기 방위력을 갖추지 않은 초보 정치가가 국민대중의 지지만을 믿고 정치판에 뛰어들게 되면 일본 역시 고약한 일을 당하는 것은 마찬가지인 것 같다. 게다가 클레어런스 토머스의 경우에는 특별히 성희롱으로 걸려들었기 때문에 남성 증오의 일념에 불타는 과격한 페미니스트 여성운동 단체로부터 비난을 받아 혐오대상이 되었다. 그런가 하면 애니타 힐 역시 온건파의 기억 속에는 정치꾼들의 부추김에 넘어가 매스컴에 이름을 팔기 위해 나섰던 '혐오스런 여자'로 남게 되었다.

인정법파의 등장

지금까지 설명한 미국의 정치사상 및 법사상을 둘러싼 대립에는 ① 자연법파의 보수주의자들과 ② 자연권파의 실무우선 현실적 보수주의자들, 그리고 ③ 인권파인 자유 법학자나 법률가 등 크게 세 가지 세력이 있다는 것을 살펴보았다.

그런데 이 대립구도와는 별도로 ① 자연법파와 대립하는 보수파 법사상으로서 또 하나의 큰 세력이 존재하고 있다. 바로 ④ 인정파(人定派, Positive Law)라고 불리는 사람들인데, 여기에서는 이 ①의 자연법파와 ④의 인정법파가 어떻게 대립하고 있는지 알아보기로 한다. 다시 한 번 말하지만, ①의 자연법파를 인정한다는 점에서 ②, ③파는 ①의 자연법파에 포함된다고 보아도 무방하다. 이렇게 정리하면 큰 흐름으로서 ①, ②, ③의 '자연법' 긍정파와 ④의 인정파가 정면으로 대립되는 사상적 구도가 성립된다.

즉, 인정법은 다음과 같이 정의할 수 있다. 법(법률)은 인간이 결정하는 것으로, 신이나 자연과 같이 눈으로 확인할 수 없는 '환상'이 결정할 수 없다. 다시 말해 '법'이란 이 지구상에 살고 있는 인간이 결정하는 것으로 '하늘'이나 '자연' 또는 '신'이 결정할 수 없는 법사상이다. 그런 점에서 인정법은 자연법에 대한 통렬한 비판에서 출발하는 사고이며, '신'이나 '자연의 섭리'를 운운하는 사람 모두를 적으로 대하는 사상이다.

따라서 'Positive Law'를 '인정법'으로 번역해야 하는데도, 어떤 이유에서인지 일본에서는 수십 년 동안 이것을 '실정법'이란 용어로 사용해 왔다. 그로 인해 법학자들 역시 머리가 혼란스러웠는데, 이는 바로 Positive를 '실정(實定)'으로 번역해 의미가 모호해졌기 때문이다. 다시 말해 법학자들도 모르고 있는 것을 어떻게 사회과학자들이나 문과계 지식인들이 알겠는가.

이것과는 별개로 '실체법과 절차법'이라는 구분이 있다. 이것은 간단히 알 수 있는데, 민법이나 형법은 '실체법'이고, '민사소송법'이나 '형사소송법'은 재판상의 세세한 절차를 정해놓은 '절차법'이다. 이에 비해 '실정법'이라는 번역어는 그 어휘만 가지고 도대체 무엇을 의미하는지 알 수 없는 단어다.

그런 한편, 'Positive'라는 용어는 법학계뿐만 아니라 철학계에서도 큰 문제다. 현대 서양철학의 중요한 흐름으로 '이론실증주의'(Logical Positivism)라는 학파가 있다. 이는 1920년대 빈에서 형성되어 영국으로 건너간 학파로, 데이비드 흄이나 에른스트 마흐(Ernst Mach)의 영향을 받아 "인간이 경험적으로 검증할 수 있는 명제 이외에는 인정할 수 없다"라며 형이상학을 부정한다. 한마디로 빈 학파에서 시작하여 루트비히 비트겐슈타인(Ludwig Wittgenstein)에 의해 언어철학과 기호논리학을 배태한 중요한 학파라 할 수 있다.

에른스트 마흐

그런데 학자들은 이를 일본에 소개(번역)하면서 '논리실증주의'라고 번역해 도입했다. 이런 이유로 일본 철학계는 뭐가 뭔지 도무지 알 수 없게 되어버렸다. 그러나 원래 'Positive'란 '신이 결정하는 것이 아니라 인간이 결정한다는 사고'를 의미한다. 따라서 'Positivism'을 '인위주의' 또는 '인정주의'로 고쳐 해석하면 'Logical Positivism'이 어떤 의미인지 명료해진다.

루트비히 비트겐슈타인

물론 일본에도 비트겐슈타인, 루돌프 카르나프(Rudolf Carnap) 등 영국의 현대 철학계를 지배한 '논리실증주의'를 전문으로 연구하고 있는 사람들이 있다. 그런데 이 연구자들 역시 Positive라는 이 학파의 핵심 개념이 무엇인지 잘 알지 못하기 때문에 일본 독자층에게 제대로 전달하지 못했다. 앞서 말했듯이 그들은 'Positive'를 '실정'으로 번역하여 그 의미를 알지 못했던 것이다.

그렇다면 실정, 즉 실증은 도대체 무엇을 어떻게 하는 것을 말하는 것일까. 일본인들이 이해하고 있는 '실증적'이란 의미는 '사실 증명'의 줄임말로, "증거가 되는 사실을 절차를 통해서 논리적으로 기술한다"는 의미다. 바꿔 말해 이는 '증명'이나 '어떤 학문상의 발견을 다른 학자가 검증·확인하는 것' 또는 '사실을 예로 들면서 설명하는' 것이다. 그러나 이들 '사실에 근거해서 증명한다'는 의미와 'Positive'는 근본적으로 다르다. 이 'Positive'란 것은 훨씬 범주가 넓은 용어로, '신이 아니라 인간이 결정한다', '인위적', '인정적(人定的)'이라는 의미이기 때문이다. 그런

오귀스트 콩트

데도 일본인들은 지식층을 포함해서 이것을 '증명한다'의 의미와 혼동하고 있다. 따라서 'Logical Positivism'이라는 것은 '논리실증주위'라고 번역할 것이 아니라 '논리인정주의' 또는 '논리인위주의'라고 번역해야 한다. 이러한 입장은 인간계를 지배하는 법칙이 자연 속에 방치되어 있는 것이 아니라, 인간이 의욕적으로 선택하고 결정한다는 사고방식을 나타낸다. 이런 맥락에서 사회학의 창시자로 일컬어지는 오귀스트 콩트(Auguste Comte)의 'Positivism'이 바로 이 인정주의, 인위주의를 말한다는 것을 알 수 있다.

참고로 근대 서양에서 탄생한 여러 법사상(또는 정치사상)의 전체적인 구조를 복습하고 이해하는 의미에서 다음과 같은 간단한 표를 만들어보았다.

벤담주의자의 주장

④의 인정법파의 창시자는 18세기 영국의 철학자이자 법사상가인 **제레미 벤담**(Jeremy Bentham, 1748~1832)이다. 그는 학창 시절 당시 영국의 최고법학자였던 옥스퍼드 대학 교수 윌리엄 블랙스톤(Sir William Blackstone, 1723~80)의 법학강의를 들었는데, 훗날 그의 가르침을 비웃으면서, "신이라든가 자연법(Natural Law)이라는 게 도대체 어디에 존재하는가", "인간세계의 질서를 유지한다는 영원한 법칙이라는 것이 도대체 어디에 있다는 말인가"라고 비판했다.

더불어 로크의 자연권도 비판했는데, 생명·신체·재산의 자유는 인간이 태어나면서부터 갖는 고유의 권리라는 '자연권'에 대해서 잠꼬대 같은 이야기라고 일축했다. 그러면서 오직 자신이 세운 '공리주의'

유럽 정치사상의 전체구도

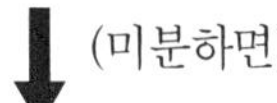

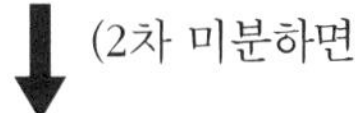

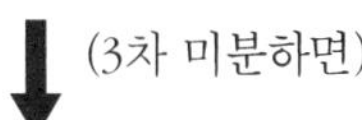

(Utilitarianism)에 따라서만 행동했다.

그의 공리주의는 "인간은 쾌락·행복을 추구하고 고통을 피하고자 행동하는 생물이다"라는 대전제 아래 '최대 다수의 최대 행복'의 원리에 따라 인간사회가 성립된다는 것이다. 이것은 현재도 살아 움직이고 있는 인류의 커다란 사상의 하나로 사회과학(Social Science)의 토대를 이루고 있다. 따라서 벤담의 입장은 "법은 인간이 결정하는 것으로 무엇이 옳고(정의, justice), 무엇이 선(goodness)이며, 또 무엇이 공평(fairness)한지는 모두 이 지구상의 인간들이 논의해서 결정하는 것이다. 그런 만큼 신의 의지나 자연의 섭리로 결정되는 것이 결코 아니다"라는 것이다. 그런데 벤담의 이러한 공리주의를 법사상 분야에 한정시키면 이것이 바로 '법실증주의'(Legal Positivism)가 된다. 그런 점에서 필자는 이 'Legal Positivism'을 종래와 같이 '법실증주의'라 하지 않고 '법인정주의'로 해야 한다고 주장했던 것이다.

한편, 이런 벤담의 사상을 계승하고 실현한 사람들을 '벤담주의자'(Benthamite)라고 하는데, 그들은 온건하고 영원한 보수사상을 주장하는 '버크주의자'(Burkean)들과 논쟁을 벌인다. 왜냐하면 버크주의자들이 '사회도덕이나 온건한 질서는 전통 속에서 만들어지며 좀더 나은 사회에서는 분명히 현실적으로 존재할 수 있다' 라는 입장이기 때문이다.

그러니까 이 온건하고 점잖은 보수사상에 대해 "도대체 무슨 말을 하는가. 윤리나 도덕이란 것은 철저하게 개인적인 것으로 사회를 지배하는 요소가 아니다. 그것은 왕이나 귀족, 수도사들이 민중을 향해서 폼을 재며 설교할 때나 쓰는 판에 박은 말장난에 불과하다", 뿐만 아니라 "가장 중요한 것은 경제다. 사회는 경제만 제대로 돌아가면 된다. 쓸데없는 부분까지 세세하게 설교를 늘어놓으면서 개인을 구속하려 들지 마라"고 벤담은 반론한다. 다시 말하면 "무엇보다 질서가 중요하다", "국가가 개인에 우선한다", "세금을 내는 것은 국민의 당연한 의무이다"고 주장하는 버크주의자들에게 "개인생활에 쓸데없는 간섭하지 마라"고 말하는 것이 벤담주의자의 주장이다.

그리고 오늘날 미국에서 이 벤담주의자의 보수사상을 계승하여 미국의 자위 무장개척 농민혼(自衛武裝開拓農民魂, Pionier Spirit)을 강력하게 실천에 옮기고 있는 사람들이 바로 지금까지 이 책에서 계속 등장했던 자유의지론자(Libertarian : 강경한 개인주의적 자유주의자)들이다.

특히 ④의 자유의지론자는 현재 공화당 안팎에서 강력한 정치세력이 되어가고 있다. 이에 반해 ①의 버크주의자는 공화당 내 주류파 보수의 입장으로, "세상을 가능한 한 바람직한 상태로 만들고 정치를 우선에 두어 정치지도자들의 힘에 의해 사회 질서를 유지하는 것이 좋다. 그렇게 하면 결국 경제도 성장하게 된다"고 생각한다.

미국에서 보수본류(Traditional Conservative)라 함은 버크주의자의 정치적 엘리트들을 가리키는데, 그들은 고학력에 부유한 집안 출신으로 고급관료나 의회의원이 되기도 하며, 기업임원이 되기도 한다. 따라서 그들이 좋아하는 용어는 '온건한 질서'이며, '급격한 개혁'이 아닌 '점진적 개량'이다. 또한 그들은 '사회윤리와 도덕을 중요시하자'는 전통중시자(Traditionalist)이다. 현대 미국에서 이 버크주의자의 대표적 평론가는 〈내셔널 리뷰〉지의 빌 버클리(Bill Buckley)와 조지 윌(George Will)이다. 제2장에서 설명했듯이 그들은 항상 사회도덕을 강조한다.

이에 반해 ④의 벤담주의(Positive Law, 법인정주의) 법학자들은 사회도덕이라든가, 전통 중시와 같은 용어들을 결코 사용하지 않는다. 또 이들 보수파는 일반 대중 속의 보수파들이기 때문에, 미국의 극히 평범한 가게주인이나 중소기업 경영자, 또는 농장주인들이 자신들의 정치사상을 말한다면 아마 분명히 자유의지론자일 것이다.

한편, 이 법인정주의의 아성은 역사적으로 독일의 법학자 · 법률가들인데, 그들은 '하늘', '신' 또는 '자연'이 "인간을 이렇게 저렇게 하도록

벤담의 사상

'……많은 학자들이 항상 자연법(the Law of Natural)에 대해서 말하고 있다. 그리고 그들은 계속해서 무엇이 정의이고 무엇이 악인가에 대한 자기 자신의 감정들을 밝혀왔다. 이 덕분에 독자들은 그 감정론이 자연법에 대해 설명하고 있는 내용 중에서 상당히 많은 부분을 차지하고 있다는 사실을 알게 될 것이다. ……자연법이라는 용어 대신 가끔 이성의 법(Law of Reason), 바른 이성(Right Reason), 자연스러운 정의(Natural Justice), 자연적 균형(Natural Equity), 선량한 질서(Good Order)라는 용어들을 사용하는 경우도 많이 보았을 것이다. 이 용어들도 자연법과 동일하게 사용되고 있다. ……이 용어들은 그 자체가 지니고 있는 여러 가지 적극적인 가치기준으로 사용되지 않고, 그때그때 논의되고 있는 내용에 적당하다고 판단될 때만 가끔씩 사용될 뿐이다. ……그러나 그러한 논의의 대부분의 경우에 공리성(Utility)이란 용어를 사용하는 것이 훨씬 더 적합할 것 같다. 공리성이라는 용어가 사람들의 쾌락과 고통을 명쾌하게 표현하고 있기 때문이다……'

『도덕 및 입법의 원리 서문 *An Introduction to the Principles of Morals and Legislation*』(1789)에서

벤담이 위 글을 쓴 1789년은 프랑스 혁명 · 인권선언의 해이며, 그가 익명으로 처녀작 『정치논단 *Fragment on Goverment*』을 펴낸 1776년은 미국 독립선언이 있었던 해였다. 이 묘한 인연으로 벤담은 ①의 버크주의자, 그리고 ②의 로크주의자에 대항하는 ④의 '반자연법', '반자연권' 즉, '인정법'을 대표하는 사상가로 인류사에 등장하게 된다. 당시 그가 옥스퍼드 대학 영국법 교수인 윌리엄 블랙스톤의 자연법이론에 대해 구체적이고 신랄하게 비판했던 『법 주석(註釋)에 대한 주석(註釋) *A Comment on the Commentaries*』의 일부분이 첫 논문인 「정치논단」으로 되었으며, 그 전체 내용은 한참 시간이 지난 1927년에 공개 · 간행되었다.

가르쳤다"라는 식의 말을 좋아하지 않는다. 게다가 그들은 옛날부터 철두철미하게 이치를 따졌기 때문에 다른 서양인들과는 달리 끝까지 논리를 관철시키려고 한다. 그런 것을 볼 때 그들 역시 '법인정주의'가 될 수밖에 없다는 생각이 든다. 실제로도 미국인, 영국인보다 훨씬 논리적인 사고를 하는 독일인의 특성상, 독일의 법학자·법철학자들은 역사적으로 이 법인정주의파(법실증주의)에 속했다.

최소국가론과 절대적 개인주의

오늘날 미국의 '법인정주의'의 대표적 인물은 하버드 대학 법철학 교수로 『무정부, 국가 그리고 이상향 *Anarchy, State, and Utopia*』의 저자인 **로버트 노직**(Robert Nozick)이다. 노직은 이 책에서 오늘날 미국 보수파 내 큰 세력을 형성하고 있는 자유의지론 보수사상을 정치사상으로서는 처음으로 문제 제

로버트 노직

기하면서 전체 내용을 해설했다. 즉, 이 책에서 그는 '최소한의 국가'(Minimal State)라는 개념을 제시하고 있다. 즉, 국가란 최소한의 역할만 하면 되고, 필요 이상의 일을 하는 것은 사회에 오히려 유해하다고 했다. 때문에 국가는 국방, 외교 그리고 법 집행, 즉 범죄단속이나 계약을 지키지 않는 사람에게 강제집행 정도만 하면 되고, 그 외의 일은 모두 쓸데없다는 주장이다.

그런가 하면 앞에서 설명했듯이, 시카고 학파 경제학의 거장인 통화주의자(Monetarist) 밀턴 프리드먼 역시 '작은 정부'(Small Government)라는 경제정책사상을 주창했다. 즉, "국가는 국민의 복지를 위한다고 하면서 결국 공무원 수만 늘리고 있다. 그러다 보니 그 늘어난 공무원들을 부

양하기 위해서 세금이 신설되고, 늘어난 세금은 국민들이 추가로 부담한
다"인데, 그는 이러한 정부정책에 대해서 강력하게 반대했다. 실제로 미
국은 인구비례로 볼 때 공무원 수가 일본보다 훨씬 많으며, 특히 지방자
치단체는 엄청나게 많은 공무원을 껴안고 있다.

프리드먼의 이 '작은 정부'를 이론경제학의 입장에서 보면 자유의지
론이라고 할 수 있는데, 노직의 '최소한의 국가' 론은 바로 이 '작은 정
부' 론을 교과서로 옮겨놓은 것이라 할 수 있다. 이 '작은 정부' 론을 법철
학, 정치제도론, 정치사상적인 측면에서 국가가 갖추어야 할 모습으로
논한다면, 바로 '최소한의 국가' 론이 되기 때문이다. 따라서 '작은 정
부' 와 '최소한의 국가' 는 결국 18세기의 야경국가(夜警國家)론과 같은
것이라고 할 수 있다. 참고로 야경국가론이라는 것은, 국가는 치안유지
를 위한 야경(Night Watch) 역할만 잘하면 되고 그 밖의 일들은 민간의
자유에 맡기면 된다는 사상이다.

이런 이유로 로버트 노직도, 프리드먼도 현재 미국에서는 자유의지론
사상가로 분류되고 있다. 그러나 본인이 자신을 다르게 평가할 수도 있
다. 실제로 노직은 동료 철학자인 존 롤스와의 논쟁에서 지지 않으려고
치열하게 논쟁을 벌이는 과정에서 자유의지론자로 변하게 된 것이지, 원
래는 자유인권파였다는 설이 있다.

아무튼 자유의지론자들이 주장하는 요지는 "국가는 개인에게 명령하
지 마라", "타인에게 폐를 끼치지 않는 한 무엇을 하든 그것은 개인 문제
이다. 주위에서 간섭할 일이 아니다"라는 것으로, 한마디로 이들은 '절
대적 개인주의' 다. 또한 정치제도에 대해서는 "국가 따위는 필요없다",
"세금은 인정할 수 없다"고 주장하는 무정부주의(Anarchism)에 가까우
며, 그 연장선상에는 결국 무정부주의로 연결된다.

그런데 이러한 사상을 극단적으로 주장하는 사람들 가운데는 "도로나
다리는 우리가 만들어 유지관리할 수 있기 때문에 국가에 공공시설 건설

비 및 관리비 명목의 세금을 낼 수가 없다"고 하는 사람까지 있다. 실로 대단한 논리라 하지 않을 수 없다. 그런 점에서 이 정도 당당하고 분명한 사상이 아니라면 정치사상이라고 부를 만한 가치가 없다고 해도 과언이 아니다.

아무튼 절대적 개인주의인 자유의지론은 동성애자, 성도착자, 마약복용, 매춘 등도 개인의 자유의사인 만큼 절대적으로 존중되어야 한다고 생각한다. 사회도덕이나 공공윤리를 개인에게 강요해서는 안 된다는 것이다. 그러나 아무리 사상이라 할지라도 사회질서를 전제로 하는 학문인 사회철학·법철학으로서는 지나치게 과격한 측면이 있다.

그런 점에서 자유의지론은 강경한 보수주의이면서 동시에 과격한 정치사상이기도 하다. 뿐만 아니라 60년대의 흑인 해방운동인 '공민권'(Civil Rights)운동의 성과에 대해 전적으로 동의하고 있는 점에서는 ③의 자유파와 공동 투쟁하는 면도 있다. 이런 차이로 인해 같은 보수파이면서도 ①의 자연법파나 ②의 자연권파와 보수파 내부에서 격렬하게 대립하고 있다.

그런데 자연법파로부터 이 자유의지론에 대한 반격이 일어났다. 즉, 자연법파의 황태자인 조지 윌이 자유의지론에 신랄한 공격을 가했던 것이다. 그에 의하면 자유의지론은 개인적인 자유주의다. 즉, '개인적', '벤담주의' 그리고 '자유'라는 세 개의 서로 대립되는 개념의 혼합체라는 것이다. 이는 빌 버클리가 자유파에 대해서 "다수파 자유주의라는 것은 그 자체가 형용사적 모순을 안고 있다"라고 말한 것과 통한다. 자유주의의 근원은 각 개인의 자부심 높은 결단에 의해 형성되기 때문에 숫자적으로 다수가 될 수 없기 때문이다.

그런데 인정법(벤담주의자, 자유의지론자)에게는 또 하나의 치명적인 약점이 있다. 이 '법인정주의'가 1930년대 나치독일의 법사상과 연결되어 있다는 사실이다. 실제로 전쟁 전 독일의 법학자들은 다른 학문분야와 마찬가지로 나치 히틀러 정권에 가담하여 충실하게 봉사했다는 부끄러운 과거를 안고 있다.

즉, 나치독일 시대의 법학자는 "기본적인 인권은 신과 자연으로부터 부여받는 것이 아니다", "기본적 인권(기본권)은 헌법이 정하는 것으로 헌법을 바꾼다면 당연히 기본적 인권의 내용도 변한다"고 생각했다. 그 대표적인 인물이 나치 초기의 이론가였던 카를 베르그봄(Karl Berg-bohm)인데, 그는 '인권'의 내용과 범위는 그때그때마다 국가의 다수 의사로 바뀔 수 있다고 주장했다. 이 사고는 모든 인위적인 법을 초월하여 영원한 인간성의 법을 주장하는 영미의 자연법파의 입장과 정면으로 부딪치는 내용이었다. 그리고 역사는 불가피하게 두 파의 충돌을 가져와 인간세계를 불바다로 만든 전란의 시대로 이어진다.

이와 같이 '법인정주의' 파는 1945년 독일의 패전과 함께 유럽에서도 그 빛깔이 퇴색하기 시작한다. 그런 가운데 독일인 법철학자 중에서 가장 먼저 학자적 양심으로 반성하고 법인정주의에서 자연법파로 전향한 인물은 구스타프 라드브루흐(Gustav Radbruch)다. 그러나 독일 법학자들 대부분은 지금까지도 마음속 깊숙한 곳에서 '자연법'이나 '자연권'을 달갑게 생각하지 않는 '인정법' 파다.

그런가 하면 영국의 인정법 법철학의 거장은 **하트**(H. L. A. Hart) 옥스퍼드 대학 교수로, 그는 『법의 개념 *The Concept of Law*』(1961)을 썼다. 또 미국의 현재 벤담주의 법학자를 들라고 한다면 단연 『정의의 경제학 *The Economics of Justice*』(1981)을 쓴 **리처드 포스너**(Richard A. Posner) 시카고 대학 법학부 교수(현재는 연방고등대법원 판사)를 지목할 수 있을 것이다. 그는 '법과 경제파'(Law and Economics)라는 이름으로 "벤담을 비판적으로 극복한다"며 조심스럽게 노력해 나가면서도 벤담주의를 실천하는 형태로 서서히 모습을 드러내며 하나의 큰 세력을 형성해 가고 있다.

'법과 경제파'에는 그 외에도 게리 베커, 아론 디렉터(Auron Director)와 같은 인물이 있는데, 이러한 '자연법'은 분명히 눈으로 볼 수 없고 증명도 할 수 없는 반면에 그들의 주장에는 확실한 근거가 있다. 따라서 현재 나는 ①의 자연법파와 대립하는 ④의 인정법파(보수파)에 흥미를 가지고 계속 연구하고 있는 중이다.

현대보수사상 최대의 대립 – 자연법파와 인정법파

이렇게 현대 미국의 법사상 및 정치사상은 크게 ① 자연법파와 ④ 인정법파로 나누어져 있음을 알아보았다. 이는 다시 ① 버크주의와 ④ 벤담주의라는 모양으로도 구분할 수 있다. 또 현대 미국 공화당 내에서 대립하고 있는 양대 축인 ① 빌 버클리파 보수본류(정치중시파) 대 ④ 자유의지론자 보수파(경제중시파)의 대립이라고 표현할 수도 있다. 나는 지금까지 상당히 자유의지론자 보수파 입장으로 기울어 해설을 해왔다는 느낌이 들긴 하지만, 어쨌든 현실적으로 누가 뭐라고 해도 ①의 전통적 자유주의(보수본류)가 제일 강하다. 따라서 지금부터는 그 강하다는 것이 무엇인지를 간단히 설명하기로 한다.

①의 자연법파(보수본류 사상)의 강력함은 ③의 인권파(약자구제의 기본적 인권중시파)와의 사상 대립에서 여실히 드러난다. 가령 '약자구제'나 '사회복지의 증진'이라는 생각 자체는 누구도 쉽사리 부정할 수 없는 사상이다. 빈곤자, 신체장애자, 이민자, 열악한 환경에서 사는 사람들을 도와야 한다는 사상 자체를 공공연히 부정할 수 있는 사람은 아무도 없으니 말이다.

그러나 만일 무제한으로 약자구제를 한다면 어떻게 될까. 그것은 아마 '약자구제로 인한 전인류의 공멸'을 가져오게 될 것이다. "도울 힘도 없는데 무리해서 돕다 보면 자신마저 어려워져 나중에는 어쩔 수 없이 못 본 체 내버려둘 수밖에 없고, 결국 최악의 결과를 가져오게 된다"는 것이다. 마찬가지로 막 태어난 강아지 7마리를 전부 키울 수는 없다. 옛날 같으면 강에라도 버릴 수 있었지만 지금은 보건소에 가져가서 돈을 내고 '처분'을 부탁할 수밖에 없다. 더욱이 울고 매달리는 아이들의 강아지에 대한 애정을 뿌리치고 결단을 내리지 않으면 안 된다. 그것이 인간의 삶이며 이런 과정을 거쳐 성장한다는 것이다.

그러니까 지나친 약자구제 주장은 결국 '약자의 대량화'를 초래한다. 다시 말해 약자 전체를 구제할 만큼의 여유가 없는데도, 무리에 무리를 거듭해서 약자구제를 계속한다면 마침내 그 사회 전체는 붕괴를 맞이하게 될 것이다. 이것이 바로 소련이 붕괴한 원인이며 최근 1세기 동안 세계 각지에서 일어난 여러 이상주의적 공산·공생운동의 실패의 원인이었다.

이와 같이 ③의 '약자구제·인권파'의 치명적인 약점은, 현실적으로 책임질 수도 없으면서 자신의 개인적인 정의감에 사로잡혀 자기 멋대로 정의감을 '인간 존재 그 자체에 대한 정의'로 바꿔놓고는, 그 '큰 정의'를 무리에 무리를 거듭하면서 계속하고 있다는 점이다. 그 결과 그들은 냉혹한 경제법칙과의 싸움에서 지게 되며 경제법칙을 무시한 정의도 결국엔 시간과의 싸움에서 패하여 쓰러지게 된다.

그래서 ① 자연법파(영원한 보수사상)는 "현재 우리가 구제할 수 없는 것은 그대로 내버려둘 수밖에 없다", "도울 여유가 없을 때는 도울 수가 없다"고 말하는 것이다. 즉, 인류의 일부가 환경 격변 등으로 대량으로 죽어야 한다면 "그냥 그대로 방치하라"는 말이다. 이것이 자연법(자연적 법률)이다. 물론 보수사상이긴 하지만 나는 이것을 현실이라고 이해하고 있다.

③의 인권파와 같이 "인간의 생존권은 헌법으로 명확히 규정되어 있

기 때문에 무슨 일이 있더라도 모든 인간의 자유와 평등을 실현하라"고 말해봤자 현실은 그렇게 될 수가 없다. 따라서 "휴머니즘은 정의다. 그러므로 휴머니즘에 입각해서 굶고 있는 모든 사람들을 구제하라"고 계속해서 주장하는 것이 과연 이 현실세계에서 가능한 일일까라는 물음에 "아마 무리일 것이다"라고 확실하게 공언하기가 조심스럽다. 그러나 내심 그렇게 생각하는 것이 보수주의의 핵심이라는 것이 현시점에서 나의 견해다.

인간은 원래 '실제로는 자유롭지도 않고 평등하지도 않은' 생물이다. 예를 들어 25년 동안 계속 주택융자금을 갚아나가지 않으면 안 되는 사람과 날 때부터 부유한 사람과의 생활 수준의 차이를 줄일 수는 있어도 없애기는 힘들다. 또 회사 종업원과 기업 경영자와의 대립도 없앨 수 없다. 이 '빈부의 차'와 '사회계급'을 단번에 없애려는 이상주의 운동이 지금까지 이 지구상에 얼마나 많은 정치적 비극과 대량학살을 불러일으켰는가.

그러면 여기서 ①의 자연법파의 버크주의 보수사상과 현실의 정치체제를 잘 지켜나가야 한다는 현실보수인 ②의 자연권파의 로크주의의 차이에 대해서 다시 생각해보자. ①의 자연법파와 ②의 자연권파는 삶의 방식이나 행동양식에서 커다란 차이가 있다. 현실보수의 ② 자연권파는 현실정치의 권력투쟁의 존재를 인정하고, 여기에 적극적으로 참가하여 그 와중에 자신들의 입신출세를 추구한다. 때로는 돈이나 권력을 위하여 진흙탕 속에 뛰어들어가는 것도 마다하지 않는다. 그것이 현실세계이므로. 이에 비해 ①의 자연법파는 '현실의 더러운 정치'를 극도로 경멸하면서 가까이 하려고 하지 않는다. 그들은 가능하다면 산 속에서 은둔하여 살고 싶어하는 사람들이다. 그렇기 때문에 자연법파는 '영원한 모습 아래에서'의 보수사상인 것이다.

그러면 ①의 자연법파와 ④의 인정법파의 차이는 무엇일까. 우선 ④의 인정법파(벤담주의자, 자유의지론자)는 중소기업 경영자(상인)나 독립자영농민(농장주)의 사상이기 때문에 역시 ①의 자연법파보다 훨씬 강경하게 "어떻게 해볼 수 없는 상황이라면 그대로 내버려둘 수밖에 없다", "자신의 생활을 꾸려나가는 것만으로도 바쁘기 때문에 다른 사람 일에 신경 쓸 시간이 없다", "국가나 사회가 나에게 밥을 먹여줄 리가 없다. 오히려 그 반대다"라는 태도를 취한다.

즉, 그들은 자신의 힘으로 모든 문제를 해결해나가는 것을 좋아하고, 스스로 노력하는 사람들이다. 때문에 그들은 처음부터 사회나 타인에게 의지하는 인간들을 싫어한다. 이와 같이 인간을 구제한다는 것은 그렇게 간단하게 될 일도 아니고, 또한 실제로 있을 수도 없는 일이다고 주장하는 점에서 ①의 버크주의자와 일치한다. 단, 버크주의자와 다른 점이 있다면 주저하지 않고 확실하게 말한다는 것이다.

그들은 "내가 여유가 없기 때문에 굶주림에 떨고 있는 사람이 있어도 도울 수가 없다"고 당당하게 말한다. 이 점이 인정법파(자유의지론자 보수파)의 강한 부분이다. 특히 원조 자유의지론 정치가인 배리 골드워터 상원의원과 같은 사람은 일본에서 아주 냉혹한 인물로 알려져 있다.

자유의지론자들의 생활 자세는 개척농민으로서의 힘든 인생 경험 속에서 형성되었다. 그렇지만 가뭄으로 수확할 농작물이 없어 굶주리며 고생했던 미국 농민들의 이야기를 우리들은 잘 알지 못한다. 하지만 자유주의의 원형은, 서부 개척시기에 인디언들의 습격으로 비참하게 살해된 동료 농민들에 대한 슬픔을 애써 누르면서 냉정하고 침착하게 자신의 집을 굳건하게 수비하는 개척농민의 모습에서 찾을 수 있다. 물론 이들은 '백인이 살해됐다'고 신문기사에 대서특필하고 길길이 날뛰는 대도시 뉴욕의 위선자들과는 다르다.

이 ③의 인권파 휴머니스트들이 무슨 말을 꺼낼지는 금방 알 수 있다. "기병대를 파견해서 그 인디언 모두를 체포해 철저하게 처벌하라"고 할 것이다. 여기에 인디언의 입장 같은 것은 전혀 고려되지 않는다. 하물며 그 인디언(Native American)보다 더 바깥 세계에 존재하는 아시아인, 일본인에 대한 시각은 어느 정도일지 짐작이 가고도 남는다.

"세계 어느 분쟁지대에 굶어 죽어가고 있는 난민들이 수십, 수백만 명이 있습니다. 자, 그들을 도웁시다"고 TV에서 시청자를 향해 얘기하는 사람들조차도 위선으로 보이는 시대가 왔다. 그 TV 캐스터들은 정보산업의 상품 전달업자에 불과하다. 즉, '어딘가에서 사람들이 굶고 있다'라는 것을 정보상품으로 하나씩 팔아치우는 역할만 할 뿐이다. 그런가 하면 "힘들어하고 있는 사람들을 왜 돕지 않습니까"라며 남에게 도울 것을 강요하는 인간들 중에는 정의의 가면을 쓴 진짜 악마가 있을 수도 있다. 아마 지금의 젊은이들이라면 "먼저 당신이 하라"고 말할 것이다. 일본인 중에서도 이런 위선적인 휴머니즘의 협박에 굴하지 않고 '반복지 · 반세금 · 반국가'의 자유의지론 보수파 사상을 지닌 인물들이 있다.

여러 가지 이상주의적 인류 박애주의 이론의 본질을 꿰뚫고 그 허점을 잘 파악하고 있다는 의미에서 ①의 자연법파의 전통보수사상(버크주의)과 ④의 인정법파의 자유의지론 보수파(벤담주의) 사상은 공통점을 지니고 있다. 그러나 일반 서민들은 ④쪽을 ①보다 훨씬 더 잘 알고 있을 것이다. ④의 자유의지론파는 ①의 자연법파 보수사상의 은둔생활을 즐기는 신선들과 달리, 현실생활에 직접 참여하는 생활 보수파이기 때문이다. 그들은 길바닥에 쓰러져 있는 굶주린 부랑자들을 보면 일으켜줄 생각도 하지 않고 그냥 지나치고 만다.

그런데 이에 반해 ②의 자연권파에 속하는 현실적 관료적 보수주의자(로크주의자)들은 보다 조심스러운 사람들이다. 그들은 자신들이 장악하고 있는 정치권력을 유지하기 위해서 ③의 인권파와 뒷거래를 한다.

즉, 그들은 ③의 인권파(자유주의파 또는 과거 사회주의 신봉자들)와 타협해서 그들을 잘 포섭한 후 자신들의 "복지, 복지, 누가 뭐래도 복지",

"복지를 위해 국가가 존재한다(복지국가론)"고 주장해 그들이 긍정하지 않을 수 없게끔 해놓고 그들과 이권대연합을 만든다. 그러면서 ②의 자연권파는 '선심성 복지'와 '각종 지원', 또 그 결과인 '세금 징수'라는 공무원의 행동법칙에 따른 속성들을 그대로 보여주는데, ③의 인권파가 "부자와 대기업에게 더 과세하도록 하라"는 입장이므로 ②와 ③파는 결국 야합하게 된다. 일본의 '55년 체제'가 자민당과 사회당의 노골적인 야합내각으로 이어진 것도 이 사고방식에 입각하면 설명이 가능해진다.

②파와 ③파의 모든 관료들은 각종 재단이나 복지시설에 자리를 만들어서 자신들의 생활을 위해 그 자리를 차지하고 앉는다. 즉, 증세주의자가 되어가는 것이다. 국가재정이 기울든, 민간기업이 망하든 그것은 알 바가 아니다. 하지만 복지가 무엇보다도 중요하다고 주장하는 사람들이 먼저 솔선해서 세금을 많이 내려고 해야 하지 않겠는가.

그런 점에서 일본의 복지에 관한 논의는 좀 이해하기 어려운 구석이 있다. '복지를 찬성하는 사람은 자신부터가 먼저 증세찬성주의자가 되어야 한다'라는, 미국인이라면 누구나 알고 있는 기본적인 원칙을 일본에서는 제대로 인식하지도 못한 채 복지를 논하고 있으니 말이다. 미국에서는 '약자구제'와 '고도의 복지사회'를 주장하는 ③의 인권파가 '증세를 인정하는 사람들'이다.

그런데 일본에서는 이런 긍정적인 면과 부정적이 면이 함께 논의되지 않고 자신들의 상황에 따라 좋으면 말하고 그렇지 않으면 침묵해버린다. 나중에 실질적인 일은 관료들에게 맡겨버린 채 말이다. 때문에 다른 사람의 약점을 날카롭게 파고든다든가 반론을 제기하는 일은 별로 없다. 정치가나 평론가들이 큰 소리로 떠들어대는 것으로 나올 만한 의견은 다 나왔다고 보고, '민주주의 규칙이 잘 지켜진' 것으로 여긴다. 심지어 그들은 "복지에는 찬성이지만 세금을 내는 것은 반대한다"라는 앞뒤가 안 맞는 이상한 주장을 아무렇지도 않게 발언한다. 정말 '토론한다'는 것이 도대체 무엇인가를 전혀 모르고 있다. 토론이란 상대를 말로 이기는 것이 아니라, 자신의 약점을 충분히 생각하는 과정인 것이다.

지금까지 미국 법철학과 법사상계에서 대립이 되는 사상들의 배경을 설명했다. 크게 ① 자연법파(Natural Law. 버크주의), ② 자연권파(Natural Rights. 로크주의), ③ 인권파(Human Rights. 자유주의) 그리고 ④ 인정파(Positive Law. 벤담주의, 자유의지론자)라는 네 개의 대립구조로 생각할 수 있다. 이와 같은 대립구조는 그대로 근대 정치사상의 대립구조가 된다. 따라서 유럽이나 미국의 근대 정치사상에 관한 일반적인 대립구조를 모르면 서양 지식인들과의 토론이 불가능하다.

정말로 현대의 일본 지식인들은 자신들이 서양에 관한 기본적인 지식을 갖추고 있다고 생각하고 있을까. 나는 서양의 친구들과 토론하는 과정에서 이 큰 구조를 이해하게 되었다. 그래서 매끄럽게 다듬지는 못했지만 현대 정치사상 구도를 이처럼 ①, ②, ③, ④로 명료하게 정리해보았다. 이런 구도로 서구의 현대 정치사상을 일본에 소개하는 것은 아마 내가 처음일 것이다. 그 부분에 대해 독자들에게 평가받고 싶은 것이 나의 바람이다.

5

유대계 지식인과
재계인사들의 정치력

미국 정치를 규정하는 세 가지 요소

나는 인종차별주의자(Racist)가 아니므로 유대인 차별(Anti-Semitism)을 주장하지 않는다. 또 평범한 일본인이라 주장할 일도 없다. 이른바 '유대인의 세계지배 야망' 이라는 것은 앞에서도 설명했듯이, 서양에서 음모이론(Conspiracy Theory)이라고 부르지만 거기에 대한 실체는 없다. 설령 있다고 할지라도 그것은 유대인을 박해해온 유럽의 근대 500년 역사의 산물이며 유럽에서 미국으로 이민과 함께 건너온 문제일 것이다. 그런 점에서 미국은 유럽을 비추는 거울이다.

미국은 개국 초에 영국계 백인과 유대인이 이민으로 흘러들어와서 계약을 맺고 건국한 나라다. 그래서 워싱턴에 있는 건국기념 자료실을 돌아보면 1776년 「미국 독립선언 The Declaration of Independence」과 1787년 「합중국헌법 The Constitution of the United States of America」 등과는 별도로 앵글로색슨과 유대인이 맺은 협정서나 계약서 같은 것을 많이 볼 수 있다. 그러나 미국의 유대인 사회 또는 유대계 재계인사들은 그 내부에서 끊임없이 서로 경쟁하고 있는데, 이 사실 하나만 보더라도 앞서 말한 '음모이론' 은 성립될 수가 없다.

물론 '정·재계인의 음모' 라면 세계 어느 나라에든 있다. 그러나 유대계의 음모를 주장하는 일본인들의 책을 보면 금방 알 수 있지만, 정작 "실제로 누가 어떻게 음모를 꾸미고 있는가"와 같은 아주 중요한 부분에 대해선 아무 내용도 없다. 참고로 구약성서 속의 유대인은 서로 협력하지 않고 부족끼리 대립하며 배신하는 내용들이 많이 적혀 있다. 심지어 유대인만큼 단결되지 않는 인종이 있을까라는 생각이 들 정도다. 그러니 그들이 하나로 뭉쳐서 비밀스럽게 무언가를 꾸민다는 일은 생각조차 하기 힘들다.

하지만 의외로 미국의 금융계와 매스미디어(신문, 언론잡지, TV) 업계를 좌지우지하는 사람들의 대부분은 우수한 유대계다. 그런 의미에서 이 단락의 저술 목적은 인종차별을 부추기는 것이 아니라, 다만 미국의 현재 정치지식인들의 동향을 정보화하여 독자들에게 전달하고자 한다.

미국의 지식인 세계는 지금까지 본 대로 우선, (1) 보수파와 자유파로 구분이 된다. 그와 함께 (2) 그 지식인이 종교적으로 어느 종파에 속하는가도 중요한 요소다. 즉, 유대교인가, 가톨릭인가, 프로테스탄트인가, 또 같은 프로테스탄트라도 그 속에서 '고(高)교회파' 인가 '저(低)교회파' 인가에 따라 몇 개의 파로 나눌 수가 있다. 사실 같은 종교(신앙)를 가진 사람들이 쉽게 결속하는 것은 분명하며, 이것은 높은 지성과 합리적 정신을 가지고 있는 미국의 지식인층에까지 적용된다. 실제로 미국의 정치적 지식인은 극히 종교적이므로 이런 사실을 잘 모르면 미국 정치를 실감하기가 어렵다.

미국은 건국한 지 200년밖에 안 된 젊은 나라로, 전세계에서 이민자들이 모여드는 나라다. 그 가운데서도 가장 초기에 온 영국계 프로테스탄트, 특히 칼뱅파 프로테스탄트(청교도, Puritan)가 미국 국민 중에서 가장 정통이라고 할 수 있다. 그래서인지 그들은 지금도 대부분 뉴잉글랜드 (식민지 시대 초기에 형성된 주들을 말함)에 살고 있으며, 좀더 쉽게 말하면 이들이 바로 와스프(WASP : 앵글로색슨계 백인 신교도)이다.

세 번째의 구분은 (3) 인종(Race) 혹은 민족(이 '민족'이라는 용어가 일본어로 무엇을 가리키는지 알 수 없다. 영어에도 해당되는 말이 없다. 영어의 'Nation'과는 좀 다르며, 오히려 독일어의 'Volks'가 일본어의 민족[民族]에 더 가깝다고 할 수 있다)에 의한 구분이다. 예컨대 미국 건국 때부터 동부 13주에 많이 살고 있는 영국계 프로테스탄트 사람들로부터 아일랜드계, 독일계, 이탈리아계 사람들은 같은 백인종이면서도 약간의 차별을 받고 있다. 이런 문제는 미국에서 살아본 경험이 있는 사람이라면 금세 피부로 느꼈을 테지만, 매스컴이나 책으로 일본 국내까지 전달하기가 쉽지 않아 일반인들은 잘 모르고 있다.

그런 점에서, 주저하지 않고 분명히 밝힌다면, 프로테스탄트인 와스프 (약 7천만)가 상층백인이고 가톨릭인 아일랜드계, 이탈리안, 폴란드계, 히스패닉 등은 저학력의 하층백인이다. 그 외에도 3천만 명의 흑인(아프리카계 미국인)이 있고, 일본계를 포함한 약 3천만의 동아시아 인종도 있다. 그런데 이 동아시아계는 '오리엔탈(동양인종)'로 일괄 취급받으며 전부 중국 인종으로 인식되고 있는데, 사실 사회인류학(70년대까지는 '문화인류학'이라고 불렀다)상 우리들은 분명히 중국 인종의 한 갈래에 불과하다. 외견만으로는 도대체 그 사람이 한국인인지, 대만인인지, 일본인인지 우리들도 제대로 구별하지 못하니까 말이다.

이렇듯 미국의 정치사상은 (1) 정치이데올로기 (2) 종교 (3) 인종, 이세 가지 기본요소를 입체적으로 조합시켜서 관찰할 필요가 있다. 그렇게 볼 때 미국의 정치지식인 전체구도 역시 한 사람씩 이 세 가지 요소에 입각해서 분류 확정해나가야 하기 때문에 결코 만만치 않다. 반면 일본은 이 정도로 복잡하지는 않다. 그 사람이 대략 얼마만큼의 보수 성향을 가지고 있는가, 또는 얼마만큼의 반보수 성향인가. 다시 말해 자유(또는 과거에) 혁신파인가라는 두 가지 기준만으로 구체적인 관찰을 할 수 있다(어디까지나 대략이지만 말이다). 그러나 미국의 정치가나 정치지식인의 경우는 그렇지 않다. 예를 들어 (2) 종교에 대해서 일본인이 보통 "우리 집은 ○○종교다"고 간단히 말하는 것과는 비교가 안 될 만큼 개개인이 지니는 신앙심이 강력하다. 그래서 곧바로 그가 속한 사회의 분류 요소가 되는 것이다.

한 예로 미국의 가장 유명한 내셔널 저널사의 『연방의원 연감 *The Almanac of American Politics*』에는 각 주에서 선출된 의원 한 사람, 한 사람의 상세한 경력 데이터 가운데 '좌파/우파 등급 표시, 정치단체로부터의 지지율 도표' 와 함께 종교명이 반드시 기록되고, 미국 국민은 재빠르게 그 부분을 주목한다. 즉, "이 사람은 밥티스트(침례교)구나, 완고하겠는걸" 라든가 "이 사람은 가톨릭이지만 버그라는 이름을 쓰는 것을 보니 유대계이겠구나" 하는 식으로 혼잣말을 한다.

한편, '인간은 인종이나 신앙으로 차별 받아서는 안 된다' 라는 근대 정치사상은 유럽의 종교박해를 피해 미국으로 건너온 사람들이 미국에 실현시킨 사상이다. 뿐만 아니라 그뒤 전세계로까지 확산되지만, 정작 미국의 현실에서는 내부적으로 (1) 보수인가 자유인가 (2) 종교는 무엇인가 (3) 인종은? 이라는 식의 구별이 아직도 남아 있다. 어쨌든 이것이 미국이라는 나라의 또 다른 모습이다.

그리고 이런 배경 속에서 이 세 가지를 잘 조정하기 위하여 법적 권리에 대한 주장이 중요시되었으며 법률제도도 발달하게 되었다. 아울러 인권을 지키고 자신의 정치사상을 당당하게 내세우면서 맞서는 대의제 다수결 제도를 만들었으며, 각 개인들이 자신의 사상을 자신의 의사로 선택할 수 있는 사회체제를 구축하게 되었다.

신보수주의를 이끄는 유대계 지식인들

이 세 가지 요소의 입체적인 조합 속에서 약 4백만에 달하는 유대계 미국인이 어떻게 살고 있는가를 일괄적으로 논하는 것은 그리 쉬운 일이 아니다. 따라서 여기에서는 정치·언론이나 정치단체에 대해서 커다란 영향력을 지니고 있는 유대계 정치지식인들과 재계인사에 대해서만 알아보기로 한다.

이 책의 제1, 2장을 중심으로 상술한 대로 과거 민주당 내에서 급진자유파였던 인물들이 민주당을 떠나 신보수주의파(Neo-Conservative)를 만들었다. 그런데 이 신보수주의파 언론 매체에 모여드는 학자·지식인의 대부분이 유대계다. 특히 이 파의 대표지라고 할 수 있는 〈코멘터리〉지의 주간을 맡고 있는 노먼 포도레츠를 비롯해 〈퍼블릭 인터레스트〉지, 〈내셔널 인터레스트〉지의 주간인 어빙 크리스톨, 네이던 글레이저도 유대계다. 참고로 〈코멘터리〉지는 AJC(American Jewish Committee : 미국유대인협회)가 발행하던 잡지다. 그 밖에 〈하퍼스 매거진〉지, 〈워싱턴 먼슬리〉지, 〈오리비스〉지도 이제는 거의 확실하게 신보수주의 성향을 지닌 잡지가 되었는데, 이들 잡지의 집필에 유대계 지식인들이 대거 참여하고 있다.

한편, 공화당 보수본류인 빌 버클리의 〈내셔널 리뷰〉지에는 로마 가톨릭계의 온건 보수사상을 지닌 지식인들이 모여 있다고 이 책 앞부분에서 설명했다. 그런 반면 자유의지론파 언론지로는 〈리즌 *Reason*〉이나 〈레귤레이션 *Regulation*〉지를 들 수 있고, 연구소로는 자유의지론 성향을 확실하게 지닌 워싱턴 소재의 카토 연구소(Cato Institute)가 있다. 이 연구소에 대해 보완 설명을 하자면 '카토'란 고대 로마제국시대의 웅변가·정치사상가인 카토 켄소르(B.C.234~B.C.149)의 이름을 딴 것으로, 과거 서부 개척시대에 존 트랜처드라는 인물이 쓴 『카토의 편지』가 온건한 성향을 지닌 미국 국민들 사이에 많이 읽혀지면서 이를 기념해 붙인 이름이다.

일반적으로 자유의지론자나 종교우파, 고립주의자 등 서민적인 성향을 지닌 보수파 중산계급 백인들은 워싱턴에 사는 보수본류 엘리트들을 그다지 달갑게 생각하지 않는데, 거기에는 분명한 이유가 있다. 정치 엘리트의 대부분은 동부지역 명문가 출신의 유대인이고, 그들은 이 유대인에 대한 반감을 가지고 있기 때문이다. 그렇지만 유대계 사람들은 일반적으로 고학력이며, 미국 고급 지식인들 중 절반 내지는 6할 이상이 유대계다. 예를 들어 이미 이 책에서 여러 번 등장했던 레오 스트라우스나 프리드리히 하예크, 그리고 자유의지론파의 원조인 아인 랜드 여사나 현재 이론가로 활동하고 있는 로버트 노직도 유대계다.

그러니까 사람을 인종이나 종교적인 이유로 차별하지 않는다는 말은 그 대신 학력이나 개인능력에 의해 판단함을 뜻하며, 이런 곳이 바로 미국이라는 이야기다. 이런 관점에서 볼 때 고학력의 유대계 사람들이 지식인층을 독점하게 된 것은 당연한 결과라고 할 수 있다.

한편, 유대계 정치지식인이 가장 많이 모여 있는 곳은 보수계 지식인 단체보다 민주당 자유파 계통의 정치단체나 연구소다. 예컨대 전통적인 자유계 연구재단인 브루킹스 연구소, 카네기 국제평화재단 그리고 록펠러 재단 모두 창설자들이 유대계 실업가다. 그러다 보니 그곳에 모이는 연구원도 당연히 유대계 지식인들이 많다. 즉, 메릴랜드주 볼티모어시에 있는 명문 존스 홉킨스 대학은 워싱턴 DC에 SAIS(고등국제문제연구대학원)을 가지고 있는데 이곳에 모이는 사람들 역시 주로 유대인들이다. 나아가 일본을 분석하고 관리하며 집중적으로 교육을 시키는 글로벌리스트의 일본 대책반 본거지도 바로 이 SAIS의 라이샤워 센터와 하버드 대학의 라이샤워 일본 연구소(Edwin O. Reischauer Institute of Japanese Studies)다.

그런가 하면 브루킹스 연구소는 예전부터 공화당이 집권할 때마다 그 보수정권의 정책내용을 철저하게 조사·감시·연구해왔다. 그러다가 1973년 이른바 워터게이트 사건이 일어났는데, 결국 닉슨 대통령이 사임에 몰리게 되었다. 이 사건은 닉슨 공화당 대통령이 직속부하들을 시켜 민주당 본부의 내부 상황을 조사하도록 한 스파이활동인데, 이것이 발각되어 대통령에게까지 범죄조사가 미치게 되었고, 결국 대통령이 사임과 함께 특별사면을 받은 대형 스캔들이었다.

그런데 이 스캔들의 직접적인 원인은 브루킹스 연구소의 닉슨 정권에 대한 공격이었다. 사실 닉슨 정권은 워터게이트 사건이 일어나기 1년 전에도 '국무성 베트남 비밀문서'(펜타곤 페이퍼) 유출사건으로 큰 타격을 입었고, 당시 이 비밀문서를 정부기관으로부터 빼내 〈뉴욕 타임스〉지로 흘린 인물이 바로 브루킹스 연구소 수석연구원을 역임했던 대니얼 엘스버그 박사다. 그는 급진자유파에 속하는 인물로, "어떻게 해서든 미국 정부가 베트남 문제에서 손을 떼기를 바랐기 때문에 극비문서를 빼냈다"고 증언했다. 물론 그 역시 나중에 체포되어 재판에 회부되었지만 자유파 국민들에게는 오랫동안 영웅대접을 받았다.

한편, 이 일로 복수심에 사로잡힌 닉슨은 엘스버그에게 복수를 하려고 했다. 즉, FBI, CIA 조직 가운데 자신의 영향력이 미치는 직원들에게 엘스버그의 정신분석을 맡고 있는 진료소에서 그의 건강진단서를 훔쳐 그를 정신병자로 몰아세우게 했다. 그런데 닉슨의 부하들이 무모하게 워싱턴에 있는 워터게이트 빌딩 내 민주당 전국위원회(National Committee), 즉 중앙본부까지 잠입해 들어갔다가 발각되었고, 이로 인해 발발한 것이 워터게이트 사건이다. 물론 이렇게 정치권력을 둘러싼 싸움은 어느 나라에나 있는 일이다. 좀더 나아가 권력의 이면을 보면 그곳에서는 정보 알아내기, 스캔들 들추기, 경찰·검찰의 도청 등 일반인들이 생각할 수도 없는, 보이지 않는 전쟁이 항상 벌어지고 있다.

록펠러 가와 뉴욕 머니

데이비드 록펠러

존 데이비슨 록펠러
1세

현재 미국의 재계에서 최고의 영향력을 지닌 실력자가 누구냐고 묻는다면, 그 답은 당연히 록펠러 재단을 이끌면서 시티 은행과 체이스 맨해튼 은행 그룹을 지배하는 **데이비드 록펠러**(David Rockefeller, 1915년 출생)이다.

그는 록펠러 가에서 존 록펠러 2세(1874~1960)의 5남으로 태어났다. 그러니까 스탠더드 석유를 창업한 '석유왕' 존 데이비슨 록펠러 1세(1839~1937)의 손자다. 그런데 이 스탠더드 석유가 1911년 독점금지법 위반으로 연방대법원의 명령을 받아 텍스코, 엑슨, 모빌, 칼텍스 등 몇 개의 기업으로 나누어졌다. 하지만 이렇게 몇 개의 회사로 나누어진 다음에도 록펠러 왕국은 계속 유지되고 있으며, 지금도 '국제석유자본'으로서 그 지위가 흔들리지 않고 있다.

한편, 존 록펠러 2세의 장남 존 록펠러 3세가 78년에 죽고 차남인 넬슨 올드리치 록펠러가 79년에 사망함에 따라 록펠러 재벌의 총수자리는 자연 데이비드가 계승하게 된다.

그런데 무슨 연유에서인지는 몰라도 차남 넬슨 록펠러는 록펠러 가 중에서 유일하게 오랫동안 공화당원을 지냈다. 또한 제2차 세계대전 후 장기간 뉴욕 주지사를 지낸 뒤에는 74년에 실각한 닉슨의 뒤를 이은 포드 정권의 부통령이 되었는데, 그의 부통령 취임과 동시에 공화당 내에서는 강한 알레르기 반응이 일어난다. 즉, 공화당 내에 여러 근본보수파들이 이때 만들어졌는데, 그 가운데는 분노하며 공화당을 탈당하는 사람들도 있었다.

　그런가 하면 존 데이비슨 록펠러 1세의 직계 장손인 **존 록펠러 4세**는 웨스트버지니아주에서 선출되어 현재 민주당 상원의원을 지내고 있다. 그러다 보니 미국 재계의 황제인 데이비드와 조카 존 록펠러 4세가 록펠러 가의 주인자리를 놓고 겨루는 양상인데, 그것이 어떻게 이야기되고 있는지는 밖으로 알려진 내용이 없으며, 다만 둘 사이는 그런 대로 원만한 것 같다. 이런 상황에서 94년, 일본 천황이 미국을 방문했을 때 뉴욕 재계주최 만찬회 석상에서 천황 바로 옆에 앉은 사람은 데이비드 록펠러였다. 그런가 하면 일본의 자민당 분열과 신당운동을 주도해온 오자와 이치로(小澤一郎)가 미국을 방문해서 정계지도자와 만날 때는 반드시 존 록펠러 4세 상원의원과 만나 굳게 악수를 교환한다. 참고로 일본 정치에 대해서 미국의 재계인, 정치인, 그리고 신문기자들 대부분은 이미 자민당을 포기하고 오자와 편을 들고 있다.

　이쯤에서 언급한 내용을 한번 정리해보자면 나는 이미 서두에서 "크게 구분해볼 때 민주당은 노동자와 가난한 사람들의 지지를 받는 당이고 공화당은 부유층들이 지지하는 당으로 생각할 수 있다"고 설명했다. 물론 그것은 분명한 사실이다. 하지만 이 부분에서 좀 주의를 기울여야 할 부분은, 민주당이 미국의 노동조합이나 근로자층의 지지를 받고 있는 당이라 할지라도 실제 정치자금면에서 민주당을 지원하고 있는 곳은 소위 '뉴욕 머니'로, 뉴욕의 유대계 정치단체나 금융재계인 그리고 언론계라는 점이다. 사실 가난한 사람들은 정치자금을 낼 여유가 없다.

　그런 점에서 미국의 주요 일간지이자 자유파를 이끄는 총 리더의 역할을 하는 〈뉴욕 타임스〉지를 언급할 수 있는데, 이 잡지의 성향은 일본의 〈아사히신문〉과 아주 비슷하다. 즉, 쟁쟁한 기자와 편집자 그리고 칼럼니스트들이 포진해 있다.

　그 쟁쟁한 인사들 중에서도 가장 정점에 있는 인물이 제임스 레스턴(James Reston)과 A. M. 로젠탈(A. M. Rosenthal)인데, 과거에는 막스 프

제임스 레스턴   A. M. 로젠탈   아서 옥스 설즈버거

랭클(Max Frankel)이 편집 총국장이었다. 그러니까 이들이 〈뉴욕 타임스〉지의 편집장으로 오랫동안 평론을 맡아오면서 미국의 언론을 주도해왔고, 미국 언론을 주도해오면서 주류 언론을 형성한 것이 이 자유파 저널리스트들의 공적이었다.

실제로 오늘날 〈뉴욕 타임스〉 지는 미국의 정치언론에서 주류를 이루고 있으며, 1896년 아돌프 S. 옥스(Adolph S. Ochs)라는 인물이 사들인 후 크게 발전했다. 현재의 사주는 아서 옥스 설즈버거(Arthur Ochs Sulzberger)이며, 그 역시 유대계다.

〈뉴욕 타임스〉에 몰려드는 자유파 칼럼니스트들

여기서 〈뉴욕 타임스〉 지를 비롯하여 이 신문과 비슷한 성향을 지닌 언론사의 자유파 지식인들의 이름을 생각나는 대로 나열해보면 다음과 같다.

즉, 톰 위커를 비롯해, 테드 코펠(Ted Koppel), 밥 그린(Bob Greene), 러셀 베이커(Russell Baker), 마이크 로이코(Mike Royko), 앤소니 루이스(Anthony Lewis), 아트 부크왈드(Art Buchwald), 펫 하밀(Pete Hamill), 빌 모이어즈(Bill Moyers), 그리고 **윌리엄 사파이어**(William Safire)가 있다. 이들은 내가 설명할 필요도 없을 정도로 훌륭한 문장을 쓰는 자유파

인물들이며, 최근 일본어 번역서도 많이 나와 있다. 그러므로 자세한 설명은 생략하고 윌리엄 사파이어 에 대해서만 좀더 설명하기로 한다.

윌리엄 사파이어

그는 〈뉴욕 타임스〉지의 연재칼럼을 쓰고 있으며, 결코 자유파로 구분하기 힘든 인물이다. 그가 쓰는 내용들만 보면 틀림없는 친공화당계 보수파이기 때 문이다. 하지만 이것은 스스로 정치적 중립을 가장하려는 〈뉴욕 타임스〉 지가 일부러 그를 칼럼자로 내세운다는 이야기도 있다. 그런가 하면 언 어문제 전문가로 언어학자(Linguist)라고도 할 수 있는데, 영어의 역사나 영어 단어에 대한 해박한 지식이 지적인 독자층으로부터 사랑받고 있다. 그렇게 볼 때 그를 '대중적인 언어학자' 라고 부르는 것이 적당하다. 동 시에 강경한 시오니스트(이스라엘 지지파)이기도 한데, 그가 〈뉴욕 타임 스〉지에 글을 쓰고 있는 것도 그런 이유에서다.

그런 가운데 이 〈뉴욕 타임스〉 지의 지식인들처럼 확실하게 민주당을 지지하는 자유파 중의 자유파로, 자기 정의적이며 무조건적인 자유파 지 식인을 총칭해서 '현대 자유파' 라 할 수 있다. 하지만 나는 약간 비꼬아 서 '상업 자유파' 라 부르고 싶다. 그들을 결코 '구자유파' 또는 '고전 자 유파' 라고는 부를 수 없기 때문이다

여기서 고전적 자유주의자란 에드먼드 버크나 프리드리히 하예크와 같은 사상가들을 가리키는데, 그들은 '빈곤자·약자의 구제' 를 주장한 인물들이 아니다. 반면 '빈곤자·약자의 구제' 를 무엇보다도 자신들의 신념으로 삼고 있는 '현대 자유파' 는 자신의 주관을 신뢰하면서 사회정 의를 말하는 사람들이다. 물론 그렇게 해야만 일반 대중(다수 국민)들로 부터 지지를 얻을 수 있는데, 그렇다고 많은 사람들이 반발을 느낄 정도 의 진실을 쏟아내지는 않는다. 그래서 그들 한 사람, 한 사람이 실제로 온건하고 정이 많은 인물인지는 알 도리가 없다. 심지어 한 겹 벗겨보면

그 반대의 경우도 많을 것이다. 나는 개인적으로 이 '현대 자유파'가 위선자(hypocrite)이며, 대중의 인기를 바탕으로 하는 '상업적 대중주의'(Commercial Popularity)를 조장하는 사람들이라고 생각하고 있다. 그렇지만 이런 이유로 그들이 미국을 주도하는 주류파 언론인이라는 것을 부정하지 않는다.

한편, 흑인 평론가로 흑인 공동체의 현황에 대해 비판적인 논조로 글을 쓰고 있는 윌리엄 래즈베리도 〈뉴욕 타임스〉지의 칼럼니스트이다.

또 잭 앤더슨(Jack Anderson)이라는 정치가의 스캔들 폭로기사로 유명한 칼럼니스트도 있다. 그를 싫어하는 사람들은 그를 '머크레이커'(muckraker)라 부르는데, 이는 '오물이나 분뇨를 긁어모으는 사람'이라는 뜻이다. 실제로 지금까지 그에 의해 스캔들이 폭로되어 곤경에 처한 유명인들이 많다. 그렇지만 대중사회라는 것이 원래 유명인사(celebrities)들의 스캔들 폭로를 좋아하는 사람들의 사회이므로, 잭 앤더슨의 스캔들 저널리즘(옐로 저널리즘 yellow journalism)만을 비난할 이유는 없다.

그런 한편, 주관을 가지고 독립 저널리스트로 활동하고 있는 I. F. 스톤(I. F. Stone)이라는 인물은 『비사(秘史) 한국전쟁 *The Hidden History of the Korean War*』(1952)이라는 책을 썼는데, 이 책은 오늘날 다시 평가하지 않으면 안 될 책이다.

이와 함께 〈뉴욕 타임스〉지 기자 출신으로, 일본에서 유명한 데이비드 핼버스탬(David Halberstam)은 『베스트 앤 브라이스트 *The Best and the Brightest*』라는 책에서 미국의 베트남전쟁을 총지휘했던 60년대 로버트 맥나마라(Robert Mcnamara)와 딘 러스크(Dean Rusk) 등 정치관료들의 행동 기록을 추적하여 정리하면서 그들을 비판했다. 그후에는 『레코닝 *The Reckoning*』이라는 책에서 일본의 자동차산업이 미국 자동차산업의 '빅3'을 궁지로 몰아가는 상황을 정리할 만큼, 전형적인 〈뉴욕 타임스〉지 성향의 자유파다.

아무튼 그들은 자신의 개인적 견해를 배제하고 일반 대중의 입장에 서서 정치권력을 움직이고 있는 사람들을 비판하는 글을 쓰고 있다. 즉, "나는 인간을 차별하지 않고 사회적 약자를 도와주어야 한다는 입장이다. 인종차별이나 여성차별은 절대 없어야 하

딘 러스크

며 전쟁을 반대한다. 또 환경을 지키기 위해서 대기업의 자기 이익만 생각하는 환경 파괴적 기업 활동 역시 반대한다"고 뼛속 깊숙이 믿고 있는 사람들로, 누구의 귀에도 거슬리지 않는 입장에서 대중의 눈치를 보는 언론인들이다. 하지만 그런 언론인이라면 일본에도 많이 있다.

이 헬버스탬 외에도 〈뉴욕 타임스〉지의 유명한 기자 대부분이 유대계다. 그런 만큼 '인종차별 발언'에 상당히 민감해서, 조금이라도 인종차별적인 발언을 한 각계의 유명인들은 그들로부터 엄청난 비난을 감수해야 하고 집중공격의 대상이 된다. 설령 상대가 흑인 정치운동가라 할지라도 그들은 공격의 끈을 늦추지 않는다. 이런 이유와 함께 종교상의 문제도 얽혀 있어서 유대계 정치단체와 흑인 이슬람계 정치단체의 관계는 최근 들어 상당히 악화되어 있다.

예를 들면, 팻 뷰캐넌이 1991년 걸프전쟁에 반대하면서 "미국 석유자본의 이익을 위해서 미국의 젊은이들을 중동사막에서 죽게 내버려둬도 좋은가"라는 발언을 했을 때, 뷰캐넌의 발언 내용에서 반유대인(반이스라엘) 냄새를 맡은 이 언론들은 뷰캐넌을 집중 성토했다. 또한 올리버 스톤 감독의 영화 「JFK」에 대해서도 미국 자유파 계통의 주요 신문들 모두가 하나같이 "이 영화는 역사의 날조다"고 비난했는데, 그들은 일반인들이 볼 때 이상하다고 여길 정도로 반(反) 「JFK」 캠페인을 펼쳤다.

이렇듯 〈뉴욕 타임스〉지가 자유파의 총본산이라고 하면, 수도 워싱턴에 있는 〈워싱턴 포스트〉지는 좀 보수적이지 않을까라는 생각을 할 수

로버트 우드워드

노먼 슈워츠코프

있는데, 전혀 그렇지 않다. 이 잡지야말로 1974년 8월 닉슨 정권을 붕괴시킨 '워터게이트 사건'의 또 하나의 주역이었다.

특히 '워터게이트 사건'의 주모자였던 법무장관 존 미첼(Jhon Mitchell)과 같은 인물들을 차례로 궁지로 몰아넣으면서 연재기사로 다룬 두 영웅기자, 즉 로버트 우드워드(Robert Woodward)와 칼 번스타인(Carl Bernstein)은 미국 사회에서 지금까지도 유명하다. 또 그들은 나중에 『대통령의 음모 *All the President's Men*』라는 책도 썼는데, 이 책은 곧 영화로 제작되었다.

참고로 로버트 우드워드는 지금도 〈워싱턴 포스트〉 지에 남아 있으며, 최근에는 걸프전쟁 때 사령관을 지냈던 노먼 슈워츠코프(Norman Schwartzkopf)를 그린 『사령관들 *The Commanders*』이라는 책을 쓰기도 했다. 그리고 번스타인은 현재 자유기고가로 활동하고 있다.

아무튼 〈워싱턴 포스트〉 지는 워터게이트 사건 보도 당시 공화당 정권으로부터의 압력을 뿌리치는 등 사운을 걸고서 '표현의 자유'를 지켜냈다는 칭찬을 받았다. 그러나 진짜로 힘이 되었던 인물은 애송이 우드워드와 번스타인을 격려하면서 기사를 계속 쓰도록 한 사주(社主) **캐서린 그레이엄**(Katharine Graham) 여사였다. 이로써 그녀는 92년 클린턴 정권 탄생에 가장 큰 공헌을 한 여성이다. 그래서 클린턴은 워싱턴에 입성하자마자 제일 먼저 그레이엄의 저택에 마련한 파티장으로 달려갔다. 클린턴이 민주당 내의 후보경쟁에서 이길 수 있었던 것은 무엇보다 그녀의 도움과 로버트 루빈의 재정적 지원이 있었기 때문이다.

캐서린 그레이엄

그녀는 '세계유대인회의' (WJC : World Jewish Congress)의 임원이기도 하다. 이 단체는 유대인 정치단체 가운데 온건파로, 이스라엘의 보수당(리쿠드)을 지지하는 강경보수파인 '미국 시오니스트협회' (Zionist Organization of America)파의, 이른바 시오니스트라고 불리는 보수파 사람들과 대립하고 있다.

다시 말해 팔레스타인이나 중동문제를 평화적으로 해결해서 이스라엘과 아랍의 평화공존 실현을 희망하고 있는 모임이다. 따라서 미국정계의 '시오니스트' 와 구별해 '글로벌리스트' (세계주의자)라고 부르고 있는데, 그들은 이스라엘 야당인 온건파 이스라엘 노동당을 지지하고 있다.

한편, 미국 비즈니스맨들이 읽고 있는 경제신문 〈월 스트리트 저널 *The Wall Street Journal*〉은 현재 다우존스사가 모회사이지만 오랫동안 핀켈슈타인 가문이 사주였다. 아무튼 현재 사주인 앤드류 스타인 역시 유대계인데, 그에게 오랫동안 고문 역할을 한 사람은 신보수주의파이자 〈내셔널 인터레스트〉 지의 편집장인 어빙 크리스톨이다. 덧붙여 이 신보수주의파는 대체적으로 우수한 지식인 집단으로 조지타운 대학 CSIS연구소나 AEI(아메리칸 엔터프라이즈 연구소)에 모여들고 있다고 이미 앞에서 설명했다.

이렇게 볼 때 현명한 사람들은 어디에서든지 인생 경험을 거치는 과정에서 커다란 사고전환을 하게 되는 것 같다. 유대인들이 명석한 두뇌의 소유자라는 사실은 이미 세계가 잘 알고 있어 새삼스럽게 말할 필요가 없는데, 내가 이 책에서 등장시키고 있는 4백 명 가까운 미국의 정치지식인 가운데도 실제로 60% 정도가 유대계가 아닌가 싶다. 누차 얘기했듯이 나는 인종차별을 할 이유도 없고 '유대계 음모' 를 주장하고자 하는 것도 아니다. 그런 점에서 '유대인의 역사' 를 거슬러올라가 보면 7세기 중동에서 살았던 카자르인(카자르 왕국)이나 12세기경 동유럽의 폴란드, 독일 그리고 러시아의 국경에 걸쳐서 살았던 아쥬케나쥬라는 사람들이 바로 이 유대인들이다. 그들은 유대교(Judaism, 유대사상)를 믿고 유대교의 성전인 '성경'과 '탈무드'의 가르침에 따라 살았다고 한다. 그 이상은 필자도 확실하게 알 수가 없으며, 심지어 인종(race)으로서 유대인이 과연 존재했는가조차도 분명하지 않다. 따라서 여기저기서 나오는 유대인 음모설은 실로 이해하기가 어렵다. 그런데도 이런 책들이 일본 서점가에 널려 있다면 미국의 유대인 인권단체 특히 '명예훼손방지연맹'(ADL)로부터 맹비난을 받을 것은 뻔한 일이다.

그렇지만 미국이나 유럽의 일반 서민들 가운데 엄연히 존재하고 있는 일종의 특수한 감정을 그 나름대로 이해하지 않으면 안 된다. 그것조차 말도 안 된다고 금기시한다면 표현의 자유가 박탈되는 결과이기 때문이다. 다시 말해, 일본보다 개인의 능력과 재능을 훨씬 객관적으로 평가하는 미국에서 유대계 우수한 사람들이 학자, 지식인으로 높은 지위에 많이 올라 있는 것은 자연의 순리이지만, 이에 대한 일반 대중의 반감도 존재한다는 것이다. 실제로 유대인에 대한 차별이 서양 사회에서는 엄연히 존재하고 있고, 그런 의식은 보수파 사람들의 태도에서 엿볼 수 있다.

그들은 항상 세계를 생각하고 있다

미국 민주당은 노동자, 가난한 사람들의 지지를 받고 있는 당이다. 하지만 그 속을 잘 들여다보면 록펠러 재단을 중심으로 하는 뉴욕의 유대계 재계인들이 정치가들에게 선거자금을 제공하고 있다. 사실 민주당이라는 큰 정당이 노동자들이 낸 헌금으로만 유지될 수는 없으며 그런 점에서 뉴욕 재계인들은 공화당원이 아니라 민주당원이다.

하지만 그들에게는 애국심이나 민족의식 같은 것은 없다. 그러니까 공화당의 보수주의자들처럼 '지켜야 할 우리 조국, 미국 땅'이라는 민족주의(Nationalism)의 감정이 없다. 물론 뷰캐넌이나 케빈 필립스처럼 "아메리카 퍼스트!"(미국 국내문제를 우선시하라)를 주장할 만큼 민족주의적인 기질 역시 없다. 다시 말해 고립주의(Isolationism. 국내문제 우선주의가 아닌, 그들은 철저한 세계주의자다) 즉, '우리 조국'이라는 사고방식과 인종, 국가를 우선시하는 생각이 없다. 유럽의 근대 어느 나라의 유대계 사상가만 보더라도 예를 들어 스피노자, 마르크스, 프로이트, 아인슈타인 그 누구도 "세계가 어떻게 해야 하는가, 인류가 어떻게 해야 하는가"라는 생각만 가졌지, 어떤 특정국가의 이익을 생각했던 사람들이 아니다. 그렇게 볼 때 그들은 분명 글로벌리스트이고, 인터내셔널리스트다.

그들은 예로부터 유럽 전역에 걸쳐 금융업이나 귀금속판매업에 종사해왔다. 그러다 보니 어느 지역에 난리가 일어나면 언제라도 돈과 귀금속을 갖고 다른 나라로 피난 갈 생각을 하고 있는 사람들이다. 게다가 돈과 다이아몬드는 세계 어느 곳에서나 통용된다. 때문에, 이들은 자신의 토지에 매달려 '내가 사랑하는 조국을 지키자'는 사고를 가진 사람들과는 근본적으로 다르다. 한 예로 "유대인은 물과 안전을 공짜라고 생각하지 않는다"는 격언도 이런 의미에서 나왔다.

요컨대, 유대계 사람들은 항상 세계를 생각하고 세계의 질서와 안정에 관심을 갖는다. 그 이유는 전세계로 흩어져서 네트워크를 구축하고 있는 자신들의 국익과 재산을 지키기 위해서다. 즉, 세계 어느 지역이 위기에 처해져서 분쟁지역이 되면 '포트폴리오(portfolio) 이론'(위험의 분산과 배분)에 따라 다른 지역에서의 자산보전을 계획한다. 동시에 그 지역분쟁이나 에너지 위기문제의 해결을 위해서 각종 국제회의나 정보 네트워크 결성에도 힘쓴다.

그러나 문제는, 이 책 뒤에서 논의될 '미국·유럽·일본 3극회의' 등이 좋은 예지만, 과연 각 나라에서 선발된 우수한 정·재계 인재들(wisemen)이 머리를 맞대고 논의함으로써 세계의 경제와 정치를 관리하고, 인위적으로 안정시킬 수 있는가에 대한 의문이다.

　실제로 미국의 유대계 사람들은 대학을 졸업해도 취업에서 차별을 받는다. 미국 대부분의 제조기업을 앵글로색슨계 백인들이 경영하고 있어서 이들 기업에는 좀체 취직할 수 없기 때문이다. 그래서 그들은 특정 유대계의 금융기관이나 석유회사, 신문·TV 등의 미디어산업으로 들어갈 수밖에 없다. 그리고 이 기업들은 다국적기업(멀티 내셔널 혹은 트랜스 내셔널)으로 전세계에 공장과 자산, 석유채굴, 판매권과 같은 이권을 쥐고 있다. 그런데 만일 그러한 자산과 이권이 현지의 민족주의자인 국민 정치가들이 호언장담하는 애국적 정열로 인해 단숨에 '국유화' 되는 일이 생긴다면 그들로서는 큰 손해를 입게 된다. 그런 점에서 평론가인 뷰캐넌이 "페르시아만 석유 이권을 지키기 위해서 미국의 젊은이들이 죽어나가도 좋은가", "미국은 더 이상 세계의 경찰관(Global Cop)을 할 필요가 없다", "이제 미국인들은 자신의 나라로 돌아오라, 외국의 일은 그 나라에 맡기면 된다"고 거리낌없이 말한 데에는 큰 의미가 있다.

　팻 뷰캐넌은 앞서 설명한 대로 원래 닉슨 대통령의 연설문 작성자로, 빌 버클리파 보수본류에 속해 있던 인물이며 종교는 로마 가톨릭이다. 그런 그는 걸프전쟁을 계기로 89년부터 고립주의를 표방하고 반글로벌리즘의 태도를 취한다. 그러자 당연한 일이지만, 지금까지 같은 편이었던 보수본류파 사람들에게서 배척을 당했고 신보수주의자들로부터도 기피대상 인물이 되었다. 물론 반대 정당인 민주당을 지지하는 동시에 국제적 활동추진파인 자유파로부터도 마찬가지였다. 이른바 사면초가 상태였다. 이 때문에 뷰캐넌은 대통령선거 지명투표 경쟁 도중에 자금고갈로 선거전에서 물러서게 되었고 다시 TV비평가로 돌아갔다. 당시 그를 따뜻하게 맞아준 사람은 CNN의 **테드 터너**(Ted Turner) 회장뿐이었다. 기타 '3대 네트워크'인 ABC, NBC, CBS는 뷰캐넌을 환영하지 않았다. 왜냐하면 신문뿐 아니라 '3대 네트워크' 역시 유대계 사람들의 자본이기 때문이다. 그런데 최근 ABC 이외의 3대 네트워크는 타임 워너 · CNN 과의 시청률 점유 경쟁에 패해서 전미 네트워크로서의 위상을 잃어가고 있다. 참고로 NBC는 원래 무선전신을 발명한 마르코니가 만든 회사인 RCA가 성장하여 방송사로 바뀐 회사다.

한편, CNN 회장인 테드 터너는 케이블 TV망으로 '3대 네트워크' 와의 경쟁에서 승리를 거두었고 미국 미디어업계에서 안정된 세력을 구축했으나, 끝내는 타임 워너 산하로 들어갔다. 아무튼 부인이 유명한 여배우 제인 폰다이기도 한 그는 '3대 네트워크' 와의 경쟁에서 승리를 거둔 후 축하파티에 카우보이 복장으로 등장해 "나는 유대인과의 싸움에서 승리했다"고 큰소리를 쳤다. 그런 뒤 그는 점점 자유파로 변신해가고 있다.

걸프전쟁을 작전지휘한 신보수주의파

1991년 1월 걸프전쟁(The Gulf War)을 실제 지휘한 인물들은 부시 정권 아래의 국무성이나 국방총성(펜타곤)의 장군들이 아니다. 사실은 제1장에서 기술했던 진 커크패트릭이나 에드워드 루트워크 등 신보수주의파인 조지타운 대학 CSIS(국제전략문제연구소) 사람들이었다. 물론 걸프전쟁이 낳은 영웅은 표면적으로 슈워츠코프 사령관과 흑인인 콜린 파월 통합참모본부 의장이다. 그러나 사실은 그렇지 않다. 이 장군들을 뒤에서 조정하고 명령을 내린 진짜 '사령부' 가 따로 있었다. 이는 미국 정치적 지식인의 권력으로서, 이들은 때에 따라 엄청난 힘을 발휘하기도 한다. 예를 들면 이라크의 사담 후세인 정권을 생사의 갈림길로 몰아세운 것과 페르시아만의 일각인 쿠웨이트에 세계 석유지배전략의 전진기지를 만든 일이다. 그러니까 쿠웨이트를 마치 자기 영토처럼 사용하면서 세계 석유지배전략과 대 이라크 · 이슬람전략을 총 지휘한 인물들이 바로 신보수주의 CSIS파 사람들이었다.

　　실제로 조지타운 대학 일파는 군사정책학(Military Policy)이라는 학문을 연구하는 권위자들로, 펜타곤의 장군(general)들과 같은 육군사관학교(West Point)나 해군사관학교(Annapolis) 출신의 직업군인들보다 학문적인 지식에서 한수 위라고 한다. 요컨대, 그러한 신보수주의자들이 군사정책학을 실천에 옮기면서 장군들의 지휘계통 위에 전략본부를 설치하고 작전지휘를 하는 등 군사주의자들과 하나가 되었던 것이다.

미국 · 유럽 · 일본 3극회의는 무엇을 지향하는가?

　　'3극 회의' 는 데이비드 록펠러가 1973년에 만든 국제적 경제협의조직으로서 일본에서는 '미국 · 유럽 · 일본 3극회의' 또는 '미국 · 일본 · 유럽위원회' 라 불린다. 좀더 자세히 말하자면 미국 · EU(유럽) · 일본의 대표들이 글로벌리즘의 입장에서 통화 · 환율의 안정을 지향하고 경제 · 정치문제를 상호 조정하여 안정된 질서를 유지하면서 세계를 이끌어가자는 취지의 국제적인 조직이다.

즈비그뉴 브레진스키

　　그런 만큼 여기에는 외교 · 국제문제를 전문으로 하는 민주당계 지식인들이 연구원으로 참가하고 있으며, 70년대에 초대 사무국장을 역임한 사람이 **즈비그뉴 브레진스키**(Zbigniew Brzezinski)다. 그는 소련 전문 연구가로서 유년시절 공산주의 폴란드에서 도망나온 이민 2세다. 젊었을 때 '소련 사회는 언론통제, 대량학살, 강제수용소의 공포로 가득 찬 사회라는 사실' 을 연구논문 형식으로 여러 권 발표하기도 했는데, 대표적인 저서로는 『영구추방-소련 전체주의의 정치 *The Permanent Purge-Politics in Soviet*

Totalitarianism』(1956)와 『소련 진영 — 그 통일과 항쟁 *The Soviet Bloc—Unity and Conflict*』(1965)이 있다.

그뒤 브레진스키는 하버드 대학 러시아 연구소와 컬럼비아 대학의 교수를 지낸 뒤 77년부터 카터 민주당 정권의 국가안전보장문제담당 · 대통령 특별보좌관(Assistant to President for National Security Affairs)을 역임했다. 소련의 인권탄압에 대한 증거를 들이대면서 설전을 벌이는 데는 그가 최적의 인물이었기 때문이다. 그러나 이 경력은 나중에 브레진스키의 약점으로 작용한다. 즉, 카터 밑에 있었다는 이유로 보수파들의 기피를 받게 되었던 것이다. 아무튼 『떨어지기 쉬운 꽃 *The Fragile Blossom*』(1971)이라는 책에서 일본 분석을 하기도 했던 그는 현재 CSIS(국제전략문제연구소)의 연구원으로 있다. 사실 원래 신보수주의파로서 외교 · 국제문제에 한하여 매파였던 그에게는 CSIS가 더 어울린다.

한편, '3극회의' 의장은 현재 폴 아돌프 볼커(Paul Adolf Volcker)가 맡고 있는데, 그는 오랫동안 FRB(연방준비위원회)의 의장을 지냈다.

또 브레진스키의 다음 사무국장으로는 헨리 키신저가 뒤를 이었다. 그리고 최근에는 '달러당 엔화 100엔 붕괴' '엔고 방치' 발언을 한 뒤 실제로 보여주었던 프레드 버그스텐이 사무국장이다. 그가 민주당계 싱크탱크인 IIE(국제경제연구소) 소장이라는 것은 이미 앞에서 소개했고, 그 밑에 래리 서머스 재무성 차관, 샬린 바스초브스키 USTR차석대표, 조안 스페로 국무성 차관 등이 있다. 바로 이들이 현재 젊은 관료들 중 선두주자를 달리고 있다. 그런가 하면 버그스텐과 함께 클린턴 정권에서 중요한 역할을 하고 있는 사람은 신보수주의파의 중심인물로 '산업정책론'을 앞장서서 주장해온 로버트 라이슈 전 노동성 장관, 레스터 서로 MIT 교수, 국방차관보인 **조지프 나이**(Joseph Nye. 하버드 교수, CIA연구원, 현재 케네디 행정대학원장)들이 있으며, 이들은 모두 데이비드 록펠러와 가까운 인물들이다.

여기서 '산업정책론'이란 일본의 통산성 역할을 모델로 한 것으로, 미국 역시 정부 주도로 '통산성'과 같은 곳을 만들려고 했다. 즉, 미국 기업을 자유방임상태로 내버려두면 외국기업에게 밀리게 되는 만큼 국가 전략적으로 국내산업의 보호육성을 꾀하자는 정책이다. 바로 이 생각이 클린턴 정권이 NEC(국가경제회의)를 만들게 된 동기라는 사실은 앞서 설명했다. 다시 말해 외국기업의 미국 내 활동에 규제를 가하고 미국 제품을 조금밖에 수입하지 않는 나라에 대해서는 보복적 조치를 취하는 정책으로, 그 예가 '라벨법' 즉 '국산부품 조달률 표시법'이다.

이렇게 데이비드 록펠러의 '3극 회의'를 지지하는 민주당계 지식인들은 클린턴 정권을 실무적으로 지원하고 있다. 그런 점에서 클린턴 정권은 민주당 신보수주의파가 움직이는 정권이다.

그 밖에 이 그룹에 속하는 지식인으로는 리처드 파이프스(Richard Pipes)가 있다. 그 역시 1940년에 폴란드에서 망명한 지식인으로 소련체제의 내막을 서방세계에 알리는 역할을 했다. 현재 활발한 활동을 하고 있는 대니얼 파이프스가 바로 그의 아들이다. 그는 〈중동연구 *Middle East Quarterly*〉를 발간하고 있으며 미국의 국익을 지키는 입장에서 이슬람문제를 주로 다루고 있다.

또 이 그룹의 지일파(知日派)로서 **조지 랜돌프 패커드**(George Randolf Packard)도 주목할 만한 인물이다. 그는 1961년 라이샤워 대사의 측근으로 일본의 미대사관에 근무한 이후 일본 정부와의 배후교섭 창구 역할을 하고 있는데, 미·일 인맥의 핵심 역할을 하고 있다고 볼 수 있다. 또한 존스 홉킨스 대학 고등국제문제연구대학원(SAIS)의 전임 학장인 버그스텐, **클라이드 프레스토위츠 2세**(Clyde V. Prestowitz Jr.) 등과 함께 '뉴욕 머니'를 민주당과 연결하는 역할을 했던 지식인이다.

한편, 프레스토위츠는 전임 상무성 심의관으로 현재는 ESI(경제전략연구소) 소장이다. 그는 80년대 미·일 무역교섭의 담당자로 반도체교섭이나 차기주력전투기(FSX)교섭에서 일본측을 힘들게 했던 인물인데, 저서로 미·일간의 무역문제를 다룬 『미일 역전(逆轉)*Trading Places*』(1988)이 있다.

아무튼 이 '3극회의'야말로 오늘날 G7(Government 7)이라는 국제무대를 있게 한 단체다. G7은 80년대 초반에는 7개국의 재무장관과 중앙은행 총재가 모여서 통화안정과 각국의 재정균형을 위한 조정회의로 출발했으나, 얼마 지나지 않아 수상, 대통령, 국무총리 등 각국의 수뇌들이 모이는 선진국 수뇌회의(Summit Talks)로 다시 태어나게 되었다. 버그스텐이 G7의 준비를 하는 '실무자회의'인 "콜린스 위원회"의 주요 멤버인데, 일정이나 개최장소의 결정은 차관급 회의(Deputy Committee)에서 한다. 이 회의는 일본의 통산성과 외무성의 차관이나 심의관과 같은 외교교섭 관료들이 참여하는 공식적인 회의다. 반면 '실무자 회의'는 실무적인 사전교섭을 하는 고문들의 모임으로, 공식회의는 아니지만 사실 이 회의에서 세계의 통화를 어떻게 안정시킬 것인가 등에 대한 구체적인 협의를 하고 있다.

예를 들어 "엔은 곧 100엔대를 밑돌 것이다"라는 버그스텐의 발언에 따라 정말 그렇게 되었고, 그가 다시 '엔고 방치' 발언을 하자마자 엔화는 1달러에 80엔까지 곤두박질쳤다. 실로 무서운 세계관리 지배력이다. 반면 일본측은 아무런 힘도 가지고 있지 않다. 아무튼 버그스텐은 각료로서 클린턴 정권에는 참여하지 않고 있지만 정권 주변에서 정권을 강력하게 받치고 있는 인물 가운데 하나다. 좀더 설명하자면 APEC(환태평양경제협력회의)의 실무자회의 EPG(Eminent Person's Group)의 대표멤버이기도 하다. 한편, 말레이시아의 마하티르 수상과는 사이가 좋지 않은데, 마하티르가 "APEC은 인정하지만 그 실무자회의는 해산시켜라"고 주장하기 때문이다. 사실 마하티르는 버그스텐 같은 이코노 글로벌리스트들의 생각을 이미 간파하고 있다. 그런가 하면 프레스토위츠는 버그스텐과는 달리 민주당계 재계인사들뿐만이 아니라 공화당계 재계인들과도 폭넓은 인맥을 형성하고 있다.

역사적으로 이 TLC(미국 · 유럽 · 일본 3극회의)는 1944년에 생긴 '브레튼 우즈 체제'의 현대판이라고 할 수 있다. 제2차 세계대전이 끝날 무렵 일본, 독일, 이탈리아의 패색이 짙어지기 시작하자 연합국 각국의 재무장관들이 전후의 경제체제를 서로 협의하기 위해서 서둘러 브레튼 우즈에 모여서 회의를 했는데, 이 회의에서 결정된 세계통화무역체제가 바로 브레튼 우즈 체제다. 즉, 연합국의 재무장관들은 이 회의에서 금본위 체제의 완전 철폐를 선언하고 금본위 체제에서 불환지폐(Paper-Money)본위제로 이행하기로 약속했다. 또한 IMF(국제통화기금)와 '세계은행'을 만들어서 각국 간의 통화량을 안정적으로 조절할 수 있도록 했다.

이때 영국 대표로 참여한 인물이 케인스(대사상가로서, 수많은 업적을 남겼는데 이때가 그가 인류를 위하여 공헌하게 된 마지막 작업이었다)였다. 그러나 그후 30년 동안 미국 달러의 위력이 점점 저하(평가 절하)되자, 1971년 8월 닉슨 대통령은 달러와 금의 교환 정지를 발표하게 되고, 이로써 금 · 달러 체제는 붕괴되고 만다(달러 쇼크). 이 사태에 직면하여 세계의 통화 · 무역체제를 유지하기 위해서 긴급하게 만들어진 공식 시스템이 G7이며, 그 배후에서 실질적인 협의는 '3극회의'에서 하기로 결정한다. 만일 협의가 순조롭지 못해서 세계통화시스템에 문제가 발생하고, 이것이 대공황으로 이어진다면 누구보다 가장 먼저 곤란해지는 사람은 국제적으로 자금을 운용하고 세계 각국에 자산을 보유하고 있는 사람들인데, 그런 이유로 그들은 어떻게 해서든지 세계질서를 안정시키지 않으면 안 되었다.

그리고 1998년 세계금융 불안을 계기로 전후 IMF체제(달러 기축통화〔基軸通貨〕체제)와 그 응급조치인 '3극회의'는 결정적인 개혁의 시기를 맞이하고 있다.

국민들에게 확산되고 있는 미국의 고립주의

지금까지의 설명을 통해 우리는 다음과 같은 사실을 알 수 있다. 즉, 민주당은 기본적으로 미국의 근로대중이 지지하는 정당으로 자유계의 잡지와 주요 신문들이 지원하고 있는 정당이다. 그러나 그 속을 자세히 들여다보면 민주당이야말로 국제적인 대기업들(다국적 기업, Trans-nationals)을 움직이고 있는 뉴욕의 금융 재계인들로부터 자금제공을 받고 있는 정당이라는 사실을 알 수 있다.

이에 비해 미국의 보수적 부유층들의 당으로서 매파라고 생각했던 공화당은 실제 그렇지 않았다. 오히려 '내 자신의 생활을 제일 우선하는 주의'이며, 가능하면 외국의 일에는 관여하지 않고 미국 내에서 아무 일 없이 평화롭게 조용히 살아가고 싶어하는 사람들의 당이었다. 바로 여기에서 민주당은 자유파로서 착한 사람들이며, 공화당은 보수파이고 나쁜 사람들(악인)이라는, 일본인들의 막연한 편견이 크게 바뀌게 된다.

물론 제2차 세계대전 전의 공화당 보수본류는 분명히 고립주의였다. 또 전후 소련 공산주의와의 대결이 격렬해지고 1950년대 군인 출신인 아이젠하워 정권이 탄생하기 전까지도 계속 그랬다. 참고로 공화당 내에 이 고립주의의 전통을 만든 인물은 로버트 태프트 상원의원과 골드워터 상원의원이었다. 그런 점에서 '애국심' '민족주의적 정신'이 자신의 국토와 국민만을 지키면 되는 것이지, 외국의 일까지는 모르겠다는 사고방식이 본래 공화당의 입장이라는 점이 이해가 간다. 그리고 실제 미국 국민의 의식은 점점 '내부지향'으로 바뀌고 있어 일반 국민 대다수는 가능하다면 "외국의 일에는 관여하고 싶지 않다"고 생각하고 있다.

즉, "외국에 군대를 파견하는 일이 민주주의나 인권을 지키기 위해서라고 주장하고 있는데 이제 그럴듯하게 정의를 핑계로 삼는 일은 그만두자", "각 나라의 일은 그 나라 국민들이 결정하면 되는 것이다"라는 것이 현재 미국 국민들의 내심인 것 같다. 하지만 미국 정부는 '그들이 원하는 세계의 모습'을 항상 생각하면서 "정의를 위해서라면 전쟁도 불사하지 않는다"라는 매파적인 태도를 취한다. 그런 생각의 산물로 발생된 국제적 개입이 쿠웨이트, 파나마, 아이티의 사례이며, 외국에 있는 자국 대기업의 자산과 권익을 지키기 위한 해외파병·침공·주둔이다. 그리고 그때마다 즐겨 사용하는 슬로건이 "민주주의와 인권을 지키기 위해서"인데, 아무래도 뭔가 앞뒤가 맞지 않다는 것을 이제 미국 국민들이 알아차리기 시작한 것이다. 즉, 소련은 이미 멸망했는데 신보수파의 주장은 여전히 "세계질서와 안정을 위해서 미국의 군사력이 필요하다"이다. 물론 세계에 지역분쟁의 불씨가 있는 한 미국이 '세계의 경찰관'으로서 앞으로도 계속 군사개입을 하겠다고 하는 것은 군수·국방산업만을 위해서라면 아주 바람직한 생각이다.

이에 반해 공화당 근본보수파의 "우리들은 우리 가족의 생활을 지키면서 조용히 살면 된다. 외국의 일에 쓸데없는 참견은 하고 싶지 않다"라는 주장이 미국 일반 국민들의 정서에 깊고 넓게 확산되고 있다는 사실도 이해가 가는 부분이다. 그런데도 그들은 80년대까지 '반(反)세금·반(反)복지·반(反)간섭주의'를 외칠 때 뭔가 좀 잘못된 사람들로 많이 인식되었다. 그러나 곰곰이 생각해보면 그들의 주장은 '우리가 내는 세금이 미군의 대규모 외국주둔 비용으로 쓰이는 것을 거부하는' 분명한 반전사상으로, 누구나 그렇게 생각할 수가 있다.

그런 점에서 고립주의자, 국내문제 우선주의자는 1823년 제임스 먼로 대통령이 내놓은 '먼로 선언'과 비슷하긴 하지만 약간 다른 개념이다. 이것은 신생국인 미국이 유럽 열강들의 간섭을 배제하고 "미국의 일은 미국 자신의 힘으로 결정하므로 유럽은 일일이 간섭할 필요가 없다"는 선언이다. 그런데 미합중국 입장에서 보면 당시 남아메리카(남미)도 미국의 영향권 안에 있는 지역이므로 이곳을 미합중국이 자신의 권익 지역으로 선언했다는 데에 그 의미를 지닌다. 이로써 남미는 미국의 뒤뜰이 된다. 때문에 먼로 선언은 지역독점주의이긴 하지만 고립주의(다른 나라의 일에 불간섭하는 자국 전념주의)와는 다르다.

그리고 이 먼로 선언의 현대적 확장이 바로 APEC(환태평양경제협력회의)이다. 다시 말해 이제 미국은 동남아시아 여러 나라들까지 환태평양 국가에 포함시켜서 미국의 경제권이라고 주장·선언하고 있는 것이다. 즉, "태평양은 미국의 연못이다"라는 식으로 말이다. 나아가 이것을 유럽에도 주장하고 있다.

그러나 세계의 패권국인 미국이 이러한 지정학(Geopolitics)적인 해석을 하고 있다는 사실이 일본 국내에는 전혀 전해지지 않고 있다. 일본 국내에 사상통제를 하고 있는 사람이 있기 때문일 것이다. 하지만 말레이시아의 마하티르 수상이나 싱가포르의 리콴유는 이러한 미국의 움직임을 잘 알고 있기 때문에, 동아시아 지역은 하나로 결속해서 EU(유럽연합)와 같이 EAEC(동아시아경제회의)를 만들어야 한다고 주장하고 있다. 물론 이에 대해 미국은 강력하게 "No"라고 하고 있다. 동아시아가 자기 마음대로 움직이는 것은 용납할 수 없다고 말이다.

참고로 마하티르는 94년도 APEC을 보이콧하여 호주의 키팅 수상과 불편한 관계가 되었다. 또한 그는 미국의 베이커 전 국방장관과도 견원지간으로, 서로의 속을 훤히 꿰뚫고 있기 때문에 얼굴조차 보고 싶어하지 않는다. 하지만 일본은 마하티르의 부추김에 쉽사리 넘어갈 수도 없고, 그렇다고 미국에게 밉보일 수도 없어서 아주 애매한 태도를 취하고 있다. 그러다 보니 결국 세계 패권국인 미국이 하라는 대로 하고 있고 무엇보다도 미국과의 관계를 중시하는 정책을 취하고 있다. 물론 말레이시아는 97년 8월에 국제금융 투기꾼들의 투기공격으로 국민경제가 큰 타격을 입는 등 일종의 보복을 당했으나 그래도 마하티르는 끝까지 버티고 있다.

요컨대, '미국·유럽·일본 3극회의'라고는 하지만 미국과 유럽의 입장에서 보면 일본은 어디까지나 구색일 뿐, 미국이나 유럽과 대등하지 않다. 심지어 일본이 미국이나 유럽과 대등하다고 생각하는 사람은 이 3극회의 사무국에 단 한 사람도 없다. 실제로 미국과 유럽의 대립과 견제가 세계 경제문제의 중심이기 때문에 일본은 미국의 말을 듣지 않으면 살아 나갈 수 없게 되어 있다. 왜냐하면 유럽이 일본에게 이해를 보이고 편은 들어줄 수 있어도 일본을 지원할 힘은 가지고 있지 못하기 때문이다. 미국·유럽의 지식인들은 매일같이 심도있는 논의를 자신들이 속한 조직에서 나누고 있으나, 이런 논의 자체를 일본 내에서는 들을 수가 없다.

이런 상황에서 일본 내에서만 멋대로 '일본은 대국' '미일 대등'이라는 환상을 심어주고 다니는 사람들은 도대체 무슨 생각을 하는 사람들일까. 이런 사람들은 서양인 친구들과 진지하게 토론해본 적이나 있는 사람들일까. 지금 일본의 국내 언론은 세계를 몰라도 너무 모른다. 오직 일선의 비즈니스맨들만이 위기감을 절실하게 느끼고 있을 뿐이다.

미국의 유대인 단체

유대인 단체 가운데 대표적인 곳을 간단히 설명하겠다.

(1) AIPAC : American Israel Public Affairs Committee(미국·이스라엘 홍보위원회)

(2) ZOA : Zionist Organization of America(아메리카·시오니스트협회)

(3) B'nai B'rith(유대인 문화교육촉진협회)

(4) ADL : Anti-Defamation League(명예훼손방지연맹)

(5) SWC : Simon Wiesenthal Center(시몬 와이센설 센터)

(6) JINSA : Jewish Institute for National Security Affairs(국가안전보
    장을 위한 유대인연구소)

(7) WJC : World Jewish Congress(세계유대인회의)

(1)의 AIPAC(미국·이스라엘 홍보위원회)가 가장 큰 단체다. 이곳과 인
적 교류가 있고 연계되어 있는 단체는 (3)의 유대인 문화교육촉진협회
(B'nai B'rith)이다. 이 유대인 문화교육촉진협회의 일부 조직으로, 적극
적 인권옹호 홍보활동을 하고 있는 곳이 (4)의 ADL(명예훼손방지연맹)이
다. ADL은 유대인 인종차별에 대해 항상 눈에 불을 켜고 있다. 미국 국
내뿐만이 아니라 전세계의 반유대인 움직임에 대해서도 대응하고 있다.

당연히 독일과 일본에 대한 조사활동도 매우 꼼꼼하게 이루어진다.
그래서 취직시 차별이나 지역주택문제 등에서 유대인 배척을 보이면 소
송 등을 통한 반대운동도 벌인다. 예를 들어 이슬람교 정치단체인 '이
슬람의 국민'(the Nation of Islam)이나 민족우익적인 인사들이 유대인
을 비난하는 발언을 하면 즉시 상황을 파악하여 친유대계 주요 언론을
통해 이들을 규탄한다. 한 예로 1960년대는 흑인 정치단체 중 최대 규
모를 자랑하는 NAACP를 지원해서 공민권운동 투쟁을 공동으로 벌이
기도 했다.

한편, 유대인 인권옹호단체인 (5)의 SWC는 나치 수용소에서 수용되
었다가 살아나온 시몬 와이센설이라는 인물이 만든 단체로, 이곳 역시
전세계의 유대인 차별 출판물이나 운동에 대해서 항
상 감시를 하고 있다.

그런가 하면 (6)의 JINSA(국가안전보장을 위한 유
대인연구소)는 (1)의 AIPAC와 (4)의 ADL과 공동보
조를 취하면서 이스라엘을 위하여 미국이 무기원조
나 경제지원을 적극적으로 할 수 있도록 로비활동을

시몬 와이센설

하고 있다. 그리고 (6)보다도 민족보수적인 성향을 띠는 단체는 (2) ZOA(아메리카·시오니스트협회)다. 이 단체는 스스로를 시오니스트라고 칭하고 유대인의 이스라엘 조국복귀와 건국운동시 인적 연결 등을 적극적으로 추진해왔다. 그런 가운데 현재 중동에는 PLO 아라파트 해방기구가 자신들의 민족생존을 위해서 역사적인 타협을 시도하여 이스라엘 정부와 평화협정을 맺는 등 중동 팔레스타인 문제의 해결이 큰 진전을 보이고 있다. 그리고 이런 중동 지역의 변화에 따라 미국 내부에서 이들의 대립과 긴장도가 어느 정도 누그러지고 있다.

또 유대인 사회 내부적으로 JINSA나 ZOA와 대립하고 있는 단체는 이스라엘과 팔레스타인의 평화공존과 중동평화를 주장해온 온건파인 (7)의 WJC(세계유대인회의)이다.

이 WJC에는 최근 마쓰시다로부터 미국의 MCA(유니버셜영화)의 주식을 사들인 에드거 브론프맨(Edgar Bronfman) 시그램 회장이나 〈워싱턴 포스트〉지의 사주인 캐서린 그레이엄 여사와 같은 인물들이 주요 회원으로 있으며, 이들은 미국 민주당의 핵심들과 교분관계를 맺고 있다. 이 WJC는 오랫동안 이스라엘의 야당인 노동당을 지원하면서 종교대립을 피하고 중동평화를 이루고자 하는 사람들이다. 이들이 글로벌리스트들인 반면에 (1)의 AIPAC 계통은 이스라엘의 보수당을 계속해서 지원해왔다.

한편, 미국 의회에서 대 이스라엘 지원을 위하여 적극적으로 활동하고 있는 의원들이 있다. 이들은 빌 브래들리나 에드워드 케네디 그리고 밥 팩우드(Bob Packwood) 오래곤주 출신 상원의원 등으로, 원래 온건 자유파로 알려진 상원의원들이다. 또한 앨 고어 부통령이나 잭 켐프 하원의원의 이름도 거명되는데, 신보수주의파의 유대계 지식인들이 친이스라엘이라는 사실은 말할 필요도 없다. 그 밖에 레이건 정권 때 국방차관보였던 리처드 펄(Richard Perle)이나 민주당 전국위원회(Democrats

National Committee) 정치부장이었던 앤 루이스(Ann Lewis) 여사도 꼽을 수 있다. 바로 이런 부분들이 미국 정치에서 수수께끼가 많은 부분이다.

앨 고어

이에 비해, 친이스라엘 정책에 공공연히 반대해왔던 의원들은 하나 둘씩 선거에서 낙선하고 만다. 1984년 선거에서는 온건파로서 민주당 상원의 외교위원장을 지내면서 반이스라엘적 입장을 취했던 찰스 피어스 의원이 낙선했고, 이스라엘에 대한 경제원조 삭감과 이스라엘인의 아랍지구 신규진입운동에 반대를 표명했던 폴 맥클로스키 하원의원도 낙선했다. 또한 일본에서 록히드 스캔들로 유명한 상원

앤 루이스

외교특별위원회 위원장이었던 프랭크 처치(Frank Church) 민주당 상원의원을 비롯한 구(舊)맥거번파의 자유파 중진 의원들도 차례로 의회에서 그 모습을 감추게 되었다.

이렇듯 미국 전체 국민의 2% 정도밖에 되지 않는 유대계 미국인의 정치적 힘은 실로 대단하다고 하지 않을 수 없다. 하지만 유대계의 세계지배 음모이론을 즐겨 말하는 사람들은 이들 단체 외에 CFR(미국외교문제평의회, Council on Foreign Relations)도 끄집어낸다.

CFR은 미국의 재계인들의 정치 로비단체로 일본의 '경전련(한국에서는 전경련 – 옮긴이)'과 같은 조직이다. 그리고 이 CFR이 발행하고 있는 언론지로, 일본인 지식인층도 많이 읽고 있는 외교문제 전문지 〈포린 어페어스 *Foreign Affairs*〉다.

CFR의 연구원인 레슬리 겔브(Leslie Gelb)라는 학자는 "미국은 국익을 지켜야 한다. 필요할 경우에는 국제문제 해결에 군대를 적극적으로 투입해야 한다"라는 논문을 여기저기에 기고하고 있는 전형적인 세계주의자다. 또 현재 CFR의 의장을 맡고 있는 피터 피터슨(Peter Peterson)은 닉

슨 정권 때 상무장관을 역임했던 재계인 출신인데, 그는 CFR의 의장 외에도 현재 대기업의 흡수합병을 전문으로 하는 금융법인인 '블랙스톤 그룹'의 회장을 역임하고 있으며, 미국의 재계를 대표하는 인물들 중 한 사람이다.

이러한 CFR이 연방정부와는 별도로 미국의 장기 대외전략 설계도를 작성하고 있다는 설이 있으나 그 진위는 알 수 없다. 그러나 넓은 의미에서 이 CFR과 앞서 설명했던 록펠러의 TLC(미국 · 유럽 · 일본 3극회의)가 서로 협력해 나가면서 국제 정치와 경제의 키잡이 노릇을 하고 있다는 것은 거의 틀림없는 사실이다. 그러다 보니 CFR과 WJC 그리고 TLC 이 세 조직은 구성원들 상당수가 중복된다.

6

자유의지론자 보수사상의 대두

자유의지론자의 원천

자유의지론(Libertarianism)에 대해 다시 한 번 정리해보도록 하자.

먼저 자유의지론자에는 전체를 통합하는 인물이 없다는 부분부터 설명을 시작하기로 한다. 자유의지론자는 원래 개인주의자(Individualist)로, 그것도 '극단적인 개인주의의 입장'을 취하는 부류다. 따라서 이런 부류의 사람들을 하나의 정당으로 통합한다는 것은 지극히 어려운 일이다.

이런 근본적인 이유로 **아인 랜드**(Ayn Rand) 여사(1905~82)가 『원천(源泉) *The Fountainhead*』(1942), 『성가(聖歌) *Anthem*』(1943), 『경멸당한 아틀라스 *Atlas Shrugged*』(1957) 등 높은 평가를 얻은 일련의 소설들을 통하여 자신의 사상을 전하면서 50년대부터 열심히 지지자를 늘려갔으나 결국 정치세력 형성에까지는 이르지 못했다. 그녀의 소설 가운데 미국 국민들에게 가장

아인 랜드

친숙한 것은 역시 『원천』으로, 지금도 미국의 대학생이라면 누구나 읽는 책이다. 그런데 일본의 지식인 가운데는 왜 아직까지 아무도 아인 랜드 여사에 대해서 논한 사람이 없었는지 그 이유를 모르겠다. 아마도 영어 실력의 부족 때문이 아닌가 싶다. 이『원천』은 훗날 게리 쿠퍼 주연의 영화로도(1949년 제작) 만들어졌다. 그와 함께 '아인 랜드 협회' 역시 몇 개의 파로 나뉘어 계속 활동하고 있는 것으로 알고 있다.

한편, 앞서 기술한 하버드 대학의 철학교수 로버트 노직은 현대 자유의지론자의 대표적인 인물이지만, 스스로 현실정치에 뛰어들어가 자유의지론자들을 선도할 사람은 아니다. 또 그 외에도 로버트 노박, 롤런드 에번스와 같은 유명한 인물들이 있으나 이들 역시 좀 어중간한 성향의 자유의지론자다.

그럼에도 자유의지론파는 많은 지식인들이 출현해 저술도 많이 하면서 이미 큰 세력을 이루고 있다. 그러나 당분간 그들이 결속을 다지고 공화당 안팎에서 지도적이고 정치적인 힘이 되어 보수 세력을 이끌고 나가는 일은 없을 것이다. 그 이유는 그들이 아직까지는 현실정치에 참여하지 않으려 하며, 이는 기본적으로 자신들의 세력이 공화당을 지도해 나간다는 사실에 저항감을 느끼기 때문이다.

그런가 하면 비슷한 경향을 지니고 있는 세력으로, 공화당 내 종교우파(Religional Rights)가 있는데, 이들은 자유의지론자 이상이다. 그렇게 볼 때 수적인 측면만을 본다면 자유의지론자가 보수본류(Traditional Conservative)보다 훨씬 많다. 실제로 자유의지론자 중에는 이미 공화당을 뛰쳐나가 전미 자유당(National Libertarian Party)임을 자처하고 있는 사람들도 있고, 대통령선거에 후보자로 나서는 사람들도 있으니 말이다. 하지만 나는 그들 조직에 대해서 잘 알지 못한다.

그런 가운데 보수파의 대규모 싱크탱크인 카토 연구소도 스스로 자유의지론자임을 밝히고 있다. 또한 자유의지론자 보수사상에 입각한 정치

언론지 〈리즌〉 지를 비롯해 〈아메리카 엔터프라이즈〉 지(현재는 상당히 신보수주의파 경향을 띠고 있다) 등 많은 저작물도 나오고 있다.

공화당 내에서 근본보수파로 손꼽을 수 있는 사람은 언어학자인 S. I. 하야카와와 골드워터 상원의원이 있다는 사실은 이미 언급했다. 그러나 세대 구분으로 보면 그들은 구보수에 속한다. 그래서인지 자신들을 자유의지론자라고 부르지 않는다. 그러나 그들의 발언이나 사상은 지금 이 시점에서 볼 때 분명히 자유의지론자에 속한다.

요컨대 국내경제문제 우선주의로, 국제정치에는 가능한 한 관심을 갖지 않는 것이 자유의지론자의 기본적인 태도이다. 예를 들어 ACLU(미국 시민자유연합, American Civil Liberties Union)라는 전국적인 조직 세력을 갖고 있는 정치로비단체가 있는데, 이 단체 역시 자유의지론자 그룹에 속한다. 다만 ACLU는 정부가 정책적으로 적극 개입하는 것을 인정하고 있어 민주당 자유파로 분류되기도 한다. 하지만 문화적인 면에서만큼은 철저하게 개인주의적이며 정치개입을 극도로 싫어한다. 아무튼 이런 부류도 있다.

배우 클린트 이스트우드의 투쟁

'고집 센 개인주의적 자유주의자'인 자유의지론자란 도대체 어떤 인간상일까를 우리에게 쉽게 보여주는 인물이 있다. 바로 배우인 클린트 이스트우드이다. 그는 '할리우드의 좌익'이라 불릴 정도로 자유파가 압도적으로 강한 영화산업도시 할리우드에서 보기드문 보수파 배우다. 영화 「더티 해리」 시리즈(1971년부터)로 유명세를 타면서 일본에도 잘 알려진 그는, 이 영화에서 샌프란시스코시 경찰 강력반 카라안 형사로 나오는데, 그가 사회의 악인 각종 도시흉악범을 찾아내서 마지막에는 매그

클린트 이스트우드

넘44로 쏘아 죽인다는 스토리다. 요컨대 사회 정의, 법과 질서(law and order)의 회복을 전면에 내세운 보수사상에 입각한 영화로, '범죄자의 인권'을 옹호하는 자유파로부터 상당한 공격을 받았던 영화다.

그런 점에서 클린트 이스트우드를 존경하는 사람들은 문화적 의미에서 자유의지론자다. 즉, 그들에게 「더티 해리」는 오늘날 카우보이 정신의 구현이다. 다시 말해 밴조를 치며 컨트리와 웨스턴을 부르면서 총을 차고 말에 오르는 등, 일단 초원으로 나가면 어떤 문제가 있어도 혼자서 해결해 나가는 삶의 방식의 소유자인 것이다.

실제로 이 사람들을 잘 들여다보면 주위 사람들과의 교류를 끊고 산속의 작은 오두막에서 혼자, 아니면 가족하고만 살고 싶어하는 고집 센 절대적인 개인주의다. 그들에게 공동체를 위하여 내가 조금이라도 양보해야 한다든지, 아니면 다른 사람이 정해놓은 규칙을 따라야 한다는 것은 도저히 참지 못할 일이다. 즉, 영화 장면에서처럼 절대적 자유주의인 것이다. 이 클린트 이스트우드가 자유의지론자 운동에 끼친 영향은 실로 막강하다. 한마디로 말하면 그는 '서부극의 영웅' 존 웨인의 뒤를 이은 사람이다.

그 밖에 로라 잉걸스가 쓴 『초원의 집』을 상상해보라. 그 작품도 똑같은 분위기다. 다만 현대사회는 이제 완전히 도시화되어버렸고, 클린트 이스트우드는 황폐해진 도시의 정의와 질서를 지키기 위해서 고군분투하는 스타일로 바뀐다. 이와 함께 그가 출연한 최근 명작에는 1993년 아카데미상을 탄 「용서받지 못할 자 Unforgiven」도 있다. 영화는 위선적인 자유파가 지배하는 마을에 초로의 총잡이인 그가 나타나면서 벌어지는 이야기다.

한편, 클린트 이스트우드는 배우생활을 하면서 캘리포니아주 카멜시의 시장을 2기(4년) 역임하기도 했는데, 이 카멜시는 할리우드와 가까운 곳에 있으며 개척시대의 거리모습으로 단장해놓은 관광명소다. 원래 그는 이곳에서 레스토랑을 경영했는데, 시당국이 행정상의 규칙을 이유로 여러 가지 규제를 가했다. 그러자 "이렇게 이것저것 규제를 하면 장사를 할 수가 없다. 다시 말해 이것은 돈버는 행위 자체를 부정(anti-business)하는 것이 아닌가"고 항변하며 스스로 시장선거에 입후보해 당선되었다. 이는 70년대 말의 일로서 그가 내건 슬로건은 당연히 '규제철폐주의'다. 그 전의 여성시장은 민주당원으로 좌익에 가까운 사람이었고, "행정적인 각종 규제가 주민의 생활과 건강을 지켜주고 있다"는 입장이었다.

결국 이 싸움에서 이긴 클린트 이스트우드는 각종 규제의 철폐를 위해 여러모로 노력하는 과정에서 더욱 유명해졌다. 그러나 현 실정에서 법규제의 철폐라는 것이 지방자치단체 수준에서 어떻게 해볼 수 있는 것이 아니다. 다만 그의 경우는 80년대 레이건의 보수혁명시대 개막과 함께 미디어의 주목을 받았기 때문에 미국 사회 여론의 변화 속에서 생긴, 일종의 상징적인 의미를 가진다.

그는 공화당으로부터 아무런 지원도 받지 않은 채 무소속으로 입후보해서 당선됐다. 그런데도 그의 대한 평판은 아주 대단했다. 심지어 자유파를 포함한 많은 사람들이 그의 운동을 평가하기 시작했다. 그리고 이후 자유파로부터도 '사회복지를 구실로 공무원 수만 늘리고 그 결과 증세와 재정적자만 초래하고 있는 정치의 실태'에 대해서 강한 비판이 나오게 되었다.

뿐만 아니라 80년대에 접어들면서 자유(Liberal)파 중에서도 자유의지론에 합류하는 사람들이 나오기 시작했다. 사실 미국에는 여러 가지 명목의 복지가 있는데 그 복지 업무를 담당하는 공무원 수가 굉장히 많다. 인구비로만 보더라도 일본보다 훨씬 높다. 게다가 일본의 경우 공무원이

찰턴 헤스턴

아놀드 슈왈츠제네거

많은 만큼 실업대책이 잘되어 있지만 미국은 공무원이 많은데다가 실업자도 많다. 그러다 보니 시장으로서 4년 동안의 그의 투쟁기는 일종의 정치실험이었으며, 자연히 미국 국민의 주목을 끌었다. 그러나 보수본류인 〈내셔널 리뷰〉지 등은 악의에 가득한 문체로 '거꾸로 가버린 클린트 이스트우드'라는 비판의 글을 싣기도 했다.

할리우드 배우들은 대부분 '좌익'이거나 민주당의 급진자유파이지만 드물게 보수파 배우도 있다. 즉, 클린트 이스트우드를 비롯해 찰턴 헤스턴, 아놀드 슈왈츠제네거, 마이클 J. 폭스와 같은 유명한 배우들이다. 먼저 찰턴 헤스턴은 영화 「십계」에서 모세로 출연한 인물인데, 모세역의 인상이 지금까지도 강렬하게 남아 있다. 그런가 하면 아놀드 슈왈츠제네거는 오스트리아인으로 고학력 오스트리아인 하예크의 보수사상 영향을 받은 것으로 알려지고 있다. 실제로 부시에 대한 그의 지지는 유명하다. 또 마이클 J. 폭스는 젊고 지적인 샐러리맨들에게 인기 있는 배우다. 다만 그는 보수파이기는 하나 캐나다인이기 때문에 미국 정치에 그리 크게 관심을 가지고 있지 않은 것으로 알려져 있다. 여기에서 주목할 만한 사실은 미국 국민과 미묘한 심리관계에 있는 캐나다인은 대부분 자유의지론적 성향을 지니고 있다는 점이다.

'로스 페로 현상'의 의미

〈내셔널 리뷰〉 그룹(빌 버클리 그룹)은 결국 자유의지론자와는 서로 양립하지 못하고 오히려 신보수주의파와 함께 국가주의자(Statist)화 되어

가고 있다. 앞에서 이미 공화당 보수본류는 60년대 초기에 원조 자유의
지론자의 한 사람인 아인 랜드 여사 그룹과 충돌했다고 설명했다.

사실 자유의지론자는 외교 · 국제문제에 대해서는 우파온건(Rright
Wing Dove)으로 전쟁을 싫어하지만, 빌 버클리 그룹은 '글로벌리스트'
(세계관리주의)에 가까워 국가나 정치의 역할을 중시하면서 정치체제와
사회질서를 우선시하는 경향이 있다. 즉, "미국은 해외에서도 액티브하
게 움직여야 한다"라는 입장이다. 그러니까 이에 대해 자유의지론자는
"외국 내의 문제는 그 나라의 일이므로 내버려둘 수밖에 없다. 아무리
독재적이고 비참한 상황이 발생하더라도 일일이 미국이 간섭할 일은 아
니다"는 생각이다.

즉, "군대는 별로 필요없다"고 생각하면서, "만일 있다고 해도 국내 주
둔만으로 충분하다. 해외 파견이나 해외 주둔 등은 당치도 않은 일이다"
라는 생각이다. 그렇다면 과거 냉전시대에 소련으로부터의 위협에 대해
서는 어떤 태도를 취했을까. 자유의지론자들은 자신들의 철학에 의해 당
연히 공산주의 그 자체를 강하게 부정한다. 그렇다고 신보수주의파나 군
국주의자처럼 공산주의와 적극적으로 대결하고 군사력 · 무력으로 서로
부딪치는 것에는 반대한다. 다시 말해 어느 작은 나라가 공산주의 정권
으로 바뀌더라도 그 나라의 반정부 세력과 손잡고 군사지원을 하거나 쿠
데타를 일으키게 하여 정부를 전복시키고 미국 진영으로 만드는 '리얼
폴리틱'(Real politic)에는 반대한다. 그것은 법과 정의에 거스르는 일이
라고 생각하기 때문인데, 어쨌든 자유의지론자는 이렇게 일관되게 군사
개입반대의 입장을 취하고 있다.

그러면 소련으로부터의 핵공격 가능성에 대해서는 도대체 어떤 식으
로 대처할 것인가 하는 문제가 남았다. 사실 그것은 70, 80년대 자유의
지론자의 최대 약점이었다. 그들은 그런 경우 "일단 자위를 위해서 전쟁
을 하고, 추가로 필요한 경우에 한해 해외로의 군사진출도 어쩔 수 없

다"고 생각했다. 요컨대, "군사력이라는 것은 마지막 선택이므로 무조건적인 군사력의 확대에는 반대다"라는 것이 자유의지론자의 주장이다.

한편, 자유의지론자를 정치적으로 통합한 인물은 없다고 이 장의 서두에서 썼는데, 92년 대통령선거에서 자유의지론자의 지원을 받아 급부상한 인물은 바로 **로스 페로**(Ross Perot)이다. 사실 '로스 페로 현상'이라 부를 만큼 열광적인 미국 국민들의 행동은 외국인으로서는 이해가 잘 안 되지만, 그를 통해 미국 대중들의 본심을 읽을 수는 있다. 실제로 이 '로스 페로 현상'은 언젠가 다시 부상할 것이라고 말한다. 자유의지론자는 당초에 레이건을 싫어했다. 그래서 80년도 대통령선거에서도 공화당 내 자유의지론자 세력을 대표해서 윌리엄 클라크라는 인물이 후보지명전에서 레이건과 싸웠다.

그 당시만 해도 레이건을 배우출신의 그저 반공우익 정도로만 생각했던 자유의지론자들은 "그 친구는 반공우익이야. 그러니 그대로 내버려두면 소련과 한판 벌일지도 모르지"하는 이미지가 강했다.

그러나 레이건은 그 정도로 단순한 인물이 아니었다. 실제로 나중에 '위대한 대통령'으로 불릴 것까지 생각하고 행동하는 신중한 인물이었음이 밝혀진다. 한편, 자유의지론측은 징병제는 물론이거니와 전쟁 그 자체를 반대한다. 다시 말해 가능하다면 전쟁을 원치 않는다. 그러나 "만일 전쟁이 일어났다면 어떻게 할 것인가"라는 물음에 대해서는 "여러분, 여러분의 집에 총을 준비해놓으십시오"라는 주의로, "상대방이 공격해오면 자신의 총으로 자위를 위해 싸우라"고 주장한다. 그러나 이러한 자유의지론자는 나중에 레이건 정권을 강력하게 지지한다.

이런 상황에서 84년 레이건은 두 번째 임기의 시작과 함께 SDI구상, 즉 '스타워즈' 구상을 발표했다. 그런데 이 SDI구상은 의외로 '방위 전용'으로서 적의 핵공격을 하이테크 우주기술로 막아낸다는 개념이었다. 그러니까 바로 이 이유 때문에 레이건 지지로 돌아선 사람들이 많다. 덧붙여 이 SDI구상을 처음으로 내놓은 사람은 당시 캘리포니아 주지사였던 제리 브라운(Jerry Brown)으로, 그는 이 구상으로 인해 하이테크 데모크라트(첨단기술의 민주주의)로 불리게 되었다. 그런 그는 상당히 엉뚱한 인물로 역에서 자는 일도 있었으며, 여배우 린다 론슈터드와는 오랜 연인관계였다.

참고로 현재 미국이 일본 정부에 비싸게 판 TMD(전역방위미사일)구상은 이 SDI와 똑같은 형태로, 이름만 바꾼 것이다.

결국 80년대의 레이건 정권을 되돌아보면 정말로 미국 국민들로부터 압도적인 지지를 받았던 정권이다. 한 예로, 지지율이 항상 70%를 넘었다. 그러나 레이건은 정부관료나 의회정치가들로부터는 별로 인기가 없는 대통령이었다. 그런 점에서 정권을 쥔 정치가가 국민들로부터 사랑받고 싶다면 관료나 동료 정치가를 적으로 만들지 않으면 안 된다는 사실을 알 수 있다. 실제로 레이건은 민주당이나 자유파의 언론과 싸운 것이 아니라 실무적인 권력을 쥐고 있던 자신의 정권 내 신보수주의파들과 싸웠다. 정치학에서도 배웠듯이 '국민·대중의 이익은 산업계·관료들의 불이익' 이기 때문이다. 그러나 국민의 압도적인 지지를 받았던 레이건 정권은 후에 ① 재정적자 ② 무역적자라는 거대한 '쌍둥이 적자' (Twin deficits)를 만들고 말았다. 게다가 레이건 자신은 정권 중반부터 이미 이 적자문제를 어떻게든 해결해보겠다는 생각을 가지고 있지 않았다고 한다.

그러자 이 점에서 '작은 정부' 파의 비난이 일기 시작한다. 특히 연방정부의 거대한 재정적자는 자유의지론자들을 분노하게 만들었다. 그들의 핵심 사상은 '복지국가 따위는 필요없다', '세금을 낼 필요가 없다' 이기 때문이다. 그런데 중앙정부는 국민들로부터 무리하게 세금을 징수해 사회복지라는 명목 아래 마음대로 써버렸고, 결국은 거대한 적자재정과 증세라는 악순환만 남기고 말았다. 그러니까 이런 중앙정부는 없어져야 한다는 입장이 자유의지론이다. 이 주장은 분명히 일관성이 있다. 하지만 유감스럽게도 일본에는 이런 강력한 일관성을 지닌 정치사상운동이 자라나지 않았다.

대중적 자유의지론자 러시 림바우

러시 림바우

자유의지론파 지식인 중에서 러시 림바우(Rush Limbaugh)라는 인물은 대중적 자유의지론자로, 보수적인 백인 중산층(Middle American)들에게 인기가 있었다. 한 예로 그의 라디오 토크쇼는 1993년 미국에서 가장 인기가 높은 프로그램이었다. 즉, 그의 토크쇼를 매주 2천만 명이나 되는 사람들이 들었다고 한다. 특히 그의 민주당 클린턴 정권에 대한 비판은 신랄함의 극치였는데, 심지어 오프닝 멘트가 "미국 국민이 클린턴의 인질이 된 지 오늘로서 ○○일째"였다. 그런 그의 1차적 타깃은 미국의 보수적인 백인 서민계급이었는데, 쉽게 말해 누가 뭐라고 하든 '안티 택스'(Ati-Tex : 반세금)로서 선심성 복지에 반대하고 가난한 사람들도 스스로 노력하여 자기의 문제를 해결해야 한다는 주장이었다. 그러니까 복지에만 의존하여 사회의 짐이 되지 말라는 요구였다.

이러한 러시 림바우의 주장은 일본의 AM 라디오로도 들을 수 있다. FEN(Far East Network. 미군극동방송)에서 매주 월요일 오후 6시부터 방송된다. 또한 그는 미국의 NBC 네트워크 계열에서 자신의 토크쇼 프로그램을 가지고 출연하고 있다. 또 1992년 10월에는 『*The Way Things Ought To Be*』라는 책을 출판했는데, 이것은 250만부나 팔리는 베스트셀러가 되었다. 『*See, I Told You So*』라는 책 역시 베스트셀러가 되었다.

그런가 하면 라디오뿐 아니라 다른 계열사 TV 프로에도 얼굴을 내밀고 있는데, 마침내 그는 방송 미디어를 통해 자신의 주장을 국민들에게 전달하는 데 성공했다.

한편, 레이건은 주지사 시절인 70년대에 캘리포니아주에서 감세 정책을 추진했다. 때마침 시민들 사이에서 납세자에 의한 감세요구 행정소송이 일어났다. 이는 이른바 '납세자의 반란'이라고도 불렸는데, "더 이상 우리들의 세금이 이유도 알 수 없는 곳에 사용되는 것을 반대한다"와 "각종 복지예산에 사용하기 위하여 증세를 한다면 우리들은 단호하게 세금반대의 법적 투쟁을 벌이겠다"는 것이다. 참고로 이 움직임은 캘리포니아주의 부유한 노인층에서 처음 시작됐다. 그들은 이미 은퇴(정년퇴직)해서 연금으로 살고 있는 사람들로, "우리가 내는 세금은 우리를 위해서 사용되어야 한다"는 주장을 폈다.

즉, 캘리포니아주에 사는 하워드 저비스라는 노인이 재판투쟁을 시작했다. 그러자 이 움직임은 곧 동부의 매사추세츠주로 번졌고, 뒤이어 여러 주로 확산되었다. 그런 가운데 레이건이 81년에 대통령이 되었고, 그는 이 '납세자의 반란'을 받아들여 국가차원에서 감세를 추진했다. 그것이 이른바 공급자중시 이론을 채택한 '레이거노믹스'(Reaganomics)로서 80년대 미국의 경제정책이자 세제개혁이었다. 이 반세운동은 그후 진정이 되었으나 1992년에 민주당 클린턴 정권이 부유층에 대해 다시 증세를 하자 재연 조짐이 일기도 했다.

국론을 분열시키고 있는 세금·건강보험 문제

1994년에 국론을 둘로 분열시키면서 결국 실현시키지도 못한 것이 '국민의료보험법'(Health Care Bill)이다. 이 법안에 의하면, 종업원의 의

힐러리 클린턴

료비까지 중소기업경영자가 부담하게 됨으로써 결국 증세와 동일하게 된 것이다. 그런데도 맹렬 여성인 힐러리 클린턴(Hillary Clinton)의 수완 덕분에 형식적이나마 완성된 개혁 법안이 간신히 의회에 제출되었다. 물론 통과되지는 못했지만 말이다. 공화당과 손잡은 민주당 내 반(反)클린턴파(초당파. Bipartisan)가 70명 정도 있어서, 그들이 법안의 중요내용을 모두 빼버린 새로운 법안(대폭 타협안)을 제출했기 때문이다. 실제로 자영업자들은 "급여 이외에 종업원들의 의료비까지 부담시키는 것은 참을 수 없다"고 법안에 반대했다.

티퍼 고어

약간 주제에서 벗어난 내용이지만 현재 미국에서 3인의 여걸이라 하면 힐러리와 고어 부통령의 부인인 티퍼 고어(Tipper Gore), 밥 돌 공화당 상원 원내총무의 부인인 엘리자베스 돌(Elizabeth Dole)을 일컫는다. 좀더 확실하게 말하면 그들은 정치에 간섭하는 대단한 여성들로, 이 세 여성에 대한 미국 남성들의 시선은 한결같이 곱지 않다. 특히 엘리자베스 돌은 남편 밥 돌의 대통령선거전에서의 설욕을 위해 대통령선거 출마를 생각하고 있는데, 실제로 부시 정권에서 노동부 장관을 지냈고 미국 적십자회 회장직도 오랫동안 맡고 있다.

엘리자베스 돌

아무튼 미국의 건강보험제도는 크게 (1) 메디케이드(Medicaid : 저소득자층 노동자용 보험)과 (2) 메디케어(Medicare : 저소득층 노인용)가 있으며, 이와는 별개로 (3) 블루 크로스(Blue Cross : 부유층용)도 있다. 이 블루 크로스는 레드 크로스(적십자)를 흉내낸 것으로, 대부분의 부유층은 이 블루 크로스에 가입되어 있기 때문에 병이 나면

병원비가 전부 지급될 뿐만 아니라 얼마간의 돈을 돌려받기까지 한다.

또 국가적인 제도이지만 민간 보험회사가 인수해서 자금을 운영하고 있으며, 대기업의 경우는 종업원 보험조합을 통해서 혜택을 받고 있다. 그러나 상점과 같은 소규모 기업의 종업원들은 보험에 가입되어 있지 않은 경우가 대부분이다. 그 결과 '가난한 4천만 명은 병에 걸려도 보험혜택을 받을 수가 없다'는 문제가 발생했고, 이 때문에 의료보험 개혁문제가 대두되었다. 일본의 후생성 공무원은 이러한 미국 상황을 듣고 "국민보험에서만큼은 일본이 훨씬 발전되어 있다"고 말한다. 그러나 일본이 안고 있는 '본인의 자기부담 20%'라든가 '국민건강보험의 거액적자' 및 '보험료 체납자의 증가' 등의 문제에 대해서 비난받고 싶지 않다면 이럴 때는 가만히 있는 것이 더 현명한 일이라고 생각한다.

물론 미국의 누적 재정적자는 9조 달러다. 그러나 일본도 600조 엔(약 5조 달러)에 달하는데, 이 액수는 인구비율로 보면 비슷하다. 일본은 1억 2천5백만 명이고 미국이 2억 5천만 명 정도이니 말이다. 그러니까 미국이나 일본이나 재정적자가 상당하다. 하지만 미국은 이런 상황 속에서도 빈곤자층, 저소득자층을 위한 건강보험비용을 어디에서든 만들어내야 하는 실정이고, 그 재원을 어떻게 구하느냐가 문제다. 미국의 의료비는 일본보다 비싸다. 그래서 병원에서 출산한 부인들은 다음날 비틀거리면서 자동차를 운전해 집으로 돌아간다. 물론 지금은 개선되어 하루 정도 더 병원에서 쉴 수 있다. 하지만 결국 거기서 거기다.

그런 반면, 일본 국민들은 세금과 건강보험부금(의료보험비)은 별개라고 생각하고 있다. 그러나 '국민부담률'이라는 측면에서 따져보면 결국 같으며 보험료 역시 사실은 보험세다. 참고로 미국은 2억 5천만 인구 외에 약 3천만 명의 불법체류자(illegal alive)가 있다.

한편, 일본의 샐러리맨(급여소득자)층은 자신들이 세금납부 측면에서 자영업자나 농민에 비해 도대체 얼마나 더 내고 있는지 잘 알지를 못한다. 물론 알더라도 불만을 터뜨릴 수가 없다. 다시 말해 샐러리맨은 자신들이 세금납부에서 에도시대의 백성들(사실은 농노)과 같다는 사실을 눈치채지 못하고 있으며 눈치챈다 하더라도 국회에 반영시킬 정당도 없다. 그러다 보니 자영업자들의 탈세분까지 고스란히 떠맡아 세금을 내고 있는 샐러리맨들에게 여유가 있을 리 없다. 그러니까 이를 조금이라도 개선해서 모든 국민이 평등하게, 특히 자영업자들에게 최소한의 세금이라도 납부하는 버릇을 들이기 위해서 도입된 것이 바로 소비세였다.

그런데도 사회당과 공산당은 "소비세(부가가치세. Value Added Tax)가 샐러리맨(급여소득자)층의 소득세를 인하하는 효과를 가져온다"는 것을 이해하지 못한 채, "무슨 일이 있어도 소비세 반대"라고 주장한다. 그리고 이러한 당을 노동자(근로자)계급의 당이라 여기고 지지하는 것을 보면, 이 모든 결과는 일본 국민의 자업자득이다. 실제로 미국에서 세금은 샐러리맨을 포함해 모두 자기신고제(신고납세제도)이다. 현재 일본에서는 '대도 샐러리맨 세금소송'이 패소함으로써 고액급여 소득자층이 울며 겨자 먹기로 참고 있는 상태이지만, 곧 미국 자유의지론자들의 주장과 유사한 '과도한 세금납부 거부, 선심성 복지반대' 운동이 일어날 것이다. 단, 세금을 전혀 내지 않고 있는 자영업자층과 저소득자층은 계속 모르는 척하고 말이다.

앞에서 미국이 전국민 건강보험 제도를 도입하려면 어딘가로부터 그 돈을 조달하지 않으면 안 된다고 했다. 그러다 보니 아무래도 경영자층의 주머니를 노리게 된다. 하지만 이에 대해 "그런 수에 넘어가지 않는다. 지불 안 한다. 종업원의 몫까지 부담할 수는 없다. 자신들이 받는 급여에서 알아서 해결할 일이다", "정부의 말만 듣다가 도대체 도움되는 일이 어디 하나 있었나", "세금은 국가기구(의회 의원, 공무원)만 비대하게 만드는 악의 근원이다"고 라디오를 통해서 소리친 사람이 바로 러시림바우다. 그 결과 그는 많은 국민들에게 지지를 얻었는데, 심지어 과거에 급진자유파였던 사람들도 마지못해 지지하면서 그의 재기 섞인 능수능란한 말솜씨에 혀를 내둘렀다.

요컨대 서민·대중의 취향에 맞춘 정치평론가인 러시 림바우는 확실한 대중적 자유의지론자의 전형이다. 한편, 그의 프로그램과 마찬가지로 미국에서는 '토크 라디오' 라는 라디오 청취자 참가방식의 정치문제 토론 프로가 전국 각지의 지방방송국에서 큰 인기를 모으고 있다. 자신들의 평소 생각을 사회자에게 토로함으로써 서민의 속마음을 미디어를 통해 마음껏 전달할 수 있다는 데 매력이 있다.

또한 미국 신문 역시 대부분 자유파로서 '미들 아메리카' 라 불리는 보수적인 중서부 백인 중산층은 오래 전부터 라디오 프로그램이 자신들 의사의 대변자라고 생각해왔다.

폴 하비

그 선구자가, FEN을 통해서 일본에서도 들을 수 있는 폴 하비(Paul Harvey)다. 그는 40년 이상이나 정치토론 프로그램 DJ(디스크 자키)를 해왔다.

골드워터가 걸어온 길

배리 골드워터

배리 골드워터(Barry Goldwater) 공화당 상원의원은 지금까지 설명한 대로 보수 중의 보수정치가로, 공화당의 원로정치가(elder stateman) 중의 한 사람이다.

그러나 그의 존재가 미국 정치 현장에서 중요한 의미를 지니는 해는 1964년이다. 그해 대통령선거에서 존 F. 케네디 민주당 대통령 재임을 저지하려 했던 그가 공화당 내부를 보수파로 통합하는 등, 일 대 일 승부를 위해 꾸준한 준비를 해왔기 때문이다. 그런데 이런 상황에서 케네디 암살이라는 급격한 사태변화가 발생했고, 결국 좌(자유)와 우(보수)의 균형이 깨지고 말았다. 다시 말해 그는 예상치 못한 상황변화로 선거에서 패하고 케네디의 후임자리는 부통령이었던 린든 존슨이 앉게 된다. 그러나 존슨은 민주당 내에서 우익에 가까웠던 터라 대규모 노동조합의 지지를 받았고, 또 그 자체가 현실을 중요시하는 대통령이었다. 그래서인지 그는 베트남전쟁을 확전으로 몰고갔다.

한편, 배리 골드워터의 이러한 강경 보수주의는 대학을 중퇴한 그해 출신지인 애리조나주 피닉스에서 자신의 친척 소유 백화점을 성공적으로 경영한 데서 갖게 된 자신감의 발로였다. 그런 만큼 구보수파(Old-Conservative)였던 그는 나중에 자유의지론자 보수의 대표적 인물로 바뀌게 된다. 그런가 하면 부시 전 대통령은 매사추세츠주 출신으로, 라이스 대학(Rice University)의 교수였다. 이 라이스 대학은 휴스턴의 지방유지 자녀들이 모이는 명문대학으로 이공계가 특히 강하다. 그러나 사실 부시는 신보수주의파에 가까운 인물이다.

어쨌든 골드워터는 64년도 대통령선거 때 자유의지론자 운동의 창시자인 아인 랜드 여사의 지지를 받았다. 따라서 골드워터가 공화당 후보로 분투했던 당시는 자유의지론 운동의 기념할 만한 출발점이라고 인정해야 할 것이다.

그럼에도 그는 70년대까지 공화당 내에서 고집 센 노인으로 취급받으면서 그다지 각광을 받지 못했다. 그러다가 80년 레이건 시대에 들어 다시 세간의 관심을 끌면서 백악관 공식행사에 초대를 받게 된다. 80년대에는 70년대 말부터 서서히 지지층을 늘려간 자유의지론 보수파가 레이건을 열렬하게 지지하고 지원하는 최대세력이 되었기 때문이다.

그런 의미에서 지금은 비록 영락했어도 그는 원조 자유의지론자 중의 한 사람이다. 그런 그가 놀랍게도 많은 사람의 예상을 깨고 공공연하게 인공임신중절(Abortion)에 찬성했다. 당시 레이건은 '생명의 소중함' '가족의 인연, 정' '신앙심'을 이야기했는데, 그는 이에 반대하면서 여성들의 임신중절에 관한 권리를 공공연하게 옹호했다. 그리고 이 일로 인해 종교적 보수파들로부터 엄청난 비난을 받았다. 뿐만 아니라 미국의 언론계에서도 매우 흥미로워하면서 "그렇게 강경보수인 골드워터가 임신중절을 찬성할 줄이야"라며 그에게 인터뷰를 요청해왔다. 이것이 80년대 중반의 일이다. 이에 레이건 정권은 이 문제만큼은 '종교우파'(Religious Right), '신우파'(New Right)의 젊은 사람들과 생각을 같이하면서 "임신중절은 분명한 태아살인이고 신은 이것을 용서하지 않는다"라는 입장을 취했다. 사실 임신중절 문제는 지금까지도 미국 여론이 하나로 모아지지 않을 만큼 예민한 부분이다.

한편, 국제·외교문제에서의 골드워터는 나무랄 데 없는 강경파(소련은 무조건 무너뜨려야 된다)였다. 한 예로 60년대에는 공화당 내 좌·우 분열이 지금처럼 심하지는 않았지만, 그는 보수본류인 빌 버클리가 중심이 되어 만든 ACU(미국보수연합. American Conservative Union)이라는 조직에서 함께 활동했다. 당시 ACU라는 보수주의 정치단체와 정면으로 대립하고 있던 단체는 민주당계의 ADA(미국민주행동. Americans for Democratic Action)이고, 이곳의 회장이 아드레이 스티븐슨(Adlai Stevenson) 전 유엔대사로, 한마디로 급진좌익에서부터 구자유파에 이르는 사람들의 결집체였다.

참고로 ACU, ADA 모두 현재는 은거단체(rating committee)로 되어 있다. 은거단체란 개개의 의회정치가나 중요법안에 대해 그 성격을 감시하고 평가하는 공인된 단체로 좌·우파 각각을 대표하고 있으며, 자체적으로 지지율을 숫자로 표현해서 보여준다. 이 기관에서는 한 사람, 한 사람의 정치가가 어느 정도 좌파인지 우파인지 '등급을 매기는' 작업도 하지만 주된 일은 『의원연감』의 각 의원 평점표에 지지율을 표시하는 일이다. 덧붙여 과학적인 미국인은 이렇게 뭐든지 수치로 표현하지 않으면 성이 차지 않는 국민이다. 그런 점에서 일본에게 강요해서 분쟁이 있었던 '수치목표'(Bench Mark) 역시 그 국민성에 기인한다고 볼 수 있다.

아무튼 골드워터는 외교문제에서는 강경파였으나 이 부분을 제외하면 "작은 정부, 즉 경제를 정부가 통제한다는 것은 말도 안 된다"라는 생각을 가지고 초기 자유의지론을 실현시킨 인물이다. 그래서인지 64년에 정권을 쥐게 된 린든 존슨도 '패군의 수장'인 골드워터를 강하게 의식하면서 연설 중에 "이것으로, 이 순간부터 남부의 주들은 공화당의 지지기반이 될 것이다. 민주당은 남부를 잃었다"라는 유명한 말을 남겼다. 그것은 의회에서 공민권법안(Civil Rights Bill)이 가결됨에 따라 존슨이 대통령으로서 서명을 함으로써 흑인과 백인이 정치적으로 완전히 평등하게 된 직후의 일이었다. 어쨌든 골드워터는 90세를 넘길 때까지 생존했으며, 1998년에 사망했다.

자유의지론자 보수사상의 20가지 특색

자유의지론자의 특징은 다음과 같이 정리해볼 수 있다.

(1) 경제를 철저하게 중시하고 정치를 경시한다.

(2) 무정부주의(Anarchism)와 종이 한 장 차이다. 정부나 국가를 가능한 부정(Anti-government)한다. 또는 '최소한의 국가(야경국가)'를 주장하는 입장이다. 즉, 국가는 외교와 국방과 범죄단속만 하면 된다. 그것도 최소한도로 말이다.

(3) 국제관계에 있어서는 고립주의다. 다시 말해 모든 국가들과 동맹조약(Bilateralism) 맺기를 싫어하며 경계심을 갖는다. 따라서 국내문제 중심의 단독주의(Unilateralism)이다.

(4) 개인주의적이며 반집단(Anti-group)적이다. 즉, 집단이나 정당의 조직 자체를 싫어해서 자신들의 당도 만들지 않는다. 지역공동체(Community)를 인정하지만 궁극적으로는 부정한다. 다시 말해 도로도, 다리도 스스로 만들어 관리해야 한다고 주장한다.

(5) 개인생활(사생활)에 국가가 간섭하는 것을 반대해서 임신중절문제에 대해서도 선택권 존중파(Pro-choice)다. 즉, 여성의 선택의 자유를 인정하고 임신중절을 개인의 문제로 여긴다. 그런데 여기에서 태아의 생명존중파(Pro-life)인 종교우파 및 신세대 우파와 보수파 내부의 의견이 대립된다.

(6) 반(反)세금. 그러니까 강경한 안티 택스로서 반복지국가론의 입장이다. 즉, 국가가 개인의 생활에 간섭해서는 안 되고 마음대로 과세하는 것도 용납할 수 없다. 그러다 보니 사회복지정책(Social Welfare)도 부정해서 모든 것을 스스로 알아서 해결해야 한다고 주장한다.

(7) 반군비확장, 즉 강경한 반공산주의(반소련)이긴 하지만 군비확장에는 반대한다. 또 (3)의 불간섭주의(고립주의)로 군비의 해외 파병·주둔에 반대하며 반전을 주장한다.

(8) 따라서 적이 공격을 해오면 각자가 자신을 지키기 위해 총으로 대항한다. NRA(전미총기협회. National Rifle Association)는 바로 이 사상을 근거로 헌법상의 권리로서 총의 보유를 주장하고 있으며, 전국적인 대규모 조직을 구성하여 총기규제파와 싸우고 있다.

(9) 공화당 내 주류파 보수주의자들의 특권인 전통 보수주의에 대해 회의적이고 비판적이다. 쉽게 말해 이들은 서민측 보수파다.

(10) 음모이론(Conspiracy Theory)을 내심 믿고 있는 자들이 많지만, 그렇다고 극우파와 같이 격렬하지는 않다. 또 반유대주의(Anti-Semitism)도 아니다. 왜냐하면 자유의지론자 지식인 가운데도 유

대계가 많다.

(11) 평등주의보다도 인간은 날 때부터 차이가 있다는 반평등주의 사상인 사회 다윈주의(Social Darwinism)를 믿는 사람이 많다. 이런 의미에서는 신앙(종교)적이지 못하며, 정치사상으로도 벤담주의이기 때문에 법인정주의(Positive law) 입장이다. 즉, 사적인 계약(Contract)만으로 충분하며 사회계약설(Social Contract)을 부정한다. 따라서 의회가 잔뜩 만들어놓은 법률에 의해 자신들의 자유로운 계약이 규제받는 것에 강하게 반대한다. 이것은 (2)의 반정부·반국가의 이념과 연결된다.

(12) 알기 쉽게 말해 서부극의 영웅, 존 웨인의 이미지를 그리면 된다. 혹은 클린트 이스트우드가 보여주는 악을 때려눕히는 강한 남성의 이미지다. 즉, 개인적 영웅주의, 서부 카우보이의 마쵸주의(Macho), 서부개척농민(파이오니아)의 독립적인 정신, 자기 책임주의, 남

존 웨인

의 도움을 빌리지 않고 자신과 가족들만의 힘으로 성실하게 일하고 생활한다.

(13) 현실적으로는 나라에 세금을 납부하고 싶어하지 않는 독립자영업 상점주(Small Business Owner)들의 생활의식을 반영한다. 따라서 종업원을 위한 건강보험료까지 자신들이 지불하는 건강보험법에 반대한다. 그들에게 그것은 증세와 마찬가지다.

(14) 자유의지론자는 1950년대 아인 랜드 여사가 자유의지론자로서의 바람직한 인간상과 사회상을 소설과 평론의 형태로 제시했다. 그랬던 것이 곧 확실한 정치사상의 형태를 취하게 되었고, 공화당의 보수적인 사람들 가운데서도 가장 미국적인 성향을 지니고 있는 사람들에게 확산되었다. 나아가 아인 랜드 여사가 1964년 공

화당 대통령후보인 골드워터 상원의원의 지지를 표명하면서부터
는 정치세력으로 등장하게 되었다. 따라서 공화당 주류파인 실무
엘리트 관료층이나 의회정치가들에 대한 반발을 암암리에 숨기
고 있다. 한편, 자유의지론자 가운데는 공화당을 탈당한 사람들
이 많다. 물론 확실한 근거가 있는 것은 아니지만, 현재 그들이
미국 보수파 중에서 큰 세력을 이루고 있음은 분명한 사실이다.

(15) 아인 랜드 여사의 사상을 일본의 경우로 예를 들면 니체 사상이
일본에서 한 역할과 비슷하다고 할 수 있다. 즉, 일본에서도 완고
한 개인주의로 절대 사회주의사상에 물들지 않는 사람들이 있는
데 그들과 가깝다. 다시 말해 미국판 니체의 강렬한 사상이라 생
각하면 된다. 참고로 아인 랜드는 니체를 좋아하지 않는다고 이
야기한 적이 있다.

(16) 어떤 의미에서는 미국의 전통에 가장 깊숙이 뿌리박혀 있는 토종
근본보수파다.

(17) 1960년대에 '반복지 · 반국가통제 · 반평등주의'를 주장한 시카
고 학파의 통화주의자 밀턴 프리드먼 교수의 작은 정부(Small
Government)이론이 자유의지론 사상의 경제학적인 측면을 완성
시켰다고 볼 수도 있다. 또한 그의 스승인 하예크의 고전적 자유
주의(Classical Liberalism)도 자유의지론의 형성에 영향을 미쳤다.

(18) 1991년 걸프전쟁 때, 부시 대통령에 반대해 "젊은 미국 병사들을
석유이권을 지키기 위해서 죽게 할 순 없다"고 파병반대 · 개전반
대를 주장했다. 또한 92년과 96년 대통령선거에 출마했던 정치평
론가 뷰캐넌은 원래 보수본류로, 자유의지론자는 아니고 고립주의
자다. 그러나 최근에는 국제 비즈니스를 인정하는 자유의지론자에
대해 "자유의지론자도 글로벌리스트다"고 공언하고 있다. 그러면
서 자신의 사상을 스스로 '경제민족주의'(Economic Nationalism)

라고 규정한 바 있는데, 사실 자유의지론은 반민족주의다.

(19) 부시 대통령은 1991년 걸프전쟁에서 미국 및 동맹군(Allied forces. 일본에서는 무슨 이유인지 '다국적군'이라고 쓰고 있다)의 대승으로 지지율을 높였으나 많은 사람들의 예상을 뒤엎고 다음해 말, 재선에 실패하고 말았다. 국내 경제문제(불황과 실업) 대책에 실패했기 때문에 국민들로부터 실격 판정을 받았던 것이다. 이렇듯 미국 국민은 점차 '내부지향'이 되고 있고, 이 '내부지향'(국내문제 우선주의, 불간섭주의)의 큰 경향을 떠받치고 있는 정치사상이 바로 자유의지론이다. 그런 점에서 자유의지론자는 '우파 평화주의자'(Right-Wing Dove)다.

(20) 반세계주의이고, 반팽창주의다.

자유의지론자는 전쟁에 반대한다. 그런데도 미국은 해외로 파병하여 전쟁을 유도하면서, 그 동기를 전세계로 진출해 있는 미국 대기업의 권익과 재산을 보호하기 위한 것이라 생각한다. 따라서 이들은 이에 대항하여 국제화된 대기업의 경영자들을 위해서 자신들의 생명·재산을 이용당하는 것에 반대한다.

프리드먼 대 갤브레이스— 세기를 넘는 사상대립

통화주의자로서 작은 정부를 주장하는 밀턴 프리드먼은 시카고 학파의 경제학을 대표하는 인물이며 사상적으로는 확실한 자유의지론자다. 물론 본인 스스로도 자유의지론자임을 인정하고 있다. 그런 점에서 프리드먼의 경제사상을 다시 한 번 살펴보기로 하고, 그와 함께 케인스주의자인 폴 새뮤얼슨 경제학과의 대립, 그리고 케인스계 사회복지파 경제학의 거두인 **존 케네스 갤브레이스**(John Kenneth Galbraith)와의 대립에 대해서도 알아보기로 한다.

밀턴 프리드먼은 지금까지 자신의 호적수로서 자유파의 총본산인 하버드 대학파 및 그에 인접한 MIT(매사추세츠 공과대학. 두 대학은 매사추세츠주 보스턴 교외의 찰스 강을 따라 소재하고 있다)의 폴 새뮤얼슨과 오랫동안 일 대 일 승부를 벌여왔다. 참고로 폴 새뮤얼슨은 조지프 슘페터의 직계 제자인 동시에

존 케네스 갤브레이스

경제학에서는 대사상가인 케인스의 미국 후계자다. 물론 '신고전파총합'(Neo-Classical Synthesis) 학파의 창시자라는 점에서 보면 반드시 케인스의 직계라고 할 수 없지만, 커다란 틀에서 보면 분명히 케인스주의자다. 그러니까 '케인스주의 대 통화주의'의 대립은 1970년대 이후 팽팽하게 맞서온 미국(혹은 세계의) 이론경제학계의 양대 축이다.

먼저 케인스주의가 "정부는 경제정책(재정정책과 금융정책)에 의해 적극적으로 경제의 길잡이 노릇을 해야 한다"는 입장이라면, 통화주의는 "정부는 경제에 간섭하지 마라", "통화발행량을 법으로 결정해라", "선심성복지반대"를 일관되게 주장해왔다.

즉, 창시자 하예크는 1920년대 오스트리아 빈 대학 시절부터 케인스 이론과 계속 대립해왔다. 그는 정부간섭형인 케인스의 국가에 의한 인위적 경기관리를 시행하는 경제정책사상, 즉 사회공학적 국가운영사상(Teleocracy. 목적론적 사회체제)과 장기간에 걸쳐 싸워온 것이다. 그러니까 케인스주의 대 통화주의의 싸움은 제2라운드인 셈이다. 한편, 하예크주의(Hayekean : 경제학의 한 파) · 시카고 학파 역시 큰 의미에서는 자유의지론자에 속한다. 그러므로 밀턴 프리드먼이 제창한 '작은 정부' 사상은 "어쨌든 정부는 작은 편이 낫다", "공무원 수는 적을수록 좋다", "각종 복지를 실행하기 위해 국가기구가 비대해지면 결국은 증세의 형태로 국민생활을 압박한다"는 것이다.

한편, 밀턴 프리드먼과 그의 부인 로즈 프리드먼이 쓴 계몽서 『선택의 자유 *Free to Choose*』(1980)와 『정부로부터의 자유 *Bright Promises, Dismal Performance : An Economist's Protest*』(1982)는 일본에서 그의 대변자격인 니시야마 지아키(西山千明) 릿쿄대(立敎大學) 교수에 의해 80년대 초기에 번역되어 큰 호평을 받았다. 요컨대 프리드먼은 폴 새뮤얼슨과만 대립한 것이 아니라 사회주의적 케인스주의자인 존 케네스 갤브레이스와도 팽팽하게 대립했다. 이 갤브레이스는 '미국제도파' 혹은 뉴딜 계통의 급진자유파의 거물 경제학자로 민주당 급진자유파의 정신적 지주였던 인물인데, 프리드먼과 대립했던 그의 사회복지우선 경제학의 주장은 다음과 같다.

"시장경제가 중요하다는 사실은 안다. 그러나 시장경제는 인간 욕망의 법칙에 따른 행동에 의한 사회 균형 모델이다. 때문에 이런 자유시장에서는 교육, 쓰레기처리, 환경보전, 환자·신체장애자, 노인들의 문제가 해결될 수 없다. 그러므로 시장경제를 규제하고 정부의 힘으로 강력한 사회보장제도를 실현해야 한다."

이러한 갤브레이스의 주장은 분명히 일리가 있다. 실제로 자유경쟁시장에만 맡기고 공적인 규제가 전혀 없다면 사회적 경쟁력이 없는 장애자나 노인, 병자는 궁지에 몰리게 된다. 그런 점에서 프리드먼과 갤브레이스의 충돌은 인류사에서 21세기까지 이어지는 큰 사상적 대립이다. 즉, 누구를 막론하고 이 두 사상의 대립으로부터 자유로울 수가 없으며 실질적으로 현실사회는 항상 이 두 주장의 절충과 타협으로 이끌어지고 있다.

한편, 갤브레이스의 『불확실성의 시대 *The Age of Uncertainty*』 (1977)는 일본에서도 일대 선풍을 불러일으켰고 우리들에게 많은 영향을 끼쳤다. 그런데 가끔 일본을 방문해서 강연하는 그의 이야기를 들어

보면 소련과의 긴장완화만을 주장하는 반전평화운동 활동가 같다는 느낌을 받는다.

또 프리드리히 하예크의 빈 대학 재직시의 제자로 '과학철학'의 대가인 카를 포퍼(Karl Popper. 망명 후, 오랫동안 런던 대학의 교수였으나 1994년에 사망했다)와 유대계 헝가리인으로 미국으로 망명한 후 기업 경영자용 비즈니스서(훌륭한 경영학 교과서로 평가받고 있음)의 명저자가 된 문명비평가 피터 드러커가 있다.

카를 포퍼

그런가 하면 미국과 독일의 학계를 연결하는 역할을 하면서 현재는 MIT에 살롱(미국과 유럽의 학자, 지식인들의 인적교류기관)을 만든 과학철학자 토머스

토머스 쿤

쿤(Thomas Kuhn)도 있다. 그 외에도 경제인류학의 카를(및 동생 미첼) 폴라냐가 있는데, 일본의 일부 학자들이 그들에 대해 상당한 연구를 했다. 그러나 미국의 지식인 세계에서는 특별히 부각될 만한 점은 없었다. 그런데 왜 일본에서만 그들의 책이 번역되었는지 나도 잘 모르겠다. 아마 그들이 독일어 문화권에 속하는 동구로부터의 망명자라는 점에서 일본 좌익 지식인층의 구미에 맞았을 것이다. 그럼에도 미국의 중요한 각 파의 정치사상에 대해서는 전혀 소개되지 않은 실정이다.

끝으로 미국의 특이한 '제도학파' 사상가로서 서스타인 베블런(Thorstein Veblen, 1857~1929)과 찰스 피어스(Charles Peirce, 1839~1914)가 있는데 중요한 인물들이긴 하지만 여기에서는 이름만 열거하는 것에 그치기로 한다.

7

종교우파의 운동과
사회문제 대립의 격화

인공임신중절 문제를 둘러싼 논쟁

이 장에서는 미국의 정치운동 가운데 1980년대에 시작되어 아직까지 그 영향력이 지속되고 있는 종교적 우익 '종교우파'(Religious Right)의 운동을 중심으로 설명하기로 한다.

종교(신앙심)는 미국 보수주의의 본질적인 요소로 유럽 여러 나라와 비교하더라도 미국은 강한 종교 성향을 지니고 있는 나라다. 미국의 '종교우파' 운동 역시 그런 배경 속에서, 동성애 권리를 인정하자는 운동과 여성들의 인공임신중절을 선택할 수 있는 권리를 합법화하려는 자유파의 운동에 대항해 격렬하게 일어났다. 즉, '반(反)동성애운동'(Anti-gay)과 '반(反)임신중절운동'(Pro-life. 태아의 생명존중)이다.

종교우파 운동은 1980년 보수적인 복음전도파(Evangelist)의 종교가인 **제리 팔웰**(Jerry Falwell)의 '도덕적 다수파'(Moral Majority)운동에서부터 시작되었다. 이 운동을 위한 회의에 프로테스탄트 각파의 보수적 종교

제리 팔웰

가(목사)들이 한곳에 모였는데, 팔웰은 이 회의에서 인공임신중절반대를 결의하고 임신중절을 '여성의 권리'라는 자유파와 정면으로 대결하는 국민운동을 시작했다. 그리고 여성의 임신중절 권리인정(Pro-Choice)·자유파 의원들의 이름을 공표하면서 그들에 대한 비판과 더불어 그들을 선거에서 낙선시키기 위한 운동에 나섰다.

이 종교우파 운동은 현실적으로 1980년도 선거에서 여성의 임신중절 권리 인정파 지방의원들을 줄줄이 낙선시키는 성과를 올렸다. 그러나 임신중절을 둘러싼 논쟁은 지금도 미국의 국론을 둘로 가르고 있으며, 특히 자유파 정치가들은 중절에 대한 긍정적인 태도를 표명하면서도 다른 한편으로는 자신의 정치 생명을 위해 어쩔 수 없이 '생명존중'의 입장을 취하고 있다.

테리 달런

팻 로버트슨

한편, 종교우파에는 제리 팔웰 외에도 자신의 정치적 의견을 전미국 가정에 직접 전하고 있는 리처드 비거리(Richard Viguerie)라는 인물과 보수연합(Conservative Caucus)이라는 단체를 이끌고 있는 하워드 필립스(Howard Phillips)라는 인물이 있다. 그런가 하면 테리 달런(Terry Dolan)이라는 인물도 있는데, 그는 NCPA(National Conservative Political Action. 통칭 NICPAC)라는 단체를 이끌고 있다. 그런 가운데 현재 종교우파의 최대조직은 팻 로버트슨(Pat Robertson) 목사가 이끌고 있는 '그리스도교 연합'으로, 회원이 3백만 명이나 된다. 팻 로버트슨은 침례교계(Baptist) 복음전도파 목사로 1990년대부터 '그리스도교 방송 네트워크'를 만들어 활동하고 있다. 따라서 공화당의 대통령후보자가 될 사람은 이 단체를 무시하고는 선거에서 이길 수가 없다.

이러한 종교우파의 중절반대운동은 점점 과격해져서 때로 폭력·살인 사건까지 불러일으키고 있다. 한 예로, 1994년 7월 말 자신이 소속된 장로파(Presbyterian) 교단으로부터 제명을 당한 목사가 광신도로 변해 임신중절권리 인정파의 중절의사와 환자의 보호자를 습격해서 사살한 사건이 발생했다. 이렇듯 태아의 생명존중파 사람들이 전국 각지의 어보션 클리닉(Abortion clinic : 낙태수술을 전문적으로 하는 의료시설)에 수백 명씩 몰려가 병원을 포위하고 폭력을 행사해 경찰이 출동해서 사태를 진정시키는 일이 현재도 전국 각지에서 일상적으로 일어나고 있다.

한편, '태아의 생명을 지켜라'는 이 실력행사 운동은 '오퍼레이션 레스큐'(Operation Rescue : 구조 가동)이나 '레스큐 아메리카'(Rescue America : 미국 구조)라는 단체에서 시작되었고, 지도자는 키스 투시(Keith Tucci) 목사다. 그들은 "낙태는 살인이다"라고 생각하면서 어보션 클리닉을 몇 번이나 공격해서 재판에 회부되고 벌금형을 받았지만 전혀 수그러들 기미를 보이지 않는다. 이는 곧 미국 국민 다수가 아직도 그리스도교적인 신념을 강하게 가지고 있다는 증명이기도 하다.

이에 비해 일본은 생활고로 태아를 죽이는 행위가 에도시대부터 있었다. 태아나 영아를 처분하지 않으면 좁은 국토에서 살아나갈 방법이 없었기 때문이다. 그래서 일본에는 임신중절을 둘러싸고 국론이 흔들리는 일은 없다. 이는 이 부분에서 세계에 가장 앞서 있는 일본의 형법이 재빠르게 우성보호법(優性保護法)의 법률에 의해 중절을 위법성조각(違法性阻却)으로 정했기 때문이다. 따라서 이 문제를 둘러싸고 국론이 크게 둘로 나누어지고 중진 의원들이 선거에서 떨어질 정도인 미국의 실정이 사실 금방 와닿지 않는다.

원래 '중절을 부정하는 것'은 '피임금지'와 함께 그리스도교 본산인 로마 가톨릭교회 교의(Doctrine)의 하나로, 역대 로마 교황은 계속해서 이 가르침을 설교해왔다.

그런 점에서 가톨릭이 이 문제에 대해 태도를 바꾸는 일은 무과실성 (Infallibility : 교황의 불가류성. 로마 교회는 절대로 틀리지 않는다)의 문제인 만큼 앞으로도 있을 수 없다. 따라서 로마 가톨릭은 이 중절반대의 문제에 대해 종교우파의 운동과 공동보조를 취한다. 물론 그 외의 문제에서는 각자의 입장을 취한다.

로마 가톨릭은 미국에서는 다수파인 그리스도교가 아니지만 그래도 그리스도교권의 최고 권위로서 지금도 전통가치를 실현하고 있는 권위 있는 세력이다. 그런데도 가톨릭 신자인 하층백인들이 미국 사회에서 업신여김을 당하고 있는 것과는 뭔가 잘 맞지 않는데, 일본인들은 이런 부분을 잘 이해하지 못한다.

가족의 가치를 지키는 운동

미국에는 '텔레비언게리스트' (Televangelist : TV 전도사)라고 불리며 복음전도파계의 독립일파를 이루고 있는 단체가 있는데, 이들은 극히 보수적으로 '패밀리 밸류' (Family Value : 가족가치의 회복) 즉, '반듯한 가정생활을 영위하는 것을 중시하는 입장' 을 주장한다. 이런 주장을 대신자대회라는 큰 모임에서 설교를 통해 하는데, 이것을 TV로 중계한다. 이 방송은 의외로 상당한 설득력이 있어 미국의 보수적 중산계급(Middle American)을 매료시키고 있다.

한편, 이 TV 전도사로 유명한 사람은 빌리 그레이엄(Billy Graham), 오랄 로버츠(Oral Roberts), 지미 베이커(Jimmy Baker)와 같은 인물들이다. 이들은 모두 나름대로 미국 서민층의 존경을 받은 신흥종교가들이었

으나 훗날 사생활 스캔들로 신뢰를 잃고 대중 앞에
서 사라지고 말았다. 이들 대부분은 이큐메니컬(Ecu-
menical : 전그리스도교 교회주의)이라는 이름으로 프
로테스탄트의 여러 파를 통합하는 모임에 소속되어
있다. 참고로 그 가운데 감리파(Methodist)가 가장
큰 세력이다.

빌리 그레이엄

　그런가 하면 종종 집단자살 사건을 일으키는 특이한 신흥종교집단을
컬트(Cult)라고 한다. 이 컬트는 오컬트(Occult)와는 다른데, 오컬트는
한마디로 블랙 매직(Black Magic)으로 신비하고 초자연적인 것을 믿고
연구하는 유사학문이다.

　그런 가운데 '동성애' '미혼모' '중절의 권리'를
옹호하는 자유파에 대한 강한 반발로, 같은 시기에
종교우파 이외에도 비슷한 성격의 여러 운동들이 일
어났다. 이 운동들은 이런 것들이 '가정을 파괴하는
것'이라고 주장하면서 건전한 가정생활을 중요시하
는 보수적인 입장을 취했다. 이 운동들의 대표적인

필리스 쉬래플라이

것으로는 여성작가로서 보수적인 가정의 가치를 소중히 하는 내용의 소
설을 써온 필리스 쉬래플라이(Phyllis Schlafly)가 시작한 'STOP ERA' 운
동이다.

　참고로 ERA(Equal Rights Amendment)는 '남녀의 절대평등을 요구하
는 헌법조문의 추가적 수정' 즉, 헌법개정운동이다. 80년대 전체 50개의
주 의회 가운데 3분의 2에 가까운 주에서 이 헌법조문 개정찬성이 가결
되었는데, 이 운동을 하고 있는 각주 의회의 자유파와 여성해방단체를
전국적 규모로 저지하려는 운동이 바로 이 STOP ERA이다. 이와 동시에
이브리쉬 라브린트(Ibrish Labrint) '독수리 공회'(Eagler Forum) 운동도
시작되어 현재까지 계속 활동 중인데, 그녀는 세인트루이스 교외에 살고

있는 중년주부다.

　그 외에 애니타 브라이언트(Anita Bryant)의 ‘우리 
의 아이들을 지키는 모임’ 이라는 동성애에 반대하는
운동도 있다. 이 운동은 1977년 플로리다주에서 시작
되었고, 주민투표로 ‘게이의 권리를 제한하는 법률’
의 입법을 전미국 각지에 의견을 내 지방의회에서 가

애니타 브라이언트

결하도록 하는 운동인데, 당연히 게이 옹호파와 첨예한 대립이 발생했다.
그러나 정작 그녀는 그후 생각이 바뀌어 이 운동을 그만둔다. 이 여성은
원래 가수로, 왕년의 명가수인 팻 분(Pat Bone)풍의 노래를 불렀다.

　‘게이의 권리를 제한하는 법률’ 의 주된 내용은 “동성애자는 공립학교
의 교사가 될 수 없게 한다”, “동성끼리의 결혼 신고서는 인정할 수 없
다”는 것이다. 동성애자의 결혼 신고서를 구청에서 처리해야 하는지에
대해서는 아직 의견이 대립되고 있다. 만일 전미국 50주 가운데 가장 먼
저 동성의 혼인을 인정한다면 그 주는 아마 하와이가 될 것이라고 한다.
그리고 만일 하와이에서 인정한다면 전미국으로 확산될 가능성이 높으
므로 이 문제에 대해 하와이를 무대로 격렬한 논쟁이 계속되고 있다.

　이 ‘게이의 권리’ ‘중절의 권리’ 를 둘러싸고 공화당을 지지하는 같은
강경보수파인 자유의지론자와 종교우파와는 정면으로 대립한다. 자유의
지론자는 완고한 개인주의자로 ‘자신의 일은 자신이 알아서 한다’ , ‘자
신의 행동에 대한 책임은 스스로 진다’ 는 것이 기본원리이므로 개인의
내면이나 사생활에 대해서는 모두(일절) 개인의 자유라는 것이다. 따라
서 자유의지론자는 그 지지기반을 종교우파와 같은 중서부의 독립자영
농민층으로 대표되는 보수적 중산계급에 두면서도 이 문제에 있어서는
서로 대립한다. 자유의지론자는 ‘공민권’ 찬성파로 ‘게이의 권리’, ‘임
신중절의 권리’ 를 적극적으로 인정하는 입장이다. 이 점은 보수파가 내
부적으로 대중 차원에서 큰 분열의 조짐을 보이고 있음을 의미한다.

'역차별' 재판에 대한 문제 제기

린든 존슨 대통령 시절, 의회에서 가결·승인된 '공민권법'(Civil Rights Bill)은 미국 흑인 해방운동의 역사적인 전환점이었다. 흑인이 백인에 대해서 법적으로 완전 평등한 입장을 쟁취한 기념비적인 사건이었다는 것은 그 누구도 부정할 수 없는 사실이다. 그렇지만 미국의 보수파 사람들 머릿속에는 "이때부터 미국은 값싼 흑인 노동력을 잃게 되고 결국 쇠퇴의 길로 접어들기 시작했다"라는, 차마 입에 담기조차 힘든 그런 생각이 아직도 남아 있음은 부정할 수 없는 사실이다.

'공민권법'이란 알기 쉽게 말하면 헌법의 '기본적 인권의 존중'과 같은 것이다. 이것은 권리선언으로, 그 이상의 구체적 내용에 대해서는 아무 규정도 없는, 글자 그대로 선언문일 뿐이다. 조문의 내용은 '시민으로서의 투표할 권리', '공공시설을 이용할 권리', '공립학교에 다닐 권리' 등을 정하고 있을 뿐 그 이상은 없다.

그러나 나중에 '공민권'을 구체화할 때, 흑인 학생을 인구비율에 따라서 대학에 우선적으로 입학시키는 법률이 생겼다. 이것이 평등실현을 위한 시정이나 평등실현을 위한 할당제도로 불리는 제도다. 이 제도에 따라 "대학 입학자 정원의 5%를 흑인 학생에게 할당한다"는 조항 때문에 자신이 입학시험성적이 더 좋았음에도 불구하고 흑인 학생이 우선적으로 명문대학에 입학했다고, 캘리포니아주의 어느 백인 학생이 "이것은 역차별이다"고 연방재판소에 소송을 제기한 유명한 사건이 있었다.

미국은 인종차별이나 인권문제의 경우에는 각주의 재판소를 생략하고 곧바로 연방재판소에 제소할 수 있도록 되어 있다. 이 제도는 백인 기업 경영자로서는 공포의 대상이다. 사원채용면접에서 떨어진 흑인이나 소수 인종파 사람들이 "자신이 채용되지 않은 것은 인종차별이다"고 연방재판소에 고소하는 일이 몇십만 건이나 발생하고 있기 때문이다. 이는 미국 소송사회의 현실로, 미국 시민들은 "시민의 손이 닿는 곳에 법률이 있다", "법이 나를 지켜준다"는 강한 믿음이 있다. 그러다 보니 무엇이든지 소송사건으로 바로 가져가는 폐단을 낳게 되었다. 이것을 '소송폭발'(litigation explosion)이라고 표현하기도 한다. 무슨 일이 있으면 바로 "고소당하지 않을까" 하는 불안감이 현대 미국인의 심리적 부담으로 작용하고 있고, 미국 사회를 아주 숨막히게 하고 있다.

결국 이 '역차별 재판'은 연방최고재판소가 "64년 공민법은 그러한 역차별이라는 것을 예상하지 않았고, 그런 주장은 평등의 요구로 받아들일 수 없다" 또한 "인구비 할당제도는 합헌(헌법위반이 아니다) 이다"고 판결을 내렸다. 미국의 연방최고재판소는 대체적으로 자유파 성향이 강해 보수파들이 분통을 터뜨리는 경우가 많다.

앞서 설명했듯이 남부 앨라배마주의 존 월레스 지사와 같은 강경 보수주의자들이 있기 때문에 주에 따라서는 아직도 흑인의 인권운동에 대한 백인측의 저항이 계속되고 있다. 64년 제정된 공민법에서 정하고 있는 여러 내용은, 연방정부가 돈을 내고 있는 시설이나 제도에 있어서는 시민으로서 평등하게 접근할 수 있다는 법률이다. 연방정부와는 별도로 주나 시 정부가 관할하는 영역에서는 적용되지 않는 제도로 되어 있다. 따라서 남부 여러 주의 주정부 관할 시설이나 제도에 있어서는 아직까지도 인종차별이 버젓이 자행되고 있다. 그러나 이 방침이 정해진 후 이것들은 아주 중요한 역할을 해냈다. 90년대 현재 연방정부의 보조금을 받지 않는 공공시설이란 거의 없기 때문에 주단위 보수파 백인의 저항도 무의미해짐과 동시에 불필요해지고 있다.

서민의 불만이 대중주의로 폭발한다

이들 종교우파와 가족가치의 회복운동은 70년대 자유파 운동에 대한 반성으로, 80년대 레이건 정권 시대에 서서히 일어나기 시작한다. 그러나 중앙정계의 공화당 보수본류들이 이러한 종교우파들의 운동을 반드시 환영한 것만은 아니다. 왜냐하면 이들 종교우파의 운동 성향이 자칫하면 의회정치가나 관료, 지식인에 대해 반항하는 쪽으로 치달을 가능성도 있기 때문이었다. 한마디로 말한다면 '의회와 대의제 민주주의에 대한 불신'이다.

어느 나라든 서민층은, 공직에 있으면서 으스대고 자신들에게 명령을 내리는 특권적인 권력자들을 싫어한다. 민주주의 국가인 미국은 특히 그 경향이 심하다. 미국 역사에서 이런 서민의 불만이 폭발할 위험성이 구체화되는 경우가 있었는데 이것을 '민중주의'라고 한다.

민중이 의회제도를 불신하는 과격한 주장을 펴고 직접 행동으로 옮기는 운동은 급진자유파의 좌익적 운동이라기보다 보수파의 시민운동 속에서 발생하는 경우가 더 많다. 예를 들어 실직된 수많은 저학력 미국 젊은이들의 불만은 정부뿐만 아니라 자신들을 고용에서 제외시킨 노동조합으로까지 향하고 있기 때문에, 결코 직접적인 반체제 운동으로 발전하지는 않는다.

그 전형적인 현상이 현재 유럽 각지에서 일고 있는 이민배척을 주장하는 극우청년들의 '네오·나치운동'이다. 이 '네오·나치운동'의 배경에는 유럽 젊은층들의 누적된 불만이 있다. 일본의 경우는 젊은 노동력을 더 선호하기 때문에 젊은이들의 고용불안이 작은 반면, 중년 이상이 가지는 고용불안은 큰 편이다(그러나 최근 대학졸업자들의 대량실업이라는 새로운 사태가 일본에서도 일어나고 있다). 서양에서는 노동숙련도가 중요시되므로 중년 이상이 우선적으로 채용되며 젊은이들은 빈자리가 생기지 않는 한, 차례를 기다릴 수밖에 없다. 따라서 젊은이들이 고용에서 뒤로 밀려나는 것이 전통적인 현상이다.

민주당 신자유파 지식인들은 이 종교우파의 민중주의 경향을 경계하고 있다. 평론가인 대니얼 벨은 종교우파의 운동을 '미국 정치에 있어서 편집광적인 스타일'(The Paranoid Style in America Politics)의 현대적 부활이라고 지적했다. 이것은 미국 역사학계의 거장으로 좌익 지식인에서 보수파로 전향한 리처드 호프스태터(Richard Hofstadter)가 1965년에 쓴 책의 제목이다. 그는 이 책에서 미국에는 때때로 '편집광적'(Paranoid)인 히스테리 증상과 비슷한 '마녀사냥'이 일어나서 피해망상에 사로잡힌 민중의 돌발적이고 무질서한 사고가 직접행동으로 이어지는 일이 있다는 것이다. 대니얼 패트릭 모이니한도 이들 종교우파를 "확실한 민중주의의 부활이다"고 단정짓고 민주정치로서는 경계해야 할 부분이라고 설명했다.

그러나 90년대에 들어와서 미국의 보수화는 한층 더 빠른 속도로 진행되고 있다. 사람들은 가족가치의 회복에 강하게 끌리고 있다. 92년 대통령선거에서 부시의 공화당은 이 가족가치의 회복을 선거 슬로건으로 내걸었으나 이때 클린턴 민주당의 "실업자에게 일자리를, 고용기회를 주자"와 "문제는 경제다, 이 바보야!"라는 슬로건에 지고 말았다. 걸프 전쟁에서 대승을 거둔 부시였지만 국내경기를 회복시키지 못한 책임을 국민들로부터 추궁받은 것이다.

도나 샤레라

급진파로서 학창시절을 보낸 클린턴 같은 인물도 오늘날의 이 가족가치의 회복을 무시할 수 없다. 클린턴 정권의 복지부(후생성) 장관인 도나 샤레라 여사는 "미혼모를 제도적으로 장려하는 것은 결코 바람직한 일이 아니다"고 발언하곤 한다. 아무리 민주당 급진파(Liberal)세력이라 할지라도 언제까지 "인권, 인권"만을 외치면 된다는 시대는 끝이 났다. 전임교육청 장관을 지낸 빌 베넷이 쓴 『품성과 덕에 관한 책 *The Book Virtues*』이 베스트셀러가 되었다. 이 책은 요즈음 개인의 권리·주장이 너무 지나친 데 대해서 개인의 덕목·품성·가족의 가치회복에 대한 중요성을 강조한 책이다.

또한 미국에서는 군대 내의 게이 사병의 존재를 인정하느냐 마느냐로 좀 시끄러웠던 일이 있었다. 빌 클린턴은 애매한 태도를 취했는데, 클린턴으로서는 민주당 내 급진파인 게이 권리 옹호세력의 편을 들지 않으면 안 되기 때문이기도 하며, 동시에 미국 군인들의 초보수적인 체질에 대한 배려 역시 하지 않으면 안 되었다. 군대의 규율이 흔들릴 만한 결정을 군의 최고사령관인 대통령 스스로가 내려서 군을 적으로 만들 수는 없었다. 그래서 결국 그 어느 편도 아닌 애매한 태도를 취할 수밖에 없었던 것이다. 이런 우유부단함에 반발한 걸프전쟁의 영웅인 흑인 **콜린 파월**(Colin Powell) 함동참모본부 의장이 분명하게 반클린턴 태도를 표명해 주목을 끈 적이 있었다. 파월은 공화당의 추천을 받아서 대통령 경선에 나올지도 모른다. 온건하고 독실한 성향의 파월을 내세우면 공화당 내도 안정이 되고 민주당 지지의 흑인들이나 급진파의 표도 얻을 수 있다는 계산이다. 언젠가 가까운 시일 내에 흑인 대통령이 탄생하지 않으면 안 되게끔 미국 정치는 흐르고 있다.

콜린 파월

현재 공화당 하원의 No.4로 흑인인 워츠(J. C. Watts) 의원이 부상하고 있다. 그는 아마 흑인 최초의 대통령이 될지도 모른다.

워츠

미국의 여러 기독교 교파

미국의 프로테스탄트(신교도)의 각 종파는 내부적으로 어떻게 나누어 지고 있는지를 알아보자.

일본인들은 중·고등학교의 세계사 수업에서 미국을 건국한 사람은 청교도들로, 그들이 1620년 메이 플라워호를 타고 현재의 매사추세츠 보스턴의 케이프코드에 도착함으로 해서 미국의 개척시대가 시작되었다고 배웠다. 이것은 미국 건국사의 신화로 미국인들도 같은 내용으로 배우고 있다.

즉, 청교도의 일파인 '순례자의 시조'라는 500인이 플리머스에 식민지를 개척했다고 배웠다. 그러나 실제로 그들이 '종교의 자유'를 찾아서 미국에 이주해왔을 때 이미 영국과 스페인은 미국 각 지역에 죄수들을 보내서 유배지로 활용함과 아울러 개척노동에 종사시켜 국가적인 식민지 경영을 실시하고 있었다.

중세 유럽은 항상 인구 폭발의 위협을 받고 있었고 농작물 작황이 좋지 못하면 곧 기아가 발생했다. 도시로 흘러들어온 가난한 사람들과 돈을 빌리고도 갚지 못해서 투옥된 사람들이 범죄자로서 신천지로 계속 흘러들어가게 된 것이다. 정부는 이렇게 함으로써 형무소 운영 경비를 절약할 수 있었다. 16, 17세기의 유럽 근대국가들에게 최초의 사회복지문제는 형무소와 정신병원의 운영이었다. 그뒤 19세기 아일랜드에서 일어난 '감자기근' 때에도 앉아서 죽음을 기다리는 것보다는 낫다고 생각해 많은 아일랜드인들이 미국으로 건너왔다. 그러니까 이 사람들이 아일랜드계 미국인의 기원이다. 미국으로 건너온 대부분의 사람들은 생활상 부득이하게 온 것이지, 전부가 '종교의 자유' 때문만은 아니었다. 어떤 독일의 왕은 2만 명이나 되는 독일 사람들을 미국에 '매각'하기도 했다.

영국은 1534년 헨리 8세의 이혼문제가 원인이 되어 로마 교회로부터 독립하여 영국 국교회(영국 성공회. The Anglican Church)를 수립했는데 그 내부는 '고교회파'와 '저교회파' 두 파로 나누어져 있었다.

'고교회파'는 귀족이나 상류층 시민들로 구성된 파로, 의식을 중시하는 로마 교회 스타일이었다. '고교회파'의 신자들은 미국으로 건너온 후에도 영국처럼 종교의식을 지키며 나중에 ① 감독파(Episcoplain)가 된다. 그래서 미국에서는 영국 국교회를 감독파 교회라고 부르지, 영국 국교회라고는 부르지 않는다. 그리고 이 감독파는 다시 교의적으로 저교회파가 되어 ② 감리파(Methodist) ③ 복음전도파(Evangelist) ④ 침례파(Baptist) 등으로 갈라진다.

남부침례파에 대해서는 이미 설명한 바 있으나 이 종파(그 내부에 몇 개의 교의종파단체로 분열되어 있다)가 미국 남부의 보수적인 성향을 형성하게 된다. 이 파의 사람들은 신약성서(New Testament)에 적혀 있는 내용들을 한 글자, 한 구절까지 그대로 믿는 사람들로 그것이 자신들의 신앙이라고 확신하고 있다. 이들을 원리주의자(Fundamentalist)라고 한다.

침례파는 아기가 태어났을 때 바로 세례를 받는 것을 완강히 거부한다. 그렇게 함으로써 다른 프로테스탄트파와 자신들을 엄격하게 구별했다. 이들은 신도가 일정 연령에 이르러 자신의 신념이 확립되기 전까지는 세례를 받지 않는다는 점에 상당히 집착하는 사람들이다. 이 침례파와 감리파는 미국 남부가 중심으로, 흑인 신자가 많다. 이 신앙심이 독실한 사람들이 사는 지대를 목화재배지대(Cotton Belt)에 비유해서 성서지대(Bible Belt)라고도 부른다. '성서지대'라고 명명한 사람은 제2차 세계대전 전부터 유명했던 보수주의자 H. L. 맨케인이다. 침례파와 감리파 외에 복음파에도 흑인 신도가 있다. 복음파도 침례교파만큼은 아니지만 원리주의자에게서 많은 영향을 받았다.

그 외에 ⑤ 퀘이커(Quaker) 교도가 있으나 이 역시 17세기 영국에서 시작되어 전도사들과 함께 미국으로 전해진 특이한 프로테스탄트의 일파다. 온몸을 떨면서 신앙체험을 하는 모습에서 붙여진 이름으로 신도들은 스스로를 소사이어트 오브 프랜즈(the Society of Friends)라고 부른다. 이 파는 '인간은 한 사람, 한사람이 신으로부터 직접 계시를 받는다'고 한다. 즉, 교회의 권위적인 조직성을 부정한다. 패전 후 일본의 점령 정책과 천황제 존폐에 영향을 끼친 사람들 중에는 이 퀘이커 교도나 감리파 교도가 많았다고 한다. 대부분 저교회파 계통의 미국의 세련되지 않은 프로테스탄트 각파는 '성서', '신의 말씀'에 직접 따르고자 한다. 그들은 교회나 성직자의 권위를 인정하려고 하지 않으며 평신도(Layman)들의 집회와 개개인의 신앙심만을 신앙의 근거로 삼으려고 한다.

가장 극단적인 종파는 재세례파(再洗禮派)와 아미쉬(Amish)라고 하는 프로테스탄트에서 가장 오래된 교의를 가진 사람들로, 지금도 전기나 자동차의 사용을 거부하고 중세유럽의 생활 그 자체인 소박한 지역생활공동체를 운영하고 있는 소수의 사람들이다. 아미쉬 사람들의 생활은 해리슨 포드가 주연한 「목격자 Witness」에 잘 묘사되고 있다.

앞에서 설명한 미국 건국의 신화가 되고 있는 '순례자의 시조'(Pilgrim Father)라는 청교도 일파는 16세기에 영국·독일·네덜란드에 퍼졌던 프로테스탄트 가운데 열렬한 칼뱅파의 일파다. 이 파는 종교개혁가 장 칼뱅(Jean Calvin, 1509~1564)을 창시자로 하는 완고한 신념을 지닌 사람들로, 이 종교 단체가 미국에 식민개척단을 보냈다. 이 ⑥ 칼뱅파는 17세기 영국 청교도혁명을 이룬 최강의 프로테스탄트 사상 집단이다. 그들은 근면하게 일하면서 상업 활동을 업신여기지 않는 사상을 가지고 있다. 칼뱅파의 '근면의 철학'을 바탕으로 '근대 자본주의의 정신'이 탄생했다고 주장하는 내용이 20세기 초 독일의 대사상가 막스 베버(Max Weber)가 쓴 『프로테스탄티즘의 윤리와 자본주의의 정신』에 있다.

칼뱅파는 전유럽으로 퍼졌고, 영국에서는 청교도(퓨리탄), 프랑스에서는 위그노, 독일에서는 고이센으로 불렀다. 스코틀랜드로 보급된 ⑦ 장로파(Presbyterian)도 칼뱅파의 일종이다. 『국부론』의 애덤 스미스는 이 장로파 프로테스탄트의 신학자다. 장로파는 스코틀랜드계 이민과 함께 미국으로 건너왔다.

이 칼뱅파의 사상은 미국 프로테스탄트의 주류를 이룬다. 칼뱅파의 근본 교의는 '신에 의한 예정조화설'(Predestination)과 '세속내 금욕'(수도원에서 생활하듯이 평생 근면하게 살아라)이라는 사상으로 이루어져 있다. '신에 의한 상정조화설'이란 "구원받을 수 있을까(salvation) 없을까는 신에 의해서 이미 결정되어 있고 인간은 어떻게 할 수 없다. 인간은 신을 향해서 이것저것 주문을 요구할 수 없다"라는 것이다. 여기에서 "인간사회에는 개인의 의사로는 어떻게 할 수 없는 법칙이 있다"는 근대학문의 원리가 도출된다. 여기에서 애덤 스미스의 '보이지 않는 손'으로 발전되고 '시장의 법칙'이 되는 것이다.

또 한 사람, 독일 종교개혁의 거물인 마르틴 루터(Martin Luther, 1483~1546)가 있다. 루터의 가르침을 따르는 파가 ⑧ 루터파(Lutheran) 이다.

루터파와 칼뱅파는 같은 프로테스탄트의 종교개혁파이긴 하지만 역사적으로 여러 사건이 있어서 두 파는 모든 종교종파가 그렇듯이 사이가 좋지 않다. '인류의 평화와 사랑'을 설교하는 점은 같지만 막상 교의를 둘러싼 다툼이 시작되면 각 교단의 성직자들이 안색을 바꾸고 격렬하게 서로를 공격하는 것을 보면 종교라는 것이 좀 묘하다는 생각이 든다. 한편으로 이들 프로테스탄트 각파의 통일된 합의에 의한 협의회 운동이 있는데, 세계교회주의(Ecumenicalism) 운동이다. ⑨ 유니테리언(Unitarian)은 종파에 구애받지 말고 마음에 여유를 가지고 그리스도교를 믿자는 종파다. 그러므로 신도들 중에는 과학자가 많다. 예컨대 종군목사는 유니테리언이다.

그 밖에 유타주에 본부를 두고 있는 ⑩ 몰몬교(Mormon)와 같이 미국에서 생긴 신흥 기독교 집단도 있다. 유타 주민의 6할 이상이 몰몬교도로 이 주는 독립왕국과 같은 분위기다. 기타 많은 신흥 기독교단체에 대해서는 더 이상 언급할 여유가 없다.

미국 사회의 종교적 분열은 일본인들이 생각하는 것 이상으로 심각하다. 적어도 일본은 사회 표면상으로는 '저 사람은 어느 종교 신자인가'를 문제삼지 않는다. 그러나 미국은 정치가·정치지식인들이 급진·보수를 불문하고 같은 종교로 결속되는 일이 많다. 보수본류의 〈내셔널 리뷰〉지의 빌 버클리파는 로마 가톨릭으로 결집되어 있고, 케네디파도 아일랜드계이므로 가톨릭이 많다. 그런가 하면 닉슨 정권은 퀘이커 교도의 집단이었다. 잠깐 부언하자면 닉슨은 일본의 다나카 가쿠에이(田中角榮)와 비슷한 인물이다. 토착 민중정치가로, 마지막에는 범죄자로 돌팔매질을 당했지만 미국의 대중들로부터는 서민적인 아버지로 사랑받고 있다.

미국의 온건한 백인 중산층계급의 사람들은 대체로 ①~④의 프로테스탄트 각 파의 교회에 소속되어 있다. 단, 교회가 마음에 들지 않으면 그곳을 탈퇴하고 다른 종파의 교회로 옮기기도 한다. 동시에 어린 시절 '일요학교' 이후 교회에 간 일이 없다는 사람이 많은 것 또한 사실이다.

군국주의자를 지원하는 종교우파

올리버 노스(Oliver North)라는 직업군인이 있었다. 그는 1994년 11월에 중간선거(Midterm election. 일본의 통일지방선거에 해당함) 때 버지니아주 상원의원 선거에서 낙선했다. 노스와의 일 대 일 싸움에서 어렵게 승리한 민주당의 후보는 존슨 전 대통령의 사위인 찰스 로브(Charles S. Robb) 상원의원이다. 올리버 노스 중령은 88년에 레이건 정권 말기에

‘이란·콘트라 사건’으로 떠들썩했던 군인으로, 국무성의 군사정책부문 담당관으로 실무책임자였다.

올리버 노스는 이란 정부나 엘살바도르의 반공게릴라 ‘콘트라’에게 무기를 제공하기 위한 비밀자금을 레이건 정권이 유용한 건 때문에 의회에 소환을 당해 증언하게 되었다. 그는 “레이건 대통령은 이 사건에 관여하지 않았다”며 레이건 대통령을 끝까지 보호해 공화당 보수파로부터 높은 평가를 받았다. “현실정치의 이면에는 또 다른 내막이 있으며 이것을 겉으로 드러낼 수는 없다. 그 이면에는 자금과 무기와 군사정보조직이 얽혀 있기 때문에 어느 정도 법률위반에 해당되기는 하지만 어쩔 수가 없다”는 것이 ‘이란·콘트라 사건’의 결말로 공화당의 승리였다. 이 군인 출신인 극우파에 가까운 올리버 노스에게 선거자금을 주고 지원한 사람들이 종교우파의 정치연맹이다.

존 타워(John Tower)라는 공화당 상원의원은 오랫동안 상원의 군사위원장을 역임했으나 부시 대통령이 국방장관에 지명했을 때, “그는 인격자가 아니다, 인품이 부족하다”라는 이유만으로 의회의 승인을 얻지 못해 국방장관에 임명되지 못했다. 존 타워처럼 의회에는 국방·군사예산을 관리하는 정치가들이 있다. 의회가 국가예산을 쥐고 있기 때문에 의회가 찬성하지 않으면 자금이 나오지 않는다. 그래서 이 국방·군사예산을 움직이는 사람들이 국방·군사의 인맥을 만들고 있다. 당연히 군의 수뇌부와 군사·방위산업계와 깊은 관련을 맺게 된다. 이러한 군사·국방관계의 의원들의 경우에는 매파라고 하지 않는다. 문자 그대로 군국주의자다. 존 타워보다 훨씬 더한 군국주의자는 공화당에도, 민주당에도 많다. 말이나 이념으로 정치를 표현하는 것이 아니라 현실정치 그 자체인 사람들이다.

공동체 우선주의운동

80년대에 들어와서 아미타이 이츠오니(Amitai Etzioni)라는 사회학자가 공동체우선주의(Communitarianism)라는 정치사상을 주장하기 시작했다. 이 사상은 글자 그대로 지역생활공동체(Community)를 중요시하고 개인의 인권주장보다 공동체(지역사회) 전체의 이익을 우선하자는 사상운동이다.

그는 동료 A. 맥킨테어, 리처드 샌델 등과 함께 〈민감하게 반응하는 공동사회 *The Responsive Community*〉라는 계간지를 발행해서 그 나름대로 지지와 공감을 얻고 있다. 이들 공동체우선주의자들의 주장을 요약하자면 다음과 같다.

"ACLU(미국시민자유연합)이나 자유의지론자, 기타 급진적 개인주의자들에게 고한다. 우리들은, 개인의 권리는 지역사회에 대한 책임 있는 태도와 균형을 이룬 것이 아니면 안 된다고 생각한다."

이 입장은 지금까지 미국 사회의 지나친 개인의 권리주장에 대한 반발과 반감에서 비롯된 것이다. 개인이 자신의 재산권과 각종 인권을 지나치게 주장하면 결과적으로 돌고 돌아서 지역공동체에 해악을 끼치게 된다는 주장이다. 이 점에서 공동체 우선주의는 일종의 보수주의다. 그러나 본래 이 주장은, 가난한 사람들이 생활공동체 전체로서의 이익에 우선한다는 의미에서 사회주의와 유사하다. 이 주장은 민주당의, 그것도 급진파 내부의 자기반성에서 나왔다. 이 공동체 우선주의는 일본인들이 이해하기 쉬운 주장이다. 이 사상은 흑인(및 기타 소수파)과 백인의 대립을 가능한 한 완화시키려는 취지도 동시에 가지고 있다.

그러나 이 공동체 우선주의운동은 시작된 지 10년이 지났는데도 아직 학자들만의 사상운동 영역을 조금도 벗어나지 못하고 있다. 지지자는 지식인에 한정되어 있으며 정치세력이라 부를 정도도 못된다. 민주당 대

공화당(보수파)이라는 미국 정치의 큰 대립의 틀 속에서 그 절충적인 성격을 띠고 있는 데에 원인이 있기도 하겠고, 자신들의 사상이 위치해야 할 현실적인 제자리를 찾지 못하고 있는 데도 이유가 있다. 빠른 시일 내에 이 사상이 정치적인 힘을 갖기는 힘들 것 같다.

8

흑인 이슬람 세력의 움직임

흑인 사회에서 제기되는 스스로에 대한 비판

오늘날 흑인들을 아프로 – 아메리칸(Afro-American) 또는 아프리카계 아메리카인(African American)이라고 부르는 경우가 많다. 그들은 보수파나 공화당을 매우 싫어하고 민주당을 지지하는데, 최근에는 흑인 사회 내부에서도 흑인 사회의 현상황에 대한 비판적인 자세를 취하는 지식인과 정치가들이 나오고 있다. **윌리엄 래즈베리**(William Raspberry)도 그 중 한 사람이다.

흑인 주거지역에서의 범죄발생률은 타지역에 비해 훨씬 높으며 젊은 흑인들은 갱단을 조직해서 주거지역을 세력권으로 삼아 서로 죽고 죽이는 세력 다툼을 하기도 한다. 미국에서는 하루 평균 약 100명, 연간 3만 명 정도가 총에 맞아 사망하고 있는데(살인사건), 그 사망자의 절반은 사실 흑인 사회 내부에서 흑인 청년들끼리 서로의 세력권을 지키기 위해 벌인 총격전 때문이라고 한다. 그들 흑인 청년들은 유치장에서 "우리들은 죽는 게 두렵지 않다"라는 노래를 크게 합창하기도 한다.

주위에서 그들을 갱이라고 부르지만 그들은 1920년대의 알 카포네와는 그 양상이 크게 다르다. 미국에서는 거의 모든 도시 빈민가에서 매일 밤 총격전이 벌어지고 있다. 총격전에서 흑인 청년들로 형성된 갱단은 히스패닉(스페인어를 쓰는 중남미계)과 싸우기도 하고, 최근에는 중국계와도 잦은 충돌을 빚고 있다. 백인들은 무서워서 이런 위험지역에는 절대 가까이 가지 않는다. 이 정도의 사실도 일본의 신문이나 TV는 일본 사람들에게 제대로 전하지 않고 있다.

윌리엄 래즈베리는 흑인 집단의 현실과 높은 범죄발생률, 흑인 사회의 낮은 도덕성에 대해 냉정한 입장을 견지하고 있다. 그는 설혹 흑인 정치 활동가들과 적대관계가 되더라도 할말은 하겠다는 각오다. 그는 흑인 평론가로서는 보기 드물게 자유파에서 자유의지론자로 전향한 인물이다. 흑인 사회의 치부를 지금까지 이렇듯 정면으로 명료하게 지적한 사람은 없었다. 즉, 칼럼을 통하여 흑인 집단의 범죄문제에 대해서 "경찰이 단속을 강화해야 한다"고 주장하고 있다. 그러나 이렇게 흑인 문제에 대해 드러내놓고 강경한 입장을 취하는 것은 아직까지는 상당히 조심스러운 일로 인식되고 있다. 흑인 사회에서 이런 주장을 큰 소리로 하게 되면 "당신은 공산당원이다"고 매도당하고 공격당하기 십상이다.

흑인 집단의 전체적인 입장에서 볼 때, 역사적으로 노예노동을 당했던 과거 4백년에 대한 증오와 더불어 현실생활에서의 백인 경찰관들의 횡포나 그들을 적대시하는 주위 환경들이 여전히 존재하고 있다. 이런 상황에서 경찰력을 강화해야 한다고 주장하는 것은 곧 자기 동포에 대한 배신행위로 인식되게 된다.

중산층이나 중상류층에 속하는 부유층 백인들의 솔직한 심정은 흑인의 도시범죄문제에 대해서 완전히 포기하고 있는 상태다. 흑인 거주지역에 접근하는 것이나 흑인 문제를 거론하는 것 자체가 엄두를 못 내는 형

편이다. 총기규제나 범죄에 관한 법 개정문제가 건강보험법 문제와 함께
미국 의회에서 쟁점화된 것도, 따지고 보면 흑인 지역사회의 범죄발생에
대한 대응을 둘러싼 입장 차이다. 미국인은 다른 사람에게서 "당신은 인
종차별주의자다(Racist)"라는 말을 듣는 것을 매우 두려워하고 싫어한다.
물론 "저 지역은 위험하니까 가까이 가서는 안 된다"는 표현 정도라면
상관이 없다.

그러나 흑인 가운데에도 걸프전쟁 때 명성을 떨친 합동참모본부 의장
인 콜린 파월과 같은 중산계급(upper middle class)에 속하는 사람들도
있다. 그들 역시 자신이 자기 집 앞 골목을 걷다가 지나가던 괴한한테 총
에 맞아 죽는 것을 바라지 않는다. 그렇기 때문에 흑인 사회 현황의 심각
성을 인식하게 되면서부터 흑인 내부에서도 의견대립이 일어나게 되었
다. 인기배우이자 코미디언인 에디 머피(Eddi Murphy)도 교육을 받은
중산계급 흑인층으로 취급받는다.

이와 같은 흑인 내부의 의견대립에 있어서 주목받
는 흑인 정치가는 **제시 잭슨**이다.

그는 1960년대 공민권 운동 시절에 마틴 루터 킹
목사의 비서로 있으면서 그와 함께 행동을 해왔다.
제시 잭슨은 킹 목사의 정통 후계자다. 현재 그는
흑인 사회를 향해서 '평온한 질서의 회복'을 외치고
있다.

제시 잭슨

그러나 그가 앞으로 흑인 세력을 결집시켜나가는 데는 상당한 어려움
이 예상된다. 그는 1980년에 민주당의 대통령후보로 추대받아 대통령
선거에 나서면서 유명해졌다. 그러나 당시 미국의 정치상황을 살펴볼
때, 미국 국민의 12%(3천만)의 투표권을 가진 흑인의 입장을 대변한다
는 차원에서 그가 부상했다는 인상을 지우기 힘들다. 그러나 제시 잭슨
은 중산계급 흑인층이기 때문에 가난한 흑인들로부터는 "글로리 혹"

(Glory Hog : 백인처럼 금발을 한 검은 돼지)이라는 경멸 섞인 별명으로
불리고 있다.

거대한 세력이 된 '국민'

제시 잭슨은 현재 흑인 이슬람교도 세력의 흑인 지도자인 **루이스 파라
칸**(Louis Farrakhan)과 공동전선을 구축하고 있다. 이 이슬람교도 흑인
단체인 '이슬람의 국민'(The Nation of Islam)에 대해서는 1993년에 개봉
된 영화 「맬컴 X」(스파이크 리 감독)를 본 사람들은 잘 알고 있겠지만, 현
재 흑인 정치세력으로서 미국에서 최대 규모를 자랑하고 있다. 1995년 10
월 워싱턴 DC에 백만 명이 넘는 흑인들이 모여 '백만 행진'(One Million
March)이라는 행사를 가진 적이 있는데 이때 이 행사
를 개최한 인물이 바로 루이스 파라칸이다. O. J. 심
슨 재판결과가 나왔던 직후, 루이스 파라칸의 후계자
로 주목받고 있는 차세대 지도자인 칼라이드 무하마
드는 94년 6월 중순, 대학에서 강연을 마치고 나오다
가 괴한의 총에 맞아 부상을 당했다. 총을 쏜 사람은
과거 동료였던 흑인 활동가였다.

루이스 파라칸

제시 잭슨은 킹 목사의 뒤를 잇는 여러 흑인 기독
교 단체와 NAACP 등 종래 주류파인 흑인 정치단체
들과 연계해 나가면서, 한편으로는 '이슬람의 국민'
과도 우호적인 관계를 유지하고 있다. 따라서 제시
잭슨은 아직도 흑인 세력의 대표라고 할 수 있다. 그
러나 러시 림바우와 같은 보수파 비평가들로부터는
공격 대상이 되고 있다.

칼라이드 무하마드

‘이슬람의 국민’의 흑인 이슬람교도들은 자신들의 분리독립을 주장하는 한편, 중동의 아랍·이슬람 세계와 유대·이스라엘의 종교대립에 가끔 반유대적인 태도를 보인다. 나는 이 책에서 인종차별주의와는 무관하게 어떤 인종, 종교단체, 정치단체가 미국 사회에서 무슨 사상을 가지고 어떻게 활동해 나가고 있는가를 가능한 한 객관적으로 설명하기 위해 노력하고 있다.

‘이슬람의 국민’은 순수한 이슬람교도(Muslim) 단체이기 때문에 흑인 지역사회에 규율·규범을 제공한다는 측면에서 중요한 의미를 지닌다. 이슬람교의 경우 성전(聖典)인『코란』의 규칙을 따르는데, 그 규칙 중에는 ‘절도죄를 범하면 그 팔을 잘라버린다’와 같은 무시무시한 계율이 있다. 이런 엄격한 계율들은 현실 속에서 범죄억제(억압) 효과를 가져온다는 점에서 분명히 흑인 사회에 커다란 영향력을 행사하고 있다고 할 수 있다. 사실 ‘이슬람의 국민’(약칭 ‘네이션’)은 흑인 사회에 마피아가 들어오는 것을 막아낼 정도의 힘을 가지고 있다. 그런 만큼 일본인들도 네이션이 실제로 흑인 사회에서 얼마나 강력한 정치적인 힘을 가지고 있는지를 분명히 알고 있어야 한다.

이 네이션은 세력이 계속 확대되고 있는 추세이며, 현재는 미국 전 도시의 흑인 주거구역에 네이션의 교회와 하부조직을 거느리고 있다. 네이션 안에는 군대와 같은 규율을 가지고 있는 조직적인 방위집단이 있는데, 이 집단을 FOI(Fruit of Islam)라고 한다. 그들은 군복과 같은 제복을 입고 규율을 지키면서 자신들의 집회를 방위하는 역할을 하기도 한다. 일본의 TV나 신문에서는 물론 종교적 특성에 따른 이유도 있겠지만 이 네이션에 관한 사항을 터부시하는 경향이 있어 국내에 거의 보도하지 않고 있다. 그러나 네이션은 이제 미국의 흑인 문제를 논할 때 절대로 빼놓을 수 없는 하나의 큰 세력이 되어 있다.

이들 흑인 이슬람교주의 정치운동에 대해서는 마루코(丸子王兒)가 쓴

맬컴 X

『맬컴 X는 누구인가-이슬람 국민과 Rap Movement의 원류』에서 상세한 내용들이 나와 있다. 마루코는 뉴욕에 살고 있으며 직접 '이슬람 국민' 운동에 참가하고 있다. 칼라이드 무하마드와도 친분이 두터운 사이이며, 머지않아 일본 '국민' 운동의 대변자가 될 인물로 예상되고 있다. 차세대 지도자로 주목받고 있는 그는 금전 스캔들 문제로 좀 시끄러웠던 적도 있다.

흑인 운동의 선구자인 **맬컴 X**의 살해와 관련된 문제에 있어서도 아직 네이션 내부적으로 깨끗하게 정리가 되지 않은 부분이 있다. 또 루이스 파라칸 등 현재의 지도자들이 금전문제나 여자문제로 자꾸 거론되는 것도 흑인 운동의 전개에 하나의 걸림돌로 작용하고 있다.

토머스 소웰

로버트 우드슨

앞서 설명했던 윌리엄 래즈베리 외에도 흑인 학자, 흑인 지식인 가운데 몇 명이 자유의지론자 보수파 입장으로 돌아선 경우가 있다. 원로로는 케네스 클라크(Kenneth Clarke. 하버드 대학 교수, 나중에는 컬럼비아 대학으로 옮김)가 있다. 그 외에 『인종과 문화 *Race and Culture*』의 저자이며 신문에 가끔 칼럼을 쓰고 있는 대학교수 토머스 소웰(Thomas Sowell)이나 로버트 우드슨(Robert Woodson), 월터 윌리엄스(Walter Williams) 등과 같은 인물들이 있다. 그들은 원래 자유파였으나 지금은 자유의지론자 보수파에 가깝다.

그들은 소수파 우선정책이 흑인의 자립을 방해하고 흑인을 더 사회적 불구자로 만들 뿐이라고 주장하고 있다. 이처럼 정치의식적인 측면에서도 흑인 내부적으로 서서히 균열이 생기고 있다. 영어권 국가의 흑인 지도자로는 남아프리카공화국의 넬슨 만델라 대통령 같은 인물이 있는가 하면, 잉카타의 지도자인 부텔제와 같은 인물도 있다. 이렇게 세계적인 흑인 지도자들의 모습이 여러 형태로 나타나고 있는 것을 보면, 흑인 해방운동이 굳건하게 어느 한 방향을 향해서 나아가지 못하고 있는 것은 당연한 일이다.

흑인 정치단체의 가장 중심적인 조직은 NAACP라고 할 수 있다. 1964년에 만들어진 공민법을 쟁취하기 위해 흑인 운동을 지도한 조직은 공민권 쟁취운동 중에 암살당한 마틴 루터 킹 목사가 이끄는 단체와 이 NAACP이다. 이 조직에는 변호사, 의사 등 전문직을 가진 중산층 흑인들이 모여 있으며, 단체 설립 이후 흑인의 정치적 권리투쟁을 계속해왔다. 정식명칭은 전미유색인종지위향상위원회(National Association for the Advancement of Colored People)이다. 대표는 벤저민 채비스(Benjamin Chavis)다. 다른 여러 명의 흑인 지도자들이 금전 스캔들 등으로 수세적 입장에 처해 있는 것처럼, 그도 성희롱 혐의로 고소를 당하기도 하고, 네이션의 루이스 파라칸

마틴 루터 킹

벤저민 채비스

에게 많은 돈을 기부했다고 해서 1994년 7월 총회에서는 반대파로부터 공격을 받는 등 조직 내에서 완전한 신임을 받지 못하고 있는 상태다.

채비스파는 네이션 그룹의 흑인 활동가들과의 공동투쟁을 원하고 있으나, 이 채비스파의 주류는 어디까지나 그리스도교 신자(침례파)이므로 네이션 그룹과는 근본적으로 원만한 관계를 유지하기가 힘들다. 이 부분역시 흑인 해방운동이 하나로 뭉쳐서 나가기 힘든 현실을 말해주는 내용이다. 이런 흑인 사회의 분열 추세(입장의 다양화)를 더욱 가속화시킨 것

은 역시 경제적인 흑인 중산층계급의 출현이라고 할 수 있다. 배구나 농구 등 프로스포츠 선수나 연예인으로 활동하는 흑인들은 고액 소득자(연수입 수백만 달러 이상)이므로, 그들은 부자들에 대한 지나친 과세에 반대하는 입장을 취하고 있다. 따라서 드러내놓고 공화당을 지지하는 흑인들의 숫자가 점점 늘고 있는 것이다.

무하마드 알리는 초거물

무하마드 알리

흑인 정치가를 언급할 때 빼놓을 수 없는 인물로는 일본에도 잘 알려진 복싱 세계헤비급 챔피언을 지냈던 **무하마드 알리**(Muhammad Ali)가 있다. 알리는 일본인들이 생각하고 있는 이상의 거물급 인사로 미국 사회에서는 단순한 운동선수가 아닌 흑인 사회에 큰 정치적 영향력을 지닌 인물로 인식되어 있다. 그는 미국 사회에서 단순히 권투를 잘하고 백인 복서를 때려눕혀 영웅이 된 것이 아니다. 그는 헤비급 챔피언이 된 후 베트남전쟁에 징병을 당했다. 이때 "나는 (백인 모두에게는 원망이 있어도) 동양인에게는 원한이 없다. 베트남인을 죽이기 위해 군대를 가는 일을 하지는 않겠다"고 1967년 징병령을 거부해 결국 체포되어 형무소에 들어가고 말았다. 그리고 챔피언 벨트를 박탈당하게 된다. 그러나 그는 나중에 양심적 병역거부자(conscientious objector)로 형무소에서 출소하게 되며, 출소 뒤 시간적 공백에도 불구하고 알리는 위기를 스스로 극복하고 74년에 마침내 '킨샤사의 기적'으로 조지 포먼을 물리치고 챔피언 자리에 복귀하게 된다. 알리는 미국의 영웅이 되었다.

알리가 "베트남인에게 원한이 없다"고 자기의 입장을 밝힘으로써 미

국은 베트남에서 싸워야 할 명분과 국가적 정의를 상실해버리고 말았다
고 사람들은 말한다. 그래서 백인 남자들도 그에게 경의를 표하게 되었
다. 알리는 1964년에 캐시어스 클레이라는 옛 이름을 버리고 일라이자
무하마드라는 인물의 이름을 따서 자신의 이름을 바꾸고 네이션에 가입
하여 이슬람교도로 개종했다. 70년대 일본에서도 '블랙 무슬림'(지금은
더 이상 사용하지 않는다)이라는 용어를 사용하던 시대가 있었다. 이때 많
은 이슬람교도인 흑인 프로스포츠 선수들이 일본에 왔는데 알리가 이 블
랙 무슬림 운동의 초기 대표였다. 1968년 멕시코 올림픽 때는 시상대에
올라간 미국 흑인 선수들 중에 성조기를 향하여 고개를 숙인 채 검은 장
갑을 끼고 팔을 들어올려 항의 표시를 한 선수들도 있었다. 이는 인종차
별에 대한 흑인들의 투쟁의 상징이었다.

그후 육상선수 칼 루이스, 복서인 마이크 타이슨
등 천재 흑인 프로스포츠 선수들의 시대가 도래되면
서 그들은 스포츠에서 더 많은 돈을 벌어들이게 되
고, 80년대 들어서는 그들의 사회적 지위도 한층 더
상승하게 되었다. 알리는 현재 신경계통의 질병을 앓
고 있다. 마이크 타이슨은 최근에 출옥했는데 형무소

칼 루이스

에서 네이션이 되어 사회에 복귀했다. 서양의 백인 세계와 대결해서 결
코 지는 일이 없는 세계의 유일한 세력이 이슬람 세력이라는 사실을 우
리들은 명심해야 한다.

80년대에 접어들면서 흑인 젊은이들 사이에 랩 음악(힙합)이 유행하
게 된다. 대부분의 가사 내용들이, 이를테면 그들이 공적(Public Enemy)
이라고 생각하고 있는 백인 경찰관들에 대한 비난으로, "백인 경찰관들
을 때려눕혀라"와 같은 불순한 내용의 음악이기 때문에 백인 문화와 충
돌하게 되고 백인 록커들과도 대립하게 된다. 네이션은 이 과격한 랩 음
악가들에게 이해를 표시하면서 자신들의 운동 속으로 끌어들이려고 노

력하고 있다. 래퍼(rapper)들은 음악가로 성공하면 돈을 벌게 되고 비로소 돈의 매력을 알게 되는데, 이것이 바로 미국 자본주의의 가공할 만한 힘이라고 할 수 있다. 백인 젊은이들 사이에서도 종래의 록보다 랩을 선호하는 사람들이 많이 생기고 있다. 흑인들과 같은 몸짓과 복장을 한 백인 래퍼까지 나오고 있다. 기성 흑인 정치단체들은 랩 세대의 젊은 층들을 끌어들이기 위해 안간힘을 쓰고 있는 상황이다.

뿌리깊은 인종차별문제

윌리엄 브래드퍼드
쇼클리

1960년대 초기에 "흑인은 백인들에 비해 지능이 떨어진다"라는 '과학논문' 발표로 아직도 미국인들에게 널리 알려져 있는 학자가 있다. 윌리엄 브래드퍼드 쇼클리(William Bradford Shockley, 1910~89)라는 스탠퍼드 대학 교수다. 쇼클리 교수는 "지능은 유전적인 요인에 의해 결정되기 때문에 흑인은 태어날 때부터 낮은 지능을 가지고 태어난다"라는 발언으로 큰 물의를 불러일으켰다. 쇼클리는 1956년 노벨물리학상을 수상한 학자로 '반도체연구와 트랜지스터 효과의 발견'이 수상 사유다. 그는 나중에 64세 때 캘리포니아주 정자은행에 자신의 정자를 맡긴 일로도 화제가 되었던 인물이다.

쇼클리의 충격발언이 지금까지도 미국 사람들의 기억 속에 특별히 남아 있는 인종차별 발언이라고 할 수 있다. 이 밖에 미국 사회에서 수시로 발생하고 있는 흑인차별, 인종차별 사건이나 발언 등에 대해서 보통의 미국 시민들은 그다지 문제시하지 않는다. 60년대 격렬했던 남부의 흑인해방을 둘러싼 정치적 투쟁은 1964년 공민권법 성립으로 일단은 매듭

이 지어졌다고 볼 수 있다.

미국에 대해서 잘 알지 못하는 일본인들이 특히 주의를 해야 할 부분은 "원래 흑인은 열등한 인종이 아닌가"라는, 자신은 별것 아니라고 생각하는 의문을 아무 생각 없이 미국 백인들에게 질문해서는 절대 안 된다는 것이다.

"우리들도 동아시아(동양인. Oriental로 통칭)인으로 유색인종이기 때문에 미국의 백인 우월사회에서는 분명히 눈으로 볼 수 없는 많은 차별을 받고 있다", "실제로, 내 친구들은 유학생 시절에 그런 경우를 당했었다고 말했다. 예를 들어 백인 부잣집 파티에 초대받았을 때 정원 옆에 있는 수영장에 내가 뛰어들자 어느새 다른 백인들이 풀장에서 모두 나와버렸다", "다른 경기 종목과는 달리 수영에 흑인 선수가 없는 것은 왜일까, 이상하지 않은가", "일본계 미국 부인이나 주일미군 병사와 결혼한 일본인 여성들과 얘기해보면 일본계 사람들이 예전부터 얼마나 많은 차별을 받아왔는지를 듣게 된다"— 이런 말을 미국 백인들에게 해서는 안 된다는 것이다. 어차피 그들은 이해하지도 못한다. 그들의 사고방식이나 이론구조는 이런 소박한 이야기들을 거절할 뿐만 아니라 받아들이려고 하지 않는다. 그러므로 서양 사람들을 만날 때 이런 점들은 신경써야 할 부분이다.

이런 단순한 질문들이 큰 오해를 낳을 수 있다. 상대방 서양 사람들(백인들)이 이런 단순한 질문들에 대해서 "당신 자신이 인종차별주의자가 아니냐", "당신은 초국가주의자인 이시하라 신타로(石原愼太郎)와 같은 생각을 가진 사람이 아닌가"라는 오해를 하게 되면서 당신을 아주 의심스러운 눈초리로 바라볼 것이다. 왜냐하면 미국인에게 이런 인종차별문제를 직접적으로 질문한다는 것은, 미국인이 우리 일본인에게 "당신들은 제2차 세계대전 중에 천황 히로히토가 나치 히틀러와 손잡고 백인 포로병사와 많은 아시아인들을 학대하고 죽인 사실에 대해서 어떻게 생각

하느냐"고 묻는 것과 같기 때문이다. 대부분 우리들은 이런 스타일의 질
문을 받으면 우물쭈물하면서 대답이 궁해지게 마련이다. "그 당시는 나
름대로 정치적 배경이 있었다"고 대답한다면 당신은 아마 분명히 "이 일
본인은 파시스트이거나 울트라 내셔널리스트적인 일본인이다"고 상대
방에게 인식되고 말 것이다. 아주 사이가 좋은 경우에는 물론 예외일 수
가 있겠지만 말이다.

인종문제·흑인차별문제는 미국 사회에서는 굉장히 뿌리깊은 문제로,
일본인들이 경솔하게 언급하기에는 매우 조심스러운 부분이라고 할 수
있다.

특히 어릴 때부터 흑인들과 책상을 나란히 하고 자라면서 가끔 흑인
소년들로부터 돌이 날아왔다든가, 신체적인 공포를 경험했던 백인들의
복잡한 감정은, 백인 부자들의 자녀만이 다닐 수 있는 '사립학교'
(preppy school)에서 자라서 흑인들과 접촉하는 일이 없이 생활한 중상
류층의 미국인들과는 또 다르다. "나는 인종차별주의자가 아니다"(I am
not a racist)고 주장하는 것 자체가 경우에 따라서는 그 반대로 들릴 수
도 있다.

'과학에서의 보수파들'의 사상 제언

흑인문제(인종문제)에 대해서 쇼클리 사건 이래 가
장 큰 화제를 불러일으킨 것이 최근에 출판된 사회학
자 **찰스 머리**(Charles Murray)가 쓴 『벨 곡선 *The
Bell Curve*』이다. 1994년 베스트셀러에 올랐던 이 책
이 미국 사회에 던진 충격은 굉장했다.

벨 곡선이란 각종 시험의 점수분포를 완만한 산 모

찰스 머리

양으로 나타내는 선을 말한다. 즉, 편차값을 나타내는 전형적인 그래프로서, 이 정규 분포도는 종 모양을 하고 있다. 머리는 정부·교육청이 실시하고 있는 전국민대상 IQ테스트(지능검사)를 엄밀한 방법으로 조사하고 수많은 객관적인 통계수치를 이용해서 "인간의 지능은 인종 간에 차이가 있다. 흑인은 상대적으로 백인보다 떨어진다"고 이 책에서 논증했다. 보수파 학자 지식인들은 머뭇거리면서도 "아주 훌륭한 과학적 연구다"고 환영했다. 이에 반해 급진파는 초기에는 신문·잡지에서 냉정한 입장에서 화제로 올리다가 나중에는 이 책에 대해서 무시하고 묵살하는 태도로 나갔다. "특별히 새로운 사실이 적혀 있는 것도 아니다"라는 것이 급진파 사람들이 취한 반응이었다.

찰스 머리는 아주 독특한 지식인이다. 그는 오늘날 미국에서 가장 보수적이고 극단적인 발언을 거침없이 쏟아내고 있는 인물로 여겨지고 있는데 젊은 시절에는 좌익 지식인이었다. 인간의 개선(범죄자의 교화지도 등)이나 사회개혁이 그리 쉬운 일이 아니라는 절망이 그를 '과학적인 보수파'의 인격체로 형성시켜 나갔다. 찰스 머리의 주요 저서 중의 하나인 『상실되어가는 합리성 *Losing Ground*』(1984)은 1980년대 이후 줄곧 베스트셀러 자리를 차지하고 있다.

찰스 머리는 지금까지 급진파의 독점물이었던 '사회과학'이라는 무기를 보수파가 사용할 수 있게끔 한 인물이다.

찰리 머리는 '범죄문제'의 권위자인 제임스 Q. 윌슨과 함께 오늘날 미국에서 가장 근원적인 사상 제언을 할 수 있는 학자다. 정곡을 찌르는 이 두 사람의 발언이 미국 사상계의 방향을 결정하고 있다고 해도 과언이 아니다. 그들은 대중에 영합하는 위선적인 언론들의 위협에도 굴복하지 않고 자신의 주장을 당당하게 내세우는 진정한 학자라고 할 수 있는 인물들이다.

찰스 머리의 '벨 곡선'은 각 개인의 지능은 태어날 때 이미 정해져 있다는 사실을 전제로 한 우생학(Eugenics)의 전통에 입각한 사상이다. 미국에서 우생학은 나치 독일의 '인종주의' 사상과 연결지어서 생각하고 있기 때문에 현재 학문적 연구로 공공연하게 드러내고 있지 못해 일반인의 관심을 크게 끌고 있지는 못한다. 원래 이 우생학으로 유명한 곳은 시카고 대학이다. 시카고 대학은 전세계의 이민자들이 모여들어 많은 인종(Race)들이 무리를 지어 살고 있는 대도시인 시카고에 자리잡고 있어 다문화주의의 본산이라고 할 수 있다. 많은 일본인 사회학자들이 그곳에서 공부하고 있는 대학이기도 하다. 페미니즘 연구로 유명한 여성학자 소냐 샨크만(Sonia Schankmann)은 스스로 우생학자임을 밝히고 있다. 일본의 페미니스트 학자들도 자신들의 사상을 그녀의 사상에 연결시키려고 애쓰고 있다.

아무튼 찰스 머리는 『벨 곡선』에서 더욱 놀라운 내용을 썼다. "흑인종은 백인종보다 지능면에서 떨어진다. 그러나 아시아 인종은 이 백인종보다도 더 우수하다. 그리고 아시아 인종보다 더 우수한 인종이 바로 유대계다"라고 IQ테스트 결과의 엄격한 통계자료를 근거로 해서 밝히고 있다. 미국의 인종차별을 둘러싼 문제는 '단순한 차별 감정을 다루는 것'이 아니라 과학(학문)의 방법을 채택해서 논의할 수밖에 없는 일이다.

그렇다면 이런 주장에 대해서 흑인들은 어떤 반응을 보였을까. 그들 역시 찰스 머리의 주장을 묵살했다. 이미 미국의 흑인들은 일부 부유한 중산층 흑인들을 제외하고는 모두 흑인 공동체에서 자기네들끼리 살고 있기 때문에 흑인들만을 위한 학교 교육을 받고 싶다는 생각으로 크게 기울고 있다. 이것은 백인 차별주의자들로부터 먼저 나온 이야기가 아니라 흑인 사회에서 먼저 제안되어 실행으로 옮기고 있는 것이다. 이는 '인종분리주의'와 얼핏 비슷해 보이지만 엄밀하게 말하자면 '분리독립주의'라고 할 수 있다. 이것은 종래의 '인종융화주의'에 대한 반성에서 나온 사고다.

이 "흑인들끼리만 살아가자"라는 '분리독립주의'를 가장 먼저 실천운동으로 정리하여 주창한 인물이 바로 맬컴 X다. 맬컴 X의 이슬람교도로서의 인간에 대한 이해는 결코 깊이가 없는 빈약한 것이 아니었다. 그의 사상의 크기는 어쩌면 서구 근대사상을 초월하는 인류공생의 사상인지도 모른다. 서양 백인들이 이제 와서 이슬람 세계를 자신들의 최대의 적으로 생각하는 것도 무리는 아니다. 미국 내에서 확산되고 있는 이슬람 세력 — 바로 흑인 이슬람교도들이다.

9

좌파 지식인과
급진 좌파운동의 현재

〈파티전 리뷰〉지를 중심으로 모이는 좌파 지식인들

마지막으로 미국의 좌파 지식인, 급진파 그리고 각종 과격 단체들에 대해서 일괄적으로 알아보기로 하자.

먼저 미국의 좌파 지식인 및 급진파들에 대한 전체상을 알아보기로 한다. 미국의 좌파 혹은 급진파의 현재 모습을 설명하기 위해, 그 출발점이라고 할 수 있는 1920년대 존 리드(John Reed)로부터 시작되는 좌파 지식인들의 언론·사상운동에 대해서 알아볼 필요가 있다. 제2차 세계대전을 전후한 시기에 좌파 지식인들은 〈파티전 리뷰 *Partisan Review*〉(1934년 창간) 지를 중심으로 모여들었다.

1919년 모스크바에서 있었던 제3 인터내셔널(코민테른)이라는 공산주의 운동이 세계로 확산되어가는 과정에서 미국에도 공산당이 들어서게 된다. 이 미국의 공산당이 그들의 의도와 활동을 알리고자 만든 당 기관지가 바로 이 〈파티전 리뷰〉다. 그러나 소련의 국내 정치탄압과 강제수용소를 이용한 공포정치의 실태가 서방측에 서서히 알려지기 시작하면서 미국의 좌파 지식인 내부에서는 격렬한 동요와 회의가 일어나게 된다. 그런 과정을 겪으면서 이 잡지는 50년대부터 반소련(반스탈린주의) 독립좌파의 입장으로 편집방향이 바뀌게 된다. 이 전통 있는 〈파티전 리뷰〉지는 오늘날에도 많은 미국 지식인들의 사랑을 받으면서 격식과 품격을 유지하고 있는, 고급 언론지로서 자리매김하고 있다. 그러면 지금부터 1950년 이후 이 〈파티전 리뷰〉지를 중심으로 활동해온 전통 좌파 지식인들에 대해 간략하게 알아보기로 한다.

1920년대는 대공황을 앞둔 호경기의 절정으로 스콧 피츠제럴드라는 인물이 등장하면서 미국의 소설과 문예평론은 화려하게 꽃을 피우게 된다. 이 무렵 미국은 경제력으로 유럽을 제치고 세계의 패권국으로 등장한다. 두 차례의 전쟁을 겪고 난 뒤 50년대 들어 미국은 다시 호경기를 맞이하게 되나 세계는 소련과의 동서대결에 의한 냉전구도 속으로 접어들고 있는 상황이었다. 미국 내 상황은, 한편으로는 마르크스시즘의 적색분자색출 소동이 일어나고 있었으며, 다른 한편으로는 좌파 성향의 급진파가 석권하고 있는 뉴욕의 문예·정치평론계를 중심으로 반소련·반자본주의의 반체제 지식인들이 인기를 누리고 있었다. 이 20년대 이후 뉴욕의 좌파 지식인들의 모임터 역할을 했던 곳이 바로 이 〈파티전 리뷰〉지였다.

앞서 설명한 대로 이 언론지는 원래 미국 공산당의 기관지로 출발했으나 미국 공산당의 쇠퇴와 소멸이라는 시대의 변화 속에서 그 역할을 바꾸어간다. 그들은 직접적인 정치활동과는 별개로 일반 지식인층을 위한 정치·철학·문학·예술을 다루는 고급 언론지로, 수준 높은 언론세계를 형성해갔다. 뉴욕의 좌파 지식인층들이 모여 있는 곳은 뉴욕 서쪽 110번지에 있는 미국 동부지역의 명문 컬럼비아 대학 주변이었다. 〈파티전 리뷰〉의 편집부도 과거에는 이 부근에 있었으며, 현재는 매사추세츠주의 보스턴 대학 내로 옮겼다.

이 뉴욕의 좌파 성향을 지닌 엘리트들의 모임을 "가족"이라 불렀다.

월리엄 필립스

여기에 모인 대표적인 인물로는, 오랫동안 이 언론지의 편집장을 맡았던 필립 라브(Philip Rahv), 윌리엄 필립스(William Phillips), 마르크스주의 철학자인 시드니 훅(Sydney Hook), 작가·평론가로서는 메리 매카시, 엘리자베스 하드윅(Elizabeth Hardwick), 독일에서 망명해온 한나 아런트, 〈포춘〉 지의 글을 썼던 드와이트 맥도널드, 문예평론가인 클레멘트 그린버그(Clement Greenberg), 시인 델모어 슈워츠(Delmore Schwartz), 로버트 로웰(Robert Lowell),

필립 로스

어빙 크리스톨, 앞서 말한 노먼 포도레츠, 사회학자인 대니얼 벨 그리고 여류작가이며 평론가인 다이애나 트릴링(그녀의 남편인 라이오넬 트릴링) 부부 등이 있다. 그 밖에도 극작가인 릴리언 헬먼(Lillian Hellman)과 오랫동안 그의 연인으로 여결이었던 비

메리 매카시

정의 작가 대시얼 해밋과 같은 인물들이 있었다. 작가인 필립 로스(Philip Roth), 그리고 컬럼비아 대학 교수이기도 했던 문예평론가 자크 바르쥥(Jacques Barzun) 역시 손꼽을 만한 인물들이었다.

이 언론지로부터 분리되어나간 사람들이 60년대에 형성한 그룹이 이 책 속에서 여러 번 설명되었던 신보수주의파(신보수주의)다. 신보수주의파의 대표격인 노먼 포도레츠는 〈필립 리뷰〉와 〈파티전 리뷰〉의 편집 원칙을 둘러싸고 논쟁을 벌인 뒤 뛰쳐나가 〈코멘터리〉 지를 창간했다. 크리스톨은 〈퍼블릭 인터레스트〉 지와 계간 〈내셔널 인터레스트〉 지라는 신보수주의파를 대표하는 언론지를 창간했다. 이 두 사람은 "소련 공산주의를 증오한다. 우선 무엇보다도 소련을 무너뜨려야 한다"고 열정과 신념을 가지고 줄기차게 주장해온 좌파 지식인(당시)으로서, 나중에는 미국의 재계인이나 보수파 정치가들의 고문 역할을 하게 된다. 포드레츠의 공산주의에 대한 생각은 다음과 같다.

> 당시 많은 좌파 성향의 인물들과 마찬가지로 우리들 역시 1930년대에 공산주의 사상에 심취했다.
> 그러나 그 많은 좌파집단과는 달리 우리들은 이 운동에 환멸을 느끼고 그 주술로부터 해방되었다. 그러나 우리 동료들 중 대부분은 (보수파로 가지 않고) 그뒤 급진파로 남았다.
>
> 『나의 수행시대 *Making it*』(1967)

이렇게 해서 〈파티전 리뷰〉지에서 많은 지식인·평론가가 배출되었으며, 이들이 독립하여 수준 높은 여러 잡지들을 창간했다. 이들은 소련에 대해서 다양한 태도를 보이면서 내부적으로 격론과 감정적 대립을 해나갔다. 여기에서 등장하는 모든 지식인들에 대해서 일일이 설명할 여유는 없다. 따라서 그들 중 다이애나 트릴링과 메리 매카시, 릴리언 헬먼이라는 아주 개성 있는 여성 평론가에 대해서만 알아보기로 한다.

잊혀져가는 좌파 지식인들

다이애나 트릴링의 부모는 폴란드에서 이민을 왔으며 증권업에 종사했다. 1905년에 태어난 다이애나는 1929년 래드클리프 대학을 졸업하자마자 동갑인 라이오넬과 결혼해서 부부가 함께 작가·평론가 생활을 시작했다. 라이오넬은 나중에 컬럼비아 대학의 문학부 교수가 되고 평론가로서도 유명해진다. 다이애나와 라이오넬은 소련에 대한 환멸을 느낀 후에도, 노먼 포도레츠나 어빙 크리스톨처럼 '소련을 증오'하는 신보수주의파가 되어 보수세력에 가담하는 일은 없었다. 그들은 예전과 마찬가지로 온건한 급진파로서의 자세를 그대로 유지했다. 라이오넬이 1976년에 사망한 후 다이애나는 『여행의 시작 *The Beginning of the Journey*』(1993)이라는 회상록을 써서 호평을 받았다. 이 책에서 그녀는 과거 동료들과의 교류, 정치문제를 둘러싸고 격렬하게 대립했던 일들에 대해서 그리워하고 있다.

메리 매카시는 『그룹 *The Group*』이라는 자전소설로 유명한 여류작가다. 이 소설은 영화화(1966)되었고 지금까지도 많은 사람들의 기억 속에 남아 있는 명화 중의 하나다. 내용은 1930년대의 바살이라는 유명한 동부 명문 여자대학교 학생들의 예민한 사춘기 생활을 묘사한 작품이다. 메리 매카시는 89년에 사망했다.

릴리언 헬먼은 극작가로 출발해서 하드보일드(Hard-boiled : 불필요한 수식을 생략한 문체로 주인공의 성격·행동 등을 객관적이며 스피디하게 묘사하는 형식) 작가로 대시얼 해밋(Dashiel Hammett)과 오랫동안 동거했다. 해밋은 『몰타의 매 *The Maltese Falcon*』(1930)의 작가로서 이 작품은 나중에 영화화되는데, 이 영화에서 명배우 험프리 보가트가 세상에 알려지게 된다. 해밋은 뛰어난 감수성을 지닌 대중소설작가로 하드보일드 소설의 뛰어난 작가이자 원조로 일본에도 잘 알려진 인물이다. 그는 1951년에 공산당 동조자로 '적색분자색출'의 재판에 회부

대시얼 해밋

험프리 보가트

로버트 레드포드

되었으나 증언을 거부하고 투옥되었다. 릴리언 헬먼 역시 연방의회에 불려나가게 되고 미국 전역에 불어 닥친 반공의 히스테릭 소용돌이 속에서 할리우드의 영화인들과 고락을 함께 했다.

바바라 스트라이샌드, 로버트 레드포드 주연의 영화 「추억」(1973)에서 미국의 좌파 지식인들이 매카시즘 시대에 받은 박해의 모습이 잘 묘사되고 있다. 헬먼의 회상소설 『펜티멘토 *Pentimento*』(1973)를 나중에 영화한 것이 프레드 진네만 감독의 「줄리아」(1977)다. 주연은 제인 폰다와 바네사 레드그레이브다. 이 소설은 제2차 세계대전 중에 독일 국내의 반(反)나치 레지스탕스 운동을 지원한 사람들의 모습을 다루었다.

헬먼은 1969년 『미완의 여성 *The Unfinished Woman*』이라는 자전적 회상록을 써서 평론가들에게 다시 한 번 높은 평가를 받게 되었다. 그러나 한편으로 이 책 속의 내용을 둘러싸고 메리 매카시나 다이애나 트릴링과 격렬한 논쟁을 벌이게 되며, 과거 〈파티전 리뷰〉지 동료들의 삶의 태도·사고방식과 관련하여 결국 명예훼손으로 재판사태로까지 발전하게 된다.

이것이 찬란하게 30년대를 장식했던 영광스러운 미국 좌파 지식인들의 훗날의 모습들이다. 어느 나라에서든 좌파 지식인들은 그들의 인생에서 많은 굴절과 참담함을 경험한다.

여기에서 이드 머로(Ed Murrow)에 대해서 잠깐 알아보자.

머로는 제2차 세계대전 중 영국 특파원으로서 영국의 전쟁 상황을 미국에 전달한 CBS 라디오 아나운서다. 전쟁 후에는 CBS TV의 사회자로 활동했다. 그는 조지프 매카시의 '적색분자색출' 조사활동에 반대하면서 TV 프로그램 방송 도중에 미국 국민들에게 좀더 냉정하게 상황을 판

단할 것을 요구했다. 그의 이런 행동에
따른 결과로 마침내 TV에서 조지프
매카시를 몰아냈다는 평가를 받게 되
었다. 머로 역시 젊은 시절 조합활동의
전력에 대해 조사를 받고 의심받았지
만 절대로 굴복하지 않았다. 조지프 매

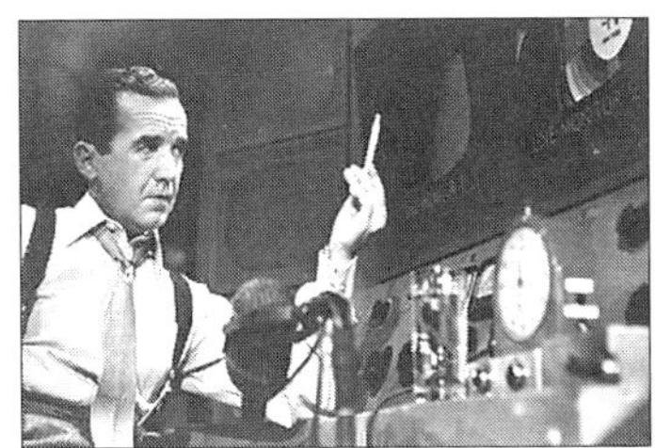

이드 머로

카시 상원의원은 TV에 등장할 때마다 갑자기 격앙된 말투로 얘기한다든
지, 또 느닷없이 감동하여 눈물을 보이는 등 정서 불안한 모습을 보였다.
일반 국민들은 이런 모습에서 뭔가 부조리하면서도 광적인 요소를 느끼
게 되었고, 결국 매카시는 정치적으로 실각하게 된다. 이것이 1950년대
미국 사회를 긴장 속으로 내몰았던 매카시 열풍의 결말이다.

내가 아주 좋아하는 미국의 아르메니아계 유대인
작가인 **솔 벨로**(Saul Bellow)는 오랫동안 시카고 대
학 문학부 교수를 지내고 있다. 동시에 50년대 〈파티
전 리뷰〉지가 친스탈린파와 반스탈린(Trotskism)파
로 나누어져 내부 갈등을 일으켰던 시대를 살았던
인물이다. 그는 반스탈린파에 속했는데, 미래파 사

솔 벨로

회학자로 일본에서 유명한 앨빈 토플러나 문명비평가인 대니얼 벨도 반
스탈린파의 학생이었다.

벨로는 88년에 『학생부장의 12월 *Dean's December*』이라는 책을 썼
는데, 그 책 속에서 자신이 젊은 시절 좌파 학생이었다는 사실을 고백하
면서, 당시 소련의 현실에 크게 환멸을 느꼈던 점 등을 회상 방식으로 적
고 있다. 그와 친한 〈뉴욕 타임스〉의 급진파 칼럼니스트 마이크 로이코
에 대한 이야기도 적고 있다.

'시카고 7' 그후

1970년대 이후의 급진 세력에 대해서 알아보자. 급진파는 크게 둘로 나누어 신좌파·과격파와 페미니스트 여성운동 해방파 두 갈래로 설명할 수가 있다.

이야기는 4반세기 전인 68년 11월, 시카고에서 큰 혼란을 일으켰던 민주당 전국대회의 식장에서 시작된다. 이 대회장에서 '베트남전쟁 반대' '학생 징병 반대' '베트남으로부터 미군 철수'를 요구하며 수천 명의 학생들이 집단난동을 부려, 대회장을 비롯한 그 주변은 혼란으로 엉망이 되고 학생들은 경찰과 충돌해 최루탄이 난무하면서 많은 부상자가 발생했다. 이것은 미국 신좌파운동의 기념비적인 사건이었다. 일본으로 치자면 1969년 1월의 도쿄대 야스다(安田) 강당의 공방전에 해당되는 역사적 사건이라고 할 수 있다. 이때 미국 전체의 학생활동을 조직한 곳이 SDS(Students for a Democratic Society. 민주사회를 위한 학생동맹)이다. 이 SDS는 일본의 '전학련' '전공투'에 해당한다. 이 당시 SDS의 지도부였던 사람을 '시카고 7'이라고 부른다.

(1) 톰 헤이든(Tom Hayden)

(2) 데이비드 델린저(David Dellinger)

(3) 아비 호프만(Abbie Hoffman)

(4) 존 프로이니스(John Froines)

(5) 리 웨너(Lee Weiner)

(6) 레니 데이비스(Rennie Davis)

(7) 제리 러빈(Jerry Rubin)

(1)의 톰 헤이든과 (3) 호프만에 대해서 간단히 알아보기로 한다.

(1)의 **톰 헤이든**은 SDS의 창시자 겸 리더다. 2대 의장은 토드 기틀린

(현재 뉴욕주립대 교수)이다.

SDS는 1970년 내부 분열로 '행동파'와 '관습파'로 분열되면서 SDS 조직 자체는 공중 분해된다. 즉, 온건한 대중운동을 주장하는 '관습파'에 비교해 보다 과격한 무장투쟁을 주장하는 '행동파' 출신 학생들은 나중에 '웨더맨'이라는 단체를 결성해서 미국

톰 헤이든

정부에 대한 무장투쟁을 벌일 것을 선언한다. 이는 일본의 1972년 '연합 적군사건'과 아주 동일한 경로를 밟는다. 우선 잘게 작은 그룹으로 나누어져서 총포점이나 은행을 습격할 것을 계획했으며, 테러리스트 운동을 긍정하고, 무기로 무장하고 정부기관을 습격할 것을 계획했다. 수제폭탄을 제조하려다가 실수로 민가를 날려버린 사건도 있었다. 현실적으로 너무 과격한 성향을 띤 그들은 결국 범죄자 무리로 전락하여 경찰에 쫓기게 되면서 순식간에 운동 자체가 소멸해버린다.

1993년 캐서린 앤 파워라는 여성이 23년간의 도피생활 끝에 경찰에 출두한 사건이 있었다. 이 여성은 1970년 '웨더맨'의 일원이었다. 그녀는 활동자금 조달을 위하여 은행강도에 가담했다가 지명수배되었다. 미국 전역을 돌며 도피생활을 하면서 여러 공동 생활단체를 전전하다가 오래곤주 시골마을에 정착하여 레스토랑을 경영하며 남편, 아이들과 함께 행복하게 살고 있었다고 한다. 23년 만에 자수한 범인에 대하여 법원은 20년간의 보호관찰처분판결을 내렸다.

SDS의 지도자 헤이든은 캘리포니아주 의회의 상원의원이다. 요즈음은 환경문제와 소비자운동에 힘쓰고 있다. 부인이었던 여배우 제인 폰다와는 1989년에 이혼했다. 그녀는 '과거 우리들의 반전운동이 과연 전부 옳았는가, 반미 운동이었던 것은 아닌가'라고 생각해 그와는 생각이 맞지 않았다고 한다. 제인 폰다는 80년대에 에어로빅 운동으로 명성을 날렸다. 톰과 헤어진 후 현재는 CNN회장인 테드 터너와 결혼해서 살고 있

아비 호프만

다. 제인 폰다는 가슴확대수술로 여성단체로부터 배척당하기도 했다.

(3)의 아비 호프만은 히피문화 세대답게 마약과 기발한 사고, 자유분방하게 생활한 인물이었다. "스무살이 넘은 사람이 하는 말은 믿지 말라"는 명언은 지금도 전해지고 있다. 그는 1992년에 사망했다.

바비 실

바비 러시

그 외에도 이 부분에서 그 당시 과격파 흑인 해방운동에 대한 언급을 빼놓을 수가 없다. **바비 실**(Bobby Seale)이 지도자였다. 그는 백인 학생운동가들과 절교하고 흑인 과격파 조직을 결성한다. 휴이 뉴턴(Huey Newton), 엘드리지 클리버(Eldridge Cleaver)와 같은 인물들과 함께 '블랙 팬더'를 만들었다. 이 흑인 과격파 조직은 흑인 거주지역의 생활향상운동을 전개하기도 했기 때문에 흑인 사회 내에서 지지를 받아왔다. 그러나 FBI와 총격전을 벌여 주요활동가 대부분이 죽거나 투옥되어 결국 조직 자체가 없어지고 만다. 블랙 팬더의 창립멤버로는 현재 시카고 출신 하원의원인 바비 러시(Bobby Rush)가 있다. 그 역시 지금은 상당히 온건해졌고 "흑인 젊은이들이 죽어서는 안 된다"고 얘기하고 있다.

미국에는 현재도 급진파 혹은 신좌파계의 정치단체가 많이 있는데 자세한 내부 사정은 파악하기가 힘들다. 유명한 정치잡지로서는 〈마더 존스〉지, 〈네이션〉지, 〈Z 매거진〉지가 있다. 이 잡지에 기고를 하고 있는 인물들은 현재도 신좌파계라고 볼 수 있는 지식인들이라고 할 수 있지만, 일본과 마찬가지로 일반 국민에 대한 영향력은 거의 없다.

70년대 학생운동, 히피문화(대항문화) 속에서 출현한 지식인으로는 톰 울프, 헌터 S. 톰슨을 들 수 있다. 울프는 현재 문예평론계의 중추인물이다. 그는 『채색된 이야기 *Painted Word*』, 『나의 집 바우하우스 *Bauhaus to My House*』, 『라이트 스터프 *Right Stuff*』, 『허영의 화톳불 *The Bonfire of the Vanities*』 등의 작품으로 일본에 알려져 있다.

한편, 히피문화의 도래를 일찍부터 지면을 통해서 알려왔던 반체제 문화의 대표적인 인물인 톰슨은 콜로라도주의 산 속에서 은거하듯 살고 있으며, 옛날이나 지금이나 변함없이 독설적인 정치평론으로 70년대 세대의 독자들을 즐겁게 해주고 있다. 그는 대항문화와 함께 출현한 〈롤링 스톤 *Rolling Stone*〉지에 글을 쓰기 시작했다. 한편, 톰슨의 저작 가운데 『불운한 자의 노래 *Song of the Doomed*』는 일본에 『아메리칸 드림의 종언』이라는 부제로 93년에 출판되었다.

그보다 조금 구세대 문화평론가로는 노먼 메일러(Norman Mailer)와 조르 바이달(Gore Vidal)을 들 수 있다. 그들은 미국의 현대작가로서 일본에서도 잘 알려진 사람들이므로 자세하게 설명하지 않겠지만, 메일러와 바이달은 일찍이 1971년에 TV토크 프로그램 「딕 캐빗 쇼 Dick Cavett Show」에 출연해서 서로 치고 받으면서 몸싸움을 벌인 적이 있다.

조르 바이달

노먼이 바이달에게 "Fag!"이라고 욕을 하자 바이달은 노먼에게 "이 더러운 유대인 놈!"이라고 맞대응하면서 주먹을 날렸다. 이 바이달은 보수파의 거물인 빌 버클리와도 시비가 붙어 TV에서 싸운 일이 있다. 빌과 노먼은 60년대에 뉴욕시장 선거에 함께 입후보한 일이 있으며 정치사상적으로는 전혀 다르지만, 두 사람의 사이는 좋다고 한다.

일본은 미국 TV 프로그램인 버라이어티쇼를 모조리 흉내내고 있는데 거기에는 약 20년 정도의 시차가 있다. 다시 말해 결코 그 반대가 아니라는 것을 일본인들은 알고 있어야 한다.

페미니스트 운동

여성해방운동은 70년대까지는 우먼즈 립(Women's Lib)으로 불렸으나 곧 페미스트(Feminist)라는 이름으로 바뀌었다. 현재는 NOW(National Organization for Women. 전미여성동맹)가 페미니스트 운동의 최대 그룹이자 강력한 조직이다.

베티 프리던

이 NOW는 1966년 베티 프리던이 만들었는데, 그녀의 『여성의 신비 *The Feminine Mystique*』(1963)와 『그것으로 나의 인생은 바뀌었다 *It Changed My Life*』(1976) 등은 미국 여성운동의 바이블이다. 이 NOW는 **글로리아 스테이넘**(Gloria Stenem)이라는 유능한 여성 편집장을 만남으로써 〈미즈 *Ms.*〉라는 잡지를 통해 여성운동에 박차를 가할 수 있게 된다. 〈미즈〉 지는 지금도 여성운동의 큰 중심축이다. NOW의 현재 회장은 패트리샤 아일랜드(Patricia Ireland) 여사와 클라디우스 웨더(Claudius Weathers) 여사다. 그녀들은 레즈비언임을 공공연하게 밝히고 있다.

글로리아 스테이넘

이 NOW에서 활발하게 활동하고 있는 여성들이 하나같이 당당한 체격의 소유자라는 사실은 앞에서도 설명했다. 이들 여성단체에게 성희롱자로 알려져서 규탄받았거나 고소당했던 미국 남성들은 이들의 기세가 너무 등등해서 반론을 제기할 생각조차 못한다. 바바라 월터라는 아주 유명한 미국인 TV 여성 사회자가 있다. 그녀도 이 시기에 명성을 떨쳤다. '여성의 권리'를 주장하는 운동은 앞으로도 계속해서 맹위를 떨칠 것이다.

NOW 이외에도 더 과격한 여성해방운동을 하는 단체들이 많이 있고 또 그들이 펴내는 잡지나 팜플렛이 있는데 그 이상에 대해서는 나는 잘 파악하고 있지 못하다. 그녀들은 지금도 "친교(Commune)"라 불

바바라 월터

리는 공동생활을 영위하고 있는데, 마치 일종의 카르타 집단과 같은 모습으로 자신들의 공생사상을 실천하고 있다. 예전에는 남성에 대한 증오와 남성들로부터의 공격적인 성폭력의 문제를 파고드는 과정에서 피해망상에 빠진다거나 집단 히스테리를 일으키는 집단도 있었는데, 현재는 대부분 온건한 친교운동으로 진행되고 있다고 알려지고 있다. 존 어빙의 『가프의 세계 *The World According to Garp*』에 이 친교 여성들의 이야기가 잘 묘사되어 있다.

소비자운동과 환경보호운동

미국의 대학에는 우리 일본인들이 생각하고 있는 것보다 훨씬 많은 사회주의자(마르크스주의) 좌파 학자들이 남아 있다. 과거 일본에서 사회주의를 신봉했던 학자들이 지금은 거의 꼬리를 감추고 사상을 바꾼 것과는 달리, 그들은 고집스럽게 자신이 사회주의자임을 당당하게 내세우고 있으며 앞으로도 사회주의자인 채로 계속 남아 있을 것이다.

구미사회에서는 기본적으로 '전향'이란 것이 존재하지 않는다. '개종'(conversion)이라는 사고가 있기는 하지만, 정치신념이 일본처럼 역사적 전환기에 한꺼번에 와르르 무너지는 일은 없다.

영국의 케임브리지 대학에는 유복한 가정 출신인데도 사상적으로 사

회주의자인 학자들이 많이 있다. 이들을 '케임브리지 레프트'라고 한다. 미국 좌파학자 중에서는 『헤겔에서 마르크스로』(1968)를 쓴 시드니 훅이 마르크스주의 철학자로 존경받고 있으며 일반에게 널리 알려진 인물이다. 전통 있는 좌파 잡지인 〈파티전 리뷰〉지에 지금도 가끔 이름이 나오고 있는데, 시대 변화와 함께 그의 사상은 더 이상 미국의 젊은 세대에게는 영향력을 발휘하지는 못하고 있는 느낌이다. **시드니 훅**(Sidney Hook)도 확실한 태도로 반대표명을 했는데, 어딘지 모르게 자유의지론자일 거라는 느낌이 든다.

일본에서 〈파티전 리뷰〉지나 기타 언론지들을 보고 싶으면 도쿄에 있는 아메리칸 센터(미국대사관의 문화부가 운영)에 가면 된다. 중요한 미국의 언론지는 아메리칸 센터에서 볼 수 있다.

70년대 미국의 학생운동가들은 소비자운동이나 환경보호운동에 주력하게 된다. 대학 내에서의 자치활동이나 소비생활 협동조합운동에 종사하던 학생들의 주류가 공공의 시민(Public Citizen)과 대중의 주장이라는 큰 소비자운동 단체를 결성한다. 그런데 이 '퍼블릭 시티즌'과 '커먼 코즈'(Common Cause)는 현재 ACLU(American Civil Liberties Union. 미국 시민자유연합)와 함께 가장 활동적인 정치로비단체들이다. 이들은 민주당계의 최대 정치압력단체인 민주당 내 급진자유파의 주력세력이라 할 수 있다.

'퍼블릭 시티즌'과 WWF(World Wildlife Fund for Nature. 세계야생동물기금)의 정신적인 지도자는 일본에도 익히 알려진 소비자운동의 영웅 랠프 네이더다. 변호사인 그는 자동차를 비롯한 대기업의 결함상품을 법원에 고발하기도 하고, 공해소송에서 여러 차례 승소하여 제품의 안전기준작성을 만들게 하는 등의 소비자운동을 60년대부터 계속해온 인물이다. 최근에는 빌 게이츠의 마이크로소프트사가 인터넷을 지배하는 것에 반대하는 운동을 시작했다.

랠프 네이더가 추진하는 온건한 운동방식에 불만을 가진 사람들이 분파해서 만든 것이 '그린피스'(Greenpease)다. 우리들이 알고 있는 대로 이 '그린피스'는 세계 환경보호운동에 있어서 상당히 적극적인 성향을 띠고 있는 단체로, 직접 행동도 마다하지 않는다. 그들은 제5장에서 기술한 동물권파다. 예를 들어 포경금지운동, 원자력발전소 반대, 플루토늄 저장반대운동으로 일본인을 불안에 떨게 한 이 '그린피스'는 원래 대학 내 소비생활운동을 하던 활동가들이 결성한 집단이다.

ACLU와 '커먼 코즈'는 이제는 훌륭한 정치로비단체로 되어 있다. 이들은 지금까지 미국의 '인종차별용어 색출'인 PC(Political Correctness) 또는 다문화주의를 추진해왔는데 현재 보수파로부터 반격을 받고 있다. 미국은 시민이나 기업으로부터의 정치헌금은 PAC(Political Action Committee. 정치활동위원회)라는 정부의 공인 정치자금단체를 통하지 않으면 안 되게 되어 있다. 그러나 이 PAC 자체는 대기업에서 정당으로 이어지는 부정(암거래)헌금 경로를 구축해놓고 있다. 이것이 미국 정계의 금전적인 면에서의 암적인 부분이다.

ACLU나 '커먼 코즈'(프레드 월트하이머 회장)는 민주당 급진파에 속하는 시민운동단체이므로 정치계 정화나 정치헌금문제를 적극적으로 거론하고 있는데, 그 이면에는 자신들 세력의 의사를 연방의회에 관철시키려는 로비스트로 변했다는 사실을 알 수 있다. 즉, 표면적으로는 환경문제, 소비자문제를 내걸고 내부적으로는 정치가에 대해 정치헌금의 배분권한을 쥔 거대한 압력단체로 행동하고 있다.

어느 결말

린든 라루슈(Lyndon LaRouche)라는 아주 특이한 인물이 있다. 이 사람은 오랫동안 마르크스주의자로 알려져 있어 실제로는 어떻게 평가하면 좋을지 판단하기 힘들다. 그는 지금도 소련주의를 고수하는 사람으로 문자 그대로 스탈린주의자다. 현재 그는 배임횡령죄로 투옥되어 교도소에 있는데, 계속해서 소련을 지지해오기는 했지만 좀 묘한 이론의 소유자였다.

과거 그가 반(反)소련주의자였던 시절 "내가 소련인의 스탈린주의 신앙을 중지시키겠다"고 말했던 적이 있다. 그러나 얼마 후 그는 "소련은 1953년 스탈린이 죽자마자 구제불능이 되었다. 흐루시초프와 같은 수정주의자가 등장해서 엉망이 되어버렸다. 스탈린 시대의 소련은 훌륭한 사회주의 국가였다"고 스탈린 시대를 아쉬워하면서, "지금의 소련은 예전의 그 순수했던 스탈린주의를 고수하고 있지 않다"고 소련을 비판했던 사람이다. 터무니없는 시대착오다.

그러나 이런 인물은 어느 나라에나 있는 법이다. 항상 사물을 역설적으로 말함으로써 자신의 강렬한 개성을 드러내고 싶어하는 태도 말이다. 이 사람은 자기 나름대로는 논리가 정연하다고 생각하고 있다. 그가 투옥된 이유는 자신이 결성한 단체에 있었는데, 정치단체는 일정 금액까지는 세금을 면제받는다는 제도를 악용해서 그 단체를 이용해 신용카드를 사용한 후 탈세하려 했던 사실이 드러났기 때문이다. 요컨대, 그는 사기꾼이었다.

맺음말

이 책에 등장하는 현대 미국 정치가나 정치적 지식인들의 전체적인 모습들은 내가 생각나는 대로 적은 것이 아니다. 미국 또는 서구의 독서 지식인층이라면 대부분 알고 있는 사실들을 글로 옮긴 것이다. 정치가와 정치지식인을 중심으로 해서 썼기 때문에 『미국정계 주요 인물명람』이라고 책이름을 정해도 괜찮다. 이 책 한 권으로 사실상 세계의 패권국인 미국의 현재 정치사상 대립구조를 대략 알 수 있다.

지금까지 미국 정계의 여러 대립 구조에 대해서는 일본에 소개된 책이 없었기 때문에 내가 그 밑그림을 그려보았다. 주된 정보 원천은 십수 년 동안 부지런히 읽고 모아둔 미국의 정치 언론지와 영국, 미국인 친구들이다. 오랫동안 그들과 언어능력의 열세를 어렵사리 극복하면서 토론을 거듭해온 과정에서 결국 나 스스로 그들에게 졌다라는 사실을 인정하지 않을 수 없었다. 많은 지식인들이 있는 일본의 국내 언론도 세계수준의 정치사상 앞에서 패배하고 있다. '미일관계'라는 말은 국제정치학에서는 존재하지 않는다. 존재하는 것은 '세계 패권국 아메리카의 동아시아 전략 일환으로서의 대일본 관리정책'이다.

왜 이 간단한 진실을 아무도 말하려고 하지 않는 것일까.

이 미묘한 시기에 반미를 외치며 방향을 잃고 헤매는 사람들이 미국 정치의 대단함과 그 내부의 복잡한 정치 역학들을 이해했으면 한다. 미국과 분쟁을 일으켜 다시 제2차 세계대전 전으로 돌아가 그들을 이길 수 있다고 생각하는가. 나는 솔직히 그런 지각없는 사람들에게 묻고 싶다. "적을 알고 나를 알면 백전불패(百戰不敗)다"는 것이 이치인데 우리들은 '적'을 전혀 모르고 있지 않은가.

이 책은 일본의 현대 미국연구(American Studies) 중의 한 권으로, '정보 핸드북'으로도 사용할 수 있게 엮었다. 이 책에 적힌 미국 정치사상의 구도는 에드먼드 버크, 존 로크, 제레미 벤담, 이 3인의 영국 대사상가 간의 커다란 대립으로 귀착된다. 특히 '자유의지론자'라는, 이미 미국에서 새로운 세력을 형성하고 있는 서민파 보수사상이 '벤담주의'에 기원을 둔다는 사실을 논증했다는 점이 이 책의 최대 성과라고 할 수 있다.

이 책을 편찬하는 데 있어서 시애틀 시립도서관과 도쿄의 아메리칸 센터 사서(司書) 여러분들께 많은 수고를 끼쳤다. 친구인 카트 사비나, 크리스토퍼 파무로이, 스티브 셀던의 조언과 협력에 감사드리지 않을 수 없다. 주쿠마 출판사(筑摩書房)의 모리모토 마사히코(森本政彦) 씨에게도 적지 않은 신세를 졌다. 이 책의 원고가 무사히 탈고되어 출간될 수 있었던 것은 오로지 모리모토 씨가 애써주신 덕분이다. 지면을 빌어 감사드린다.

권말색인은 인명색인으로 제한했다. 출전 및 참고문헌일람(References and Bibliography)도 첨부했어야 하는데 지면관계상 생략했다.

소에지마 다카히코(副島隆彦)

10

부록

Think-Tank(연구소 · 연구재단)일람

자유파 Liberal

1. 브루킹스 학회(Brookings Institution)

1927년에 미합중국에서 최초로 설립된 공공정책연구소로서 가장 유서가 깊다. 출자자인 로버트 브루킹스(Robert Brookings)을 기념해서 이름을 정했다. 급진파의 거점으로 공화당 정권의 보수파에 대한 사상적 공격의 창구 역할을 하고 있다. 위싱턴 소재의 이 연구소가 일찍부터 독점해온 정부 각 부처의 연구위탁을 받기 위해 보수파에서도 보수계의 싱크탱크를 70년대 들어 계속해서 설립했다. 워터게이트 사건(닉슨 대통령 실각)의 원인이 되었던 '펜타곤 비밀문서'를 유출해서 〈뉴욕 타임스〉 지에 팔았던 대니얼 엘스버그도 이곳의 수석연구원이었다.

2. 프린스턴 대학 윌슨 학회(Princeton Univ. Woodrow Wilson Institute)

1910년대 대통령을 지냈던 민주당의 우드로 윌슨을 기념하여 설립된 연구소다. 따라서 전통적으로 급진파 성향을 지닌 공공정책 연구소이며, 현대급진파보다는 전통급진파 지식인들이 더 많이 모여든다.

3. 허드슨 학회(Hudson Institute)

브루킹스 연구소의 축소판과 같은 연구소로 최근까지 뉴욕의 허드슨 강 건너편에 있었으나 현재는 뉴저지주로 이전했다. 일본에도 잘 알려진 미래학자 허먼 칸(Herman Kahn)이 1961년에 창설했다. 칸은 원래 랜든 코퍼레이션에서 일하고 있었으나 자기가 맡은 일에 만족을 할 수 없어 친구들과 같이 이 연구소를 만들었다. "인류는 핵전쟁을 극복하고 살아 남을 것이다"고 생각하는 낙천주의자인 그는 특색있게 연구소를 운영해왔으며, 그가 사망한 후 이 연구소는 현재 재정난에 봉착해 있다.

4. 카네기 국제평화재단(Carnegie Endowment for International Peace)

부호(富豪)이며 자선가인 앤드류 카네기(1835~1919)가 1910년에 설립했으며 연구소도 함께 운영되고 있다. 전통적으로 자유주의파이나 보수파의 연구에도 자금자원을 하고 있다. 카네기의 활동이 미국 필랜스러피(Philanthropy : 기업의 사회자선활동)의 원형을 만들었다고 할 수 있다.

5. 하버드 대학 케네디 행정대학원(Harvard Univ. Kennedy School of Government)

하버드 대학 내의 정치학 연구소의 역할을 하고 있다. 통칭 'K School'로 불리며 케네디파 급진파의 거점이다. 일본의 외무성을 비롯해서 각종 기업들이 인재양성을 위해 이 연구소에 사람들을 파견하고 있다. 그러나 '인재'는 육성하지 못하고 '도대체 미국의 우파와 좌파가 어떻게 구분되는지도 제대로 모르는' 혼란스러운 상태로 귀국한 후, 다시 혼란스러운 채로 오피니언 리더 역할을 하고 있다. 참고로 이 대학 내 '라이샤워 일본연구소' (Edwin O. Reischauer Institute of Japanese Studies)는 일본 연구전문 독립연구소로 일본 기업으로부터 모은 자금으로 운영되고 있다. 당연히 일본에서 건너간 연구원도 많이 있으나 그들의 연구성과가 일본 국민에게 도움이 되는 일은 거의 없다. 미국의 '일본연구' (Japanese Studies)란, 일본이라는 하나의 속국을 미국의 세계전략 차원에서 어떻게 분석·관리·운영해갈지에 대한 연구라는 사실을 일본 지식인이 분명히 알지 않으면 어떠한 '학습'도 기대할 수 없다.

6. 국제전략문제연구소(CSIS : Center for Strategic and International Studies)

우는 아이도 그치게 한다는 미국 군사정책학의 최고봉이면서 신보수주의파의 아성으로서 거점 역할을 한다. 워싱턴의 조지타운 대학 내에 있으며 현재는 대학측과 분쟁 중에 있다. 분쟁의 이유는 신보수주의파 지식인들이 국가정책에 지나치게 관여하고, 화려하게 TV에 등장해 국민을 선동하는 데 대해서 기성세대 학자들이 반감을 갖게 되었기 때문이라고 한다. 신보수주의파 사람들은 일본의 '탤런트 교수'처럼 경멸적인 의미로 '인용박사' 또는 '정보박사'로 불린다.

그들은 스스로를 '학자정치가'라고 하면서 정책입안의 엘리트임을 자부하고 있다. 원래는 급진파 학생 출신들로 지금까지도 민주당적을 갖고 있는 사람들이 많기 때문에 급진파로 분류하고 있지만, 이미 보수파의 강경군사 진출파와 섞여 있기 때문에 분류하기 곤란한 측면도 있다. 80년대 레이건 정권하에서 소련 붕괴전략을 성공리에 실현시키고 난 뒤 글로벌리스트로서의 본성을 노골적으로 드러내기 시작했다. 월터 라퀘어(테러리즘과 첩보연구, 역사학자), 리처드 앨런(레이건 정권의 국가안전 보장문제담당보좌관), 에드워드 루트워크(군사정책학), 진 커크패트릭(군사정책학) 외에 헨리 키신저, 즈비그뉴 브레진스키, 로버트 맥팔렌 등도 이 CSIS에 합류했다. 조지 부시 전 대통령도 이 계보와 연결되는 인물로, 진정한 보수본류가 아님이 판명되어 걸프전쟁 승리 후 바로 실각하게 되었다. CSIS는 런던의 RIIA 왕립전략문제연구소를 모델로 1962년 데이비드 업샤이어가 창설했다.

그러나 오늘날 CSIS는 뉴욕의 거대금융법인과 국제석유자본의 의도를 실현시키는 사상집단이라고 비난받기도 한다.

7. 터프츠 대학 펠트 법과 외교연구소(Tufts Univ. Fletcher School of Law and Diplomacy)

CSIS와 마찬가지로 신보수주의파의 거점이 되고 있다. 매사추세츠주 보스턴에 있는 관계로 하버드 대학 출신들이 많다. 본래 자유계 사람들이나 군사 · 외교문제에서는 강경파에 가깝다.

8. 존스 홉킨스 대학 고등국제문제연구대학원(통칭 SAIS : Johns Hopkins Univ, The Paul H. Nitze School of Advanced International Studies)

정치학 대학원으로, 폴 H. 닛츠가 세웠다. 전임 학장인 조지 패커드는 에드윈 라이샤워의 측근으로 미일 양국정부를 배후에서 연결하는 역할을 맡고 있다. 패커드가 미 · 일 재단으로 옮긴 이후 일본의 안전보장정책을 좌우하는 일본연구전략학자인 마이클 그린이 라이샤워 센터의 소장 대행을 맡고 있다. 글로벌리스트 거점의 하나인 이 대학은 메릴랜드주 볼티모어에 있으나 SAIS 는 워싱턴DC에 있다. 하버드 대학계의 인재가 많으며, 일본, 동아시아 국가들에 대한 연구의 새로운 메카이기도 하다.

9. 정책조사연구소(약칭 IPS : Institute for Policy Studies)

민주당 급진자유파라기보다는 신좌파계 지식인이 모인 연구소이며 시민운동가들도 속해 있다. 존 듀이의 실용주의 사상의 입장에 서서 보수계의 싱크탱크와 대결한다. 1972년 민주당 대통령후보 조지 맥거번도 이 연구소의 이사를 역임했다.

10. 러셀 세이지 재단(Russell Sage Foundation)

사회복지문제를 정책입안해서 제안해왔으며 오래된 싱크탱크. 사회운동가 활동을 총괄해왔다. 1907년에 마가릿 세이지 여사의 유산으로 설립되었으며 공중위생, 여성문제, 빈곤문제 등에 대해서도 연구하고 있다.

11. 록펠러 재단(Rockefeller Foundation)

록펠러 재벌이 정부의 독점금지법 공격에 대항해 만들었으며, 자선활동단체로 시작되었다. 뉴욕의 록펠러 센터를 소유하고 있으며 민주당 글로벌리스트계의 민간기관에 자금지원을 하고 있다.

12. 포드 재단(Ford Foundation)

(11)과 같은 목적으로 설립되었으며 현재는 자선활동을 많이 하고 있다. 설립자인 자동차 왕 헨리 포드 1세는 '유대음모'를 주장한 재계인으로서 케네디파 색채가 강하다. 포드는 제1차 세계대전 때 큰 군수공장을 운영, 자동차를 대량생산하여 미국이 유럽을 능가할 수 있는 기초를 마련했다.

13. 국제경제연구소(약칭 IIE : Institute for International Economics)

현재의 세계 환율과 금융시스템을 감시하고 있는 프레드 버그스텐이 1981년 뉴욕 민주당계 재계 인사들로부터 기부를 받아 설립한 것으로, 세계금융시스템을 지키기 위한 최전선 사령본부다. 그는 브루킹스 연구소 연구원을 지내다 재무차관이 되었고, 지금은 이 연구소의 소장으로서 미국의 국제권익을 지키기 위한 금융전략 마련에 부심하고 있다. 저(低)달러 전략으로 독일과 일본을 공격했으나 '고(高)달러는 미국의 국익'에 합치된다고 주장하는 로버트 루빈 재무장관과의 싸움에서 패했다. 일본 분석도 하고 있는데 미국에 투자한 일본의 금융자산을 엔고로 휴지조각으로 만든다는 구상을 한 인물이 바로 그다. 이들은 모두 민주당계다.

보수파 Conservative

14. 후버 전쟁 · 혁명 · 평화연구소(Hoover Institution on War, Revolution and Peace)

캘리포니아주의 명문인 스탠퍼드 대학 내에 있다. 1920년대 공화당 대통령인 허버트 후버를 기념하여 만든 것이다. 후버가 수집해서 대학에 기증한 후버 전쟁도서관의 방대한 장서가 연구소의 기초가 되었다. 후버 자신이 말년인 1960년에 "미국을 공산주의(마르크스주의)로부터 지키기 위한 연구소를 만들자"고 선언한 뒤 탄생했다. 스탠퍼드 대학 자체는 전통적으로 자유계이나 초대소장인 W. 글렌 캠벨과 그 후임자들의 노력으로 보수파 지식인들이 모여들어 지금은 보수파의 사상적 거점이 되었다. 밀턴 프리드먼, 시모어 마틴 립셋, 토머스 소웰 등이 이곳의 연구원이었다. 프리드리히 하예크의 경제학 논문집도 이곳에서 많이 출판되었다. 마르크스주의 철학으로 유명한 시드니 훅도 이곳 연구원이었다. 중국 및 러시아 혁명에 관한 연구를 계속하고 있고 최근에는 러시아 남부지역의 각종 민족문제연구로 유명하다.

15. 아메리칸 엔터프라이즈 공공정책 연구소

(약칭 AEI : American Enterprise Institute for Public Policy Research)

전통보수파의 모습을 취하고 있으나 실은 신보수주의파의 거점이다. 자유파인 브루킹스 연구소에 대항하여 1970년에 보수파 지식인이 대기업의 헌금을 모아서 만들었다. 당초 보수파가 반격을 가할 목적으로 만든 싱크탱크였으나 나중에 신보수주의파들이 다수파를 차지하게 되었다. 이런 결과로 이 연구소는 자유주의파의 주장도 공평하게 다루는 태도를 취한다. (14)의 W. 글렌 캠벨의 친구인 윌리엄 배루디가 만들었으며, 70년대에 신보수주의파인 어빙 크리스톨, 진 커크패트릭 등과 손을 잡고 외교 · 국방정책의 프로젝트를 완성시켰는데, 이때 연구소의 성격이 보수에서 신보수주의로 변질됐다. 마이클 노박도 여기에서 활동했다. 〈아메리칸 엔터프라이즈〉지를 발행하고 있다.

16. 헤리티지 재단(Heritage Foundation)

(15)의 AEI 활동이 보수파를 충분히 대변하지 못하게 되자 새로운 보수파의 중심 역할을 하기 위하여 설립된 연구소다. 신우파계로 분류되는 실무관료출신들이 1973년에 설립했다. 미국에서 가장 강경한 전통보수사상 집단으로 레이건 정권 초기의 정책개요 작성으로 유명해졌다.

〈정책 리뷰 *Policy Review*〉지를 발행하고 있다. J. 에드윈 퓰너가 이사장을 맡고 있다.

17. 카토 학회(Cato Institute)

자유의지론 보수파의 아성으로 보수파 가운데에서도 자유의지론 사상에 입각하고 있음을 표명하고 있다. 카토는 로마시대의 웅변가 · 철학자인 카토를 기념해서 딴 이름이며, 『카토의 편지』라는 책이 개척시대에 미국시민들에게 많이 읽혔다. 미국의 민중 보수사상을 지키고자 노력하고 있다. 대표적인 인물인 윌리엄 니스카넨(William Niskanen)은 현실적인 정책제언도 하는 시카고 학파의 수완가이다. 보수본류 사람들은 그를 거북스러워한다.

18. 랜드 코퍼레이션(RAND Corporation)

군사대국 프로젝트를 위한 전문연구기관으로 출발했다. 미국 공군의 위탁을 받고 더글러스사가 출자해서 1948년에 설립한 유명한 싱크탱크다. 제2차 세계대전 후 미국의 세계군사전략을 주요 과제로 하는 연구기관으로 기능했으나 반드시 보수파라고 못박을 수는 없다. 시뮬레이션 스타일의 분석을 한다. 로버트 맥나마라가 이곳에서 방위전략 연구에 필요한 인재들을 모았다. 프랜시스 후쿠야마도 현재 이곳의 연구원이다. 캘리포니아주 산타모니카가 본거지이나 대부분의 싱크탱크와 마찬가지로 워싱턴에도 연구소가 있다.

19. 예일 대학 신학교(Yale Univ. Divinity School)

예일 대학은 이 신학부로 유명하다. 대학 내에 큰 연구소는 없지만 법학부의 로버트 벅 교수가 자연권 보수파를 이끌고 있다. 예일 대학은 전통적으로 보수본류의 거점이며 빌 버클리의 〈내셔널 리뷰〉파도 여기에서 출발했다.

20. 록포드 학회(Rockford Institute)

"작은 정부", "가족의 가치", "종교(신앙)의 중요성"을 강조하는 조직이다. 미국의 해외진출전략(글로벌리즘)에 대해 반대하는 근본보수파 싱크탱크다. 자유의지론자 색채보다 오히려 종교우파의 색채가 더 진하다. 철저한 고립주의를 주장하고 미국인은 국내에서 평화롭게 살아갈 수만 있다면 그것으로 충분하다고 주장한다.

21. 맨해튼 정책조사연구소(Manhattan Institute for Policy Research)

연구소의 규모는 작으나 뉴욕에 자리잡고 있어 정책입안자들의 교류의 장이 되고 있다. 공급자 중시의 기념비적 저서인 조지 길더(George Gilder)의 『부와 빈곤 *Wealth and Poverty*』과 찰스 머리의 『상실되어가는 근거 *Losing Ground*』라는 두 권의 보수사상의 명저가 이곳에서 출판되었다.

22. 스미소니언 학회(Smithsonian Institution)

미국의 국립박물관. 18세기 영국인학자 제임스 스미슨의 유산으로 만들어 연방정부가 관리운영하고 있다. 워싱턴에 소재해 있으며 거대한 역사박물관과 항공우주박물관을 함께 가지고 있다. 자연과학 연구부문도 있다. 동 협회 내에 있는 윌슨 센터는 〈윌슨 쿼털리〉지를 발행하고 있는데 이 잡지는 신보수주의파 경향을 강하게 지니고 있다. 에노러 게이호(히로시마에 원폭을 투하한 B29폭격기) 전시를 둘러싼 논쟁으로 동 협회의 역사학자(Revisionist Historian, 역사수정주의자)들이 원폭투하의 위법성을 주장하기도 했다.

23. 경제정책 학회 (약칭 EPI : Economic Policy Institute)

민주당계에서도 신자유파에 속하는 싱크탱크다. F. 버그스텐, R. 라이슈, L. 서로, R. 커트너 등이 연구원으로 있다.

24. 리즌 파운데이션(Reason Foundation)

자유의지론자의 연구소다. 카토 연구소보다도 강경한 반글로벌리스트인 벤담주의자의 거점이다. 워싱턴DC를 탈출해서 캘리포니아로 옮겼다.

정치평론지 일람

1. 내셔널 리뷰(*National Review*)

미국 버크주의(Bukean : 보수본류)의 대표지로 로마 가톨릭 계통이다. 오랫동안 빌 버클리가 주필을 지냈으며 그 구성원 중에는 예일 대학 출신들이 많다. 구보수파와는 사이가 좋으나 자유의지론자파와는 대립하고 있다. 즉, 시카고 학파인 고전보수파와 버지니아 학파의 토착보수파(휘지 오크랫)와는 별로 사이가 좋지 않다.

2. 코멘터리(*Commentary*)

노먼 포도레츠가 주필이며 미국 유대계인 협회가 발행하고 있다. 신보수주의파가 이 잡지에서 시작되었으며, 학문적·예술적·문화적인 기사가 많다.

3. 내셔널 인터레스트(*The National Interest*)

어빙 크리스톨이 대표로 주필을 지내고 있으며 신보수주의파의 대표적인 언론지로 계간으로 발행되고 있다.

4. 퍼블릭 인터레스트(*The Public Interest*)

어빙 크리스톨과 네이던 글레이저가 공동으로 편집하고 있으며 (3)과 마찬가지로 신보수주의파의 대표 언론지다.

5. 리즌(*Reason*)

자유의지론자 보수파의 대표지이며 보수본류와 대립하는 입장을 취하고 있다. 신보수주의파의 글로벌리즘에도 반대한다.

6. 파티전 리뷰(Partisan Review)

1920년대부터 미국 좌파 지식인들의 총본산 역할을 했던 잡지다. 1950년대부터 분열이 일어나 반소련파 인물들이 뛰쳐나가 나중에 신보수주의파를 형성했다. 현재도 고급스럽고 격식 있는 전통적 잡지로 자리하고 있다.

7. 워싱턴 쿼털리(The Washington Quarterly)

신보수주의파 계통의 잡지다. CSIS(조지타운 대학·국제전략문제연구소)가 발행하고 있다. 공화당 내의 매파 및 군사주의자와 함께 군사·외교에 있어서 글로벌리즘을 표방한다.

8. SAIS 리뷰(SAIS Review)

국제·외교문제를 중심으로 다루는 잡지로서 존스 홉킨스 대학의 SAIS연구소가 발행하고 있으며 글로벌리스트 입장을 취하고 있다.

9. 윌슨 쿼털리(WQ-The Wilson Quarterly)

스미소니언 협회 내의 윌슨 센터가 발행하고 있으며 신보수주의파의 네이던 글레이저가 주필이다. 따라서 신보수적인 경향이 강하기는 하나 자유주의파들도 글을 쓰고 있다. 과거에는 프랭크 기브니(Frank Gibney)가 주필이었다. 기브니는 KGB(소련 정보국) 망명 스파이들과 공동으로 소련의 내막에 대한 책을 쓴 인물로 유명하다. 그는 제2차 세계대전 중에는 대일본 첩보활동요원 교육을 받은 인물이기도 하다.

10. 애틀랜틱 먼슬리 리뷰(The Atlantic Monthly Review)

160년 전통을 지닌 민주당계의 잡지로, 구자유파(Old Liberal)계라고 할 수 있다. 일본 수정주의자의 한 사람인 제임스 팰로우즈가 편집장을 지내기도 했으며 모티머 주커만이 사들인 후 글로벌리즘을 분명히 표방하고 있다.

11. 뉴 리퍼블릭(*The New Republic*)

(10)과 마찬가지로 주커만이 소유하게 된 잡지로, 폭넓은 독자층을 가지고 있다.

12. 하퍼스 매거진(*Harper's Magazine*)

(10)과 마찬가지로 160년의 전통을 지닌 격조 높은 잡지다. 일본의 경우와 비교하면 〈중앙공론〉이나 〈개조〉와 같다. 민주당계이지만 요즈음은 신보수주의 경향이 강하다.

13. 유에스 뉴스 & 월드 리포트(*US News & World Report*)

과거는 보수파의 잡지였으나 요즈음은 자유주의파로 바뀌었다. 역시 주커만이 사들여서 재건했다. 〈타임〉, 〈뉴스 위크〉와 함께 '세계 3대 영어주간지'라고 불린다. 자유파적 중립 혹은 상업적 자유파 성격을 띠고 있다. 데이비드 가겐(David Gergen)이 주필을 지낸 적이 있으며 그는 클린턴 정권에 외교문제 고문으로 발탁되어 공화당계 국무성 관료들을 조정하는 역할을 맡았으나 원만하게 되지 않아 사임했다.

14. 포린 어페어스(*Foreign Affairs*)

국제·외교문제의 전문지로서 외교관이나 정치학자가 많이 읽기 때문에 아무래도 자유파가 많다. 과거 '일본연구'에 관한 논문을 많이 실어서 일본인 지식층 독자들이 많다. 그러나 발간하는 곳이 CFR(미국외교문제평의회)로, 이곳이 뉴욕 금융재계 인사들의 정치로비 산실이라는 사실을 아는 사람들은 별로 없다.

15. 워싱턴 먼슬리(*The Washington Monthly*)

신보수주의 계통의 잡지다. 현재 가장 활발하게 활동하고 있는 신보수주의파 잡지라고 할 수 있다.

16. 타임(Time)

타임사(Time Inc.)가 발행하는 잡지로 과거의 〈타임 라이프〉 지에 비해 그 비중이 떨어진다. 자유파적 중립 입장이며 타임 워너(CNN계)는 본래 공화당 차이나 로비파에 속한다.

17. 뉴스위크(Newsweek)

워싱턴 포스트사가 매수해서 현재는 그 산하에 있다. 위의 타임사도 워싱턴 포스트 그룹 산하에 들어와 있다. 덧붙여서 설명하자면 자유 그룹의 전세계용 위성통신 인쇄 일간신문인 〈인터내셔널 헤럴드 트리뷴〉 지는 워싱턴 포스트 그룹과 뉴욕 타임스사가 공동으로 출자한 회사다.

18. 아메리칸 엔터프라이즈(American Enterprise)

AEI연구소가 발행하고 있다. 신보수주의계와 공화당 매파가 함께 만드는 글로벌리즘 잡지다.

19. 오비스(Orbis)

국제·외교문제를 주요 주제로 다루며 원래 자유주의 계통이었으나 지금은 신보수주의 성향이 강하다. 일본인 학자로는 사토 세이자부로(佐藤誠三郎) 씨가 편집고문에 올라 있다.

20. 롤링 스톤(Rolling Stone)

60년대 말부터의 히피문화, 카운터 컬처(Counter Culture : 대항문화)를 낳은 잡지다. 정치적인 발언을 하는 로큰롤 가수, 배우들의 인터뷰 기사로 정치적인 성향을 띠게 되었고, 70년대는 급진자유파의 젊은이들이 모여들었다. 그러나 80년대 레이건 공화당 정권시대에 인기가 떨어지게 되자 음악·문화 잡지로 돌아가게 된다. 톰 울프, 헌터 S. 톰슨, P. J. O' 루크 등이 이 잡지를 통해서 등장했다. 발행인은 얀 워너(Jan Wenner)다.

21. 빌리지 보이스(Village Voice)

　70년대 대항문화를 대표했던 잡지다. 로큰롤이나 기타 히피문화의 품위를 지키면서 계속해서 기사들을 다루어왔으나 최근에는 부진한 감이 있다.

　이 밖에 대표적인 경제 · 비즈니스 잡지로는,

22. 포비스(Forbes)

23. 포춘(Fortune)

24. 비즈니스 위크(Business Week)

25. 머니(Money)가 있다.

　또 예능 · 문화 · 예술잡지로는,

26. 에스콰이어(Esquire)

27. 배너티 페어(Vanity Fair)

28. 코스모폴리탄(Cosmopolitan)

등이 있다. 이 잡지들도 과거에는 정치적인 평론을 싣기도 했으나 최근에는 문화 · 예술 전문 잡지로 바뀌었다.

　문예문학 중심의 도시생활자용 고급 교양지(high quality magazine)로는,

29. 새터데이 리뷰(Saturday Review)

30. 뉴요커(The New Yorker)

31. 뉴요커 리뷰 북스(The New York Review of Books) 가 있다.

　그 외에 서평전문지로서는,

32. 뉴욕 타임스 북 리뷰(The New York Time's Book Review)

가 있는데 이 잡지는 〈뉴욕 타임스〉 지의 서평지다.

　미국에서도 요즘은 점점 가볍게 읽을 수 있는 책들이 많이 등장하게 되면서 연예인의 스캔들을 다루거나 비주류문화(Sub-culture)의 오락잡지들이 등

장하고 있는데 그 대표적인 것으로서,

33. 피플(People)

을 들 수 있다. 이 잡지는 연예인뿐만 아니라, 정치평론가 정치가들의 근황이나 가십을 주로 다루고 있는 잡지로 유명하다. 미국 유명인들(celebrities)의 동향은 이 잡지를 통해서 파악하는 것이 가장 빠르고 손쉽다.

34. 내셔널 럼푼(National Lampoon)

대학생들이 읽는 풍자만화 잡지로, 미국적인 야유나 풍자의 즐거움을 맛보는 데는 이 만화를 따라올 잡지가 없다. 특별한 내용 없이 말장난으로 일관하며 최근 들어서는 70년대에 비해 좀 인기가 떨어지고 있는 느낌이다. 정치풍자 내용이 줄어들고 있는 추세이며 공허하고 무미건조한 웃음을 추구하고 있다.

35. 플레이보이(Playboy)

36. 펜트 하우스(Penthouse)

37. TV 가이드(TV Guide)

38. 레이디스 홈 저널(Ladie's Home Journal)

일본의 〈주부의 친구〉 〈장원〉 〈집안 설계〉에 해당되는 잡지로 이런 류의 잡지가 미국에는 수십 종이 있다.

그 밖에 급진 신좌파 계통 및 급진자유파 계통의 잡지로서는,

39. 마더 존스(Mother Jones)

신좌파계로, 1930년대에 철도노동조합의 리더였던 Ms. 존스라는 여성이 폭력혁명을 계획하다가 경찰에 사살되었다. 이 여성을 기념해서 창간된 잡지다.

40. 네이션(The Nation)

전통 있는 좌파 잡지로서 1850년대에 흑인 노동해방을 위한 정치운동과 함께 창간되었다. 원래는 벤담주의적인 반국가 · 자유주의 성향의 잡지였으나 현재는 〈Z 매거진〉지와 함께 '극좌파' 또는 '극자유파'로 분류되는 신좌파계

잡지다. 올리버 스톤 감독이나 N. 촘스키 교수가 여기에 속한다.

41. 미즈*(Ms.)*

페미니스트의 대표적인 잡지로서 상당히 과격한 여성해방운동 이론을 주장하고 있다. 레즈비언의 권리를 획득하고자 하는 운동이기도 하다. 당연히 게이나 에이즈문제에도 적극적이다. PC(Political Correctness : 미국의 차별용어 사용금지운동)도 추진하고 있다. 미국의 일반시민들이 가지고 있는 이런 페미니스트 여성단체의 간부나 활동가들에 대한 이미지는 '브륀힐데'(바그너의 가극 '니벨룽겐의 반지'에 나오는 뚱뚱한 곰과 같은 여신군단의 수장)이다. 드러내놓고 말할 수는 없지만 미국 페미니스트 운동의 여성간부들은 대개 뚱뚱한 체격으로 그 호탕함은 미국 남성들의 공포의 대상이 되고 있다.

기타 극좌계나 게이 등을 위한 잡지도 많이 있다.

정치토론 · 뉴스프로그램 일람

1. 크로스 파이어(Crossfire)

CNN(Cable News Network) 방송의 프로그램으로 80년대에 뷰캐넌이 출연했다.

2. 파이얼링 라인(Firing Line)

CBS(Columbia Broadcasting System) 프로그램이었으나 현재는 PBS(Public Broadcasting Service. 공공TV 방송망)로 옮겼다. 과거에 상당한 평가를 받았던 정치토론 프로그램이다.

3. 데이비드 브린클리의 ABC 금주 뉴스(ABC This Week David Brinkley)

ABC(American Broadcasting Companies)의 프로그램으로, MC인 데이비드 브린클리가 줄곧 워싱턴의 정치토론 프로의 사회를 보다가 최근에 은퇴했다. NHK 위성방송 BSI에서 방송하고 있다. 샘 도널드슨(Sam Donaldson), 코키 로버츠(Cokie Roberts), 조지 윌과 같은 인물들이 해설자로 출연한다. 그 중 코키 로버츠는 PBS의 라디오 판인 NPR(National Public Radio. 공공라디오방송)의 여성 아나운서로 활동한 인물이다.

4. 맥닐 & 레러의 뉴스 아워(MacNeil/Lehrer News Hours)

PBS의 간판프로다. 냉정하고 침착한 로버트 맥닐과 제임스 C. 레러 두 사람이 교대로 사회를 본다. 신뢰성 있는 공공방송이기 때문에 자유계(좌)와 보수(우)의 균형을 유지하면서 사회 · 정치문제의 주요 테마에 따라 지식인들을 불러서 토론한다. 샤렌 헌터골트(Charlaine Hunter-Gault) 여사와 같은 급진적 흑인 공민권 운동가나 소비자운동의 랠프 네이더(Ralph Nader)도 자주 얼굴을 내민다.

5. 피터 제닝스와 함께 하는 오늘의 ABC 세계뉴스(ABC World News Tonight with Peter Jennings)

사회자 피터 제닝스가 뉴스를 보도한 후 게스트에게 코멘트를 요구하는 형식으로 진행된다.

6. 댄 래더와 함께 하는 CBS 저녁 뉴스(CBS Evening News with Dan Rather)

예전에 미국의 국민적 명 캐스터인 월터 크랑키트(Walter Cronkite)의 장수 프로였다. 현재 댄 래더가 그 뒤를 이었는데, 초기에는 반응이 좋았으나 너무 눈에 띄는 자유파 편향적 진행에 대한 반감으로 인기가 많이 떨어졌다. CBS에는 그 밖에도 '60분'이라는 간판 보도프로가 있는데, 이 프로에서 댄 래더와 제임스 킬패트릭이 인기를 모았다. 댄 래더는 프로그램 진행 중에 심심찮게 반일(反日) 발언을 하곤 한다.

7. 톰 브로카와 함께 하는 NBC 마감 뉴스(NBC Night News with Tom Brokaw)

NBC(National Broadcasting Company)는 3대 네트워크 가운데 가장 인기가 없다.

8. 매클로린 그룹(The McClaughlin Group)

과거의 NBC 프로그램으로 70년대의 정치토론 프로의 꽃이었다.

9. 나이트 라인(Nightline)

사회자는 테드 코펠. ABC의 프로그램으로 80년대 말에 게스트로부터 여러 가지 사회적 물의를 일으키는 발언을 끌어냈다.

10. 래리 킹 라이브(Larry King Live)

CNN 프로그램으로, 사회자 래리 킹의 소탈한 성격과 능수능란한 인터뷰로 90년대에 큰 인기를 모았다. 게스트인 연예인이나 정치인들의 속마음을 털어 놓게 하는 점이 커다란 장점이다. 대통령선거 중에 클린턴과 힐러리도 이 프로에 출연한 적이 있었는데, 힐러리가 단호한 태도를 보임으로써 클린턴을 여성 스캔들로부터 끝까지 보호해 대통령선거에서 승리를 거둘 수 있었다.

11. 워싱턴 위크 인 리뷰(Washington Week in Review)

PBS의 프로로서 70년대에 크게 히트했던 정치토론 프로다. 조지 윌이 젊은 시절에 이 프로를 담당한 적이 있다.